U0140912

节约型社会
法律保障论

陈德敏 著

THE THEORY OF
LEGAL PROTECTION IN
RESOURCE-EFFICIENT SOCIETY

人民出版社

目　录

序

中国改革开放 30 年来,经济发展与社会进步波澜壮阔地持续推进,铸就了举世瞩目的"中国奇迹"。但是,由于生产方式相对粗放,资源耗费急剧增加,环境压力越来越大。加快发展循环经济,建设资源节约型、环境友好型社会,实现经济发展方式的根本性转变,是我国今后经济社会发展必须着力解决的瓶颈问题。节约型社会建设是一项浩大的社会系统工程,涉及人们生产生活的方方面面。对匮乏的物质资源的实际控制,各个主体有着不同的利益诉求,这是构成利益冲突的基本动因。法律的价值在于通过其基本法则与基本制度设计实施达致社会的有序,在诸多利益冲突与矛盾中调整达到个体与社会公共利益的相对平衡,形成对社会发展的保护和运行的规制。因此,更新法律理念、构建有效的法律制度来保障节约型社会建设,是势在必行的。

我和我的研究团队自 20 世纪 90 年代初期起即致力于资源节约与综合利用的法制研究工作。早在 1992 年我们就参与了《中华人民共和国资源综合利用法》的立法起草和可行性论证工作,该法草案曾历经 9 次修改并在 1996 年上报国务院审核;1997 年我们完成了国家自然科学基金课题,首次进行了我国再生资源价值核算模型研究;并长期参与了国家经济主管部门对资源节约与综合利用领域产业政策的系统研究并提出了相关建议。进入 2000 年以来,循环经济模式开始为实业界和学术界所关注,开始纳入国家政策与发展规划之中。2002 年 5 月,在北京召开的"国际环境保护大会"上,我们第一次提出了"循环经济的核心是资源循环利用"的学术观点,该学术观点后为国家管理层所采纳。

尽管基于时代背景和经济社会快速发展,诸如资源综合利用、资源循环利用和循环经济等概念不断地融入中国主流经济概念当中,但我和我的研究团队始终坚持认为,对资源进行合理利用的实质和出发点在于资源节约。因此,自 2003 年起,我们即在国内率先开展了资源节约型社会的政策与法制研究。2005 年 3 月 31 日,我们的课题研究成果《节约型社会内涵特征和实现途径》被国务院研究室单独采用整理为《国务院研究室报告》(2005 年第 6 号,总第 203 号),专报中央政治局和国务院全体领导同志。近年来,我和我的研究团队一方面参与了国家部委和地方政府有关循环经济的多个重要研究项目包括《中华人民共和国循环经济促进法》的起草研究工作,另一方面还积极致力于节约型社会的法制建设研究工作。本书正是近年来我们关于节约型社会法制研究的一个结晶。

本书不是对以往理论研究的简单整合,而是试图从更新的法律理念入手,用生态化的法律理念审视社会运行过程、调整社会运行中的利益冲突、规范社会运行中的行为、确认社会运行的结果,以至节约型社会的形成。基于科学的研究态度与对人类自身和生态环境的深切关怀,本书深入系统地考证了中国节约型社会的思想发展历程、研究了节约型社会的伦理基础、节约型社会的法律理念更新、节约型社会的法律价值变革、节约型社会建设法律基本原则和节约型社会建设法律权利义务关系的重构等。通过对社会运行过程的完整考察,分别构建了节约型社会生产、节约型社会流通、节约型社会消费的法律保障体系。最后,针对我国法律实施现状,有针对性地探讨了节约型社会建设法律保障的实施路径与对策。

在社会物质财富迅速积累的社会中,节约型社会的研究也许并不会引起人们普遍的兴趣;在法律不能达致调整人们利益纠葛的状况下,法律的社会保障研究也没有实际意义。探索开拓是痛苦的,抉择实施是有代价的。我们承担了探索开拓的痛苦与抉择实施的代价。我们坚信,什么时候节约型生产、节约型流通、节约型消费成为人们的一种理性行为,什么时候对节约型社会法律的遵守就会成为人们的一种社会风气。期待本书的研究能为这种"理想图景"的实现奉献绵薄之力。

　　本书的主要内容是在由我主持的司法部课题项目《中国构建节约型社会法律保障研究》(项目编号:05SFB2004)基础上修改而成的。我所敬重的蔡守秋教授对在国内首次进行构建节约型社会法律保障研究给予了充分肯定,并提出了宝贵的建议,这对我决心出书是莫大的鞭策。课题组成员秦鹏、乔兴旺、林勇等参与了主要的研究工作;乔兴旺协助我进行了统稿工作。博士研究生杜健勋、董正爱,硕士研究生梁洋熙、杜辉、霍亚涛等进行了部分资料的收集与分析工作。在本书完成之际,向他们所付出的辛勤劳动表示我真挚的感激之情。司法部政策研究室任永安处长在项目结题验收过程中给予了客观评价和热情帮助,特表谢意。本书最终得以与读者见面,离不开博士研究生王华兵所做的出版策划和联系工作;离不开人民出版社领导和法律编辑室李春林主任的支持,在此亦表示衷心的感谢。

　　鉴于理论水平和实践经验所限,目前的研究成果仍有诸多有待深化和提高之处。因此,书中的错误与疏漏在所难免,期盼学界同仁与实业界朋友给予批评指正。

陈 德 敏

2008 年 8 月于重庆大学

前　言

　　人口、资源、环境与发展是当今世界各国面临的重大社会经济课题,是一个相互联系、相互制约、相互影响的自然——生态——经济——社会综合循环系统工程。当前中国经济社会发展的重大制约问题就是:一方面资源与环境压力日益加大,对可持续发展构成了严重威胁;而另一方面经济发展中资源浪费过于严重,资源利用率和经济效率极低。鉴于此,构建节约型社会是由中国基本国情决定的,是贯彻科学发展观的必然要求,是构建社会主义和谐社会的具体表现,是保障经济安全和国家安全的重要举措。而尽快建立健全节约型社会法律保障体系是中国构建节约型社会的前提和基础。因此,加强节约型社会法律保障理论研究,对缓解资源瓶颈制约,转变经济发展方式,实现全面建设小康社会目标,保证国民经济持续快速协调健康发展,具有重要的理论研究价值和实践指导意义。

一

　　节约型社会是指在一定地域范围内,人类在物质生产和生活活动中保护自然资源、合理开发利用资源,循环再生利用废弃物资源,以最少资源消耗获得最大效益的、可持续发展的社会形态。我们认为,节约型社会是相对于物质资源浪费以及物质资源过度使用的社会而言的,其范围涵盖生产领域节约、流通领域节约与消费领域节约,其实质和基础是物质资源节约使用。节约型社会中的"节约"具有双重含义:其一,是相对浪费而言的节约;其二,是要求在经济运行中对资源与能源需求实行减量化。在节约型社会建设中,"节约"的双重含义是内在统一的,必须统筹兼顾,不能片面理解。

节约型社会建设是一个复杂的社会系统工程，涵盖了社会生活的方方面面，涉及社会的各个领域与行业。结合中国的现实国情以及中国的发展阶段来看，我们认为节约型社会具有以下十个方面的特征：第一，社会组织机构运行有序；第二，国民经济各组成部分相对协调；第三，主要资源供给充分，使用均衡；第四，经济运行模式是循环经济模式；第五，废弃物得到充分利用；第六，绿色消费成为主流，人们生活品质逐步提高；第七，科技进步为支撑；第八，生态保护良好与环境友好；第九，营造长期稳定的、持续的、协调发展的社会共同体；第十，集中体现了国家文明进步的一种新的发展状态。

二

由于诸多制约因素的干扰与影响，建设节约型社会目前面临诸多利益冲突与社会矛盾。在这种激烈的利益冲突与社会矛盾之下，应该充分建立健全节约型社会多元化制度保障机制，尤其是充分发挥法律功能优势，以革新与重塑节约型社会价值观念、健全与优化节约型社会制度保障、规制和矫正节约型社会人类行为、调处与化解节约型社会利益纠纷，进而确保节约型社会建设有序进行与顺利推进。

众所周知，法律是以社会关系为调整对象的。我们认为，在节约型社会建设中，法律应重点调整以下关系：首先，因构建节约型生产而产生的各种社会关系；其次，因构建节约型流通而产生的各种社会关系；再次，因构建节约型消费而产生的各种社会关系。相较于法律对其他社会关系的调整，节约型社会关系的法律调整具有效益性、预期性、探索性、激励性、政策性、科技性等特殊性，这为节约型社会法律保障体系的建立提供了理论基础。

法律在推进节约型社会向前发展并最终生成的过程中，主要以法律激励与法律约束两种形式与路径进行。换句话说，法律激励与法律约束是法律保障节约型社会建设与生成的两种手段，而手段发挥作用的载体是机制。因此，在节约型社会法律保障实践中，只有建立并形成了一种有效的节约型社会法律激励与约束机制（即节约型社会法律保障体系）时，法律激励与法律约束手段才具有了赖以运用的载体，才有可能将其作用持续、良好地发挥出来。

节约型社会法律保障机制是指从法律的各个方面的联系和从法律的动态上来考察这样一种法律运行过程,即依据节约型社会建设目标,在分析社会行为主体的需求与动机的基础上,通过优化组合社会行为主体法律激励与法律约束手段进而合理配置整个社会或社会组织之资源,所形成的能够长期激励与约束社会行为主体思想行为的相对固定化、规范化的法律运行过程。节约型社会法律保障体系是一个有层次结构的体系,主要体现为调整土地资源、矿产资源、能源资源、水资源、生物资源、森林资源等自然资源保护保育、开发利用、流通流转等关系的相关自然资源法律及其运行过程。一般来说,有助于节约型社会建设与生成的相关法律激励与法律约束措施主要包括以下几方面:自然资源管理体制的深化改革;自然资源的综合开发与节约规划;自然资源节约与高效利用指标体系的恰当设置;自然资源市场机制的逐步完善;自然资源价格机制、税收机制以及投入机制的建立健全;自然资源产权体系的逐步完善;自然资源的有偿使用和综合利用等。

三

节约型社会建设要求在生产、流通、消费等领域全新构建与之相配套的法律法规保障体系,以为人们设置节约型行为模式,明确告诉人们在节约型社会建设中哪些行为可以做,哪些行为禁止做,哪些行为必须做,进而引导人们按照节约型社会的发展目标、价值取向和政策导向开展社会活动。首先,在节约型生产立法方面,从构建节约型生产体系出发,建立健全生态化产业结构法律制度、自然资源物权法律制度、资源科技创新与推广法律制度、循环经济法律制度、资源节约与高效利用法律制度等。其次,在节约型流通立法方面,从构建节约型流通体系出发,建立健全节约型流通主体法律制度、节约型流通行为法律制度、节约型流通秩序法律制度、节约型流通管理法律制度等。最后,在节约型消费立法方面,从构建节约型消费体系出发,建立健全产品环境标志法律制度、消费者社会义务法律制度、政府绿色采购法律制度、节约型消费税收法律制度等。

节约型社会法律保障体系如果不被实施就永远只能是纸上的规则,其价值得不到体现,对人们的生产与生活也毫无意义。因此,采取有效措施推进节约型社会法律保障体系实施具有非常重要的现实价值。首先,必须明确节约型社会法律保障实施主体(包含立法主体、执法主体、司法主体、守法主体及法律监督主体等)及其职能分配。其次,必须从政府、企业、社会公众层面推进节约型社会法律保障体系实施科技支撑构建,以确保节约型社会法律保障体系实施具有坚实科技基础。最后,必须明确节约型社会法律保障体系实施路径与对策,即健全节约型社会立法、严格节约型社会执法、公正节约型社会司法、严格节约型社会守法、完善节约型社会法律监督、推进节约型社会法制教育。

四

在本书中,我们主要采用了如下一些研究方法:

1. 历史分析方法。列宁认为:"在社会科学问题上有一种最可靠的方法,它是真正养成正确分析这个问题的本领而不致淹没在一大堆细节或大量争执意见之中所必需的,对于用科学眼光分析这个问题来说是最重要的,那就是不要忘记基本的历史联系"。① 用法律促进与保障节约型社会建设,虽然过去尚不成体系,重视不够,但历史的实践仍然是我们重新构建和完善的基础。

2. 比较分析方法。资源与环境压力日益加大,对可持续发展构成了严重威胁,世界各国均在积极探索节约型社会建设。在节约型社会建设中,世界各国都采取了相应法律措施,比较分析各国不同的法律思想、法律文化和具体法律制度,借鉴其成功经验,吸取其失败教训,从而发展和完善本国的节约型社会法律保障,无疑是一种可行而且便捷的思路。

3. 经济分析方法。对于一项法律制度的设计,究竟实效如何,是

---

① 《列宁选集》第4卷,人民出版社1995年版,第26页。

否会产生预期效果,通过考察其成本与收益的关系,从不同侧面考察具体制度是否具有经济上的合理性,无疑具有一定的指导价值。因此,在节约型社会法律保障体系建设方面,无论是法律创制还是法律实施,相应法律制度均应当从整体上考虑其成本与收益,考察其是否符合经济理性。

4. 综合分析方法。在某一项法律制度设计和构建过程中,必须综合考虑不同影响因子,综合多学科知识和理论,对其正当性和合理性进行整体考察。节约型社会建设问题不仅是经济问题,也是政治问题、社会问题、法律问题。因此,在研究节约型社会法律保障时,不能仅仅局限于法学视野,而应当放在政治、经济、道德、文化等领域综合考量。

鉴于中国节约型社会法律保障尚存诸多缺陷,本书期望能够填补中国节约型社会法律保障研究空白,充实节约型社会立法理论基础,促进法律理论向制度实践转变。本书具有较大创新性和开拓性,主要创新之处有:其一,首次将法学方法系统引入节约型社会研究,充实了节约型社会建设法律保障理论,为节约型社会法律保障制度构建提供了科学思路和参考,填补了法学研究空白,拓展了法学研究视野;其二,系统梳理节约型社会法律保障现状,为建立完善中国节约型社会法律保障体系进行了全面论证与探讨,进而提出了中国节约型社会法律保障体系构建与实施对策;其三,针对不同资源类别及其特征,阐释了符合中国国情的节约型社会法律保障机制,并设计了其具体理论体系构成与实际措施手段。

本书难点也十分突出:首先,可资借鉴的资料太少,且过于零乱。许多时候,为了考察一个问题,我们不得不在丁点的思维火花上踯躅不前,往往是在不断的自我推翻的基础上艰难摸索前行。其次,节约型社会法律保障问题涉及面广,对研究者知识储备的广度和深度都是一个巨大的挑战,不难发现,仅仅熟悉某一学科的知识是很难深入展开本研究工作的。再次,如何具体设计节约型社会法律保障体系也颇让人费心,它必须契合中国的国情,必须能够与节约型生产体系、节约型流通体系、节约型消费体系等紧密相通,并起到坚实的保障支撑作用。最后,节约型社会法律保障机制一般原理研究,需要综合运用法的价值理论、立法学理论、制度经济学理论等,由一般到特殊,系统整合现有相关理论并进行一定程度的重构。

　　在 21 世纪里,中国作为世界上人口最多的发展中国家,必定将变成一个经济强国,对于各种战略资源诸如矿产、石油等需求量将会越来越大。鉴于中国在今后较长时期内都将面对较大资源与环境压力的严峻现实,我们在构建节约型社会的过程中,建立健全节约型社会法律保障体系无疑是顺应了时代发展的潮流。本书如果能为构建中国节约型社会法律保障体系作出一点绵薄的贡献,将是我们真诚的愿望与期盼。

第一章　节约型社会基本理念与
当代中国国情

第一节　古代社会节约观念考察

一、"节约"辞源考察

在节约型社会建设中,我们必须明确什么是"节约"。要回答这个问题,我们有必要对"节约"进行中英文辞源考察。

在中文辞源方面:"节"的意思在《辞海》为"节制、节省"。《论语·学而》:"不以礼节之,亦不可行也。"《荀子·天论》:"强本而节用,则天不能贫。"①"约"的意思在《辞海》为"紧缩、节俭"。《荀子·非十二子》:"大俭约,而僈差等。"《论语·里仁》:"不仁者,不可以久处约。"韩愈《卢府君夫人苗氏墓志铭》:"不谦于约,不矜于盈。"②"节约"的意思在《辞海》为"节俭、节省"。《后汉书·宣秉传》:"秉性节约,常服布被,蔬食瓦器。"③汉语中"节约"一词,发展到今天,根据不同语境可以分别作为名词、动词和形容词。

在英文辞源方面:汉语中作为名词、动词和形容词的"节约"在一般情况下分别对应于英语单词"economy"、"economize"、"economical"。由于英语单词"economize"、"economical"分别由名词"economy"带后缀"–ize"、"–ical"构成对应动词和形容词,因此我们只要在分析"economy"词源的基础上就可以明白其对应动词与形容词的词源。据《牛津现代英汉双解词典》、《新简明牛津英语大词典》,"economy"在法语和拉丁语中分别表示为"économie"和"oeconomia",它们都来源于希腊语的

---

① 辞海编辑委员会编:《辞海》,上海辞书出版社1979年版,第1263页。
② 辞海编辑委员会编:《辞海》,上海辞书出版社1979年版,第2634页。
③ 辞海编辑委员会编:《辞海》,上海辞书出版社1979年版,第1264页。

"oikonomia",意为"household management",系由"oikos(house)+ nemo (manage)"演变形成。按照英语构词规则,"economy"是由词根"eco"(源于希腊文"oikos",意思是家庭事务)加后缀"– nomy"(作为构词成分,来自希腊语的本义是"分配"、"安排"以及"管理")构成,其原始含义是管理家庭成员和家庭事务,如监督仆人和管理家庭开支等。后来随着社会的发展和进步,其含义逐渐演变为管理一个社团的资源(如财务资源)、对资源合理利用、减少支出和节约开支等。因此,发展到今天,"economy"含义的内在要素实际上是由两个成分构成:管理和资源。对资源进行管理,就是对资源进行合理利用;节约开支或减少开支,就是对资源消耗进行控制和管理。

综上所述,从中文与英文辞源考察中,我们可以发现,节约与资源密切相关,其核心就是节省资源。

二、节约观念变迁

在中华民族的历史长河中,"节约"一直作为一种重要美德在社会中发挥着重要作用。先人在节约方面取得的丰硕成果,成为我们今人继承和发扬的基础。站在历史角度回顾先人节约观念变迁,我们今人能认识节约文化的产生及其发展的历程。从总体上看,中国节俭思想在先秦时期就基本形成;自汉独尊儒术之后,历经魏晋南北朝、隋、唐、宋直至元、明、清,历朝历代的明君贤丞、志士仁人都在倡导节俭节约,并对前人思想进行不断地补充和完善。

(一)先秦时期节约思想

先秦诸子大多阐发了有关节约的思想,大致可以分为《周易》节用简易思想、道家节用寡欲思想、儒家节用伦理思想、墨家节用贵俭思想、法家节用能动思想、《管子》节侈并重思想等系列,并且各有特色。

1.《周易》节用简易思想

《周易》是上古最具有哲学思想的经典,被道家作为"三玄"之冠,被儒家作为群经之首。《周易》提倡简易、简能,认为简易是天地之间的基本原则,是社会赖以长久的基础,是建立大业的前提。《系辞上》云:"乾以易知,坤以简能;易则易知,简则易从;易知则有亲,易从则有功;有亲则可久,有功则可大;可久则贤人之德,可大则贤人之业。易简而天下之理得矣。"一切事情都要从简从易,这才是贤人所追求的。《系辞上》举例说对祭祀用的茅草都要珍惜,慎之又慎。在"初六,藉用白茅,无咎"引孔子语:"苟错诸地而可矣,藉之用茅,何咎之有? 慎之至也。夫茅之为物薄,而用可重也。慎斯术也以往,其无所失矣。"《周易》对过分的挥霍与消费,持批评态度。《未济象辞》云:"饮酒濡首,亦不知节也。"饮酒淹没了头,太没有节制了。《颐卦·象传》提出:"君子以慎言语,节饮食。"这是把节制饮食作为君子的标准之一。[①]《周易·否》:"君子以俭德辟难。"一方面,阐明俭朴的德行有助于防患于未然,防止奢靡腐化等行为;另一方面,在面临危难的时候,特别是在面临物质匮乏的困难时,具备俭朴的德行有助于克服危难。

　　《周易》有《节》卦,专讲节用。在六十四卦的排列顺序中,《节》卦与物用、诚信是联系在一起的。《说卦》解释说:"涣者,离也。物不可以终离,故受之以《节》。节而信之,故受之以《中孚》。"《节》卦的主要思想内涵表现在:其一,节是自然的本性,天地自然有一定的节制,从而形成四季的变化。《节卦·象传》:"天地节而四时成。"其二,执政者要以典章制度来约束,达到节制的目的,就能够不伤费钱财,不危害百姓。《节卦·象传》:"节以制度,不伤财,不害民。"其三,人们适可而止。《杂卦》指出节的本义:"《节》,止也。"关于"止"的观念,《周易》的其他《卦》也有所提及,如《大壮卦》云:"适形而止"。[②]

　　2. 道家节用寡欲思想

　　道家创始人老子提倡无为而治,知足寡欲。《老子》说:"圣人处无为之事,行不言之教,万物作焉而不辞,生而不有,为而不恃,功成而不弗居。""是以圣人去甚,去奢,去泰。"这是告诫统治者不能因为拥有天下而为所欲为,要去掉极端的、奢侈的、过分的东西。在老子看来,"甚爱必大费,多藏必厚亡,知足不辱,知止不殆,可以长久。""祸莫大于不知足,咎莫大于欲得,故知足之足,常足矣。"老子自称:"我有三宝,持而保之,一曰慈,二曰俭,三曰不敢为天下先。"当代学者认为:"这三宝同样也可说是环境伦理的三大宝——一曰慈,代表关爱万物生命,二曰俭,代表节约

---

　　①　王玉德:《试论先秦时期有关环境资源的节约思想》,载《江汉论坛》2007 年第1 期。

　　②　王玉德:《试论先秦时期有关环境资源的节约思想》,载《江汉论坛》2007 年第1 期。

各种能源,三曰不敢为天下先,更代表不敢凌驾万物众生,而能以谦下精神与自然万物打成一片。"①老子主张有什佰之器而不用,有舟车而不行,为的是节约资源,动机是好的,但思想有极端化的倾向。

庄子承袭老子思想,也提倡寡欲。庄子认为"其耆欲深者,其天机浅",所以他极力宣扬:"古之蓄天下者,无欲而天下足,无为而万物化,渊静而百姓定。""同乎无知,其德不离;同乎无欲,是谓朴素;朴素而民性得矣。"②同时,庄子认为那些只想尽可能多地占有生产或生活资料而进行奢侈消费的人均会严重伤害其本性,在《天地》一篇的最后一部分,他将这一点说得很明白:"且夫失性存五:一曰五色乱目,使目不明;二曰五声乱耳,使耳不聪;三曰五臭薰鼻,困傻中颡;四曰五味浊口,使口厉爽;五曰趣舍滑心,使性飞扬。此五者,皆生之害也。"这和老子的观点是一脉相承的。但是,老子从观察自然周而复始运转过程中领悟到了自然之道,提倡"故知足之足,常足矣";而庄子则是从精神层面悟到了自然超脱世俗的一面,提倡人类不要为外物所累以及不要过多消费生产或生活资料以妨害本性,劝诫人类应在消费观上持知足的态度。③

3. 儒家节用伦理思想

孔子从国家与个人两个角度论述节用。一是从国家的角度,如《论语·学而》:"道千乘之国,敬事而信,节用而爱人,使民以时。"《礼记·祭法》:"断一木,杀一兽,不以其时,非孝也。"《论语·述而》:"子钓而不纲,弋不射宿。"《孔子家语·贤君》和《史记·孔子世家》:"政在节财",虽然此语讲的是政治和经济,但落脚点仍在节制自然资源。二是从个人的角度,孔子认为节俭是做人的准则,如《论语·八佾》:"礼,与其奢也,宁俭;丧,与其易也,宁戚。"《论语·述而》:"奢则不孙,俭则固",意为奢侈使人狂妄,节俭使人安稳。过节俭的生活,就是爱惜资源的表现。《论语·述而》记载孔子追求的是一种恬淡自然的生活方式,"饭疏食饮水,曲肱而枕之,乐亦在其中矣。"在孔子看来,所谓的礼节,就是要知道节制,有节则

---

① 冯沪祥著:《人、自然与文化——中西环保哲学比较研究》,人民文学出版社1996年版,第239页。

② 陈鼓应著:《庄子今注今译》,中华书局1983年版。

③ 赵麦茹:《先秦道家生态经济思想浅析》,载《电子科技大学学报(社科版)》2007年第9期。

有德。①

孟子一再告诫君主应倡导节俭,反对浪费,体恤民众。《孟子·尽心上》云:"易其田畴,薄其税敛,民可使富也。食之以时,用之以礼,财不可胜用也。"这就是说,搞好耕种,减轻税收,可以使百姓富足。按时饮食,依礼花费,财物就是用不尽的。孟子提倡恻隐之心、羞恶之心、辞让之心、是非之心,主张从伦理心态上调整对待万物的态度。《孟子·梁惠王上》云:"君子之于禽兽也,见其生,不忍见其死;闻其声,不忍食其肉。"孟子非常注重"养",提倡人心要养,自然资源也要养。《孟子·告子》载:"养心莫善于寡欲。其为人也寡欲,虽有不存焉者,寡矣。"孟子举例:"牛山之木尝美矣,以其郊於大国也,斧斤伐之,可以为美乎?是其日夜之所息,雨露之所润,非无萌蘖之生焉,牛羊又从而牧之,是以若彼濯濯也。人见其濯濯也,以为未尝有材焉,此岂山之性也哉?……犹斧斤之於木也,旦旦而伐之,可以为美乎?其日夜之所息,平旦之气,其好恶与人相近也者几希,则其旦昼之所为,有梏亡之矣。梏之反覆,则其夜气不足以存。夜气不足以存,则其违禽兽不远矣。人见其禽兽也,而以为未尝有才焉者,是岂人之情也哉?"孟子最后归纳说:"苟得其养,无物不长;苟失其养,无物不消。"②

荀子把节约看成是实现仁爱、正义的基础。荀子在《富国》中讲道:"足国之道:节用裕民,而善臧其余。节用以礼,裕民以政。彼裕民,故多余;裕民,则民富。民富,则田肥以易;田肥以易,则出实百倍。上以法取焉,而下以礼节用之。余若丘山,不时焚烧,无所臧之。夫君子奚患乎无余?故知节用裕民,则必有仁义圣良之名,而且有富厚丘山之积矣。此无它故焉,生于节用裕民也。不知节用裕民,则民贫;民贫,则田瘠以秽;田瘠以秽,则出实不半。上虽好取侵夺,犹将寡获也;而或以无礼节用之,则必有贪利纠之名,而且有空虚穷乏之实矣。此无它故焉,不知节用裕民也。"荀子认为:懂得节约费用、使民众富裕,就一定会享有仁爱、正义、圣明、善良的名声,而且还会拥有丰富得像山陵一样的积蓄。反之,不懂得

---

① 王玉德:《试论先秦时期有关环境资源的节约思想》,载《江汉论坛》2007 年第 1 期。

② 王玉德:《试论先秦时期有关环境资源的节约思想》,载《江汉论坛》2007 年第 1 期。

节约费用、使民众富裕的办法就一定会有贪婪搜刮的名声,而且还会有粮仓空空穷困贫乏的实际后果。同时,"百姓时和、事业得叙者,货之源也;等赋府库者,货之流也。故明主必谨养其和,节其流,开其源,而时斟酌焉,潢然使天下必有馀而上不忧不足。"荀子还主张开源与节流并重,这样才能真正达到节约的最佳效果。荀子还认为节俭同人们自身的利害与国家的安危密切相关,在《荀子·荣辱》中提出:"泄者,人之殃也。恭俭者,偋五兵也。虽有戈矛之刺,不如恭俭之利也。"①

4. 墨家节用贵俭思想

墨家是诸子学派中以宣扬节俭为突出特征的一个流派。《汉书·艺文志》记载:"墨家者流,盖出于清庙之守。茅屋采椽,是以贵俭。"墨家的代表作是《墨子》,其中有强烈的社会责任感和批评精神。《墨子·辞过》严厉批评了当时社会上的浪费,说人君暴夺财物,奢侈无度。针对君主的奢侈,墨子鲜明地提出:从政节则昌,淫佚则亡。

《墨子》的《节用》专讲节约,主张君主带头,百姓效仿,即"节于身,诲于民。"《节用》提出节用关系到社会的安危,即"君实欲天下治而恶其乱也……不可不节。"《节用》还提出了节用的具体实施方法,"凡足以奉给民用,则止。诸加费不加民利者,圣王弗为。"《节用》提出君主要从衣食住行用做起,"古者圣王制为饮食之法,曰:足以充虚继气,强股肱,使耳目聪明,则止。……古者圣王制为衣服之法,曰:冬服绀緅之衣转且暖,夏服絺绤之衣轻且清,则止。……古者圣王制为节葬之法,曰:衣三领,足以朽肉。棺三寸,足以朽骸。堀穴,深不通于泉,流不发泄,则止。……古者人之始生未有宫室之时,因陵丘堀穴而处焉。圣王虑之,以为堀穴,曰:冬可以避风寒,逮复,下润湿,上熏烝,恐伤民之气,于是作为宫室而利。然则为宫室之法,将奈何哉?子墨子言曰:其旁可以御风寒,上可以御雪霜雨露,其中蠲洁,可以祭祀,宫墙足以为男女之别,则止。"

《墨子》的其他篇目也讲节约,如《七患》认为国有七患,第七患是"畜种菽粟不足以食之"。"凡五谷者,民之所仰也,君之所以为养。故民无仰则君无养,民无食则不可事。故食不可不务也,地不可不力也,用不可不节也。""财不足则反之时,食不足则反之用。故先民以时生财,固本

---

① 付耀霞:《先秦儒家的节俭思想对建设节约型社会的伦理启示》,载《四川行政学院学报》2007 年第 2 期。

而用财,则财足。"《七患》集中体现了墨子要求节约财物的思想,认为社会的稳定依赖于财物,良好的社会需要充足的财物作为基础。财物一方面需要创造,另一方面要节俭。此外,《墨子》的《天志》、《节葬》对节用也有论述,特别是《节葬》痛斥了厚葬之风,此不烦述。通观先秦诸子,他们的学说都在为君主着想,如孔子、韩非子,可以统称为君主之学。唯墨子特别强调节用,其心之诚,其旨之深,是其他诸家所不及的。①

5. 法家节用能动思想

荀子学生韩非子是法家最有代表性的人物。《韩非子》一书强调人在节俭过程中的主体作用,人要从各方面节俭。《韩非子·难二》说节俭是由人决定的,"俭于财用,节于衣食,宫室器械,周于资用,不事好玩,则入多。入多,皆人为也。"《韩非子·南面》记载韩非子的消费观念是量力而行:"举事有道,计其入多,其出少者,可为也。"《韩非子·十过》提出了非常明确的观点:"以俭得之,以奢失之。"《韩非子·显学》也有类似的说法:"侈而惰者贫,而力而俭者富。"

6.《管子》节侈并重思想

《管子》主张节侈并重消费观,即在风调雨顺之年倡导节俭,而在凶荒大灾之年鼓励侈糜。在一般情况下,《管子》对于消费持"节俭"态度,其倡导节俭的观点屡见于其论述中,如《管子·八观》云:"国侈则用费,用费则民贫,民贫则奸智生,奸智生则邪巧作。故奸邪之所生,生于匮不足;匮不足之所生,生于侈;侈之所生,生于毋度。故曰:审度量,节衣服,俭财用,禁侈泰,为国之急也,不通于若计者,不可使用国。"《管子·七臣七主》甚至将"节用"列为明君六务之首。与此相反,在"凶旱水泆,民失其本"之年,《管子·侈糜》大力倡导"积者立余食而侈,美车马而弛,多酒醴而糜"以及"修宫室台榭"的行为。因此,《管子》的节侈并重消费观是统一和谐的,异态的侈糜观与常态的节俭观并不矛盾。也就是说,《管子》的节侈并重消费观并非是绝对僵化不变的,并非是绝对的"俭"或绝对的"侈",而是讲究适度,因为《管子·乘马》认为过分的"俭"和过分的"侈"都不理性,即"俭则伤事,侈则伤货"。《管子》的辩证消费观念对于我们当代人处理生产与消费的关系、促进经济持续健康发展依然有重大

---

① 王玉德:《试论先秦时期有关环境资源的节约思想》,载《江汉论坛》2007年第1期。

意义。①

（二）秦后时期节约思想

《汉书》记载："孝文帝从代来，即位二十三年，宫室苑囿狗马服御无所增益。有不便，辄弛以利民。尝欲作露台，召匠计之，值百金。上曰：'百金，中人十家之产也。吾奉先帝宫室，常恐羞之，何以台为！'上常衣戈绨，所幸慎夫人，令衣不得曳地，帏帐不得文绣，以示敦朴，为天下先。治霸陵皆以瓦器，不得以金银铜锡为饰，不治坟，欲为省，毋烦民。"汉孝文帝是中国历史上被推崇的明君，历朝历代的执政者都纷纷以之为标准推行贤政。这段文字记载了孝文帝日常生活中的点滴小事：一是执政二十三年，后宫所用之物"无所增益"；二是不愿意花相当于十户中等人家的家产造露台；三是平时穿普通布料的衣服，妻妾不用金银铜锡饰品，不修坟墓等。而这么做的目的十分明确——"欲为省，毋烦民"。这些生活的细节，对于普通人来说也许没有什么，但是对于一国之君来说就十分的不容易了。身居高位而能够厉行节约是真正的美德。据《盐铁论·救匮》载，西汉恒宽在昭帝调查民间疾苦时，以晏婴为齐相时一件狐裘竟然穿了30年的故事，告诫当权者应该"民奢示之以俭，民俭示之以礼"。恒宽说："方今公卿大夫子孙，诚能节车舆，适衣服，躬亲节俭，率以敦朴，罢园池，损田宅……如是，则气脉和平，无聚不足之病矣。"恒宽强调通过适度消费和节约资源以保持长久富足。西汉贾谊在《论积贮疏》中说："民不足而可治者，自古及今未之尝闻。古之人曰，一夫不耕或受之饥，一女不织或受之寒，生之有时而用之亡度，则物力必屈。"

《后汉书·樊重传》记载："重，字君云，世善农稼，好货殖。重性温厚，有法度，三世共财，子孙朝夕礼敬，常若公家。其管理产业，物无所弃，课役童吏，各得其宜，故能上下戮力，财利岁倍，乃至开广田土三百余顷。其所起庐舍，皆有重堂高阁，陂渠灌注。又池鱼牧畜，有求必给。尝欲作器物，先种梓漆，时人嗤之，然积以岁月，借得其用，向之笑者咸求假焉。赀至巨万，而赈赡宗族，恩加乡闾。外孙何氏兄弟争财，重耻之，以田二顷解其忿讼。县中称美，推为三老。年八十余终。其素所假贷人间数百万，遗令焚削文契。责家闻者皆惭，争往偿之，诸子从敕，竟不肯受。"樊重不

① 赵麦茹、韦苇：《〈管子〉生态经济思想及其对当代的启迪》，载《西安电子科技大学学报（社会科学版）》2006年第2期。

是高官显贵,而是地方名流,勤俭持家的典范。他"管理产业,物无所弃,课役童吏,各得其宜"的做法体现了"人尽其才,物尽其用"的思想,这也是节约思想的具体表现。且乐善好施、恩泽乡里正是中国传统文化中十分重要的成分,他能做到,实为今人之楷模。东汉末年杰出的政治家、军事家和诗人曹操,在政治方面,消灭了北方的众多割据势力,恢复了中国北方的统一,还实行一系列政策恢复经济生产和社会秩序。在经济恢复时期,他提出:"侈恶之大,俭为共德。"《三国志·魏书·王昶传》记载:"嘉平初,王昶陈治略五事:……其五,欲绝侈靡,务崇节俭,令衣服有章,上下有叙,储谷蓄帛,反民于朴。"把崇尚节俭、杜绝奢靡作为治国方略提出,可见王昶对俭之益、侈之害的认识是非常清楚的。诸葛亮在《诫子书》中说:"静以修身,俭以养德。"

东晋时期的陶侃从县吏一直做到荆、江二州刺史,并掌管其他六州军事,成为当时最有实力的人物。但他戎马生涯四十余年,却始终保持着勤俭节约的作风,还经常勉励部下珍惜一草一木,为国为民多做贡献。至今人们传诵最多的是他珍惜竹头木屑、搬砖治懒的故事。《晋书·儒林传·范弘之传》记载:"范弘之字长文……雅正好学,以儒术该明,为太学博士。时卫将军谢石薨,请谥,下礼官议。弘之议曰……先王所以正风俗,理人伦者,莫尚乎节俭,故夷吾受谤乎三归,平仲流美于约己。自顷风轨陵迟,奢僭无度,廉耻不兴,利竞交驰,不可不深防原本,以绝其流。汉文袭戈绨之服,诸侯犹侈。武帝焚雉头之裘,靡丽不息。良由俭德虽彰,而威禁不肃。道自我建,而刑不及物。若存罚其违,亡贬其恶,则四维必张,礼仪行矣。"范弘之作为一名知识分子,对节约的理解极为深刻。而且,他清醒地认识到,就是在"汉文袭戈绨之服"、"武帝焚雉头之裘"之时,仍然有"诸侯犹侈"、"靡丽不息"的现象存在,说明节约与奢侈的对决是无时不在的。可见,提倡节约是十分困难的,就连皇帝也不能把所有臣民都变成节俭之人。

《宋书·本纪·文帝纪》记载:"三月甲申,车驾于延贤堂听讼。戊申,(文帝)诏曰:'自顷军役殷兴,国用增广,资储不给,百度尚繁。宜存简约,以应事实。内外可通共详思,务令节俭。'"用之过度,府库不足,皇帝诏书号召节约。在某种意义上讲,这是国家层面的节约行为。《南史·崔祖思传》记载:"崔祖思字敬元,清河东武城人……武帝即位,祖思启陈政事,以为:'自古开物成务,必以教学为先。宜太庙之南,弘修文序,司农以北,广开武校。'又曰:刘备取帐钩铜铸钱,以充国用。魏武遣女皂帐婢十人。东阿妇以绣衣赐死。王景兴以折米见诮。宋武节俭过人,张妃房唯碧绡蚊帱、三齐祜席、五盏盘桃花米饭,殷仲文劝令畜伎,答云:'我不解声。'仲文曰:'但畜自解。'又答:'畏解故不畜。'历观帝王,未尝不以约素兴侈丽亡也。伏惟陛下体唐成俭,蹈虞为朴,寝殿则素木卑构,膳器则陶瓢充御。琼簪玉笏,碎以为尘;珍裘绣服,焚之如草。宜察朝士有柴车蓬馆,高以殊等,驰禽荒色,长违清编,则调风变俗,不俟终日。"崔祖思列举了许多历史上的节约典范,并阐明了"以约素兴侈丽亡"的道理,目的就是要唤起皇帝重俭德之心,以俭德治国。南北朝时期大学者颜之推在其《颜氏家训》之《治家篇》中说道:"然则可俭而不可吝已。俭者,省约为礼之谓也;吝者,穷急不恤之谓也。今有施者奢,俭者吝;如能施而不奢,俭而不吝,可矣。"颜之推用十分简练的几句话论述了节俭与吝啬的关系,指出节俭与吝啬不同,节俭是节省,是礼之体现,吝啬是穷极而失去了体恤之心,提出"施而不奢,俭而不吝"的主张。这一主张既体现了传统节俭思想,又加入了扶危济困的内容,是对传统节约思想的补充和发展。

《隋书》记载:"……丁亥,诏犬马器玩口味,不得献上。"这是在说隋文帝杨坚下诏书禁止下面向皇帝进献玩物食品等,说明皇帝不愿意因此造成浪费。被称为"隋末大儒"的王通认为治国理政应当强调禁奢崇俭,否则如他在《中说·关朗》中所说"不勤不俭,无以为人上也。"王通把节俭和经济、政治、个人品德有机地结合起来。《隋书·列女传·郑善果母传》记载:"郑善果母者,清河催氏之女也……母恒自纺绩,夜分而寐。善果曰:'儿封侯开国,位居三品,秩俸幸足,母何自勤如是邪?'答曰:'呜呼。汝年已长,吾谓汝知天下之理,今闻此言,故犹未也。至于公事,何由济乎?今此秩俸,乃是天子报尔先人之徇命也。当须散赡六姻,为先君之惠,妻子奈何独擅其利,以为富贵哉。又丝枲纺织,妇人之家务,上自王后,下至大夫士妻,各有所制。若堕业者,是为骄逸。吾虽不知礼,其可自败名乎?'自初寡,便不御脂粉,常服大练。性又节俭,非祭祀宾客之事,酒肉不妄陈于前。静室端居,未尝辄出门阁。内外姻戚有吉凶事,但厚加赠遗,皆不诣其家。非自手作及庄园禄赐所得,虽亲族礼遗,悉不许入门。"这段记述为我们描述了一位典型的善良、贤惠、智慧、坚强、通情达理、勤俭持家的贤妻良母形象。郑善果的母亲本可过上养尊处优的生活,却每天都在辛勤劳作,且生活俭朴。这种以富贵之身过普通百姓简朴生活的态度是难能可贵的。

唐朝强调节约的名士较多。李商隐在《咏史》中写道:"历览前贤国与家,成由勤俭破由奢"。古往今来,成功的创业者大都经过艰苦奋斗的阶段,所以比较注意勤俭节约。但是对守业者来说则正好相反,他们没有经历过创业艰辛,容易贪图奢侈享乐,最终命运必然是事业衰败,国家灭亡。这是几千年历史所昭示的真理。唐朝著名史学家吴兢作为史官发扬了历代史官的优秀品格,主张"克俭节用,实弘道之源;崇侈恣情,乃败德之本。"唐初名相房玄龄曾说过:"奢侈之费,甚于天灾。"唐朝著名大诗人白居易曾呼吁:"奢者狼藉俭者安,一凶一吉在眼前。"《旧唐书·张嘉贞传》记载:"嘉贞虽久历清要,然不立田园。及在定州,所亲有劝植田业者,嘉贞曰:'吾忝历官荣,曾任国相,未死之际,岂忧饥馁? 若负谴责,虽富田庄,亦无用也。比见朝士广占良田,及身没后,皆为无赖子弟作酒色之资,甚无谓也。'闻者皆叹伏。"官居相国的张嘉贞不治田产,怕后代子孙因奢侈而败家。没有田产,能够培养子孙们艰苦奋斗、勤俭持家的生活态度,未尝不是个很好的治家之道。《新唐书·韩滉传》记载:"滉虽宰相子,性节俭,衣裘茵衽,十年一易。甚暑不执扇,居处陋薄,取庇风雨。门当列戟,以父时第门不忍坏,乃不请。堂先无挟庑,弟洄稍增补之,滉见即彻去,曰:'先君容焉,吾等奉之,常恐失坠。若摧圮,缮之则已,安敢改作以伤俭德?'居重位,清洁疾恶,不为家人资产。自始仕至将相,乘五马,无不终枥下。"韩滉为宰相子,后又为宰相,能以俭德持家实为美德。李绅在《悯农》一诗中写道:"锄禾日当午,汗滴禾下土。谁知盘中餐,粒粒皆辛苦。"这首妇孺皆知的诗虽语言浅显但内涵深邃。

五代南唐著名的道家学者谭峭认为:"奢者富不足,俭者贫有余。"后周太祖郭威是历史上较为节俭的皇帝。据《资治通鉴》记载,后周太祖郭威即位伊始就对近臣说:"朕起于寒微,备尝艰苦,遭时丧乱,一旦为帝王,岂敢厚自奉养以病下民乎!"下诏悉罢四方贡献珍美食物。又"内出宝玉器及金银结缕宝装床几、饮食之具数十,碎之于殿廷。帝谓侍臣曰:'凡为帝王,安用此!'仍诏有司,凡珍华悦目之物,不得入宫。"直到他临终前,还下诏薄葬:"陵所务从俭素,应缘山陵役力人匠,并须和雇,不计近远,不得差配百姓。陵寝不须用石柱,费人功,只以砖代之。用瓦棺纸衣……切不得伤他人命。勿修下宫,不要守陵宫人,亦不得用石人石兽。只立一石记子,镌字云:'大周天子临晏驾,与嗣帝约,缘平生好俭素,只令著瓦棺纸衣葬。'若违此言,阴灵不相助。"这种精神在封建帝王中是难能可贵的。不久,郭威病逝,终年五十一岁。据《新郑县志》记载,郭威的嵩陵旧有柴荣石刻云:"周天子平生好俭约,遗令用纸衣瓦棺,嗣天子不敢违也。"在郭威的嵩陵之北1.5公里处柴荣的庆陵、柴宗训的顺陵及柴荣符皇后的懿陵,其风格一样俭素无华,都应了郭威的遗训。在郭威的家乡——河北邢台隆尧县郭园村一带,至今还流传有"葬之失礼,入土为安,后周遗风,纸衣瓦棺"这一类颂扬荣俭薄葬的美谈。

北宋司马光在《训俭示康》一文中对"俭,德之共也;侈,恶之大也"①作了专门解释,他说:"共,同也,言有德者皆由俭来也。夫俭则寡欲,君子寡欲则不役于物,可以直道而行,小人寡欲则能谨身节用,远罪丰家。故曰:'俭,德之共也。'侈则多欲,君子多欲则贪慕富贵,枉道速祸,小人多欲则多求妄用,败家丧身,是以居官必贿,居乡必盗,故曰:'侈,恶之大也。'"这一诠释讲透了倡俭戒奢的伦理导向符合人与社会健康发展的道理。司马光还在《训俭示康》中引述袁采在《袁氏世范》卷三中"由俭入奢易,由奢入俭难"这句话来训诫子孙。司马光在《资治通鉴》二百三十四卷中写道:"取之有度,用之有节,则常足。"《宋史·范纯仁列传》写道:"惟俭可以助廉,惟恕可以成德。"南宋朱熹主张:"勤与俭,治生之道也,不勤则寡入,不俭则妄费。"据《朱子大全·己酉拟上封事》记载,朱熹还告诫统治者:"先圣之言治国而有节用爱人之说,盖国家财用皆出于民,如有不节而用度有缺,则横赋暴敛必将有及于民者,虽有爱人之心,而民不被其泽矣。是以将爱人必先节用,此不易之理也。"南宋倪思《经钼堂杂志》云:"俭者君子之德,世俗以俭为鄙,非远识也。俭则足用,俭则寡求,俭则可以成家,俭则可以立身,俭则可以传子孙。奢则用不给,奢则贪求,奢则掩身,奢则破家,奢则不可以训子孙。利害相反如此,可不念哉。"南宋著名诗人陆游在弥留之际,对其弟子言道:"吾居贫不喜为人言,故知者少,今启手足之后,乃至不能为棺殓,度不免以累亲故,然当痛节所费,但获入土则已矣,更不可藉口于人,以资他用。"陆游一生过着简约朴素的生

----

① 该话出自《左传·庄公二十四年》。鲁庄公命人在庙堂的柱子上涂红漆,在椽子上雕花纹,这都是奢侈而不合礼法的事情。大夫御孙劝谏他时,说了这句话,并指出这样做实际上是在先人的"大德"中注入了"大恶",不但不能取悦先人,反而是辱没了他们。可见,古人是从礼的规范和德的大小这样的高度来看待节俭,而把奢侈浪费看做一种恶行。

活，以致临死无丧葬之费。但就是这样，还在嘱咐弟子，绝不能以此为借口收人钱财，挪作他用。

"宫度移种思俭草；躬行朴实复浮风。"这是后人为元世祖忽必烈写的一副对联。元世祖忽必烈作为第一流的创业之主，在个人生活上自奉较为俭薄，注意节约，力倡淳朴之风。大臣王挥在奏疏中，就肯定他"临御以来，躬行俭素，思复淬风……去金饰而朴鞍履。"与此同时，据《昨非庵日纂》载："元世祖每思太祖创业艰难，俾取所居地青草一株，置大内丹墀前，谓之示俭草。盖欲使子孙知勤俭之节也。"除此之外，在日常生活中，元世祖忽必烈还严格要求皇后、子孙等人。一次，察必皇后从太府监支取缯帛表里各一匹，忽必烈便批评她："此军国所需，非私家物，后何得支？"察必皇后从此也便勤俭自持。她亲率宫人，用四弓弦缉绸成衣，并把弃置的羊皮缝成地毯，加以利用。一天，皇子云南王忽哥赤，从村中强取水禽，数量超过了规定，忽必烈知道了，"命杖责七十，皮肉俱裂"。一次，皇太子真金病了，忽必烈前去看望，见到太子床上有织金卧褥，十分生气。他对太子媳妇阔阔真说："我总以为你贤淑，为什么奢华若此呢？"阔阔真急忙跪地，回禀说："平时不敢施用，只因太子生病，恐有退气，才用了它。"说罢，随即撤掉了织金卧褥。皇孙铁穆耳极其嗜酒，忽必烈屡加训导，曾三次责打，并派侍臣监督其生活，"傅以节饮致戒"。在元朝基业开创与发展的过程中，不仅皇帝自身（如元世祖忽必烈）主张节俭，而且政府官员也经常建言节约。据《元史·列传第六十二》载："张养浩，字希孟，济南人。……英宗即位，命参议中书省事。会元夕，帝欲于内庭张灯为鳌山，即上疏于左丞相拜住。拜住袖其疏入谏，其略曰：'世祖临御三十余年，每值元夕，间阎之间，灯火亦禁；况阙庭之严，宫掖之邃，尤当戒慎。今灯山之构，臣以为所玩者小，所系者大；所乐者浅，所患者深。伏愿以崇俭虑远为法，以喜奢乐近为戒。'"此外，元朝建立以后，并没有实行汉族丧葬那种大操大办以及随葬品很多的习惯，即使贵族和皇族也大都比较节俭。正是厉行节俭，恢复淳朴之风，对元朝基业的开创与发展起了积极作用。

明太祖朱元璋，虽说没有什么文化，但朴实的语言里透出机杼，"金玉非宝，节俭乃宝。"《明史·品官婚礼条》记载："周制，凡公侯士大夫之婚娶者，用六礼。唐以后，仪物多以官品为降杀。明洪武五年诏曰：'古之婚礼，结两姓之欢，以重人伦。近世以来，专论聘财，习染奢侈。其仪制颁行。务从节俭，以厚风俗。'故其时品节详明，皆有限制，后克遵者鲜矣。"洪武帝从整顿社会奢侈之风，提倡节俭的角度发布诏书，号召人们"务从节俭"以正世风。张居正认为："取之有制，用之有节则裕；取之无制，用之不节则乏。"薛瑄在《薛文清公读书录》卷五写道："节俭朴素，人之美德；奢侈华丽，人之大恶。"冯梦龙在《警世通言·桂员外途穷忏悔》中写道："常将有日思无日，莫待无时思有时"，警戒人们注重节俭。王相在《女四书笺注》中写道："勤而不俭，枉劳其身；俭而不勤，甘受其苦。俭以益勤之有余，勤以补俭之不足。若夫贵而能勤，则身劳而教以成；富而能俭，则守约而家日兴。"明清之际杰出的哲学家、思想家王夫之甚至将"俭"与"勤"、"慎"作为杰出人才的核心素质。他在《俟解》中说："俭者，节其耳目口体之欲，节己而不节人。勤者，不使此心昏昧偷安于近小，心专而志致。慎者，畏其身入于非道，以守死持之而不为祸福利害所乱。能俭，能勤，能慎，可以为豪杰矣。"明末清初教育家朱柏庐的《治家格言》里有一句大家熟悉的格言："一粥一饭，当思来之不易；半丝半缕，应念物力维艰！"

时至清代，人们在实践中认为：一是要将节俭视为美德，认清奢侈的危害，不断加强自身修养。二是要坚持节俭从己，节用为民。诚如《魏源集》上册《治篇》十四中所言："禁奢崇俭，美政也"。素有清代"第一清官"之美称的于成龙，终生从政，清廉无私，崇尚节约，甘于淡泊。据《于清端公政书》载，他在任罗城知县时，其子从山西老家来看他，他只有一只还舍不得吃的咸鸭，乃割下一半作为让儿子带回老家的礼品，因此得名"半鸭知县"。《清史稿·董教增传》记载："董教增，字益甫，江苏上元人。乾隆四十五年，南巡，召试举人，授内阁中书。五十一年，成一甲三名进士，授编修，散馆改吏部主事，累迁郎中。教增有识量，强毅不阿。官四川时，力矫豪奢，崇节俭，宴集不设剧。总督勒保以春酒召，闻乐而返。亟撤乐，乃至，尽欢。常言'刻于己为俭，俭于人为刻'，时叹为名言。"董教增身居高位而能严于律己、厉行节约，可见其修养极高。《清史稿·刘荫枢传》记载："刘荫枢，字乔南，陕西韩城人。康熙十五年进士……（刘荫枢）疏言：廉吏必节俭。迩来居官竞尚侈靡，不特车马、衣服、饮食、器用，僭制逾等。抑且交结、奔走、馈送、夤缘，弃如泥沙，用如流水。俸不给则贷于人，玷官箴，伤国体。请敕申斥，以厉廉戒贪。"刘荫枢提出"廉吏必节俭"的观点，把节约与廉政结合起来考虑，是对节约思想的发展，有着极为重大现实意义。清代医家石成金在《传家宝》初编卷五写道:"勤俭两件,犹如阴阳表里,缺一不可。"严复曾经在《代北洋大臣杨拟筹办海军奏稿》中写道:"治家者,勤苦操作矣,又必节食省衣,量入为出,夫而后仓有余粮之积,门无索逋之呼。至于因浪费而举债贷赁,则其家道苦矣!"这是在劝勉人们要勤俭持家,善藏备患,绝不能奢侈浪费导致家道衰败。实际上,不仅小家,大家、国家亦是如此。严复先生的用意恐怕就是警示当政者要懂得"成由俭败由奢"的道理。

三、节约文化解释

回顾先人节约观念变迁,我们发现节约观念在中国可谓是源远流长。中国古代节约观念的外延相当广泛,其自身的内涵也随着人们对自然与社会认识的广度和深度的变化而逐步深化。中国古代节约观念折射的是中华民族的心理特质与价值取向,具有深刻的民族文化内涵。

(一)古代节约思想反映着深刻、世俗、理性的人性观

中国古代思想家之所以主张节约、强调节约,不仅是出于国家长治久安的需要,也是出于满足人的基本需要,并使人得到健康的发展。在中国,尤其在宋元以前,禁欲主义并没有生存发展的空间,即使是刻苦自奉并提出了全面节约主张的墨子也在《墨子闲诂》附录《墨子佚文》中认为"食必常饱,然后求美;衣必常暖,然后求丽;居必常安,然后求乐。为可长,行可久,先质而后文",应该在基本消费得到满足以后求得较高的消费水平。儒家的重要代表人物孟子认为饮食男女对物质的需要、生理的需要是正当的,其社会理想的重要内容就是《孟子·梁惠王上》中"七十者衣帛食肉,黎民不饥不寒";同时孟子在《孟子·滕文公上》中认为"人之有道也。饱食、暖衣、逸居而无教,则近于禽兽",强调要对人的欲望加以引导,因为人与动物的最大区别在于人不仅有物质生活的消费需求,而且有较之物质消费更高层次的精神需求和享受需求。儒家的另一代表人物荀子对此论述得更为充分,他在《荀子》卷二《荣辱》中认为"人之情,食欲有刍豢,衣欲有文绣,行欲有舆马,又欲夫余财蓄积之富也。然而穷年累世不知不足,是人之情也",人们并不以吃饱、穿暖为满足,还要吃得好、穿得好,无限地积累财富,对物质生活有不断提高的要求。这种欲望是人所共有的,"贵为天子,富有天下,是人情之所同欲也",如果人欲放任,"从人之欲,则势不能容,物不能赡",而且"天下害生纵欲","欲多而物寡,寡

则必争",最终危及人的共同生活体,于是荀子在《荀子》卷十六《正名》中提出以"理"为人欲衡尺,对欲望加以理性的节制,"心之所可中理,则欲虽多,奚伤于治?"为此,荀子还区分了作为自然存在的欲(欲望)与可满足、可追求的"求"(需求)这两个概念:"欲不待可得,而求者从所可。欲不待可得,所受乎天也;求者从所可,受乎心也",人的欲望与借以满足欲望的需求是不同范畴的两个概念,人的欲望"受乎天",是人的自然生理现象,它并不以有无满足可能性为前提;而人借以满足欲望的需求则"受乎心",是人的理性思维的产物。在经济生活中,人们不仅仅根据生理欲望进行选择,而且还通过自觉理性进行选择,正如《荀子》卷二《不苟》中"欲恶取舍之权:见其可欲也,则必前后虑其可恶也者;见其可利也,则必前后虑其可害也者,而兼权之,熟计之,然后定其欲恶取舍,如是则常不失陷矣……见其可欲也,则不虑其可恶也者;见其可利也,则不虑其可害也者,是以动则必陷,为则必辱"。人们常处于权衡之中,通过理性克制自己的需求,有条件地满足人的欲望,"虽为守门,欲不可去,性之具也。虽为天子,欲不可尽。欲虽不可尽,可以近尽也。欲虽不可去,求可节也。所欲虽不可尽,求者犹近尽。欲虽不可去,所求不得,虑者欲节求也。道者,进则近尽,退则节求,天下莫之若也",在这里,"节"就成为一个重要的概念、条件,节约成为有条件满足人的欲望,达致人的健康发展的重要途径。与儒家类似,道家也主张节约,反对物质利欲对人身心自由的束缚,但其强调的是不以物挫志、不以物害己,追求的是一种有如《淮南子》卷二十《泰族训》中所言之返璞归真的精神境界,"节用之本,在于反性。未有能摇其本而静其末,浊其源而清其流者也"。总之,在传统文化中,节约对于物质欲望的节制,是与对人性的深刻理解、对精神境界的追求以及对实现自身道德价值的需求,密切联系在一起的。正因为如此,古人特别强调通过修身养性以节制人性欲望来实现尚俭杜奢的伦理目标,主张用理智、道德规范去控制和约束人的物质欲望,通过道德人格的超越和精神价值的追求来平衡人的物质需求与精神需求,加以反对过分追求物质消费和感官的享受。

(二)古代节约思想反映着深刻、世俗、理性的社会观和文化观

社会是由一个个具体的个人组成的,人的欲望具有不断提升和不断更新发展的现实趋向,正如《孔子集语·齐侯问》所言"中人之情,有余则侈,不足则俭,无禁则淫,无度则失,纵欲则败",欲望的无限膨胀自然会导

致社会的败乱,也正是为了遏制无限的欲望并保持社会的正常运行,才产生了人类的各类文化创造。在这些创造之中,最典型的就是政治制度,古代称之为"礼制"。关于礼制的起源,属荀子论述得最为系统,一方面,起因于自然界无法满足人的无穷的欲望,如《荀子》卷二《荣辱》所言"从人之欲,则势不能容,物不能赡也。故先王案为之,制礼义以分之,使有贵贱之等,长幼之差,知贤愚能不能之分,皆使人载其事而各得起宜。然后使悫禄多少,厚薄之称";另一方面,则起因于人的欲望所导致的社会纷争,如《荀子》卷十三《礼论》所言"礼起于何也? 曰:人生而有欲,欲而不得,则不能无求,求而无度量分界,则不能无争。争则乱,乱则穷。先王恶其乱也,故制礼义以分之,以养人之欲,给人以求。使欲必不穷乎物,物必不屈于欲,两者相持而长,是礼之所起也"。荀子尽管没有论述生产力对礼制产生的影响,但他把"礼"的根源归结于社会财富的有限性和人的物质欲望的无限性之间的矛盾,归结于为满足欲望而引发的社会集团的矛盾纷争,应该是深刻的洞见,"实际上也就是将其归因于社会经济条件。正是由于社会经济的发展有一定的限度,不能充分满足人们的生活需要,所以必须有一定制度以调节不同社会集团之间的物质利益关系"。① 荀子的这些观点为后世思想家所继承:司马迁在《史记》卷二十三《礼书》中记载"礼由人起,人生有欲,欲而不得则不能无忿,忿而无度量则争,争则乱。先王恶其乱也,故制礼义以分之。养人之欲,给人以求,使欲不穷于物,物不屈于欲,两者相待而长,是礼之所起也";白居易在《白氏长庆集》卷六十三《立制度》中记载"天有时,地有利,人有欲。能以三者与天下共者,仁也,圣也。仁圣之本,在乎制度而已。夫制度者,先王所以下均地财,中立人极,上法天道者也"。不过,从这些论述也可以看出,中国古代礼制不仅是一种等级的社会制度,更是中国古人创设的调节各社会集团利益关系的综合的社会经济文化制度,它不仅体现等级的社会消费观,而且通过礼仪来规范、约束和节制人的自然欲望,是节约思想赖以实现的社会条件,如《周易注疏》卷十《节》所言"节以制度,不伤财,不害民"。节约与礼制相互为用就不仅达到财用不竭的效果,如《孟子·尽心上》所言"食之以时,用之以礼,财不可胜用也",而且可以促成天下的治安太平,如《孔子集语·齐侯问》所言"故饮食有量、衣服有节、宫室有度、蓄聚有数、车

---

① 赵靖著:《中国经济思想通史》(修订本),北京大学出版社2002年版,第359页。

器有限,以防乱之源也",《淮南子》卷二十《泰族训》所言"为治之本,务在宁民;宁民之本,在足用;足用之本,在于勿夺时;勿夺时之本,在于省事;省事之本,在于节用"。

如果说礼制更多地侧重于外在约束与强制,那么侧重于内在教化与养成的社会手段则是前人的另一种文化创造。由于物质的有限性不能从根本上获得解决,除了依靠社会强制来达到一种等级差别的分配外,还必须借助于内在力量以达于超越。有鉴于此,古人非常重视并努力发挥个体教化的熏染功能,来引导改造人的自然欲望。在这些教化手段中,最典型的就是"乐",古代礼、乐并称,通称为"礼乐制度"。乐起源于对于人们的感情欲望的正确引导的需要。好的音乐既满足人的"乐"的需要,又不流于邪淫,并能陶冶人的情操,培养人的善心。荀子在《荀子》卷十四《乐论》中突出强调了乐的"和"的功能,"夫声乐之入人也深,其化人也速,故先王谨为之文。乐中平则民和而不流,乐肃庄则民齐而不乱……乐姚冶以险,则民流僈鄙贱矣,流僈则乱,鄙贱则争"。不同的音乐对人的感情欲望的影响差别极大,"中平"、"素庄"之音能够使民"和"而"齐",也就是可以使人"群居和一","姚冶"之乐则会造成情欲的放纵散漫,从而引起社会的争乱。所以,应该"贵礼乐而贱邪音","禁淫声,以时顺修,使夷俗邪音不敢乱雅",充分发挥雅乐"善民心"、"感人深"、"移风易俗"的作用,使人们归于道德之善,达致人心的"和"而"齐",从而使社会组织起来,这正是音乐的功能和意义。因此在古人看来,礼和乐的功能,有异曲同工之妙。正如荀子在《荀子》卷十四《乐论》中所说:"乐也者,和之不可变者也;礼也者,理之不可易者也。乐合同,礼别异。礼乐之统,管乎人心矣。穷本极变,乐之情也;着诚去伪,礼之经也"。乐之"和"与礼之"别",两者相辅相成,相互补充,共同起着节制、引导人们的欲望,从而实现规范行为、组织社会的作用。综上可见,通过礼和乐对人的欲望的节制所起的双重作用,一方面抑制了人的欲望,另一方面又满足了人的欲望,两者是辩证的统一。

正是由于这种强调礼义和德性的社会观和文化观,中国古人的节约观强调的也是一种中道,"君子约之以中,而行之以诚",追求的是"俭中度"的境界。德自俭生,不讲节俭,自然就失去了德性存在的根基,而节俭过度,当用不用,也可能丧失俭德之本义,走向另一个极端:吝啬。孔子的奢俭论就是以礼制为准则的,强调节俭应有度量分界,不同等级的人应有俭的不同标准,要求遵循礼制的基本要求,做到俭不废礼。北齐颜之推所著的《颜氏家训》更以"施而不奢,俭而不吝"为人生准则,要求子孙"可俭而不可吝也。俭者,省约为礼之谓也。吝者,穷急不恤之谓也。今有奢则施,俭则吝。如能施而不奢,俭而不吝,可矣",明确区分了俭与吝这两个概念,认为节俭是自己节约而又合乎礼义,吝啬则是不济贫恤人,实际上是强调了助人好施的社会责任。因此,古人所论之节俭,不是不用,不是吝啬的"少用",而是当用则用,当节方节,如清朝蔡世远在《二希堂文集》卷八《壬子九月寄示长儿》中所言,"家中须节用为先……又切不可鄙啬为心。凡义所应用,不可有一毫吝心也。自家用度,即纸笔油盐以至微物,皆宜爱惜。宜用处则不然。若只以求田问舍为心,人品最下",宋朝陆九韶在《居家正本制用篇》中所言"居家之法,随资产之多寡,制用度之丰俭。合用万钱者,用万钱不谓之侈;合用百钱者,用百钱不谓之吝,是取中克久之制也"。合"义"而用,不为不俭;只有背"义"滥用,才是奢侈。这里,节俭之"度",就在于合乎礼义与否。概言之,奢侈是不合礼义而用,而合乎礼义的用度,济贫恤人的施与正是节俭之德的必要内涵,这恰恰深刻反映了中国世俗的理性的社会观。

（三）古代节约思想还反映着深刻、世俗、理性的自然观

先民在长期的农业生产中,对人与自然的关系积累了丰富生动的感受,并升华为规律性的认识。根据《尚书》记载,早在帝舜时期,古人就有了"顺我山林泽薮草木鸟兽之性,取之以时,用之以节,使各遂其生,各得其所者而用之"的思想。此后,古人从天地自然万物所具有的适可而止的节律中得出了人事行为要有"节"的明确结论,《易传·节·象传》对此提出"大地节而四时成,节以制度,不伤财,不害民",其节俭主张直接来自自然生态学的观察。从生态学的角度出发,古代思想家要求人们在对自然资源的取用和消费方面,珍惜自然给人类提供的生活之源,反对过度取用和消费。孔子本人如《论语》之《述而》所言,"钓而不纲,弋不射宿",就是对生物资源的取用中舍弃使用那些有害于物种群体繁衍的工具和方法。孟子在《孟子·梁惠王上》中主张"数罟（密网）不如洿池,鱼鳖不可胜食也;斧斤以时入山林,材木不可胜用也",就是对生物资源的取用要按规定的方式与时节进行。荀子在《荀子》卷五《王制》中的论述更为全面,即"草木荣华滋硕之时,则斧斤不入,山林不夭其生不绝其长也;鼋鼍鱼鳖鳅鳝孕别之时,罔罟毒药不入,泽不夭其生不绝其长也;春耕夏耘秋收冬

藏,四者不失时,故五谷不绝,而百姓有余食也。污池渊沼川泽,谨其时禁,故鱼鳖优多,而百姓有余用也。斩伐养长,不失其时,故山林不童,而百姓有余材也",通过对于动植物的捕猎、砍伐施行一定的限制,不仅可以保护自然资源、保护生态环境,而且可以使资源合理利用,从而使经济社会得到持久的发展,达致"万物皆得其宜,六畜皆得其长,群生皆得其命"的人与自然和谐共存的境界。《诗经·鱼丽》毛传不仅总结各种保护自然资源的做法,"古者不风不暴不行火;草木不折不操,斧斤不入山林。豺祭兽然后杀,獭祭鱼然后渔,鹰隼击然后罻罗设。是以天子不合围,诸侯不掩群,大夫不麛不卵,士不隐塞,庶人不数罟。罟必四寸,然后入泽梁。故山不童,泽不竭,鸟兽鱼鳖皆得其所然",而且提出了"太平而后微物众多,取之有时,用之有道,则物莫不多矣"的思想,鲜明地强调人与天地的谐调共存离不开人的自制自持,即"取之有时,用之有道"。到西汉时期,司马迁在《货殖列传》中进一步阐发,提出"育之以时,而用之有节"的观点,更明确主张对自然资源的消费要有节制。这些观点不仅充分体现了古人珍爱自然资源,保护生态环境的心态,更反映了古人对自然规律和人道规律的一致性的把握,反映了古人处理人与万物关系时既尊重自然规律、又肯定人类认识和改造自热的能动作用的智慧。它们尽管说法各异,但其主旨都是典型的天人谐调论,都强调的是天人合一的深刻内涵。

正是天人谐调论的深刻影响,古人往往从自然界寻找节俭的理论依据。按照传统的天人学说,古人认为人受天地之气以生,是天地的一个组成部分,必须遵循天地变化的法则,效法天地,以成就其化育万物之功。正如《汉书·礼乐志》所说:"人涵天地阴阳之气,有喜怒哀乐之情。天禀其性而不能节也,圣人能为之节而不能绝也,故象天地而制礼乐,所以通神明,立人伦,正情性,节万事者也"。由于宇宙之间的万事万物都是异质同构的,具有统一的法则、结构和运动节奏,"秋早寒则冬必暖矣,春多雨则夏必旱矣,天地不能两,而况于人类乎?人之与天地也同,万物之形虽异,其情一体也。故古之治身与天下者,必法天地也",人应该节制自己的欲望,"圣人修节以止欲",从而有利于主体的协调发展。在此,节欲也就成为自然生命的一个普通法则,也成为《淮南子》卷九《主术训》中"上因天时,下尽地财,中用人力,是以群生遂长,五谷蕃殖"的重要途径。

此外,后世思想家还进一步从自然资源的有限性与人类欲望的无限性的矛盾角度,论述了人类节制欲望对于人类长远发展的重要性,如宋朝卫湜在《礼记集说》卷五十九《礼器》所言"盖以天地之生有穷,人情之流无艺,裁制不严,贻害必广","圣人取物为养而不过乎理,故心志和平百体顺正",北宋司马光在《资治通鉴》中所言"夫地力之生物有大限,取之有度,用之有节,则常足。取之无度,用之无节,则常不足。生物之丰败由天,用物之多少由人。是以圣王立程,量入为出",并要求人们认清事物固有的限度,克制自己的消费欲望,尊重规律,通过"交万物有道,取之有时,用之有节"的方式,达到"草木鸟兽蕃殖,无有求而不得"的效果,真正实现自然资源的永续利用。

由此可见,以节俭代表的"节"的概念在中国源远流长,影响深远,它从根本上反映了中国先哲对自然、对个人、对社会的深刻理解。传统节约观表现为人们理性的生活态度和适度的消费观念,要求人们充分合理地利用资源,适当节制个人的生活欲望,将人们的消费行为以个人的收入水平和社会平均消费水平为比照,是一种有利于个人、经济、社会、自然的长远发展的伦理观。传统节约观表现为一种对个人、对后代、对社会的负责精神,节约行为的普遍化有助于缓解社会物质供需之间的矛盾,有助于缓解人与人之间、人与自然之间的矛盾,实现一种低水平的和谐共存,从而为传统的中华社会经济文化的发展提供了强大的人文推动力。历史发展到今天,在生产高度发展、物质财富空前膨胀的现代社会,面对大量宝贵资源被过度消耗、环境被严重污染的严重局面,节约作为一种传统德性,仍具有历久弥新的生命力,我们只有诉诸节约,崇尚节约,才有可能走出当今所面临的生存困境,也才有可能为我们的后代留下较为适宜的生存条件。只不过由于社会的变迁与演化以及生产力的提高与优化,在中国当前传统节约观有了进一步的发展。也就是说,在当代中国节约观已经从传统的单纯认为不浪费就是节约发展到不仅不浪费就是节约,而且高效利用资源也是节约。这种发展不仅表明人类物质文明的巨大进步,更表明人类精神文明的巨大进步;不仅表明当代中国建设节约型社会的宏远志向,更表明当代中国建设节约型社会的决心和能力。

第二节　节约型社会与当代中国

一、21 世纪初世界经济形势与资源地缘政治分析
(一)21 世纪初世界经济形势分析

我们认为,世界经济是由各国各区域内部异质的要素所构成的全球经济结构与运行体系。这些异质的要素,从横向角度来看是各国国民经济及在他们之上的不同的经济区域,其中不同国家之间被主权、民族、文化、技术和生产结构所分开,不同的区域则被历史和地理学要素所阻隔。国家与国家之间,区域与区域之间被不同的利益和力量所推动,彼此相互作用并形成世界经济关系网络。世界经济系统就是这种关系网络的静态或动态的形式。从纵向角度来看,世界经济又不是一个单一的系统,它是由自然系统、社会系统和技术系统所整合而成的复合系统,所以必须结合它的自然基础、技术发展及社会力量进行综合研究。因此,世界经济系统的完整概念,一方面必须从各国和各区域经济关系的结构去理解,另一方面又必须从自然、技术、社会相互关系的结构去理解。

我们认为,当前世界经济在运行上表现出如下特点:一是世界经济持续较快增长;二是世界贸易与经济增长的关联性增强;三是国际市场产品价格继续上升。当前世界主要经济体的变化趋势如下:美国经济继续降温;日本经济持续不振;欧元区经济复苏但增速放缓;发展中大国经济增长强劲。未来世界经济增长的主要风险仍然集中于油价高涨以及美国金融次贷危机引发的全球经济失衡与动荡。问题的关键在于发达国家的宏观经济政策如何协调来自不同领域的冲击。石油价格继续维持在高位所引发的通胀压力是各国货币政策的首要关注目标;美国金融次贷危机的影响若不能有效遏制,市场将有可能出现崩盘危机;美元贬值与日元和欧元继续升值将对国际资本流向与美元汇率产生负面冲击;受国际资本流向变化与全球经济失衡的制约,美元汇率大幅贬值的风险又会对日本和欧元区经济的复苏以及全球经济增长构成冲击。从积极方面来看,全球石油价格上涨的势头开始得到遏制,美国财政赤字和经常账户逆差扩大的速度放慢,日本与欧元区经济增长具有一定的内需拉动作用。因此,如果美国金融次贷危机所反映出的房地产市场失衡能够实现软着陆,美元汇率下跌不致引发全球金融危机,世界经济仍将能够保持相应的增长速度。

在当前的世界经济环境中,中国经济影响上升,但责任风险大增。美国经济降温将凸显中国经济的国际作用,国际舆论会热炒中国"威胁"、"机遇"、"责任"。一方面,中国经济实力在增强。据 IMF 按 PPP 计算,2005 年中国 GDP 达到 9.4 万亿美元,仅次于美国,居世界第二;按市场汇率计算则达 2.2 万亿美元,居世界第四。据世行按市场汇率计算,2001～2005 年,中国对世界经济增长的贡献率达 14.5%,居美国之后(19%)为世界第二;如按 PPP 计算则达 39%,高于美国的 12.5%,居世界第一。同时,国际社会更关注中国发展经验,"北京共识"被世界银行认可。另一方面,中国经济虽增长迅速,但与世界强国差距仍大。2005 年,中国 GDP 虽居世界第四,但规模只相当于美国的 18%、日本的 50%、德国的 80%;人均国民收入只有美国的 4%、日本的 4.5% 和德国的 5%。对于外界要中国在市场准入、知识产权保护、汇率和贸易平衡方面履行承诺,我们应量力而行,承担作为一个发展中大国应该承担的责任。①

(二)21 世纪初世界资源地缘政治分析

从总体上看,当前世界资源分布不均匀,产品价格波动加剧。经济全球化所带来的益处是能够实现资源在世界范围内优化配置,但同时也使得国际社会对资源的争夺更加激烈。当前,资源问题已经成为举世关注的焦点,并演变为与国际地缘政治相互交织、相互影响的国际问题。如果说以往的地缘政治是对手确定战略的话,那么新的地缘政治逻辑则是资源决定战略:谁控制了资源,谁就能控制对手;控制了对手,也就控制了世界。在当前全球资源地缘政治争夺中,不仅争夺控制世界资源运输要道,而且争夺控制世界资源及资源产地;控制世界不再是以控制某一地区为前提和目标,而是以控制世界资源贮藏丰富和开发条件最好的地区为前提和目标。

由于不同资源具有不同地缘政治格局的现实致使一体化分析全部资源地缘政治格局不太可能,再加上石油是"能源中的能源"、现代工业的"血液"和现代经济的命脉,直接影响着国家的稳定与安全②,因此我们拟以石油为例来阐释当前世界资源地缘政治格局。目前国际石油地缘政治格局是以美国为主导、供应方三分天下的局面。具体表现为:首先,美国力求建立以其为主导的国际能源新秩序;其次,欧佩克权威地位逐渐减弱,但仍不可低估;最后,俄罗斯、非洲等非欧佩克产油国影响力增强。在目前格局下,上述三种力量相互制衡、相互联系,任何一方都不可能单独控制世界石油市场。三种力量间的共同利益与矛盾分歧相互缠绕,三种

① 陈凤英:《对世界经济形势的四个判断》,载《现代国际关系》2007 年第 1 期。
② 杨庆龙、任海平:《世界能源地缘政治格局》,载《中国军转民》2004 年第 4 期。

力量间的相互依赖进一步增强,既斗争又妥协是三种力量间相互关系的主要特征。因此世界石油地缘政治格局进入了"美国主导、三足鼎立"的时代。①

在当前国际石油地缘政治环境中,中国的位势包括诸多方面,最主要的有以下几方面:(1)从地理位置上看,中国北依俄罗斯,西临中亚,这两个地区都蕴藏丰富的油气资源,因此在石油供给上有充足的保证,这是得天独厚的地缘优势。但是中亚里海地区种族与政治冲突较多,充满不确定因素和动荡。为争夺该地区油气资源的领导权,美国和俄罗斯展开了激烈的对抗。中国作为最佳地缘平衡点,如何在美俄对抗中发挥地缘优势,以获取稳定的油气资源是一个全新的考验。(2)美国力求建立以其为主导的国际能源新秩序,必然会在全球范围与中国产生能源方面的冲突。还是以中亚地区为例,该地区丰富的油气资源已成为美国的重要目标。美国通过政治干预等手段插手中亚事务,其实质是想控制该地区的油气资源。对于中亚各国而言,中国既是其油气输出的陆上桥梁国,还是对该地区影响力非常大的"上海合作组织"的主要成员,同中亚各国地缘联系非常紧密,中国在此地的战略地位必然是非常突出的。这势必会与美国产生利益冲突,如何化解与美国的能源冲突将是一个影响中国能源长期战略的考验。(3)与日本、东南亚国家之间存在能源地缘方面的争端。中日两国对俄罗斯的远东油气长输管道之争(安大线/安纳线)体现了中日双方在能源地缘领域的角力。对于日本而言,中国是其在能源方面的竞争对手。东南亚地区对中国来说能源战略地位非常重要——中国每年进口原油的90%要通过马六甲海峡。但中国在该处的战略位势却非常薄弱,没有足够的力量来保证这一海峡的安全,存在潜在的海上运输风险。

二、当代中国的发展目标与制约因素

(一)当代中国发展的目标模式

中国在正确判断当前世界经济与政治的基本形势,科学总结20世纪以来社会主义发展的历史经验的基础上,全面建构了当代中国的发展目

---

① 黄运成、陈志斌:《高油价时代的国际石油地缘政治与中国石油贸易格局》,载《资源科学》2007年第1期。

标模式。这是一个包括阶段性目标、整体性目标和根本性目标在内的三位一体的发展目标模式,为我们在 21 世纪中叶基本实现现代化,建设富强民主文明和谐的社会主义国家指明了前进的方向。

　　1. 阶段性目标:全面建设小康社会

　　凡属社会发展的宏伟目标、远大目标,必然要分阶段实施,在发展前进的过程中,必然要表现出阶段性特点,在不同阶段上,要制定可操作性强、现实性强、可望又可即的具体目标。通过这些阶段性的近期目标的实现,才可能最终实现远大目标和最终目标。

　　中国现处在社会主义初级阶段,这是一个相当长的历史阶段,其间要经历若干具体的发展阶段。早在 20 世纪 80 年代,邓小平在阐述社会主义初级阶段和这个阶段基本实现现代化目标时,就对这个阶段作了具体分段,并提出了每个具体阶段的奋斗目标,这就是"三步走"的战略目标。经过 20 多年的艰苦努力,我们胜利实现了现代化建设"三步走"战略的第一、第二步目标,人民生活总体上达到了小康水平。进入新世纪后,我们开始实施邓小平"三步走"发展战略中的第三步战略目标,也就是到 21 世纪中叶基本实现社会主义现代化。为了实现这一战略目标,江泽民 1997 年在十五大报告上,提出了到 2010 年、建党 100 周年和新中国成立 100 周年的发展目标,即新的"三步走"发展战略目标。2000 年,在十五届五中全会上,党中央明确提出:"从新世纪开始,我们将进入全面建设小康社会,加快推进社会主义现代化的新的发展阶段。"2002 年 6 月,江泽民在全国党校工作会议上指出,社会主义初级阶段是"完成国家的工业化和实现国家经济的社会化、市场化、现代化的历史长过程,总的目标是到下个世纪中叶基本实现社会主义现代化,实现中华民族的伟大复兴。在这个长过程中,我们已经历了若干个具体的发展阶段,还要继续经历若干个具体的发展阶段。"①2002 年 11 月江泽民在十六大报告中,全面分析了小康社会的现状,提出了全面建设小康社会的奋斗目标。报告明确将十五大提出的新"三步走"的头两步,即到 2010 年、建党 100 周年,包括在全面建设小康社会阶段里面,提出在 21 世纪头 20 年里,中国必须紧紧抓住并且可以大有作为的重要战略机遇期,集中力量,全面建设小康社会。2007 年 10 月胡锦涛在十七大报告中明确指出"我们已经朝着十六大确

---

　　①　江泽民:《论"三个代表"》,中央文献出版社 2001 年版,第 29 页。

立的全面建设小康社会的目标迈出了坚实步伐,今后要继续努力奋斗,确保到二〇二〇年实现全面建成小康社会的奋斗目标";并在十六大确立的全面建设小康社会目标的基础上对中国发展提出新的更高要求,即"增强发展协调性,努力实现经济又好又快发展","扩大社会主义民主,更好保障人民权益和社会公平正义","加强文化建设,明显提高全民族文明素质","加快发展社会事业,全面改善人民生活","建设生态文明,基本形成节约能源资源和保护生态环境的产业结构、增长方式、消费模式"。

2. 整体性目标:推进社会全面进步

在当代中国,全面建设小康社会已不单纯是经济建设的目标,而是经济建设、政治建设、文化建设、社会建设整体推进的全面发展的目标,是人口、资源、环境相协调的可持续发展的目标,是人与自然、人与社会、人与人之间的和谐发展的目标。因此,这是一种社会全面进步的整体性发展目标。归纳起来,当代中国的社会全面进步的整体性目标是:

(1)经济建设、政治建设、文化建设、社会建设的全面协调发展。经济建设、政治建设、文化建设、社会建设,构成了中国特色社会主义事业的总体布局。在中国特色社会主义建设中,经济建设提供物质基础,政治建设提供政治保障,文化建设提供精神动力和智力支持,社会建设提供有利社会环境和条件;四大建设相互作用、相互影响,共同推进和衡量着中国社会的进步状态和开化程度。我们党在十七大报告中提出的经济、政治、文化、社会全面发展,经济建设、政治建设、文化建设与社会建设整体推进的目标模式体现了当代中国社会发展的基本精神,表明了当代中国发展应该是四大建设都要抓,四大方面都要硬。因此,我们必须坚持以邓小平理论和"三个代表"重要思想为指导,深入贯彻落实科学发展观,"按照中国特色社会主义事业总体布局,全面推进经济建设、政治建设、文化建设、社会建设,促进现代化建设各个环节、各个方面相协调,促进生产关系与生产力、上层建筑与经济基础相协调",以实现中国社会的稳定、和谐和全面进步。

(2)人口、资源、环境相协调的可持续发展。20 世纪 70 年代末以来,中国在经济迅速发展的同时,也带来了人口膨胀、环境污染和生态环境破坏等问题,给中国现代化发展带来了不利影响。鉴于此,我们党在 90 年代以来把可持续发展作为中国的重要发展目标之一;更是在十七大报告中明确要求"必须坚持全面协调可持续发展"。可持续发展目标实质上是一个经济发展和人口、资源和环境相协调的目标,即"坚持生产发展、生活富裕、生态良好的文明发展道路,建设资源节约型、环境友好型社会,实现速度和结构质量效益相统一、经济发展与人口资源环境相协调,使人民在良好生态环境中生产生活,实现经济社会永续发展"。在促进可持续发展目标实现的过程中,我们应当遵循以下原则:始终保持经济的理性增长;全力提高社会发展的质量;满足"以人为本"的基本需求;调控人口的数量增长,提高人口的素质;维持、扩大和保护自然资源基础和生态服务能力;集中关注科技进步对于可持续发展瓶颈的突破;始终调控效率与公平的平衡。

(3)人与自然、人与社会、人与人关系的和谐发展。这是前两个目标的扩展和延伸。其中在人与自然的关系上,要从人类生存和发展的高度来认识环境和生态问题,必须切实保持资源和环境,不仅要安排好当前的发展,还要为子孙后代着想,决不吃祖宗饭,断子孙路,走浪费资源和先污染、后治理的路子。在人与社会的关系上,社会主义国家的发展目标在于改善人与社会之间的关系,使社会创造的各项成果能够更好地为最广大人民的利益服务。因此,切实保障人与社会之间的和谐关系,积极营造鼓励人们干事业、支持人们干成事业的社会氛围,放手让一切劳动、知识、技术、管理和资本的活力竞相迸发,让一切创造社会财富的源泉充分涌流,以造福人民,是社会主义发展的重要目标。在人与人的关系上,要处理好工人与农民、城市与农村之间的关系,缩小工农、城乡差距;处理好不同地区之间的关系,通过继续实施西部大开发战略,逐步扭转地区间差距扩大的趋势;处理好先富和后富的关系,以共同富裕为目标,既鼓励一部分人通过诚实劳动、合法经营先富起来,又加强政府对收入分配的调节职能,并健全社会保障体系。通过这些促进党与群众之间、各个阶层之间、不同地区人群之间和谐关系的建立。

3. 根本性目标:促进人的全面发展

当代中国的根本性目标是促进人的全面发展。我们全面建设小康社会,推进经济、政治、文化与社会的全面发展,归根结底要以人作为出发点和归宿,既要满足人民的物质文化生活需要,又要促进人民素质的提高,也就是要努力促进人的全面发展。这是因为人是社会的主体,与其他方面的社会发展内容相比,处在优先和突出的地位,如果偏离了人的全面发展这一根本目标,则意味着社会发展误入了歧途。在当代中国,人的全面发展的根本目标具体体现在：

（1）着眼于人民现实的物质文化生活需要。在全面建设小康社会中，促进人的全面发展，必须把发展作为"第一要务"，要通过发展经济，不断改善人们吃、穿、住、行的条件，提高人们生活质量，并不断地向更高水平前进，逐步实现全体人民的共同富裕。通过发展政治，保证人民群众依法管理好自己的事情，发挥人民群众的主观能动性和伟大创造精神，实现人民当家作主的权利。通过发展文化，使人人都有受教育的机会和享受文化成果的充分权利，使人们的精神世界更加充实，文化生活更加丰富多彩。通过发展社会，提高全民受教育程度，实现全民充分就业，基本建立社会保障体系，基本形成合理有序收入分配格局，消除绝对贫困现象。最后，促进人的全面发展必须同社会经济、政治、文化与社会的全面协调发展统一起来。人越全面发展，社会的物质文化财富就会创造得越多，人民的生活就越能得到改善；而物质文化越充分，又越能促进人的全面发展。

（2）着眼于人民素质的提高。在全面建设小康社会中，促进人的全面发展，需要在提高全民族的思想道德素质、科学文化素质和健康素质上下工夫。从当前复杂的社会环境和新情况来看，对绝大多数人来说，最重要和最急需的应是进一步提高思想道德和科学文化素质。要在具体实践中致力于形成全民学习、终身学习的学习型社会，致力于形成比较完善的国民教育体系、科技和文化创新体系，致力于提高全民族的素质，促进人的全面发展。要通过发展先进文化，丰富人们的精神世界，增强人们的精神力量。要深入进行科学发展观的学习，引导人们树立中国特色社会主义的共同理想，树立正确的世界观、人生观和价值观。要弘扬爱国主义精神，加强道德教育，引导人们在遵守基本行为准则的基础上，追求更高的思想道德目标。要弘扬和培育民族精神，使全体人民始终保持昂扬向上的精神状态。要通过发展教育，培育德智体美全面发展的社会主义建设者，通过推进素质教育，造就大批高素质的劳动者、专门人才和创新人才。只有思想文化的不断进步和发展，才能培养出一代又一代的"四有"新人，从而去达到人的全面发展的目的。

（二）当代中国发展的制约因素

在国家正确发展目标的有力牵引下，中国发展前景良好，但这并不意味着未来中国发展是一条坦途。实际上，中国未来发展过程中将面临不少制约因素,必须妥善处理好这些隐性或显性的问题,才能确保实现发展目标。由于"以经济建设为中心"是中国改革开放以来取得有目共睹之成绩的战略精髓,再加上经济基础决定上层建筑的哲学原理,因此我们在此处探讨当代中国发展制约因素(即全面建设小康社会之制约因素)时,主要关注制约中国未来经济发展的相关因素,暂不分析制约中国政治、文化与社会发展的相关因素。

1. 可持续发展面临日益加剧的资源和环境压力

在未来十多年,中国将处于工业化高速发展的时期,这一阶段是资源消费的高峰期。在未来十多年,随着中国经济规模扩大,面临资源与环境的压力将会更大。在资源方面:重化工业和城市化加速发展,对矿产、土地和水资源的需求将进一步扩大,供求缺口日益凸显;矿产资源的国内供给率将进一步下降,对国际市场的依赖程度日益提高;产业之间和地区之间用水竞争加剧,水质恶化又制约水资源可供量的增加;非农用地挤占农业用地的势头十分强劲,土地资源将持续紧张。在环境方面:中国环境承载能力原本就十分脆弱,近年来粗放型经济高速增长所付出的环境代价又过于高昂,如果不能进一步转变粗放型增长方式,整体环境质量还可能进一步恶化。

2. 经济体制不完善制约经济增长质量的提高

中国市场经济体制不健全,导致中国经济增长质量偏低。集中表现在:(1)投资体制改革严重滞后,不适应市场经济发展的需要。政府投资范围界定不清,对竞争性领域的投资介入过宽,行政干预过多,忽视投资的经济效益。对民间投资还存在过多的准入壁垒和审批。(2)金融体制改革滞后,金融市场发育不足,金融体系配置资源的效率低下,不利于国内产业结构优化升级。(3)财政税收体制不规范,各级政府财政支出中经济建设投入过多,而公共服务开支仍然不足。(4)环境资源管理不规范,环境资源价格失真,难以形成相应的替代或节约资源的激励和约束机制,导致资源浪费较大、环境成本高昂。

3. 发展不平衡带来的社会矛盾更加复杂

中国发展具有明显的不均衡特征,区域间发展差距、城乡差距、个人收入差距不断扩大。在工业化和城市化高速发展时期,如果公共服务资源配置得不到合理调整,社会保障体系不完善,社会舆情沟通渠道不畅通,社会领域各种常规性的协调机制不健全,各种错综复杂的社会矛盾处理不当会干扰社会稳定与和谐发展。

4. 国际政治经济环境的不确定因素增加

中国的发展越来越依赖于国际政治经济环境,未来十多年国际环境对中国有利有弊,有利因素多于不利因素。不利因素对中国发展负面影响不可小视。中国进入了贸易摩擦高发期,针对中国的各种各样的贸易保护措施有增无减。未来中国经济发展将越来越受到世界经济周期性波动的影响。中国经济开放程度日益提高,对国际市场和资源的依赖程度日益加深,国际市场上能源、粮食和矿产品价格的波动将对国内市场价格、企业成本和供求关系产生越来越大的影响,从而会使国内经济运行出现异常波动。参与全球化将给中国带来一系列新的经济风险,而中国适应开放型经济要求的宏观调节手段和风险防范机制还不健全。

三、当代中国节约型社会缘起

为有效解决中国发展(即全面建设小康社会)面临的资源和环境压力问题,保障国民经济持续快速协调健康发展,中国唯一出路是转变经济发展方式,依靠科技进步走新型工业化道路,建设资源节约型社会,实现可持续发展。换句话说,在发展中国特色社会主义的历史进程中建设节约型社会是中国必然的现实选择,这主要是由中国特定历史条件和国情所制约的经济社会发展的要求所决定的。具体说来,我们可以从经济发展和社会发展的视角诠释中国节约型社会选择与产生的现实必然性。

(一)从经济发展角度考察

在哲学意义上讲,事物演进变迁的基本动因是事物内在矛盾的冲突。就经济发展而言,建设节约型社会的选择既是由经济发展的一般矛盾决定的,又是由中国经济发展的特殊矛盾决定的。一般矛盾是指任何国家的经济发展都需要耗费资源,在相对静止状态下,资源稀缺是绝对的,这是经济学的所谓一般公理。这样经济发展与资源稀缺就形成一般矛盾,它具有普遍性。这种矛盾具体到特定国度,由于各国经济发展的社会历史条件、自然禀赋和文化传统的差异,又形成了各国经济发展与资源稀缺的特殊矛盾。而也正是由于各国经济发展的社会历史条件、自然禀赋和文化传统的不同,解决特殊矛盾的方式和道路也不同,即具体矛盾具体解决。中国面临的经济发展任务虽然与当年西方国家的发展任务大致相同(工业化和现代化),但中国作为后起的发展中国家,与西方国家经济起飞时所处的社会历史条件完全不同,因此解决上述矛盾的方式和道路不可能相同,也就是说我们选择发展模式和运行模式要反映矛盾的特殊性。

通过殖民扩展和掠夺缓解乃至解决经济发展与资源的矛盾,是西方现代化发展模式和消费模式中重要的历史参数。由于历史条件的变迁,对后起的发展中国家来说这一历史参数是不可再现、无法复制的。西方发展经济学可以有意无意忽略这个历史参数的作用,而身负发展重任的中国则不可忽略之。在面临传统工业革命和新技术革命的双重挑战时,西方的发展模式和消费模式在很大程度上并不适用于中国。因为中国无法获取或复制这样的历史参数。我们既不能靠扩张领土获取资源,也无法靠大规模移民缓解人口与资源的矛盾。但在中国经济高速发展进程中,又仍然重复着西方采用过的以传统能源为基础,以传统加工业为主体的工业化模式。这种模式在发挥吸纳剩余劳动力的正面效应的同时,对稀缺的资源和脆弱的环境产生了巨大的压力。同时在城市化进程中消费模式与西方日渐趋同进一步叠加了这种压力。这样,一方面中国必须发展经济,不断推动经济增长,从而实现工业化和现代化;另一方面社会历史条件的变迁又决定了中国既不能走西方殖民扩张的道路解决资源和人口问题,又不能完全采用西方传统工业化的技术路线。面对这种矛盾,唯一的选择只能是建立节约型发展模式和节约型生活模式的社会。

(二)从社会发展角度考察

建设节约型社会也是构建社会主义和谐社会的必然要求。社会主义和谐社会在基本面上包括人与自然的和谐及社会关系的和谐两个方面(后者又包括人与人的和谐及人与社会的和谐)。而人与自然的和谐又是实现社会关系和谐的必要条件。这一点不但在理论上是可以推论的,而且更有历史实践提供的经验教训加以佐证。在世界工业化进程中,由于人与自然关系的恶化导致社会不稳定和动荡的情况并不鲜见。自工业革命以来,尤其第二次世界大战以后,以对自然资源的掠夺性开发、无节制耗费为特点的经济增长和高消费,造成了不可再生资源的短缺和枯竭,同时引发了大规模生态灾难,从英国的"烟雾事件"到日本的水污染,从意大利塞维索化学污染事件到美国三里岛核泄漏,比比皆是。这种人与自然的不和谐又直接引发了政治动荡,影响社会稳定,这一现象近些年在中国也可见其端倪。所以正如胡锦涛指出的:"大量事实表明,人与社会的关系不和谐,往往会影响人与人的关系、人与社会的关系。如果生态环境受到严重破坏、人们的生产生活环境恶化,如果资源能源供应高度紧张、经济发展与资源能源矛盾尖锐,人与人的和谐、人与社会的和谐是难以实现的。"①

人类社会要生存和发展,人与自然就始终是一对矛盾。既然是矛盾,就只能是相对和谐,既要向自然索取,又不能破坏大自然的自我平衡能力。可是自从以市场经济为平台建立资本主义大机器工业以后,历经数次产业革命和科技革命,经济增长始终是以对自然的掠夺性生产和生活的高消费为特征。如前所述,中国不可能克隆这种增长模式。从政治稳定和社会和谐的要求考察,历史实践也已经证明这种模式的弊端。因此中国建设节约型社会,尽可能缓解人与自然的矛盾,可以为构建社会主义和谐社会创造必要的条件。

第三节　节约型社会的基本内涵

一、节约型社会的提出

2002 年 11 月,党的十六大报告将可持续发展列入全面建设小康社会的基本奋斗目标,即"可持续发展能力不断增强,生态环境得到改善,资源利用效率显著提高,促进人与自然的和谐,推动整个社会走上生产发展、生活富裕、生态良好的文明发展道路"。2003 年 10 月,党的十六届三中全会又提出以"五个统筹"为具体内容的科学发展观,要求"坚持以人为本,树立全面、协调、可持续的发展观,促进经济社会和人的全面发展"。2004 年 3 月,胡锦涛在中央人口资源环境工作座谈会上指出,要坚持用科学发展观来指导人口资源环境工作,要牢固树立节约资源的观念。2004 年 3 月,温家宝在十届全国人大二次会议报告中指出:"要保持经济平稳较快发展,必须缓解当前能源、重要原材料和运输的供求矛盾;必须坚持增产与节约并举,把节约放在优先位置;必须切实转变经济增长方式,形成有利于节约资源的生产模式与消费方式,建设资源节约型社会。"

为深入贯彻党的十六大和十六届三中全会精神,落实科学发展观,解决全面建设小康社会过程中所面临的资源约束和环境压力,保障国民经

---

① 胡锦涛:《在省部级主要领导干部提高构建社会主义和谐社会能力专题研讨班上的讲话》,载《光明日报》2005 年 6 月 27 日。

济持续快速协调健康发展,2004 年 4 月,国务院办公厅发出了《关于开展资源节约活动的通知》,决定 2004 年至 2006 年在全国范围内组织开展资源节约活动,全面推进能源、水、土地等资源的节约和综合利用工作,用 3 年左右的时间使建设资源节约型社会迈入实质性一步。2004 年 10 月,党的十六届四中全会决议明确提出"大力发展循环经济,建设节约型社会"。2005 年 6 月 25 日,"建设节约型社会"国际研讨会在北京召开,深入讨论了有关节约型社会的理论和实践问题。2005 年 6 月 27 日,国务院出台了《关于做好建设节约型社会近期重点工作的通知》。2005 年 6 月 30 日,温家宝在建设节约型社会电视电话会议上作了《高度重视 加强领导 加快建设节约型社会》的讲话。2005 年 10 月,党的十六届五中全通过的《中共中央关于制定国民经济和社会发展第十一个五年规划的建议》中,将"建设资源节约型、环境友好型社会"作为"十一五"时期的七项重要任务之一,从"发展循环经济"、"加大环境保护力度"和"切实保护好自然生态"三个方面作了专门论述。2006 年 10 月,党的十六届六中全会上通过的《关于构建社会主义和谐社会若干重大问题的决定》进一步强调:"以解决危害群众健康和影响可持续发展的环境问题为重点,加快建设资源节约型、环境友好型社会。"2007 年 10 月,党的十七大报告明确提出"建设资源节约型、环境友好型社会";"必须把建设资源节约型、环境友好型社会放在工业化、现代化发展战略的突出位置,落实到每个单位、每个家庭"。至此,节约型社会思想在中国已经发展成熟,节约型社会实践在中国已经全面展开。

二、节约型社会的基本内涵

上节我们从中国经济发展与社会发展的视角指出了中国建设节约型社的必要性和现实必然性,而对中国节约型社会提出过程的梳理让我们意识并体会到节约型社会从应然理念到实然状态的落实和归依。在这一从应然到实然的过渡中,对节约型社会应然理想中的各种概念之基本内涵的界定是必不可少的,而其中最为重要的是首先应明确节约型社会的基本内涵。之所以如此,是因为对节约型社会基本内涵的阐释不仅有助于我们深入理解建设节约型社会政策本身的含义,而且有助于我们更加明确在建设节约型社会的过程中应该努力的方向、遵守的原则、制度的构架、行为的模式等等。

在详细阐释节约型社会基本内涵之前,我们有必要梳理一下社会形态的划分依据,因为节约型社会作为一种社会形态,首先必须有一定的逻辑划分标准,否则,逻辑划分标准的缺失或不明确将直接导致节约型社会基本内涵在逻辑本源上的不清晰甚至混乱。一般来讲,社会形态的划分依据主要有两种:一种是根据生产关系的不同性质来划分社会形态,由此把人类社会划分为依次更替的五种社会形态,即原始社会、奴隶社会、封建社会、资本主义社会、共产主义社会;一种是以生产力和技术发展水平以及与此相适应的产业结构为标准划分的社会形态,由此把人类社会划分为渔猎时代、农业社会、工业社会、信息社会。但是从 20 世纪 60 年代开始,人类工业社会在发展过程中出现的严重环境污染和生态破坏问题开始在西方引起包括普通民众、民间团体和各国政府的广泛关注,人类社会经济的巨大发展使得资源短缺成为一个摆在全人类面前的全球性危机。美国学者肯尼斯·E.鲍尔丁于 1966 年发表的《未来飞船地球之经济学》(The Economics of the Coming Spaceship Earth),波托克协会、罗马俱乐部和麻省理工学院研究小组于 1972 年联合出版的《增长的极限》(The Limit to Growth),这两本著作都强调地球的资源已经无法支撑消费型工业社会的进一步发展,人类要避免出现资源短缺危机就必须寻找新的经济增长模式和社会再生产方式。自此,各国开始从注重对污染的末端控制转变到对资源利用的全过程管理,尤其是资源的合理利用成为一种共识,到 20 世纪 80 年代中后期可持续发展理念出现以后,一种以资源利用为划分依据的社会形态划分方式开始出现,即资源耗竭型社会和资源节约型社会。

(一)节约型社会定义界定

节约型社会指的是什么? 我们认为,节约型社会的实质和基础指的是物质资源的节约使用。从物质资源作为经济社会发展的基础以及物质资源形成过程中人类劳动的介入程度这一视角出发,我们认为可以将物质资源分成自然资源、人工物质资源和废弃物质资源即可再生资源三大类(见图 1)。利用这种方式划分物质资源体系,能够清晰地反映物质资源利用方式以及产出水平的差异,是客观科学地配置物质资源的理论前提。[①] 节约

---

① 陈德敏:《节约型社会基本内涵的初步研究》,载《中国人口·资源与环境》2005 年第 2 期。

型社会是相对于物质资源浪费以及物质资源过度使用的社会而言的,我们认为节约型社会的定义是:在一定的地域范围内,人类在物质生产和生活活动中保护自然资源、合理开发利用资源,循环再生利用废弃物资源,以最少资源消耗获得最大效益的、可持续发展的社会形态。建设节约型社会,其目的在于追求更少资源消耗、最大限度地保护生态环境、尽可能实现好的经济效益和社会效益,实现可持续发展。① 此外,节约型社会中的"节约"具有双重含义:其一,是相对浪费而言的节约;其二,是要求在经济运行中对资源、能源需求实行减量化。"节约"的这两重含义是内在统一的,必须统筹兼顾,不能片面理解。

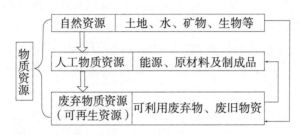

图1　物质资源分类图

(二)节约型社会内涵辨析

学术界有关节约型社会内涵问题的研究,基本可归纳为两类:一种观点认为节约型社会更应强调的是消费型节约。如中国工程院院长徐匡迪院士指出节约型社会包含两个内容,一是要建立资源节约型国民经济体系,二是全体社会成员要有新型消费观念和消费行为。他认为人们有花钱的自由,但是任何人都没有随意浪费社会公共资源的权利,建议制定奢侈品的标准,开征购买奢侈品的高消费税,在经济上限制奢华的不良风气。原国家发展和改革委员会主任马凯认为,建设节约型社会,从根本上说就是要着力构建节约型的消费模式,在全社会形成崇尚节俭、合理消费、适度消费的理念,用节约资源的消费理念引导消费方式的变革,逐步形成文明、节约的行为模式,形成与国情相适应的节约型消费模式。复旦大学哲学系教授余源培认为构建节约型社会除了经济增长方式的改变,

---

① 陈德敏:《节约型社会基本内涵的初步研究》,载《中国人口·资源与环境》2005年第2期。

还需要倡导消费观念的转变，应当扼制人无尽欲望的膨胀，引导并确立合理、文明的消费观。如上例举的观点侧重于消费型节约，反对奢侈性消费，并认为这种不良消费倾向有扩大和蔓延的趋势，应积极制止。

另一种观点认为节约型社会应强调生产型节约。如经济学家梁小民认为节约型经济的实质不是消费的节约，而是生产的节约，认为开个排气量大的车，甚至点两只龙虾，吃一只扔一只，都算不上什么巨大浪费，最大的浪费是在生产中。有学者甚至认为"一个铜板掰两瓣花"的理财方式，是一种在物质财富匮乏、生活水平低下的历史条件下，人们不得不采取的生活态度或者说是生存方式，因而，那种节约是产品的节约，是对消费的限制式节约；如今，物质产品越来越丰富，传统的节约精神仍然需要，但节约的重点不再是产品，消费不仅不应限制，反而应该受到鼓励。他们认为比起窝头、咸菜和补丁衣服，餐饮业、服装业以及家电、住宅、汽车等产业不断扩大的生产和消费，更有利于经济的发展，也更符合人的本质需求。①

我们认为，上述有关节约型社会内涵的两类观点各有合理之处。依据马克思的社会再生产理论，节约型社会涉及"物质生产和生活活动"。节约型社会在节约范围上要求社会再生产全过程节约，即生产领域节约、分配领域节约、交换领域节约和消费领域节约，尤其是消费领域节约包括生产消费和生活消费两方面。因此，"节约"不只是生产型节约或消费型节约。如果只偏重某一领域的节约，而忽略了其他领域的节约，不仅不利于节约型社会建设基本理论研究，而且会误导节约型社会建设实践。

（三）节约型社会内涵架构

鉴于以上分析，我们认为，节约型社会是一个复杂的系统，其内涵涉及社会生产和再生产以及经济环节的各个部分，一般包括了生产、流通、分配、消费四个环节。这四个环节在节约型社会中都应当是节约的，其中尤以生产、流通、消费环节整合而成的结构形成了节约型社会的内涵架构。

1. 节约型生产结构

节约型生产结构就是用最小的投入获得最大的产出，提高生产的效

---

① 雷小毓：《节约型社会内涵的再认识》，载《光明日报》2006 年 9 月 11 日。

率和质量，减少单位产出对自然资源的耗费或浪费。产业结构有利于资源持续利用和环境保护；生产产品应当是物质消耗低、附加值高的资源综合利用产品以及功能替代型和可循环利用产品；推行清洁生产，淘汰落后工艺、设备和技术，以节约资源和减少污染的方式制造绿色产品。

2. 节约型流通结构

节约型流通结构主要涉及再生资源的流通和再生资源市场的建立。通过再生资源回收，能够节约资源，促进资源合理配置，实现经济增长方式转变，推动经济可持续发展；通过发展再生资源市场，可协调由城乡居民收入水平、消费水平不均衡所致消费差异，满足消费多样性需求。实践证明，再生资源的流通在节约资源、促进生产等方面具有极大的作用。

3. 节约型消费结构

节约型消费结构提倡绿色消费，反对浪费。绿色消费首先倡导消费未被污染或者有助于公众健康的绿色产品。其次在消费过程中注重垃圾处置不造成环境污染。而绿色消费对于节约型社会的意义就在于以节约资源的绿色健康理念经营个人消费行为，设计生活方式；在消费活动中，不仅要保证我们这一代人的消费需求和安全、健康，还要满足后人的消费需求和安全、健康；在追求舒适生活的同时，注重环保，节约资源，实现可持续消费。

在这种社会架构下，我们的经济模式必将发生根本性变换，处于上述环节的市场主体必将采取节约行为，谁没有节约成本，谁浪费了资源，谁就会降低福利，谁就会遭受效率损失，谁就会在竞争中处于不利位置。传统的经济模式是对自然资源粗放利用和一次性利用，通过把资源持续地改变为废弃物来实现经济的数量增长。节约型社会下的经济模式是一种建立在物质不断循环利用基础上的经济发展模式，以减少对自然资源的开采以及废弃物的产生为目的，使经济运行真正走上可持续发展的道路。①

---

① 陈德敏：《节约型社会基本内涵的初步研究》，载《中国人口·资源与环境》2005 年第 2 期。

第四节 节约型社会的本质与特征

一、节约型社会的本质

人类社会发展建立在经济发展基础之上,而经济发展以资源消耗为特征。资源对于人类社会来讲,犹如食物对人一样重要,人不能没有食物,人类社会不能没有资源。以最少资源消耗获取最大效益、实现人类社会可持续发展,是节约型社会的理想状态。① 故我们认为,节约型社会的本质是全民资源节约。建设节约型社会,不仅仅是政府部门的事,我们每个公民、法人以及其他组织都有义不容辞的责任,都应当增强资源意识和节约意识,为建设节约型社会做贡献。只有全民资源节约成为社会习惯和时代精神,节约型社会理想状态才能实现。

认识节约型社会的本质是全民资源节约,明确节约型社会中一切节约归根到底是资源的节约,才能有利于节约型社会建设理念通过物质载体落实到节约型社会建设实践。那么,在节约型社会建设中,如何看待马克思的一切节约归根到底是时间的节约的论述呢?

众所周知,马克思曾经说过,一切节约归根到底都是时间的节约。马克思指的时间不是自然时间,而是劳动时间。他将一切节约归结为劳动时间的节约与他的劳动价值论是密切相关的。马克思认为,社会财富是人类劳动时间的凝结,在商品生产的社会中,劳动时间的凝结形成商品的价值,价值是财富的存在形式;价值包括活劳动和物化劳动,物化劳动是过去劳动时间的凝结,无论活劳动还是物化劳动,都是人类劳动时间的耗费,所以,马克思认为一切节约都是劳动时间的节约。马克思还认为,不仅在商品生产的社会里是这样,即使在没有商品的社会里,"劳动时间也始终是财富的创造实体和生产财富所需要的费用的尺度。"②

现在看来,马克思将一切节约归结为劳动时间的节约是有缺陷的。首先,物化劳动的最初载体是自然资源,自然资源是有价值的。对自然资源不合理使用,造成浪费,不仅会提高单位商品的价值,而且对整个经济

---

① 傅崇兰著:《建设节约型社会战略研究》,社会科学文献出版社 2007 年版,第 151页。

② 《马克思恩格斯全集》第 26 卷第 3 册,人民出版社 1974 年版,第 282 页。

社会的发展将会造成不可估量的影响。其次,生产都是在一定的环境中进行的,深入分析我们会看到,环境也是有价值的。环境如果受到破坏,对生产会带来直接影响,从而会加大成本和造成浪费。最后,马克思的劳动时间节约理论只有数量内涵,没有质量内涵。① 如果生产者只注意从数量上降低单位产品的消耗,不注意提高产品质量,产品因质量低劣卖不出去,同样会造成浪费。

对于这些缺陷,我们要进行具体分析。马克思主义经济学创立于一百多年前,对比现在,当时的人口少得多,科学技术也落后得多,人口与资源和环境的矛盾并不十分突出。所以,马克思没有提到这个问题,这是情有可原的。至于马克思对劳动时间的质量问题为什么没有分析,这与马克思创作《资本论》的目的有关。众所周知,马克思研究政治经济学,目的不是为了研究如何提高人的生活水平和质量,而是要揭示资本主义生产关系产生、发展和必然灭亡的规律。为此,他要创立剩余价值论,劳动价值论是剩余价值论的基础,只研究劳动数量关系,就便于得出资本家的财富都是工人劳动创造的这一结论。因此,他将一切节约归结为劳动时间的节约,而且只注重数量关系。②

可见,在这个问题上,我们不能以今天的眼光去苛求前人,我们要根据变化了的现实对前人的学说进行发展。正是基于这一认识,我们在此对节约型社会的本质以及节约型社会的节约作出了符合中国国情的概括。

二、节约型社会的特征

节约型社会建设是一个复杂的社会系统工程,涵盖了社会生活的方方面面,涉及社会的各个领域与行业。结合中国的现实国情以及中国的发展阶段来看,我们认为节约型社会具有以下十个方面的特征。

（一）社会组织机构运行有序

节约型社会的组织机构包括节约型政府、节约型企业、节约型事业单位、节约型社会团体、节约型家庭等,这些组织机构是节约型社会的主体。

---

① 黄铁苗著:《综观经济效益》,人民出版社 2001 年版,第 114 页。

② 黄铁苗:《一切节约归根到底是资源的节约——兼论马克思的劳动时间节约理论》,载《当代经济研究》2005 年第 8 期。

首先,节约型政府是最重要的节约型社会主体。何谓节约型政府? 简明意义上是指这样的政府形态:政府管理活动尽可能以最小化的人、财、物等各种资源的消耗实现最大化的公共利益。① 节约型政府具有以下的特征:节约型政府是法治政府;节约型政府是廉洁高效政府;节约型政府是透明政府。从根本上说,中国节约型社会建设并不是自发地进行的,而是在政府推动下有序进行的。因此,在节约型社会建设中,中国政府除了自身向节约型政府转型以起到节约表率作用外,还应当积极履行其相应职责,通过财政、税收、法律等手段调控市场,引导和规范市场主体选择节能环保型发展模式,引导和规范社会公众参与节约型社会建设。

其次,节约型企业是指既追求企业生产成本节约又兼顾企业社会成本节约,既考虑企业自身效益又兼顾社会效益、生态效益,既考虑当前利益又兼顾长远利益,能使企业自身效益、社会效益与生态效益之和达到最大值,使企业生产成本和社会因企业生产而必须支付的社会成本之和达到最小值的企业。在当前,作为建设节约型社会的重要主体,企业(尤其是国有企业)尚未起到应有的作用。究其原因,相关企业外延粗放型增长特征依然十分明显,尚未真正发展成节约型企业。为了更好地推进节约型社会建设,企业(尤其是国有企业)应更新发展思路,强化资源节约意识;调整资产结构,提高资源配置效率;推进技术进步,降低资源消耗强度;发展循环经济,增强资源利用能力;实行过程控制,提升资源管理水平。

第三,节约型事业单位是指由国家机关或者其他组织举办的,从事教育、科技、文化、卫生等活动的,尽可能以最小化的人、财、物等各种资源的消耗实现最大化的公共利益的社会服务组织。在中国现有的经济和财政资源中,很大部分被用于事业单位,建设节约型事业单位是构建节约型社会的题中应有之义。建设节约型事业单位必须首先从人事制度改革下手;其次,必须将国有资产统一管理,实行阳光财政,必须将行政经费与事业经费分开;最后,必须大力推动事业单位改革,根据事业单位的社会职能和特点进行改制。

第四,节约型社会团体是指中国公民自愿组成,为实现会员共同意

---

① 王勇:《论建构节约型政府——公共管理语境之检视》,载《四川大学学报》(哲学社会科学版)2007 年第 3 期。

愿,以最小化资源消耗按照其章程开展活动的非营利性社会组织。在节约型社会建设中,现有社会团体除自身奉行节约外,还应利用成员构成基础、结合社团活动宗旨、通过各种合法渠道、因地制宜地开展节约型社会建设宣传教育活动,进而在全社会营造建设节约型社会、发展循环经济的良好舆论氛围。

第五,节约型家庭是指具有资源节约和环境保护意识并在日常生活中注重资源节约与环境保护实践的家庭。建设节约型家庭是建设节约型社会的题中应有之义。家庭是社会的细胞,是能源消费的基础单位,没有家庭成员的节约理念,没有家长和儿童的参与,建设节约型社会就不能落到实处。节俭是中华民族的传统美德,在现代家庭中倡导合理的消费和健康的生活方式,不仅有利于社会的文明进步,也有利于促进中国经济社会的持续稳定发展。

总之,在节约型社会建设中,要调动社会组织机构的积极性,保证节约型社会建设主体各尽其能、良性互动、有序运行。

(二)国民经济各组成部分相对协调

节约型国民经济体系是节约型社会的基石。我们认为,节约型国民经济体系的内核就是节约型产业结构。所谓节约型产业结构,就是指通过技术进步降低各种产业能源和资源的消耗总量,控制高能耗、高物耗产业发展,构建"低消耗、低污染、高效率"的产业结构。节约型产业结构的主要特征,就是在技术不断进步的基础上,通过产业结构的资源节约化来实现经济增长方式的根本转变,以达到产业部门之间的协调发展。节约型产业结构的基本要求有:第一,内嵌化结构。节约内嵌在产业以及产业之间的关系状态中。第二,亲和性结构。注重资源、环境与产业的和谐共生,选择这样的产业结构就意味着选择了节约化发展模式。第三,次序性结构。节约型产业结构把节约放在首位,节约首位性和产业节约化是这种产业结构的内在要求。节约型产业结构的布局要求有:第一,从时间上来看,根据资源条件和环境承载力,在不同的时期对节约型企业和组织提出不同的准入和发展要求。第二,从空间分布上来看,从中国地域分区规律出发,根据资源条件和环境承载力,充分考虑资源禀赋特征和区域比较优势,确定不同区域的发展方向和功能定位,加快经济结构的战略性调整,用循环经济和节约型社会理念指导区域发展、产业转型和老工业基地改造,优化区域产业布局,改变区域产业结构趋同现状。在节约型社会建设中,为构建节约型国民经济体系,必须调整和优化现有产业结构,构建节约型产业结构。

首先,调整农业产业结构,构建以节地、节水为中心的节约型(包括节时、节地、节水、节能等)农业生产体系(不仅仅指种植业,还应该包括林业、牧业、果业、渔业等):创造条件发展间作、套种、复种等多熟制,充分利用作物生长的光热资源,以发展节时型农业;有条件地开展林粮间作、果粮间作、林草间作等多种形式的多层次立体农业,以利用土地空间,发挥土地生态系统综合效益,发展节地型农业;完善工程配套,改漫灌串灌为小畦灌溉,逐步采取管灌、喷灌、滴灌等先进灌溉技术与灌溉制度,调整作物结构,选育耐旱品种,扩大地膜栽培等综合技术,以发展节水型农业;推行有机肥与无机肥结合的科学施肥制度,发展高效、长效的混合肥料与配方施肥,因地制宜推行生态农业,促进农业内部良性循环,以发展节能型农业。

其次,调整工业产业结构,构建以节能、节材为中心的节约型工业生产体系:大力发展高新技术产业,特别是要加快发展并做大做强信息产业,加速信息化进程;大力振兴装备制造业(特别是重大技术装备制造业),提高核心竞争力;推进工业企业重组,提高工业产业集中度和规模效益;发展节能、节材、节水、节约资本等重效益、重品种、重质量的技术和制度;依靠科技进步对现有产业进行技术改造和革新,实现传统产业升级,降低物耗与能耗;加强资源综合利用,尤其对煤炭、石油、木材等要加强综合利用,对伴生、共生的矿种要加强综合勘探、综合开发;重视工业用水重复利用与循环利用,以减少水资源消耗,节约工业用水;推进废物利用,变废为宝、变害为利,重视二次资源的开发利用,努力实现污染物质资源化。

最后,调整服务业结构,构建倡导绿色消费方式的节约型服务业体系:一是坚持现代服务业和传统服务业并举,大力发展金融、保险、物流、信息、咨询、法律服务、科技服务等现代服务业,促进服务业行业结构优化;积极发展文化、体育健身、旅游、教育培训、社区服务、物业管理等需求潜力大的产业;运用现代经营方式和信息技术改造提升传统服务业,强化对交通运输、商贸、餐饮、公用事业、农业服务等行业的改组改造,创新组织形式和服务方式,提高服务质量和经营效益,实现服务业产业层次的提升。二是坚持生产性服务业和生活性服务业并举,促进整体服务水平的提高。加快发展现代物流、金融、信息、中介服务等与工农业生产密切相关的生产性服务业的同时,大力发展商贸流通、餐饮、房地产、汽车服务、文化娱乐、教育培训、医疗保健、体育健身等生活性服务业。三是坚持市场服务业和公共服务业并举,保障经济与社会的协调发展。在公共服务领域加大投入,保障与经济发展水平相适应的基本公共服务,实现城乡之间、地区之间的协调发展。在构建节约型服务业体系的过程中,尤其要注意优化服务业发展的政策和体制环境。即按照市场化、产业化、社会化的方向,加快服务业管理体制改革,创造平等的市场竞争环境,建立公开、平等、规范的行业准入制度;各级政府要做好有关领域的基本公共服务,基本公共服务以外的领域要逐步实行产业化经营;完善服务业价格形成机制,制定和实施行业技术标准与技术规范,促进服务业规范化发展;鼓励民间投资兴办面向机关和企事业单位的后勤服务。

(三)主要资源供给充分,使用均衡

主要资源供给充分、使用均衡即是指全社会资源耗费成下降趋势,主要资源供给量能够满足国民经济发展的需要,资源供给与资源需求之间保持基本平衡。众所周知,中国资源总量规模巨大,但对于国民经济发展和人民生活具有战略意义的土地、水、矿产和森林等资源,人均占有量都不足世界平均水平的一半。在节约型社会建设中,充分利用国内与国际资源,资源供给才能够支撑经济增长。但是在工业化与城市化进程加快推进的同时,中国节约型社会建设又不得不面临日益上升的资源供给压力。鉴于此,在节约型社会建设中,必须对紧缺资源采取各种措施以求开源节流,实现主要资源供给充分且使用均衡。

首先,在矿产资源方面,必须采取措施确保矿产资源供应安全,促进矿产资源综合高效利用。第一,做好矿产资源需求预测,研究和制定矿产资源安全供给体系和预警指标,以指导中国矿产资源的勘查、开发、利用和贸易活动。第二,"走出去、引进来",合理利用国内外两种矿产资源,努力实现矿产资源的稳定供应和供应安全。第三,制定必要的扶持政策,促进"走出去"战略的实现。第四,依靠科技进步,坚持科学管理,努力提高矿产资源的利用率和综合利用水平。第五,高度重视矿产资源节约。节约矿产资源应贯穿矿产资源物质流的各个环节:地质勘查是先行和基础,采矿选矿是关键,冶炼化工是重要环节,废料回收意义重大。推进矿产资源节约,应坚持把体制和机制改革放在首位,应深化资源价格改革,应加大资源科技投入。

其次,在土地资源方面,必须采取措施确保土地资源供应,促进土地资源集约与节约利用。目前提高土地资源增长率的途径主要是土地开发、整理和复垦,且其重点主要集中在农地上。但是应该认识到,土地的有限性以及空间固定性决定了以数量型挖潜为特征的农地整理不可能是土地整理的持久方向,土地整理必须由数量型向集约型转变,由追求绝对数量的增加转为追求相对数量的增加,也就是重视针对存量建设用地的土地整理。存量建设用地整理将与土地开发、整理和复垦一起,为中国土地资源在数量和质量上的持续增长提供可靠的来源保证。在土地资源供给及增加有限的情况下,我们必须采取措施严格保护耕地资源,构建以节地为中心(节地、节水、节时、节肥)的节约高效型土地资源利用体系,努力提高土地利用率、生产率,缓解中国土地资源供需矛盾,维护国家粮食安全,实现经济社会的可持续发展。耕地资源保护措施主要包括:严格保护基本农田,努力改造中低产田;加强农村水利建设,改善农村生态环境;防治耕地退化与土壤污染;调整退耕还林规划,减少耕地损失;控制非农建设占用优质耕地资源。土地资源集约与节约利用主要包括:树立土地资源利用的危机意识、责任意识、群体意识与效率意识;实现土地资源配置方式由计划向市场的转变①;转变部分地方政府大规模利用新增建设用地搞建设的观念②;运用经济手段调节土地利用③;建立土地集约利用的激励和约束机制④;加强土地科学技术研究,提高单位土地生产力;应用经济、法律、行政等手段,加强土地管理。

再次,在水资源方面,必须因地制宜地采取措施增加水资源供应,促

---

① 即政府对土地利用的宏观调控不应该完全垄断土地供应,而应该让市场发挥土地资源配置的基础和主导作用,必要时对市场无法解决的公共产品、社会公平和外部性问题加以调节,以便将用地单位的经济利益和用地效益联系起来,从而实现土地的集约和节约利用。

② 即转变经济增长方式和土地利用观念,利用价格机制,严格控制新增建设用地,走集约节约利用土地的路子。

③ 即政府及其土地管理部门首先应该利用地价杠杆调节土地利用者的经济行为,不断缩减划拨用地数量,增加公开出让土地的比例;其次,提高新增建设用地的征地补偿标准,对存量建设用地给予一定的税费减免,以促进土地的集约和节约利用。

④ 即采用综合措施制定一套土地集约与节约利用的激励和约束措施,对集约与节约土地者给予奖励,对浪费土地行为进行严厉惩处,使土地利用者明确如何节约集约利用土地,浪费土地将付出何种代价。

进水资源节约。首先,充分利用常规水源,扩大开发新水源。扩大新水源利用是开源的中心思想,这包括对传统水源的进一步开发利用和非传统水源的开发利用。正常的河川径流和直接参与水文循环的浅层地下水是常规可利用水量,但属于河川径流成分汛期的绝大部分洪水,是人类尚无法控制利用的天然水资源量,而且这部分水量占天然水资源量比重较大。在充分利用常规水源的同时,必须依靠科技进步和社会经济发展力量,通过工程措施和非工程措施加大对洪水资源的利用,增大区域可利用水量和天然水资源利用率;跨流域调水仍属于常规可利用水量的开发利用,已是目前常用的调剂区域间水资源分配、增强缺水区域水资源安全保障程度的重要措施。可扩大利用的非传统新水源主要有海水、废污水、微咸水和咸水,尤其海水利用和污水处理回用潜力较大。在某些地区,通过集雨工程适时适量地开发利用雨水,也是挖潜增供的有效方法。① 其次,在水资源供应及增量有限的情况下,推进全社会节约利用水资源:一是建设管理制度,主要包括建立政府控制、市场引导、公众参与的节水型社会管理体制,建立水权管理制度,建立定额管理与总量控制相结合的管理制度,健全水资源论证、取水许可和水资源有偿使用制度,建立科学的水价制度,建立用水计量与统计制度,建立排污许可和污染者付费制度,建立节水产品认证与市场准入制度。二是调整经济结构,按以水定产业结构、以水定经济发展的原则进行经济结构调整,优先发展节水高效、污染轻的工农业,淘汰高耗水、重污染的产业。三是建立激励与约束机制,主要包括建立合理的水价形成机制、制定相关节水政策。四是改革与创新管理体制,强化水资源管理体制、加快水利工程管理体制、建设管理信息系统、推广先进节水治污技术、开发利用非常规水源等。五是建设节水治污设施,农业推广以喷灌、微灌、低压管道灌溉、渠道衬砌、管道输水、小畦精灌等为主体的节水灌溉;工业利用先进的节水设备、器具、工艺,推行清洁生产,提高水的重复利用率,污废水处理回用等,提高水的利用率和效益;生活用水推广节水型器具,引导一水多用,减少新水用量;加强工业、生活污水的处理与利用管理,实现达标排放,保护水环境。②

① 方红远:《区域水资源安全概念浅析》,载《人民长江》2007 年第 6 期。
② 王汉桢著:《节水型社会建设概论》,中国水利水电出版社 2007 年版,第 27～28 页。

最后,在森林资源方面,要采取措施推进森林资源管理体制改革,不断增加森林资源有效供给,促进森林资源节约利用。我们认为,森林资源管理体制改革的目标是建立以供给管理为重点,以市场机制为动力,以增加森林资源有效供给为终极目标的高效森林资源管理体制;森林资源管理体制改革的方向与内容是政府引导和培育下的市场调节,即政府培育市场,出台相关扶持政策,完善管理体制和机制,营造适宜林业发展的小环境,促使市场机制发挥正向调节作用,降低或者回避林业投资风险,并通过乘数效应放大投资收益;森林资源管理体制改革的任务主要有:一是继续推进林业产权制度改革,培育适应市场需要的产权主体。首先,要明晰产权,加快完成林地林权登记换发证工作,积极深化集体林权制度改革,建立森林资源资产评估机构,大力培育森林资源资产市场,推动森林资源资产有序流转,逐步建立产权归属清晰、经营主体落实、权责划分明确、利益保障严格、流转顺畅规范、监管服务到位的现代林业产权制度。其次,要加快培育符合市场经济要求的市场主体,鼓励林地的适度集中,促进林业规模经营和集约经营;推进国有林场改革,将国有林场改造成真正的市场主体,实行自主经营,自负盈亏。二是加快投融资体制改革,建立政府投资引导,社会投资参与的林业投资体系。第一,直接补贴,可以通过改变现有国家投资方向和管理体制来完成。目前,国家已初步实现了工业化,第三产业发展迅速,大多产业都已走出短缺时代,积极争取国家林业投入是完全可能的。第二,间接补贴,可以通过减免税负来实现。从这一意义上说,取消针对人工林的所有税费是发展林业、增加森林资源有效供给的必由之路。第三,加快建立森林资源保险体系。建立森林资源保险体系不仅可以集中社会资本,而且可以增加森林经营者的信心,对增加森林资源有效供给具有重要意义。三是加快林业监管体制改革。首先,要延伸管理链,拓宽监测领域,建立湿地、森林资源和生态状况综合监管体系;其次,要加强森林资源绿色价格体系研究,建立森林资源价格评估体系,使森林资源与环境的成本和价格体现在社会经济活动的各个方面;再次要创新管理机制,提高管理效率。要在产权明晰的基础上建立社区共管机制,充分调动社会各界参与林业经营管理活动;要改革传统管理模式,发挥现代化管理手段的作用,以技术创新推动体制创新。四是继续推进以综合执法改革试点为主要内容的行政执法体系改革。要认真总结试点工作经验,逐步将试点范围扩大到全省。通过试点以点带面,将林业综合行政执法改革引向深入。按照"坚持两个相对分开"、"权责一致"、"精简、统一、效能"的原则,以创新林业行政执法机制为出发点,以整合队伍和理顺职能为核心,以完善制度为保障,以执法由多头分散向集中综合为目标,逐步建立起权威、规范、廉洁、高效的林业行政执法体系。为缓解森林资源供需紧张局面,使林业走上良性循环轨道,在不断增加森林资源有效供给的同时,应大力开展木材综合利用,特别是加工剩余物和伐区剩余物的综合利用;应提倡合理利用木材,做到材尽其用;应重视节约利用木材,延长木材使用寿命;应促进各类废旧木材资源回收再生利用。总之,在节约型社会建设中,通过增加资源有效供给,节约利用资源,主要资源能够实现供给充分,使用均衡。

（四）经济运行模式是循环经济模式

循环经济模式是一种建立在物质资源不断循环利用基础上的经济发展模式。它要求经济运行构成一个"资源——产品——再生资源"的物质反复循环流动的过程,以减少自然资源的开采以及废弃物的产生。

首先,循环经济模式追求节约资源至上的生产。长期以来,中国经济的高速增长主要依赖资源的高投入和高消耗,这种粗放型的经济增长方式,造成传统的经济增长与资源、环境之间的矛盾日趋尖锐。资源环境问题已成为中国经济、社会可持续发展的主要制约因素。建立以自然价值为依据的生产模式是中国构建节约型社会的必然选择。发展循环生产是人类对自然价值理论的重要实践,对传统经济发展模式的反思。传统生产模式是依据自然没有价值这个前提所进行的生产。"社会物质生产采取了两种主要行动:一是把自然界作为可以随意索取资源的仓库,在发展经济的过程中,向大自然索取数量越来越大、种类越来越多的资源,以实现经济的指数增长。二是把自然作为可以任意排污的垃圾桶,向大自然排出数量越来越大、性质越来越复杂、对人和地球生态系统有毒的废弃物,这种生产方式使自然价值严重透支。"传统的生产是线性的"资源——产品——废弃物"的生产模式。这种生产以资源的消耗和垃圾的增多为代价换来经济的增长,违背了自然价值规律,与构建节约型社会背道而驰。循环生产本质上是一种生态生产。它是以自然价值为依据,实现把生产"废物"变为生产资源。它是通过模仿自然生态系统中物质循环的过程进行生产活动。在生态系统中,生命之所以能够无限发展下去,是由于生物在生态系统中具有不断地循环、转化、再生的能力。生态系统的能量和物质被一种有机体利用后,转化为另一种有机体,再次利用,如此循环。我们从中可以看出,"生态系统的循环是无废物的生产过程。正是这一过程支撑着自然界的万物生生不息。"人类生产实质上也是物质转化过程。因此,人类可以效仿生态系统进行无废物生产。循环生产把生产活动组织成一个"资源——产品——再生资源"的循环式流程,让所有的物质和能源在这个不断进行的生产循环中得到合理和持久的利用。它将污染尽可能地在生产企业内进行处理,减少生产过程的污染排放,从而把生产活动对资源的利用和环境的影响降低到尽可能小的程度。循环生产最大限度地减少初次资源的开采,最大限度地利用不可再生资源。循环生产在环境保护上表现为污染的"低排放"甚至"零排放",它提高了资源和能源的利用效率,最大限度地减少废弃物排放,保护生态环境。

其次,循环经济模式倡导节约型消费。随着中国改革开放的深入,在引进西方先进科学技术的同时,西方快速高消费模式也迅速在国内传播开来,对中国的传统文化产生了极大的冲击,使中国人的生活方式发生了改变,由原来的勤俭节约发展到追求时髦。由于消费需求引导着经济生产,因此这种快速高消费引起快速生产,快速生产引起资源快速枯竭和环境快速破坏。鉴于此,循环经济模式所倡导的节约型消费就是把人类的生产和消费纳入生态系统之中,使之与生态系统和谐发展。它是以科学健康的生活方式和高质量的生活环境为主要消费志向的商品购买、使用和享受行为。第一,节约型消费是注重精神的消费。人类为了生存和发展对物质财富的需求是较低层次的,当人的衣、食、住、行等物质生活需要得到满足后,就会产生精神文明高层次的需求。第二,节约型消费要求改善人们的生活环境。节约型消费是以提高生活质量为目的的,是一种文明、健康、高雅、有节制的消费。"较高水准的生活质量,既需要丰富的物质生活资料,也需要社会的安定、人际和谐、生态系统的稳定、环境的优美和气氛的温馨等。"因此,在消费过程中,强调蔚蓝的天空、碧绿清澈的水域、美丽灿烂的鲜花、明媚和煦的阳光和茂盛葱郁的森林等幽雅的环境。第三,节约型消费是以地球承载能力为限度的消费。资源作为最基本的消费资本,人类对它们的开发不能超过生态供给量。人类社会对物质资源的需求在生态供给量以内,对生态系统不会造成危害,因为生态系统具有自我净化和恢复能力,但一旦人类的需求超过了生态系统的供给量,便会出现生态系统功能弱化甚至丧失,以致危及生态系统中的所有生物以及人类自身的生存和发展。它要求人们在遵循生态规律的基础上,以对其他物种和自然界产生最小的影响来生活。生态型消费意味着人们的消费生态化,它要求引导人们在消费时选择未被污染的或有益于健康的产品,同时在消费的过程中注意不对环境造成污染。它是一种公正、公平的消费,是在遵循生态原则的基础上要求实现代内、代际和种际之间的资源合理利用。第四,节约型消费从生态平衡的角度向公众进行普及宣传,引导人们的消费心理向着追求健康、文明的方向转变,杜绝奢侈性消费和享乐主义消费的生活方式,提高公众的环保意识、节约意识和绿色消费意识。它引导全社会树立正确的消费观,鼓励使用绿色产品,抵制过度包装等浪费资源的产品。它把节能、节水、节材、节粮、垃圾分类回收和减少一次性产品的使用逐步变成每一个公民的自觉行为,逐步形成节约资源和保护环境的生活方式。只有生态型消费成为人们的实际行动,人与自然的和谐才能真正地实现。

(五)废弃物得到充分利用

所谓废弃物是指在生产、生活和其他活动中产生的丧失原有利用价值或者虽未丧失利用价值但被抛弃或者放弃的固态、液态和气态的物品、物质以及法律、行政法规规定纳入废弃物管理的物品、物质。废弃物分为产业废弃物和生活废弃物。所谓产业废弃物是指产业活动中产生的废弃物,包括产业一般废弃物与产业危险废弃物。其中,产业危险废弃物是指列入国家危险废弃物名录或者根据国家规定的危险废弃物鉴别标准和鉴别方法认定的具有危险特性的产业废弃物;产业一般废弃物是指除产业危险废弃物以外的全部产业废弃物。所谓生活废弃物是指在日常生活中或者为日常生活提供服务的活动中产生的废弃物以及法律、行政法规规定视为生活废弃物的废弃物。在节约型社会建设中,应当充分回收利用各类废弃物并对无法回收利用的废弃物进行无害化处理。

首先,基于"产品生命周期"(不仅包括产品设计、产品制造、产品流通、产品消费四个环节,还包括产品废弃物处理)加强产品废弃物回收利用管理。第一,加强产品设计与制造中产品废弃物回收利用管理:①产品设计和制造时,要尽量使产品能重复使用,使产品及其原材料易于回收,并在处理阶段不会产生有害物质;②建立一个省资源、省能源的产品生产和流通体制,要求企业所产生的产品废弃物,原则上由企业进行资源化后加以再利用,严格控制产品废弃物的最后排放量。第二,加强产品消费中

49

产品废弃物回收利用管理：要求增强环保意识，改变价值观念，采用资源节约型产品，要求消费者对产品废弃物排放后的再利用处理给予积极支持，如对可能再利用的产品废弃物应纳入废品回收系统。第三，加强产品废弃物排放后的治理：①要求针对"废弃物——源头分类——回收——运输——分拣（再生资源集散市场）——加工——利用——再消费"的资源再生循环全过程建立一个能被民众接受，并且符合当地再利用条件的合理的废弃物回收利用体系；②要求通过有效的收集和搬运来保持环境卫生，并努力节约运输过程中的能量消耗；③回收可复用和再生的产品废弃物，焚烧、填埋不能复用和再生的产品废弃物；④在焚烧处理中，要尽可能防止发生二次公害，并促进废弃物的再利用；⑤对于最终必须填埋的废弃物，要尽量减少它的数量和体积，并使之无害化，保护处理场地周围的环境。因此，对产品废弃物的治理途径首先尽量减少废弃物；其次是产品废弃物在排放前的预处理；最后是产品废弃物排放后的治理。

其次，健全和完善产品废弃物回收处理体系的外部条件。一是制定产品废弃物法规，强化国家宏观管理。发达国家关于"经济靠市场，环保靠政府"的方式值得借鉴。在经济水平有限、人们的环保意识还薄弱的情况下，加强政府宏观管理，制定相关法规，并结合税收、产品价格、企业信贷和回收交易指标等经济手段是产品废弃物回收工作顺利进行的有效手段和保证。一方面，加强管理和约束：对于产品废弃物的处理，中国既不能实行发达国家"先污染，后治理"的政策，也不能实行高投资、高技术控制的道路；另一方面，国家对企业的生产需进行一定的干预和宏观调控是包装废弃物正确处理的保障。产品废弃物法规应该贯彻"预防为主，防治结合"和"谁污染谁治理"，明确相关方的具体责任，并指出产品废弃物回收指标及相关具体回收利用规定以及回收目标。二是加强宣传教育，树立全民参与意识。建立产品废弃物回收体系，首先要动员社会公众积极配合产品废弃物的回收工作。只有公众积极参与，才能实现产品废弃物的分类。美国把塑料分成七类，便于居民挑选回收。很多国家在街上放置不同颜色的垃圾箱，分类放置不同类别的垃圾。在中国，也应采取切实可行的垃圾分类方法，这是回收产品废弃物的前提。提高全民的环保意识的长远之计根本在于进行全社会的环保教育，环境意识的提高有两条途径：一是随生活水平的提高而自然提高，二是外界的催化作用。发达国家公众环保意识高，是属于前一种情况。但我们国家当前要依靠对全民进行环保教育,促使公众提高环保意识。环保教育不仅在生产领域进行,而且要在学校、国民经济和各个领域实施,并贯穿在一个人的一生中,环境意识提高和公众参与的意义就超越了废弃物处理的本身。

在节约型社会建设中,通过充分回收利用各类废弃物并对无法回收利用的废弃物进行无害化处理,可以实现发展经济和保护环境的双重效果:一方面可以充分挖掘资源的潜在价值,实现废弃物的资源化和再利用;另一方面又可以有效减少环境污染和生态破坏,达到保护环境的目的。

（六）绿色消费成为主流,人们生活品质逐步提高

20 世纪 80 年代,随着消费者环境意识的增强,发达国家兴起了绿色消费浪潮。所谓绿色消费,就是从满足生态需要出发,以保护消费者健康权益为主旨,符合人的健康和环境保护标准的各种消费行为和消费方式的统称。绿色消费具有三层含义:一是倡导消费者在消费时选择未被污染或有助于公众健康的绿色产品;二是在消费过程中注重对垃圾的处置,不造成环境污染;三是引导消费者转变消费观念,崇尚自然,追求健康,在追求生活舒适的同时,注重环保、节约资源和能源,实现可持续消费,尽量选择无污染、无公害、有助于健康的绿色产品,把购买绿色产品视为一种时尚。[①] 环保专家把绿色消费概括成 5R,即:节约资源,减少污染(Reduce);绿色消费,环保选购(Re-evaluate);重复使用,多次利用(Reuse);分类回收,循环再生(Recycle);保护自然,万物共存(Rescue)。绿色消费保护了消费者自身的健康,提高了其生活质量;同时通过消费对生产的反作用,将影响到企业经营思想的改变,促使其加大环境保护措施,改善产品环境绩效,从而达到降低能耗、减少污染、保护环境、增加效益的目的。在节约型社会建设中,应当从以下几方面采取措施促使绿色消费成为主流,确保人们生活品质逐步提高。

首先,推行政府绿色采购,倡导发展绿色消费。所谓政府绿色采购,就是在政府采购中着意选择那些符合国家绿色认证标准的产品和服务。政府绿色采购可以保证公共消费符合绿色消费的要求。在政府绿色采购的硬性规定和示范作用的影响下,所有企业和消费者的采购都会向绿色

---

① 徐中民、张志强、程国栋著:《生态经济学理论方法与应用》,黄河水利出版社 2003 年版。

采购发展,从而促进全社会范围内资源节约型、环境友好型消费方式即绿色消费模式的形成。实行政府绿色采购,必须具备多方面的条件:一是必须在政府绿色采购实施过程中,不断完善政府绿色采购法律体系和制度体系,促进政府绿色采购法制化。二是必须完善政府绿色采购管理体制,使政府绿色采购法律法规在政府机构中得到实施,并使执行过程得到有效监督。在政府采购目录的制定、采购限额标准的规定以及政府采购预算的编制、批准上,全面落实绿色产品采购政策,促进绿色产品采购的标准化、规范化,必将促使政府机构管理制度发生重要变化。三是必须完善政府绿色采购标准,推广环境标志认证机制,扩大政府绿色采购产品清单范围,并对政府绿色采购清单进行动态管理,增加符合要求的新产品,淘汰不符合要求的产品,使更多的环境友好型产品进入绿色产品清单,为政府绿色采购提供更多的选择。四是必须建立与政府绿色采购相适应的政府机构绩效考核评价机制和指标体系。五是必须建立服务于政府绿色采购的信息网络,建立绿色产品资料库,使政府采购人员有条件获得足够的绿色产品和绿色法规方面的信息。六是加强宣传教育,提高政府采购人员、招标评审专家、供应商、负有监督管理职责的政府采购监督管理部门人员的认识,进而促进全体社会成员树立正确的生态价值观。

其次,鼓励企业开展绿色营销,带动绿色消费。绿色营销是指企业以环境保护为经营指导思想,以绿色文化为价值观念,以消费者绿色消费为中心和出发点的营销观念、营销方式和营销策略。企业要成功实施绿色营销,应从以下几方面入手:一是开发绿色产品,包括开发绿色资源和研发绿色产品。在开发绿色资源方面,企业应在现有基础上,开发无公害新型能源;节省能源并提高资源利用率,回收与综合利用废弃物。此外,开发绿色资源应力求获得环保有关部门的支持及公众的认可,保证绿色能源能够有序合法开发。在研发绿色产品方面,产品设计材料选择,产品结构、功能、制造过程确定,产品包装与运输方式,产品使用至产品废弃物处理等,都要考虑对环境资源的影响。二是制定绿色价格。绿色价格通常包括与保护环境及改善环境有关的成本支出,因而比一般价格高。企业要引导消费者树立"环境有偿使用"观念,引导消费者理解和接受绿色产品较高价格。三是建立绿色营销渠道。企业要选择绿色信誉好的中间商,建立全面覆盖的销售网络;要注重绿色交通工具的选择,绿色仓库的建立以及绿色装卸、运输、贮存等工作,尽可能建立短渠道、宽渠道,减少渠道资源消耗,降低渠道费用。四是开展绿色促销。绿色促销是通过绿色促销媒体,传递绿色信息,指导绿色消费,启发引导消费者的绿色需求,最终促成购买行为。在绿色促销中,绿色广告、绿色人员推销以及绿色公关等具有重要的作用。五是完善绿色销售服务。绿色销售服务是贯穿于绿色营销全过程的服务,是绿色商品市场交易的重要组成部分。绿色销售服务应以节省资源、减少污染的环保精神为导向。

最后,加强生态道德观建设,提高公众绿色消费意识。绿色消费应该说与公众息息相关,促使绿色消费是每一个人都必须认识到的。消费者是否采取绿色消费方式就直接决定着绿色消费的社会化程度。因此,国家应通过学校教育、机构培训以及舆论宣传,普及绿色消费知识,传递绿色消费信息,培育绿色消费理念,进而促使消费者建立合理的绿色消费结构和多样的绿色消费方式。

(七)科技进步为支撑

我们认为,科学技术是决定节约效果的核心。因此,我们必须依靠科技进步增强节约能力,加快节约型社会建设。依靠科技进步增强节约能力,当前首要的是集中力量研究开发提高能源资源利用效率的技术,增强对资源节约和循环利用关键技术的攻关力度,重点开发和示范一批有重大推广意义的资源节约和综合利用技术,比如矿产资源综合利用技术、节约和替代技术、能量梯级利用技术、废物综合利用技术、循环经济发展中延长产业链和相关产业链接技术、雨洪收集和苦咸水综合利用技术、高效节水灌溉技术和旱季节水农业技术、可回收利用材料和回收拆解技术、流程工业能源综合利用技术、重大机电产品节能降耗技术、绿色再制造技术以及可再生能源开发利用技术等,努力取得关键技术的重大突破,并高度重视这些技术在资源开发利用领域的应用,坚持引进技术与消化、吸收、创新相结合,依靠科技进步和创新,构建起资源节约的技术支撑体系。依靠科技进步增强节约能力,还要加快资源节约的新技术、新产品和新材料的推广应用,比如对机械化秸秆还田技术的推广、对新型节能墙体材料的生产和推广、对高效照明产品的生产和推广等;加大对节约资源、发展循环经济的重大项目及技术开发、产业化示范项目的支持力度,启动节约和替代石油、热电联产、余热利用、建筑节能、政府机构节能、绿色照明、节能监测和技术服务体系等多项工程建设。依靠科技进步增强节约能力的工作,必须明确重点、精心部署、狠抓落实,并在节能、节水、节材等方面下大工夫。比如,在节约能源方面,要着力发展节能型交通运输工具,推动建筑节能技术创新,开发利用可再生能源,强化电力需求侧管理,加快节能技术服务体系建设;在节约用水方面,要积极推广农业节水灌溉和旱作节水农业,加大重点耗水行业节水技术改造的力度,进一步提高海水和再生水的利用水平;在节约原材料方面,要提高材料强度和使用寿命,促进矿产资源、工业废物的综合利用和再生资源的回收利用技术的升级换代。

与此同时,依靠科技进步增强节约能力,还要建立相应的长效保障机制:(1)建立健全依靠科技进步增强节约能力的规划指导机制。在编制国民经济与社会发展规划以及各类专项规划时,政府及其有关职能部门应把依靠科技进步增强节约能力作为规划的重要内容,提出明确的目标、任务和政策措施。在今后一段时期内,政府及其有关职能部门应认真落实国家中长期科学和技术发展规划纲要。(2)建立完善依靠科技进步增强节约能力的政策保障机制。在政策设计中,政府及其有关职能部门应当建立完善依靠科技进步增强节约能力的产业政策、投资政策、税收政策、财政政策、金融政策、价格政策、考核政策等。(3)建立完善依靠科技进步增强节约能力的法规支持机制。在科技法制建设中,修订完善并贯彻执行《科学技术普及法》、《促进科技成果转化法》、《农业技术推广法》等,研究制定《高新技术产业开发区法》、《科学技术基金法》、《商业秘密保护法》以及有关科技立法的实施细则。(4)建立健全依靠科技进步增强节约能力的绩效考核机制。在绩效考核中,政府及其有关职能部门应把资源节约纳入政绩考核范畴,尽快完善干部绩效考核机制,建立节约型政府绩效评估体系。(5)建立健全依靠科技进步增强节约能力的投入保障机制。向科技要节约,国家和社会必须从软硬件建设入手大大增加R&D的投入,主要用于开发性、应用性和应用基础研究。(6)建立健全依靠科技进步增强节约能力的技术创新机制。在今后相当长的时期内,政府及其有关职能部门应加快建立以企业为主体、市场为导向、产学研相结合的技术创新机制,引导和支持创新要素向企业集聚,促进科技成果向现实生产力转化;应加强科技节约技术服务体系建设,及时发布国内外节能、节水、节材等技术信息,为企业和广大群众提供节能、节水、节材等技术服务。(7)建立健全依靠科技进步增强节约能力的人才保障机制。在今后相当长的时期内,政府及其有关职能部门应进一步营造鼓励创新的环境,努力造就世界一流科学家和科技领军人才,使创新智慧竞相迸发、创新人才大量涌现。① (8)建立健全依靠科技进步增强节约能力的政府宏观调控机制。在今后相当长的时期内,应当深化科技管理体制改革,实行科学民主科技决策,优化公私科技资源配置,真正把依靠科技进步增强节约能力的具体工作落到实处。

(八)生态保护良好与环境友好

直观地说,节约型社会是按照节约原则运行和发展的社会。建设节约型社会对生态环境保护具有极其重要的意义。首先,建设节约型社会减少了对物质资源的需求,有利于保护生态环境。建设节约型社会能使少量物质资源发挥更大的作用,就可以减少对物质资源的旺盛需求,需要开采的自然资源减少。它对生态环境保护能起三方面的作用:一是因推迟和减少对矿产、森林、水等资源的开发,使生态环境得到有力保护,现在不少工业发达国家的情况就是这样;二是减少了开采过程中污染物排放对生态环境造成的破坏;三是能使物质资源得到充分合理利用,污染物排放也大为减少。其次,建设节约型社会强调节能降耗,有利于生态环境保护。从生产领域来看,由于采用先进技术和加强管理,推行清洁生产能够降低单位产品(服务)能耗与物耗,使污染物排放数量减少。与此同时,结合工业流程,利用不同行业间的相互作用与"食物链"结构,通过废物再利用,减少污染物排放,可以把原来企业排放的废物变宝,形成良好的工业生态系统,有利于提高资源利用效率,促进循环经济发展。再次,建设节约型社会能够提高经济的增长质量,有利于生态环境保护。建设节约型社会需要在社会再生产的各个环节推广先进技术,提高物质资源的利用效率和质量。在生产过程中,提高经济增长质量,不仅能有效地减少乃至杜绝废品、次品,还能提高产品的性能,增加产品的功能,延长产品的寿命,缩小产品的体积,减少产品使用过程中的消耗。在建设过程中,提高经济增长质量,不仅能提高工程本身的质量,同时对工程的人性化设计和建造等等,不仅能降低工程的消耗,还能有利于生态环境保护。在流通过程中,安全、高效、便捷的交通方式和运输工具有利于生态环境保护。

---

① 胡锦涛:《高举中国特色社会主义伟大旗帜,为夺取全面建设小康社会新胜利而奋斗》,人民出版社 2007 年版,第 22 页。

在消费领域中,高质量的消费品和消费方式,能减少垃圾等污染物。最后,节俭意识对生态环境保护具有不可替代的作用。大量事实表明,生态环境遭受破坏是粗放型经营和奢侈消费的必然结果。而生产、建设领域的盲目投资、粗制滥造,消费领域的豪华奢侈、铺张浪费,常常与人的浮躁心态、野蛮行径相伴而行。人们的这种心态与行径对于恶劣的生态环境会习以为常,也就不会有改善生态环境的内在愿望和保护环境的自觉行动。这在一定程度上又会加剧资源浪费和环境破坏,可见,这是一种恶性循环。而建设节约型社会则不同,建设节约型社会要求每一个人,尤其是党政干部具有强烈的节俭意识。节俭意识会使人们不仅爱惜物质资源,而且更加爱护生态环境,这就不仅有利于转变粗放型经营方式,而且能培养人们的礼貌、文明、节俭的生活方式,这对保护生态环境所起的作用是不可估量的。同时,这种生活方式又能促进节约型社会的建设,将过去的恶性循环变为良性循环。基于上述分析,我们认为,建设节约型社会在一定程度上就是建设环境友好型社会,因为节约资源与保护环境在根本上内在统一、相互促进、相互影响。因此,生态保护良好与环境友好是节约型社会的重要特征。

(九)营造长期稳定的、持续的、协调发展的社会共同体

建设节约型社会的核心不在于单纯节约物质资源,而是致力于不断提高物质资源利用效率,使所有人都能分享经济增长带来的利益,并最终增加全体公民的社会福利。因此,建设节约型社会,任何组织和个人都有义不容辞的责任。换句话说,建设节约型社会需要政府、组织以及个人广泛参与,需要一个由政府、组织以及个人组成的稳定、持续、协调的社会共同体推动。一些国家在建设节约型社会以及推进可持续发展中提倡全民参与、群策群力,取得良好效果。以德国为例,德国建设节约型社会、推进可持续发展的工作采取自上而下、上下结合的做法。德国政府认为,建设节约型社会、推进可持续发展不仅仅是政府部门的职责,还需要各种非政府力量的积极参与。在推进21世纪议程中,不仅德国各级政府发起各种活动以加强非政府力量在资源节约、环境保护和可持续发展中的作用,而且社会公众也自发地开展活动以改进自己行为方式。目前有400万德国公民加入各种环保团体和自然保护协会,许多市民把环境保护与资源节约融入他们日常生活中,新闻媒体把资源节约、环境保护和可持续发展作为他们的中心工作之一。

在中国目前节约型社会建设中,政府是关键,因为它发挥着其他行为主体不可替代的作用,即发挥率先示范、制度保障、规划设计、政策引导等重要作用。从中央到各省市地方政府应当采取措施,努力营造建设节约型社会的良好氛围。如组织新闻媒体采访,集中宣传节约资源的先进典型,揭露和曝光浪费资源、严重污染环境的行为和现象;引导工矿企业职工开展"我为节约做贡献"活动,引导学校开展"珍惜资源、从我做起"活动,引导宾馆开展"争创绿色饭店"活动,引导社区开展"创建绿色社区"活动,引导国家机关开展"做节约表率"活动,引导各行各业在全国质量月开展"降废减损兴质量"活动;组织开展全国节能宣传周、全国城市节水宣传周以及世界水日、土地日、环境日等宣传活动,组织开展节约型社会建设公益广告和征文活动;加强建设节约型社会研讨和交流,举办建设节约型社会展览会,组织开展资源节约先进典型推广现场会及技术交流会。包括政府在内的每一个社会单位,都要结合自身业务,从管理中求节约,从节约中求效益,创建节约型机关、节约型企业、节约型学校、节约型社团、节约型社区、节约型城市,在全社会形成节约光荣、浪费可耻的社会风尚,把节约变成全体公民自觉的行动。每一个公民,都要从我做起,从自家做起,从点滴做起,做到勤俭节约;同时还要以强烈的社会责任感,去阻止身边的浪费行为。总之,只有"节约光荣,浪费可耻"成为全社会的共识,人人节约、事事节约、时时节约、处处节约,才能形成推动节约型社会建设的长期稳定的、持续的、协调发展的社会共同体。

(十)集中体现了国家文明进步的一种新的发展状态

"文明"一词,通常是指人类社会的生产和生活所具有的进步和开化状态以及人类改造客观世界和主观世界所取得的积极成果。文明是反映人类社会发展程度的概念,它表征着一个国家或民族的发展水平与整体面貌。历史发展到今天,人们为了更好地管理、改造和发展人类社会,便把人类社会分为不同领域,如生态、经济、政治、文化、社会等,每一个领域的改造或变革所获得的积极成果和进步状态都可称为该领域的文明,如生态文明、物质文明、政治文明、精神文明、社会文明等。生态文明,是指人类保护和改善生态环境所获得的积极成果和进步状态,它表现为人与自然和谐程度的进步和人们生态文明观念的增强;物质文明是指人类改造自然界所获得的物质成果和进步状态,它表现为物质生产的进步和物质生活的改善;政治文明是指人类改造或变革政治生活所获得的积极成果和进步状态,它一般表现为民主、自由、平等、解放的实现程度;精神文明是指人类改造主观世界所取得的精神成果和进步状态,它表现为教育、科学、文化的发展以及道德、理想、情操的升华;社会文明是人类改造社会领域所获得的积极成果和进步状态,它表现为社会秩序的和谐与稳定以及社会正义的维护与实现。目前,中国正顺应前述人类文明发展趋势,全力构建新型社会整体文明,即以人与自然不断和谐、社会能够达到永续发展为内涵的生态文明,以生产力不断发展和人民群众达到共同富裕为标志的物质文明,以社会主义民主和法制更加健全为目标的政治文明,以先进文化不断发展、全民族文明素质不断提高为特征的精神文明,以切实维护和实现社会公平和正义、增强社会建设与管理、促进社会稳定和发展为宗旨的社会文明。生态文明、物质文明、政治文明、精神文明以及社会文明构成了当代中国的整体文明系统。在当代中国整体文明系统中,生态文明是前提,物质文明是基础,政治文明是关键,精神文明是主导,社会文明是归宿;一般来讲,在前述五个文明中,只有前者的高度的良性的发展,才会有后者的合理的正常的建构。

在目前及将来一段时期内,中国为全面实现小康社会目标而进行节约型社会建设,集中体现了国家整体文明进步。第一,生态文明建设集中体现了国家生态文明进步。在节约型社会建设中,基本形成节约能源资源和保护生态环境的产业结构、增长方式、消费模式;循环经济形成较大规模,可再生能源比重显著上升;主要污染物排放得到有效控制,生态环境质量明显改善;生态文明观念在全社会牢固树立。第二,经济建设集中体现了国家物质文明进步。在节约型社会建设中,增强发展协调性并努力实现经济又好又快发展;转变发展方式取得重大进展,在优化结构、提高效益、降低消耗、保护环境的基础上,实现人均国内生产总值到二〇二〇年比二〇〇〇年翻两番;社会主义市场经济体制更加完善;自主创新能力显著提高,科技进步对经济增长的贡献率大幅上升,进入创新型国家行列;居民消费率稳步提高,形成消费、投资、出口协调拉动的增长格局;城乡、区域协调互动发展机制和主体功能区布局基本形成;社会主义新农村建设取得重大进展;城镇人口比重明显增加。第三,政治建设集中体现了国家政治文明进步。在节约型社会建设中,扩大社会主义民主,更好保障人民权益和社会公平正义;公民政治参与有序扩大;依法治国基本方略深入落实,全社会法制观念进一步增强,法治政府建设取得新成效;

基层民主制度更加完善;政府提供基本公共服务能力显著增强。第四,文化建设集中体现了国家精神文明进步。在节约型社会建设中,加强文化建设,明显提高全民族文明素质;社会主义核心价值体系深入人心,良好思想道德风尚进一步弘扬;覆盖全社会的公共文化服务体系基本建立,文化产业占国民经济比重明显提高、国际竞争力显著增强,适应人民需要的文化产品更加丰富。第五,社会建设集中体现了国家社会文明进步。在节约型社会建设中,加快发展社会事业,全面改善人民生活;现代国民教育体系更加完善,终身教育体系基本形成,全民受教育程度和创新人才培养水平明显提高;社会就业更加充分;覆盖城乡居民的社会保障体系基本建立,人人享有基本生活保障;合理有序的收入分配格局基本形成,中等收入者占多数,绝对贫困现象基本消除;人人享有基本医疗卫生服务;社会管理体系更加健全。基于上述分析,我们认为,节约型社会是集中体现了国家文明进步的一种新的发展状态。

第五节　节约型社会的建设困境

建设节约型社会,是中国"十一五"时期经济社会发展的一项重要任务。建设节约型社会对于贯彻落实科学发展观,实现全面建设小康社会目标,具有十分重要的深远意义。但是,目前中国节约型社会建设还存在诸多制约因素。

一、消费主义文化泛滥

20世纪80年代以来,随着中国对外开放进程的加快,西方各种理论流派相继涌入,消费主义文化开始在中国泛滥,冲击着人们的价值观和人生观。所谓消费主义文化是一种将崇尚和追求过度占有和消费作为满足自我和人生目标的价值趋向。它具有以下特点:一是以追求自我满足为核心,而不管这种满足给他人和社会所带来的外部性;二是崇物主义和享乐主义至上;三是忽视商品的实际效用,更多把商品当作具有象征意义的符号,通过消费显示自己的卓尔不群。经济学认为文化是人们行为选择的主观模型,消费主义文化泛滥对建设节约型社会造成了严重制约:一是大量宝贵资源被用在了炫耀消费和奢侈消费方面,被消耗在一部分人的"面子"上,加大了资源约束的硬度;二是产品升级换代的加快在消耗了大量资源的同时,也造成了大量的工业和生活垃圾,加重了环境和生态负担。这种"洋文化"同中国文化中的一些糟粕如封建等级、特权文化交织在一起,危害更是严重。

二、传统经济发展惯性

回顾中国 50 多年的发展历程,经济的快速增长在很大程度上建立在对资源、能源的高消耗上,因此属于典型的传统经济。尽管自 20 世纪 90 年代中后期,中国就提出要转变经济增长方式,进入新世纪更是提出要大力发展循环经济,但是中国经济粗放型增长方式还未从根本上得到转变,经济的快速增长在很大程度上还是靠大量消耗物质资源来实现,浪费大、污染重、资源利用效率低。这都是由传统经济发展惯性造成的。新制度经济学告诉我们,同制度变迁一样,社会经济发展方式的改变同样具有路径依赖性,这种依赖性就是发展惯性的来源,它主要来自两个方面:一是与传统经济相适应的思想观念和习惯短期内难以改变;二是在传统经济下形成的既得利益的羁绊。建设节约型社会,作为一种社会经济发展方式的重大突破无疑要受到传统经济发展惯性的制约。

三、节约型社会认识不足

节约型社会建设顺利推行,要以相关节约型社会认识到位为前提。然而,由于资源危机意识不强,没有理解节约科学内涵,照搬凯恩斯经济理论,①误解资本主义发展动因,科学政绩考核体系尚未建立等原因,目前中国节约型社会认识不足甚至存在误区:第一,节约与生活消费相对论。这种观点认为节约就是省吃俭用,节约就是缩减生活消费,与提高人民生活水平相矛盾。第二,节约与生产发展对立论。这种观点认为节约妨碍生产发展,节约是经济发展的绊脚石。第三,小巫见大巫论。这种观点认为生活中存在的浪费不严重,不值得一提,生产中存在的浪费才是严重的,对比生产中存在的浪费,生活浪费只是小巫见大巫。第四,有钱可

---

① 很多人认为凯恩斯主义是主张浪费的,凯恩斯经济理论对资本主义发展曾经起过重要作用,因此,他们打着"消费促进经济、扩大就业"的幌子,为自己的浪费行为正名。这种片面理解直接导致相当一部分人误认为浪费有理,浪费有功。实际上,凯恩斯主张的需求拉动经济增长只有在经济萧条时期才是适用的,但中国的现实条件和国情不允许我们那样做。

以浪费论。这种观点认为,"我有钱,我爱怎么花就怎么花,你管不着。"第五,公共单位节约不易论。这种观点认为机关、学校等单位资源是公共产品,容易造成浪费,因而不可能实现节约。第六,讲排场、赢面子论。这种观点认为大手大脚、慷慨大方能显示实力,可以取得对方信任,扩大营业。① 所有这些认识不足或误区直接制约着节约型社会建设。

四、节约型社会政策不到位

中国目前远未形成配套的鼓励节约型社会建设的政策体系,用于鼓励节约与高效利用资源以及限制与约束浪费资源的税收、工商、财政、价格、金融等政策措施尚不到位。如:现行税收鼓励政策不统一、不完整且导向作用不明显,缺少促进资源节约技术开发、推广和使用的相关规定,缺少鼓励使用可再生资源的相关规定;现行工商政策缺乏促进资源节约与资源综合利用的相关优惠规定,缺乏资源节约与资源综合利用的相关监管规范;现行财政政策中环境与资源保护专门财政收入渠道窄,财政支出预算缺乏与节约资源、保护环境直接相关的科目;现行资源定价与比价政策尚不能真正反映资源稀缺程度和供求关系,不能有效促进资源节约和环境保护并合理分配资源交易收益;现行金融政策主要服务于高耗资源产业,对资源节约高科技、低耗资源产业支持不足等等。以粉煤灰利用项目为例进行说明,目前政策只规定享受所得税五年免征待遇,然而从事节约性建设项目并不是五年后就不要鼓励的事,而是要长期坚持鼓励政策。上述节约型社会政策不到位直接制约着节约型社会建设。

五、节约型技术供给不足

科技改革不到位已严重制约资源节约型经济关键技术的开发与引进、应用与推广。首先,在技术开发与引进方面,长期以来,建设节约型社会所需污染治理技术、废物利用技术、清洁生产技术、循环经济关键技术等的开发投入不足;建设节约型社会所需关键技术还没有形成企业间联合攻关的局面,主要靠某些大型企业单兵作战,中小企业没有能力进行技术研发,更不可能去购买大企业开发出来的关键技术,只好维持现有的粗

---

① 黄铁苗、徐廷波:《走出认识误区,建设节约型社会》,载《经济学家》2006 年第 5 期。

放生产模式;国家对建设节约型社会所需关键技术开发与引进缺少相关扶持政策,相关行业协会在企业联合进行技术攻关与技术引进的协调方面,没有发挥应有的作用。其次,在技术应用与推广方面,已有建设节约型社会所需技术尚未得到普遍转化与推广,不利于促进整个国民经济结构优化、升级和循环。据《半月谈》记者披露:上海一家民营企业经过20多年的科研攻关,开发出一种能将城市垃圾制成清洁建材的生化处理技术。这对于有着约2000座垃圾堆场、每年还新生产垃圾500万吨的上海来说,无疑是雪中送炭。然而,在项目产业化过程中,却遭遇尴尬的境地:目前城市垃圾运输、堆放、填埋等都有国家补贴,而他们在用陈腐垃圾试点生产建材时,不仅没有补贴,还要以每吨一元钱的价格向堆场购买;为项目产业化寻找投资方,尽管得到几家大企业的认可,却要等政府在税收、销售等配套政策方而作出实质性规定;政府部门则表示,只要项目实现产业化、被市场认可,一定给予支持,但目前科技成果如何转化,还要靠企业自己想办法。透视这一案例,不难看出,中国有利于资源节约型技术及产品推广的大环境尚未形成。

六、节约型法律保障缺乏

中国目前尚未建立健全节约型社会法律保障机制,直接制约着节约型社会建设。首先,在节约型社会法律创制方面:第一,节约型社会法律保障体系尚未真正建立。目前,涉及激励节约、限制浪费以及循环经济的立法只有《清洁生产促进法》、《节约能源法》、《可再生能源法》等为数不多的几部单行专门法律法规,没有一部综合性的有关节约型社会建设的法律。而且现行其他相关法律法规在立法时大多都是单纯以经济发展为指导思想,甚至有部分其他相关法律法规仍然支持或者说不反对牺牲资源环境来换取经济短期发展。这就使得中国现行有关节约型社会建设的法律法规在一定程度上存在相互矛盾之处,没有形成一个以节约型社会建设基本法为主干、门类齐全、结构严谨、层次分明、内在和谐、功能合理、统一规范的法律保障体系。第二,节约型社会立法领域,尚存诸多立法空白,如尚未制定《节约型社会促进法》、《循环经济促进法》、《资源综合利用法》、《反浪费法》、《节水条例》等。第三,部分现行有关节约型社会建设的法律法规,在性质上属于促进法性质,原则性条文规定多,缺乏可操作性。第四,现行有关节约型社会建设的法律法规中关于法律责任的规定即惩罚措施都存在惩罚过轻的问题。第五,一些工业用能设备没有具有法律属性的能效标准,有些具有法律属性的能效标准已经过时,成了落后的"保护伞"。其次,在节约型社会法律实施方面:由于社会环境中节约型社会法治理念不足,节约型社会法律创制尚存诸多问题,节约型社会法律配套实施机制不完善,节约型社会法律监督与公众参与机制不健全,目前节约型社会法律法规实施很难真正落到实处,进而致使节约型社会法律保障的功能优势难以有效发挥。正是由于节约型社会法律保障机制存在的上述缺陷,中国目前大量严重浪费资源、严重污染环境的现象没有得到法律有效制裁。

七、节约型体制尚不健全

当前,中国生产与生活中存在的严重浪费现象,都与行政权力高度集中的官本位体制方面存在的问题和不够健全有关。首先,官本位体制造成决策浪费。中国的决策权掌握在少数党政官员手里,缺乏法定程序和决策责任制,导致随意决策屡见不鲜。其次,官本位体制导致"形象工程"、"政绩工程"遍地开花,粗放型发展模式难以改变。上级官员决定下级官员的命运,而上级考核下级主要看 GDP 和发展速度。这就迫使下级官员不管节能不节能、不讲效益、不顾资源浪费、不顾环境破坏,片面追求高速度;不计成本、劳民伤财,搞一些华而不实、中看不中用、往长官脸上贴金的"形象工程"、"政绩工程"。再次,官本位体制必然导致无节制的公款消费。在中国,政府花钱完全由官员自己说了算。被审计的国家机关都存在违规使用资金问题,多数部门屡审屡犯。最后,官本位体制导致以权代法、监督虚置。官本位体制使国家机关和党政官员享有较多的法外特权,有的以言代法,以权压法;有的局部利益、部门利益、小团体利益至上,有法不依、执法不严、违法不究,或者以罚代刑;有的政府部门和党政官员带头违法。

第二章 节约型社会法律保障机制的 一般原理

第一节 法律保障与节约型社会建设

建设节约型社会是党中央从中国国情出发提出的一项重大决策,已经被确定为国民经济与社会发展中长期规划的一项战略任务。但是由于诸多制约因素的干扰与影响,建设节约型社会目前面临诸多利益冲突与社会矛盾。在这种激烈的利益冲突与社会矛盾之下,应该充分建立健全节约型社会多元化制度保障机制,尤其是充分发挥法律功能优势,以革新与重塑节约型社会价值观念、健全与优化节约型社会制度保障、规制和矫正节约型社会人类行为,调处与化解节约型社会利益纠纷,进而确保节约型社会建设有序进行与推进。

一、节约型社会多元化制度保障

(一)节约性社会制度的内涵界定

关于制度的内涵,国内外已有诸多界定与探索,在此我们不作一一赘述。考察所有这些研究后,我们认为,制度应该界定为是规范人与组织的行为规则。基于此,我们认为,节约性社会制度是节约型社会中规范人与组织的行为规则。

节约性社会制度的内涵至少应当体现这样几点内容:一是习惯性。节约性社会制度都是最初被某些人发现某种规则有利可图,而后被坚持下来,接着被更多的人所接受,最后成为一种习惯,成为历史沉淀物被保留下来。二是确定性。节约性社会制度告诉人们在节约型社会中能干什么、不能干什么。因此,节约性社会制度具有确定性,能够为人类行为提供稳定的预期。三是公理性。所有节约性社会制度都有确定所指,都是针对确定行为讲的。只要是这样的行为,基本上都应当遵守这样的章程;

同样的行为遵守同样的章程。四是普遍性。在没有特别理由的情况下，节约性社会制度对所有人与组织都是同样适用的，没有区别对待的情况，没有歧视性。没有人能够凌驾于制度之上，每个人在制度面前平等。

(二)节约性社会制度的构成分析

关于制度的构成，国内外也是众说纷纭，莫衷一是，在此我们不作具体阐释。分析相关研究与阐释后，我们认为，制度应该由正式制度与非正式制度组成。以此为据，我们认为，节约性社会制度也应该由正式制度与非正式制度组成(见图2)。

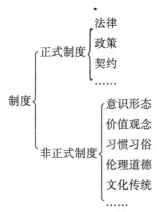

图 2　制度构成图

1. 正式制度

正式制度是人们有意识建立起来并以正式方式加以确定的对人与组织行为产生正式约束的一系列带有强制性的规则。常见正式制度包括法律、政策、契约等。从静态意义上看，正式制度可作如下分类描述：界定多个行为主体在社会分工中的责任的规则；界定每个行为主体可以干什么、不可以干什么的规则；关于惩罚的规则。在动态意义上说，某时点的正式制度都是作为制度变迁的结果而存在的，因此按照形成途径，正式制度可分成两类：一类是适应非正式制度的要求出现，后经过制度制定者确认的正式制度，称之为"诱致性变迁型"的正式制度；另一类是人们有意识地设计并创造出来的行为规则，称之为"强制性变迁型"的正式制度。正式制度是人们有意识地对社会行为确定的规范，具有一定的强制性，且一旦确立就会形成制度刚性，对人类活动产生深刻的影响。

(1)法律。法律是指由国家制定或认可，体现统治阶级意志，以国家强制力保证实施的行为规则(行为规范)的总和。法律具有四个基本特征:第一,法律是一种概括、普遍、严谨的行为规范;第二,法律是国家制定和认可的行为规范;第三,法律是体现统治阶级意志的行为规范;第四,法律是国家确认权利和义务的行为规范;第五,法律是以国家强制为保障实施的行为规范。在中国,从法律渊源看,法律应包括最高国家权力机关即全国人民代表大会制定的宪法;最高国家权力机关即全国人民代表大会及其常务委员会制定的法律;最高国家行政机关即国务院制定的行政法规和国务院各个部委局制定的行政规章;省级地方国家权力机关即省级地方人民代表大会及其常委会,省、自治区的人民政府所在地的市、经济特区所在地的市和经国务院批准的较大的市的人民代表大会及其常委会制定的地方性法规;省级地方国家行政机关即省级地方人民政府,省、自治区的人民政府所在地的市、经济特区所在地的市和经国务院批准的较大的市的人民政府制定的规章;民族自治地方的人民代表大会制定的自治条例和单行条例;香港、澳门特别行政区制定的法律和法规;军事委员会制定的军事法规等。由于法律创制机关等级不同,中国现行法律效力呈现出层级区别。由于法律将是我们后文相关部分的研究重点,因此我们暂不就法律其他内容在此处作深入探讨。

(2)政策。政策是国家、政党为实现一定历史时期的任务和目标而规定的行动准则和行动方向。政策的基本特征主要有:第一,阶级性。政策是人类社会发展到一定的阶段——阶级社会的产物,具有鲜明的阶级性,是社会上层建筑的重要组成部分。第二,针对性。政策总是为了解决某种问题而制定的,区别了具体情况,具有很强的针对性。第三,明确性。凡政策都有明确的界定,它规定哪些是允许做的,哪些是禁止做的。列宁指出:"方针明确的政策是最好的政策。原则明确的政策是最实际的政策。"①政策的核心问题是目标明确。第四,权威性。政策是按法定程序经过特定权威机关颁布,具有权威性。没有权威性也就没有政策。第五,灵活性。政策最大的优点就是环境适应能力强,易随环境的变化而作相应的调整。与政策的灵活性相伴生的则是其随意性,因缺少应有的规范,政策随意性带来的后果是严重的。第六,指导性。政党和国家通过自己制定的各项方针政策来指导全党和全国人民共同奋斗,从而实现自己的

---

① 《列宁全集》第14卷,人民出版社1988年版,第298页。

政治主张和统治意志。此外,还有学者从以下三个方面界说政策基本特征:政策是主观指导与客观规律的承载体;政策是统治阶级的价值观与公众理想的交汇点;政策是理论指导实践的中间环节。

(3)契约。契约是两个或两个以上的当事人之间,在自由平等、意思自治的前提下,为改进各自的经济状况或经济预期所达成的关于经济权利流转的协议或约定。在该契约定义中,至少包括以下原则:第一,社会性原则,即契约不仅为一种人与人之间的社会关系或人际交往,而且内在于社会之中。社会性原则是以平等、自由、理性的契约当事人个体为前提的,否则谈不上达成契约协议,建立契约关系。第二,平等性原则,即契约当事人的交易活动是在地位对等的情况下进行的。尽管契约当事人原有权利禀赋可能存在非均一性,但是就契约活动本身而言,当事人之间的地位是对等的,并且这种对等性得到了互相认可。第三,自由原则,即契约是当事人不受干预和胁迫地自由选择的结果,它包括缔结契约与否的自由、选择缔约方式的自由、决定契约内容的自由和选择契约争议解决方式的自由。任何第三者,包括作为立法者和司法者的国家,都应尊重当事人的自由合意。第四,理性原则,即当事人能够根据自己所掌握的信息或约束条件对契约的备选方案进行比较和权衡,发现其中能以最小资源耗费使需要得到最大限度满足的契约。第五,互利性原则,即进入交易领域的任何人都是通过对方实现自己的利益追求的,并且只能在双方都接受的点上才能达成契约。第六,过程性原则,即契约关系不仅包括契约的一个个不连续的点,更为重要是包括整个契约动态发展的过程。

2. 非正式制度

非正式制度是指人们在长期的社会生活中逐步形成的意识形态、价值观念、习惯习俗、伦理道德及文化传统等对人与组织行为产生非正式约束的规则。从历史来看,在正式制度设立之前,人们之间的关系主要靠非正式制度来维持,即使在现代社会,正式制度也只占整个制度很少的一部分,人们生活的大部分空间仍然由非正式制度来约束。① 相对于正式制度,非正式制度具有自发性、非强制性、广泛性、持续性等特点。所谓自发

---

① 诺斯认为现代社会之所以仍然存在大量的非正式制度,是由于以下原因:(1)它们是对正式制度的扩展、丰富和修改;(2)它们是社会所认可的行为准则;(3)它们的自我实施特征比正式制度更能节省交易费用。

性,是指非正式制度的相当部分是由文化遗传和生活习惯累积而成的,并非理性设计安排,人们遵循某种非正式制度常常是出于习惯而非理性的计算。非强制性是指非正式制度不像正式制度那样必须遵守并有套强制性的实施机制,而主要是靠主体内在的自觉或良心来维持的。广泛性是指非正式制度渗透到社会生活的各个领域,调节人们行为的大部分空间,其作用范围远远超过正式制度。持续性是指一种非正式制度一旦形成就将长期延续下去,其变迁是渐进缓慢的,在变迁中先前非正式制度的许多因素也将在新规则中"遗传"下来。①

(1)意识形态。意识形态可以被定义为关于世界的一套信念,它们倾向于从道德上判定劳动分工、收入分配和社会现行制度结构。在非正式制度中,意识形态处于核心地位。因为它不仅可以蕴涵价值观念、伦理规范、道德观念和风俗习性,而且还可以在形式上构成某种正式制度安排的"先验"模式。对于一个勇于创新的民族或国家来讲,意识形态有可能取得优势地位或以"指导思想"的形式构成正式制度安排(或正式约束)的"理论基础"和最高准则。

(2)价值观念。价值观念是指社会、民族或群体中存在的比较一致的共同理想、共同信仰及持久信念。价值观念具有评价性、主体性、超越性、社会历史性、稳定性等属性。价值观念的根据在于社会生活。② 社会生活中各种因素所致事物及社会发展情势,反映在人们的价值观念里,人们依据形成的价值观念建构制度。制度所依据的价值观念不一定是正确的,但一定是自觉的;人们同意接受的价值观念怎样,人们建构认可的制度也就怎样。

(3)习惯习俗。习惯习俗可以定义为所有在正式规则无定义的场合起着规范人们行为的作用的惯例或作为"标准"的行为。而"标准行为",在规则没有定义的场合,通常只能表现为前人或多数人或年长的人的榜样式行为。"习惯习俗"于是可以被理解为由文化过程和个人或集体在某时刻以前所积累的经验所决定的标准行为。尼尔森和温特尔认为,一

---

① 马智胜、马勇:《试论正式制度和非正式制度的关系》,载《江西社会科学》2004 年第 7 期。

② 兰久富:《价值观念的社会生活根据》,载《北京师范大学学报(社会科学版)》1993 年第 5 期。

种行为若能成功地应付反复出现的某种环境,就可能被人类理性(工具理性)地固定下来成为习惯习俗。

(4)伦理道德。伦理道德是指以善恶评价的方式,依靠社会舆论、人们的内心信念和传统习惯,调整人与人、人与社会之间关系的原则、规范的总和。在每一种给定的制度下,伦理道德可看成是利益的一个自变量,不同的伦理道德制约了不同的利益追求机制与方式。如果这种方式与制度相符时,它就推动它;反之,它将成为与现行制度相悖的力量,导致混乱与无序。所以社会各个领域只有在物质条件(技术因素)和人文因素(伦理道德)都已具备时,才能获得发展。

(5)文化传统。文化传统应该是指文化在长期的历史发展中形成的能够世代相传并且具有根本性特点的那些文化因素。文化传统对一个国家、一个民族来说是思想根基与精神支柱。文化传统以思想、道德、风俗、艺术、制度等时代性要素为其存在和发展的形式,并且由这一形式的特性对不同历史时代和社会生活发生相对独立性的社会影响,成为调节社会生活的稳态系统,体现出内控自制的历史惯性运动。

3. 正式制度与非正式制度的关系

正式制度和非正式制度作为制度的两个不可分割的组成部分,是一个对立的统一体,既相互依存,在一定的条件下又可以相互转化。下面,我们从对立、统一、转化三方面并结合两种制度的性质来分析它们的关系。

(1)两种制度的对立主要体现在制度冲突或不兼容。非正式制度由于具有自发性、非强制性、广泛性、持续性等特点,因而对应于自发秩序;而正式制度由于具有一定的强制性,且一旦确立就会形成制度刚性,对人类活动产生深刻影响,因而对应于建构秩序。哈耶克指出,建构秩序往往是具体的秩序,是刻意创造出来的,服务于该秩序创造者的目的的。① 建构秩序需要一种预设,即存在一位全知全能的建构者或者计划者。然而从知识论的角度来看,全知全能是不可能的,自发秩序和建构秩序之间必然存在矛盾,因此非正式制度与正式制度之间也必然存在冲突。从制度的产生发展来看,正式制度与非正式制度之间的矛盾往往会导致制度冲突或不兼容,在社会自上而下地大规模建构或从外部移植制度的时候这

---

① 冯·哈耶克著,冯克利等译:《致命的自负》,中国社会科学出版社2000年版,第69~70页。

种情形往往发生得最为剧烈。

（2）两种制度的统一主要体现在互补性和替代性。首先，从互补性来看。一方面，一个富有效率的正式制度形成，应该考虑与意识形态、价值观念、习惯习俗、伦理道德及文化传统等非正式制度互补，才能保持整个社会制度系统和谐并确保社会制度改革取得成功和富有成效；一个已经形成的正式制度安排，必须要有意识形态、价值观念、习惯习俗、伦理道德及文化传统等非正式制度与之匹配，才能有效地发挥作用。另一方面，意识形态、价值观念、习惯习俗、伦理道德及文化传统等非正式制度可以在一定程度上解决但并不能完全解决人们的争斗，而必须在一定程度上需要法律、政策、契约等正式制度的支持和保护，否则社会就会陷入所谓的"霍布斯丛林"。其次，从替代性来看。一方面，在正式制度缺位的情况下，非正式制度安排可以替代正式制度提供一系列安排，以获得有效的经济与社会运行。另一方面，因为非正式制度是正式制度的先导，故我们认为不存在非正式制度的缺位从而也不存在这种情况下正式制度对其功能的替代。

（3）两种制度的相互转化性。首先，非正式制度可以转化为正式制度。先从诱致性变迁看非正式制度向正式制度的转化。在新制度经济学中，自发秩序对应于诱致性制度创新。诱致性制度变迁指的是现行制度安排的变更或替代，或者是新制度安排的创造，它由个人或一群人，在响应获利机会时自发倡导、组织和实行。① 由于非正式制度的自发性以及自发秩序对应于诱致性制度创新，所以通过诱致性变迁转化为正式制度的非正式制度，与余下的非正式制度有更好的兼容性。再从强制性变迁看非正式制度向正式制度的转化。强制性制度变迁由政府命令和法律引入和实行。② 一般来讲，非正式制度与"强制性变迁型"的正式制度之间存在差异，两者可能不能兼容，原因来自自发秩序和建构秩序的矛盾——非正式制度对应于自发秩序，而强制性的正式制度变迁对应于建构秩序。其次，就正式制度向非正式制度转化而言，主要是历史上的正式制度向非

---

① 林毅夫：《关于制度变迁的经济学理论：诱致性变迁与强制性变迁》，载陈昕：《财产权利与制度变迁——产权学派与新制度学派译文集》，上海三联书店2002年版。

② 林毅夫：《关于制度变迁的经济学理论：诱致性变迁与强制性变迁》，载陈昕：《财产权利与制度变迁——产权学派与新制度学派译文集》，上海三联书店2002年版。

正式制度的转化。由于种种原因,历史上的正式制度崩溃了,但由于其长期施行的影响,已经深深地进入了人们的生活习惯和思想意识中,难以磨灭,成为非正式制度的一部分继续影响人们的行为。

(三)节约型社会制度保障的思考

1. 节约型社会制度保障的界定

正如前文所分析,节约型社会形成尚面临诸多制约因素的干扰与影响。鉴于此,必须因地制宜地利用节约型社会制度保障节约型社会建设。所谓节约型社会制度保障是指用制度措施推动节约型社会向前发展并最终生成。在节约型社会制度保障中,人类是行为主体,制度是凭借工具,人类行为是传导中介,节约型社会向前发展并最终生成是价值目标。

2. 节约型社会制度保障的依据

制度之所以能够保障节约型社会向前发展并最终生成,主要是由于制度具有能够促进节约型社会向前发展并最终生成的一系列内在功能。主要功能分述如下:

(1)规范与秩序功能。制度作为规范人与组织的行为规则,对于生活于该行为规则体系适用范围内的任何个人和组织来说,是一种应该或必须遵守的秩序和规范,任何人与组织都不应或不得违反,否则就得付出相应代价。现实生活中人与组织的需求与偏好是多种多样的,因而人与组织的行为追求也是多种多样的,正是通过制度的有效规范和软硬约束,使社会保持着某种秩序。制度能为人与组织的行为追求和社会交往提供一个相对稳定有序的活动空间,规范和约束人与组织的非理性和非制度化的行为,减少和缓解人与人、人与组织、组织与组织之间的行为冲突;减少人与组织行为环境的复杂性和不确定性,提高人与组织行为追求和相互合作成功的效率。

(2)导向和激励功能。制度规定着人与组织的行为选择空间,规范着人与组织应当做什么以及不应当做什么。因此,制度对人与组织的行为选择和人与组织的全面发展具有导向、激励功能。首先,制度一经形成,就具有相当的能动性和导向性,它能使人与组织看到和得到尊重制度的好处和利益,能强化人与组织遵守制度的自觉性。其次,制度能够通过优胜劣汰来充分焕发人与组织的潜能和活力。制度通过鼓励竞争与创造给予人与组织的能力和主观能动性以充分施展的空间。这就是诺斯所说的"制度框架提供激励",它"鼓励了有创造性的人们发挥作用"。最后，制度通过改造社会不良机制，优化社会关系，从而使制度与社会发展之间形成双向的良性互动——制度为社会铺设了一条持续、协调、全面发展的轨道。

（3）协调与整合功能。生活在一定社会关系中的人与组织为了各自的利益追求，必然会在社会交往中形成不同的利益关系，结成不同的利益集团。所以，人类在进入文明时期以来，任何一个社会内部都不可避免会出现各种不同的并可能会产生冲突的利益关系和社会力量。如果不能对各种不同社会力量进行合理整合，不仅会极大地提高人与组织的社会交易成本，造成社会资源的巨大浪费，而且还会因种种利益冲突的加剧和各种社会力量内耗的加剧，造成社会发展的停滞甚至倒退。制度作为一种在一定历史时期、一定程度和一定范围内的社会关系的规范体系，能够对社会资源和财富进行形式合理性配置。因而它能够在一定程度上协调和平衡人们之间的各种利益关系，把人们的利益矛盾和冲突控制在一定范围内，并能够整合因利益分化而出现的各种社会力量，防止和减少各种社会力量的内耗，形成促进社会发展的"合力"。

（4）转化与载体功能。制度，是社会理想与社会现实之间的中介物和转化器，是先进理念的载体。马克思指出，哲学家们只是用不同的方式去解释世界，而问题在于改变世界。任何美好的社会理想和理论主张在未转化为制度之前，都还只是一种体现伦理正义的观念形态，它的作用只是柔性的。要使其从"应然"变为"实然"，必须经过一种类似于"变压器"的转换，变成体现形式正义的规范性、操作性、程序性的社会运行机制，才能作用于经济、政治过程，使社会在它的运载和规范下，沿着它的轨道运行。这个载体、机制和轨道，就是制度。也就是说，观念要靠制度来落实，理想要通过制度来实现，不落脚于制度建设，不把观念和理想转化为实实在在的、"必须做"和"怎样做"的有效制度，再好的社会目标、理想和原则都不过是空中楼阁。

（5）配置与分配功能。首先，制度能够进行资源配置，即将一定的人、财、物按一定的比例组合起来，以使其发挥作用。制度的最优资源配置是人尽其才、财尽其利、物尽其用、地尽其力，没有闲置和浪费，而且各种资源组合的比例也是恰当的、效率最高的。当然最优资源配置往往是一种理想的目标，现实中的制度所产生的资源配置常常不是最优，而是次优、第三优,甚至是第四优的。① 其次,制度决定着利益分配,决定着产权和产品所有。如果说经济所要解决的问题是如何最大限度地创造社会财富,那么制度所要解决的问题则是如何公正地分配社会财富。当人们对物质、精神等方面的利益分配发生争执而以私人磋商的方式不能解决这种冲突时,就会借助具有社会权威性的制度寻求最终利益分配方案。

3. 节约型社会制度保障的形式

节约型社会制度保障主要以制度激励与制度约束两种形式与路径进行。所谓制度激励是指社会或社会组织通过科学而合理的制度来激发社会成员的动机,开发社会成员的能力,充分调动社会成员的积极性和创造性,使社会成员所追求的行为目标与整个社会或社会组织的大目标协调一致的过程。所谓制度约束是指社会或社会组织通过科学而合理的制度来防止和减少社会成员偏离整个社会或社会组织的大目标,损害整个社会或社会组织的利益的行为,迫使社会成员所追求的行为目标与整个社会或社会组织的大目标协调一致的过程。

制度激励与制度约束是两种具有有机联系的社会制度管理活动,它们通常以一种完整、统一的形式存在于社会制度管理实践之中,其作用是在满足社会成员个体需求、发挥社会成员个体潜能、规范社会成员个体行为、提高社会成员个体素质的基础上,维护整个社会或社会组织内部的良好秩序、协调相互关系、提高运转效率,从而推动和促进整个社会进步。换句话说,制度激励与制度约束是完整、统一、不可或缺的有机整体,制度激励与制度约束的总体作用具有完整性。首先,社会成员的和整个社会或社会组织的大目标相一致的行为同时受到制度激励产生的拉力和制度约束产生的推力的作用。其次,社会成员的偏离整个社会或社会组织的大目标的行为受到制度约束力的限制。这样制度激励与制度约束对社会成员的各种行为(各个方向上的行为)均发生着完整的、全方位的作用。

制度激励与制度约束具有互补性。制度激励与制度约束是不同社会制度管理活动,制度激励不能取代制度约束,制度约束也不能完全代替制度激励,只有将二者合理搭配、科学使用,才能较好地发挥制度激励与制度约束的应有作用。这是因为:第一,制度激励与制度约束的直接目的不同。前者在于直接激发社会成员的动机,开发社会成员的能力,充分调动

① 董建新:《论制度功能》,载《现代哲学》1996 年第 4 期。

社会成员的积极性和创造性;而后者则主要在于防止和减少社会成员偏离整个社会或社会组织的大目标,损害整个社会或社会组织的利益的行为。第二,制度激励与制度约束所要解决的问题不同。前者主要解决社会成员工作热情、积极性、创造性不足的问题,发挥社会成员潜能以使社会成员所追求的行为目标与整个社会或社会组织的大目标协调一致;而后者则侧重于解决社会成员行为方向问题与人际关系问题,从而迫使社会成员所追求的行为目标与整个社会或社会组织的大目标协调一致。第三,制度激励与制度约束所采取的手段不同。前者多用物质奖励、精神鼓励等手段;后者多用设置惩罚性措施、设置风险环境等手段。第四,制度激励与制度约束给社会成员的心理体验不同。前者常给社会成员以需求得到满足的良好心理体验;后者常给社会成员以受到挫折或置身风险环境的紧张心理体验。制度激励使社会成员产生工作热情与动力,引导社会成员努力确保其所追求的行为目标与整个社会或社会组织的大目标协调一致,因为这样会得到更多的需求满足;制度约束使社会成员产生危机感、恐惧感和心理压力,迫使社会成员不偏离整个社会或社会组织的大目标而努力工作,否则就会失去信誉、受到惩罚甚至失去工作。

二、法律保障与节约型社会建设

(一)节约型社会法律保障的界定

正如上文所分析,节约型社会建设需要制度保障。而在节约型社会制度保障中,法律作为正式制度,因其自身特征与功能优势,具有举足轻重的地位。所谓节约型社会法律保障是指用法律措施推动节约型社会向前发展并最终生成。在节约型社会法律保障中,人类是行为主体,法律是凭借工具,人类行为是传导中介,节约型社会向前发展并最终生成价值目标。

(二)节约型社会法律保障的依据

法律之所以能够保障节约型社会建设,主要是由于法律具有优于其他制度的能够促进节约型社会向前发展并最终生成的一系列内在功能。

1. 法律功能的含义认识

功能有多种含义,牛津英语大辞典将功能(function)解释为发挥的作用或履行的职责。法律功能中的功能之意来源于社会学中的功能,因二者具有相通之处且许多西方社会学家的思想都不同程度地蕴涵法律功能的理论。社会学对功能的研究非常深入,在积极研究的基础上形成了功能主义社会学说。功能主义论者认为一个社会系统有一种功能上的统一,整个系统的各个部分都以一定程度的内在一致性而共同发挥作用。在社会学家眼中,功能不是事实产生的原因,而仅仅是事实得以存在的依据,社会事实之所以存在是因为它们具有功能。[1] 功能就是指社会制度对社会需求的贡献。它含有目的性,这种目的涵盖了一定的意志因素和对客观环境的反映,当功能造成的客观后果与这种目的相一致时,它就使一事物能够满足某种需要,这种特性就是功能存在的基础,也是使不同的功能体现不同特质的表征。

将功能引入到法律之中,就自然引发对法律功能的认识。法律功能是法社会学的核心问题,对法律进行功能分析就是对法律所产生的客观后果在社会整体中发挥的作用进行认识和评价。法的功能是法所固有的功用和性能,是法的天然的和内在的属性,能够对整个社会系统产生影响力。法律功能反映法与社会的关系,它既能对社会整体发挥功能,又能在其内部法律系统之间实现其内在功能的协调。由此可知,法律功能的内在含义应是法律作为体系或部分,在一定的立法目的指引下,基于其内在的结构属性而与社会单位发生的,能够通过自己的活动造成一定客观后果,并利于实现法律价值,从而体现出自身在社会中的实际特殊地位的关系。[2] 张文显教授在其所编《法理学》一书中认为虽然功能与作用在严格的语义上确有某些细微差别,但由于其基本意义是无差别的,所以不将之严格区别,他认为法的功能即法的作用泛指法对人的行为及社会关系和社会生活产生的影响。[3] 综合以上分析,我们认为在节约型社会建设中,法律功能应该是法律在建设节约型社会的立法目的指引下,在自身法律系统相互协调以及对节约型社会建设的引导与规范过程中,通过对人的行为及社会关系进行调整所体现出的对整个社会和谐发展所发挥的作用。

2. 法律功能的详细解释

建设节约型社会不仅需要国家政策的引导和支持,更需要国家法律

---

①　赵震江著:《法律社会学》,北京大学出版社 1998 年版,第 204 页。

②　赵震江著:《法律社会学》,北京大学出版社 1998 年版,第 214 页。

③　张文显著:《法理学》,高等教育出版社 2003 年版,第 348 页。

的规范与保障。因此,在研究节约型社会建设这一命题时,为构筑强有力的节约型社会建设法律保障,必须关注节约型社会建设背景下的法律功能问题。按照法理学界的通常分类,法律的一般功能可以分为规范功能和社会功能:法对人的行为的功能即规范功能,主要包括指引功能、评价功能、预测功能、教育功能和强制功能五种功能;①社会功能主要包括法的经济功能、法的政治功能、法的文化功能和法的社会公共事务功能。结合对法律一般功能的认识,我们认为节约型社会建设背景下应着重关注法律的以下功能:

(1)引导评价功能。法律具有通过规定人们在法律上的权利和义务以及违反规定应承担的责任来调整人们的行为,并以法律为标尺衡量人们行为的作用。在法律规范的指引下人们的行为受法律约束,他们的行为必须在客观上与法的评价协调起来。节约型社会建设背景下法律以建设节约型社会为指导,规范人们的权利和义务,从而引导人们在其行为中有意识地保障资源节约以符合法律规定。同时,节约型社会建设背景下法律本身又成为一种评价标准,只有迎合法律规定,积极进行节约型社会建设才可能与法的评价相协调而免受法律制裁。节约型社会建设背景下法律的有序引导和评价可以有效激发人们资源节约利用和循环利用的决心,从而推动节约型社会建设的发展和早日实现。

(2)利益调整功能。利益调整功能是法律功能的一个重要方面。法律发挥其利益调控功能首先需要在法律规定中设立权利来对社会中的利益做出选择和引导,并适时进行利益的平衡。在利益复杂多变的过程中,法律必须不断地对利益格局进行调整以引导社会利益的有序发展。节约型社会建设背景下法律即是通过具体法律规范规定及其他相关机制对社会发展的利益格局进行调整,改变过去单纯发展经济的利益取向而转向资源节约和循环利用,从而平衡经济发展和资源利用的利益冲突。节约型社会建设背景下法律调整了人口与资源、经济发展与资源节约、公益与私益、代际与代内利益的利益格局,使利益符合现阶段社会的整体利益发展趋向,有利于经济的可持续发展。这种利益目标的合理性易于使人们接受从而保障并积极推进节约型社会建设的有序发展。

(3)强制保障功能。法律是以国家强制力为后盾,由国家强制力保

① 付子堂著:《法律功能论》,中国政法大学出版社1999年版,第41页。

证实施的。法律主要通过制裁来加强法的权威性,保护人们的正当权利,增强人们的安全感。德国法学家耶林说过没有国家强制力的法律规则是"一把不燃烧的火,一缕不发亮的光"。法律制裁违法行为,是法的最后一道防线,也是其他功能的重要保障,节约型社会建设过程需要法律的强制力保障。如果没有法律的强制力保障,行为主体就不会积极主动地去进行节约型社会建设,那么节约型社会建设只会流于纸面而得不到实现。发挥法律的强制保障功能,可以使人们积极投身到节约型社会建设之中,为节约型社会的实现打下坚实基础。①

(4)教育预测功能。法律具有通过其规定和实施而影响人们思想、培养和提高人们法律意识、引导人们依法行为的功用和效能。与此同时,人们依据法律对人们某种行为的肯定或否定的评价及其必然导致的法律后果,可以预先估计到自己行为的结果,从而决定自己行为的取舍和方向。在节约型社会建设中,涉及各种非节约型思想观念与行为模式的转型与调整以及相关节约型思想观念与行为模式的构建与固化,这在一定程度上有赖于体现节约型社会本质之法律充分发挥其教育功能。此外,由于节约型社会建设中还存在诸多传统因素的制约与干扰,为确保节约型社会建设中人们对自己行为拥有稳定预期而保持节约型社会建设的积极性,法律必须对人们有利于节约型社会建设的各种行为提供明确的鼓励与保护态度。

(5)社会发展功能。法律具有经济、政治、文化与社会公共事务功能,它可以维护人类基本生活条件,推进经济、政治、文化与社会公共事务的发展。节约型社会建设背景下法律以建设节约型社会为目标,其本身就是从节约与高效利用自然资源以及保护生态环境出发,以实现经济、社会与生态可持续发展为目的,代表了社会的全面进步。具体说来,法律节约型社会建设背景下和建设节约型社会目标指引下,始终以建设节约型经济、节约型政治、节约型文化、节约型社会公共事务为己任,从而真正确保节约型社会得以最终生成。

(三)节约型社会法律保障的位势

所谓节约型社会法律保障的位势是指节约型社会法律保障凭借其功

---

① 陈德敏、董正爱:《资源节约型社会建设的法律功能优势》,载《重庆大学学报(社会科学版)》2007年第5期。

效在节约型社会制度保障中所处的地位以及所具有的潜能。由于在节约型社会制度中,正式制度尽管并不完全等同于法律制度与政策制度但主要是指法律制度与政策制度,非正式制度并不完全等同于道德制度但主要是指道德制度,因此我们拟从法律与政策(正式制度代表)、道德(非正式制度代表)的相互关系中来认识与考量节约型社会法律保障的位势。

1. 法律与政策

在现代社会生活中,法律与政策作为上层建筑的组成部分都建立在一定的经济基础之上,它们都是党和国家意志的体现。它们作为两种社会规范、两种社会调整手段,在社会调整的整个系统中,均承担着各自的职能,发挥着不可替代的独特作用。但二者之间又不是彼此孤立的,它们之间既有区别又有联系。首先,法律与政策的区别主要表现在:第一,两者制定的机关和程序不同;第二,两者的表现形式不同;第三,两者调整的范围不同;第四,两者调整的方式不同;第五,两者的稳定性程度不同。其次,法律与政策的联系主要表现在:第一,政策对法律的制定及执行具有一定的指导作用;第二,政策的贯彻实施需要法律作保障。因此,在认识和处理法律与政策的关系时,既不能把二者简单地等同,又不要把二者完全割裂、对立起来。当二者在实践上发生矛盾和冲突时,我们既要坚持依法办事,维护法律的稳定性和权威性,又要根据新的政策精神适时地修订法律,以使二者的原则和内容协调一致。只有这样,才能充分发挥这两种社会规范各自的调整作用,从而促进社会健康发展。

2. 法律与道德

法律与道德的关系,一直以来都是中外法学尤其是法哲学的一个永恒的问题。德国著名的法学家耶林(Rudolph Jhering)曾说:"法律与道德的关系问题是法学中的好望角;那些法律航海者只要能够征服其中的危险,就再也无遭受灭顶之灾的风险了。"[1]美国著名的社会法学家庞德也曾说:"有三个问题在近一世纪的法学著作中是突出的,便是法律的本质,法律与道德的关系,以及法律历史的解释。"[2]我们认为,法律与道德作为两种社会规范、两种社会调整手段,在社会调整的整个系统中,均承担着

---

① [美]罗科斯·庞德著,陈林林译:《法律与道德》,中国政法大学出版社2003年版,第122页。

② 杨心宇主编:《法理学导论》,上海人民出版社2002年版,第70页。

各自的职能,发挥着不可替代的独特作用。但二者之间又不是彼此孤立的,它们之间既有区别又有联系。首先,法律与道德的区别主要表现在:第一,人性假设不同;第二,演变与发展不同;第三,调整对象部分不同;第四,适用范围不同;第五,规范的特性不同;第六,阶级属性和表现形式不同;第七,实施不同;第八,运作程序不同;第九,成本不同;第十,发挥作用的条件和效果不同。其次,法律与道德的联系主要表现在:第一,产生上的同源性;第二,目的和功能上的共同性;第三,调整范围大部分相同;第四,共同的物质文化基础;第五,共同的要素。基于法律与道德之间这种既有区别又有联系的关系,我们首先必须明确法律和道德的界限,不能用道德评价代替法律评判,把违法的行为仅仅视为不道德的行为而不予追究法律责任;也不能用法律评判代替道德评价,将仅属于违反道德的行为当作违法行为而加以制裁甚至追究刑事责任,德法不分将严重有损法律的权威,更不利于人民权利的维护。其次,我们更应看到法律和道德的共通性和互促性,切不可把二者绝对对立。一是法治需要德治的支持。因为,良法的制定和有效实施必须以道德为其心理基础和伦理依托,"一种实在法体系要想成为实在,就只有在道德已然是人们实际关注的地方,即在这样一个社会共同体中,这里的绝大多数社会成员承认他们具有道德义务,而且大部分成员能够也愿意履行这些义务。假如没有服从法律的道德义务那就不会有什么堪称法律义务的东西"。① 二是道德的进步和发展需要法律的引导、促进与保障,即德治也需要完善的法治作为引导和后盾。

3. 法律位势评析

从上述法律与政策、法律与道德的比较分析与研究中,我们可以发现,在节约型社会建设制度保障中,法律明显在许多方面优于政策与道德,但是在某些方面也不如政策与道德。因此,对法律保障在节约型社会制度保障中的具体位势进行考察时,我们虽然可以有一个总体上的基本看法,但是不能绝对化,必须在整体认识的基础上,因地制宜地进行具体分析。在中国依法治国方略下,从理论上讲,法律至上应是中国法治社会最基本的原则。法律至上是一个比较性概念,是法治与人治的分野,与代

---

① [英]A.J.M.米尔恩著,夏勇等译:《人的权利与人的多样性》,中国大百科全书出版社1995年版,第35页。

表人治的权力至上相对,源自西方。从法律内部而言,它指以宪法为核心的法律位阶制度,即在法律体系内宪法具有最高法律效力,其他法律不能与宪法相抵触,否则无效;法律高于行政法规、规章和命令。从法律的外部关系而言,法律高于权力、高于其他社会规范、高于任何个人。但是,法律至上并不等于恶法亦法,公民为保护自身基本权利,在特别必要时为保持或恢复法秩序可享有抵抗权,即享有对国家法律所产生之义务采取不服从及抵抗的行为的权利,以反抗恶法和专制的政府。当然对这种抵抗权应有所限制,以维护法的安定性和权威性。① 故在依法推进节约型社会建设中,法律至上只能是良法至上,而非恶法至上,恶法非法。

此外,对法律保障在节约型社会制度保障中的具体位势进行考察时,我们不得不强调一个在节约型社会建设法治背景下必须高度关注与重视的问题:正确认识法律功能的有限性,注意防止法律万能论。客观上,法律并非无所不能,法律功能是存在着一定局限性的。首先,法律只是人类社会发展到一定历史时期的产物,它必然受制于人类认识发展的水平和社会发展的阶段;其次,法律只是社会规范之一种,它的功能与作用也只能局限在自己的范围内;再次,相对于社会生活的无限性,法律功能的范围有其不可避免的局限性;最后,任何时代的法律都主要是对历史经验的总结和对未来发展的可能展望,其更注重的社会的现实,法律功能不可避免地受制于社会现实的复杂性以及自身必不可少的稳定性。主观上,法律万能论过分夸大了法律的功能和作用,混淆了法律与其他社会现象和其他社会规范之间的关系。② 如我们所知,法律只是法律,它可以促进或者阻碍经济,但它并不能代替经济;它可以作用于道德,甚至促进道德的发展完善,但它不能取代道德;它可以体现政治、规制政治,但它不能抹杀政治……它可以与政策规范、道德规范、纪律规范、宗教规范相辅相成,但并不能将它们取而代之。所以法律万能论是不科学的,有时甚至是有害的。在节约型社会法律保障中,必须充分认识这一点。

(四)节约型社会法律保障的形式

节约型社会法律保障主要以法律激励与法律约束两种形式与路径进行。所谓法律激励是指社会或社会组织通过科学而合理的法律制度来激

---

① 于晓青:《法律至上与和谐社会》,载《法学论坛》2007 年第 3 期。
② 卓泽渊著:《法理学》(第二版),法律出版社 2000 年版,第 67 ~ 68 页。

发社会成员的动机,开发社会成员的能力,充分调动社会成员的积极性和创造性,使社会成员所追求的行为目标与整个社会或社会组织的大目标协调一致的过程。所谓法律约束是指社会或社会组织通过科学而合理的法律制度来防止和减少社会成员偏离整个社会或社会组织的大目标,损害整个社会或社会组织的利益的行为,迫使社会成员所追求的行为目标与整个社会或社会组织的大目标协调一致的过程。法律激励与约束的本质与核心在于,面对复杂的社会法制管理实践和复杂的"经济人"以及"社会人",社会公共管理者通过各种法律方法与法律手段的综合应用,在满足社会成员个体需求、发挥社会成员个体潜能、规范社会成员个体行为、提高社会成员个体素质的基础上,调动或促使人们以有限资源维护整个社会或社会组织内部的良好秩序或提高整个社会或社会组织内部的运转效率,进而实现整个社会或社会组织的大目标并推动整个社会或社会组织协调进步。在节约型社会建设中,法律激励与约束的本质与核心在于,社会公共管理者通过各种法律方法与法律手段的综合应用调动或促使人们以有限资源最终建成节约型社会。

　　法律激励与法律约束是两种不同的社会法制管理活动。第一,法律激励与法律约束的直接目的不同。前者在于直接激发社会成员的动机,开发社会成员的能力,充分调动社会成员的积极性和创造性;而后者则主要在于防止和减少社会成员偏离整个社会或社会组织的大目标,损害整个社会或社会组织的利益的行为。第二,法律激励与法律约束所要解决的问题不同。前者主要解决社会成员工作热情、积极性、创造性不足的问题,发挥社会成员潜能以使社会成员所追求的行为目标与整个社会或社会组织的大目标协调一致;而后者则侧重于解决社会成员行为方向问题与人际关系问题,从而迫使社会成员所追求的行为目标与整个社会或社会组织的大目标协调一致。第三,法律激励与法律约束所采取的手段不同。前者多用物质奖励、精神鼓励等手段;后者多用设置惩罚性措施、设置风险环境等手段。第四,法律激励与法律约束给社会成员的心理体验不同。前者常给社会成员以需求得到满足的良好心理体验;后者常给社会成员以受到挫折或置身风险环境的紧张心理体验。法律激励使社会成员产生工作热情与动力,引导社会成员努力确保其所追求的行为目标与整个社会或社会组织的大目标协调一致,因为这样会得到更多的需求满足;法律约束使社会成员产生危机感、恐惧感和心理压力,迫使社会成员不偏离整个社会或社会组织的大目标而努力工作,否则就会失去信誉、受到惩罚甚至失去工作。可见,在节约型社会法律保障中,法律激励不能取代法律约束,法律约束也不能完全取代法律激励。

但是,在节约型社会法律保障中,法律激励与法律约束又存在着相互补充、相辅相成的关系,二者是对立统一的一对矛盾。首先,人的行为动力来源于人们的需要,而在这些需要中,相对于社会公共管理者的管理目标,有些是正当的,应以法律激励方法强化其行为,有些是不正当的,应以法律约束的方法弱化其行为。因此,实际工作中,法律激励与法律约束是相互补充、相辅相成的关系,二者不可偏废。否则,法律激励与法律约束的功能就不能得到有效的发挥,从而难以产生出应有的法律激励与法律约束效果。其次,在一定条件下,法律激励与法律约束可以相互嬗变。比如,在节约型社会建设中,根据工作业绩,给管理对象(即社会公众)以表彰、荣誉等激励,如果掌握得当,可以使受表彰者更加珍惜自己的声誉和形象,从而加强自我约束,达到法律约束的效果。而对于法律约束常用的手段即法律责任,只要使用得当,也会起到积极的效果,遭受约束者可能会卧薪尝胆、激励斗志,进一步做好以后的工作。可以说,法律激励与法律约束的最终目的都是要最大限度地调动被管理者(即社会公众)的积极性,使其行为和努力最有效地投入到整个社会或社会组织的大目标的方向上。因此,法律激励与法律约束是与生俱来的一对既相互对立又目标一致的对立统一体。只有将二者合理搭配、科学使用,才能发挥法律激励与法律约束应有的作用。

(五)节约型社会法律保障的表现

1. 革新与重塑观念

众所周知,每当社会转型,与原先社会形态相适应的观念必须与时俱进地进行更新,以适应新兴社会形态的需要,与新兴社会形态相适应而不存在的观念必须因地制宜地进行培育以满足新兴社会形态需要。经由传统社会过渡到节约型社会实质上是一个社会转型,因此这必然涉及传统观念的革新与新兴观念的重塑。首先,在节约型社会建设中,必须改变"为发展经济可以不计代价"、"中国地大物博、资源丰富"、"节约不利于刺激经济增长"、"公民个人节约作用有限"、"节约是现阶段的权宜之计"、"节约与生活消费相矛盾"、"节约与生产发展相对立"、"有钱可以浪费"、"公共单位节约不易"、"讲排场、赢面子"等观念,在一切社会活动中深入与全面贯彻节约观念;其次,在节约型社会建设中,必须树立与节约型社会相适应的新的系统观、价值观、经济观、生产观、消费观、环境观、伦理观等,在一切社会活动中全面推进节约观念。然而由于受制于诸多制约因素(尤其是传统惯性思维),无论是传统非节约型观念更新,还是新兴节约型观念养成,都不会完全自发或自觉地更新与养成,都必须在某种程度上借助于某种外在强力长效机制来促进,而节约型法律恰好就是这种外在强力长效机制,因此在节约型社会建设中节约型法律能够促进观念革新与重塑。

2. 提供制度保障

节约型社会的核心是节约资源与能源,它要求社会各方面在各个领域中合理利用资源,减少资源浪费。但资源消费问题具有很强的外部性,资源节约在某种程度上会触动许多经济主体的利益,在没有外部干预的情况下,相关主体是很难做到自觉自愿节约资源的,这就要求用法律制度来制约各相关主体的行为。节约型社会法律制度建设包括资源市场化法律制度建设、资源产权法律制度建设、资源顺畅流动法律制度建设三部分内容。

(1)稀缺资源主要有市场与政府两种配置方式。政府配置资源会造成资源极大浪费,为了避免这种现象,就必须加大监督力度,但这样做的成本相当高,因为要对政府官员进行监督,需要付出大量人力、物力、财力,况且这并不能从根本上解决问题。因为监督者也是人,也会有他自身利益,因此对监督者也必须进行监督,这就要构筑一个监督体系,就需要投入大量人力、物力和财力,其结果是造成了极大资源浪费。根本办法是进行资源市场化制度建设,使大量资源通过市场来配置,而国家则从宏观上对资源充分利用进行干预。

(2)资源产权既包括所有者按他认为合适的方式使用其资源的权利,也包括出售其资源的权利。资源产权关系清晰就会形成利益诱导和约束机制。资源产权主体资源配置好了,就会获取相应的资产增值或利润,如果配置不好,就会遭受利益的损失。有了这种资源产权的约束,经济主体就会在资源配置过程中慎之又慎,尽可能地保证决策正确,防止出现投资失误,避免造成资源浪费。因此,进行资源产权法律制度建设,确保资源产权关系明晰,有助于资源合理配置与节约及高效利用。

(3)从本质上说,自由竞争、优胜劣汰是市场经济的原则,它要求各种物质资源和人力资源在不同的地区之间、不同的部门之间、不同的产业之间自由、顺畅地流动。资源若不能自由顺畅地流动,企业所选择和配置的资源就不是优势资源,资源就不能得到优化配置。因此,加强资源顺畅流动法律制度建设,消除众多资源顺畅流动障碍,促进全国统一大市场真正形成,有助于资源优化配置,提高资源效率。

3. 人类行为规制

一般而言,在人类社会发展与转型中,人类行为可能存在以下三方面与社会发展趋势不一致的因素需要矫正:一是人类行为存在机会主义。经由传统社会过渡到节约型社会,社会成员基于其"经济人"本质,总是力求保障自己既得利益并进一步谋求利己,结果就可能作出有损节约型社会建设的各种行为,进而阻碍节约型社会有序建设与最终生成。二是人类行为存在无知。合理人类行为需要合理知识和信息。然而,信息获取成本昂贵,因为可资利用资源和时间都稀缺。基于此,人们不会无休止地去搜求信息,再加上信息无法穷尽以及信息在获得和利用之前难于分辨对与错,所以在现实生活中人们只能获得有限理性,只能凭所获信息和经验进行判断决策。有限理性行为决策可能导致决策结果有悖于节约型社会建设要求。三是人类行为增加社会成本。社会成员行为恰当时会带来外部正效应,社会成员行为失当时会产生外部负效应。在节约型社会建设中,当社会成员行为失当时,外部负效应就会增加社会成本并使社会遭受到经济损失。综合上述分析,我们认为,在节约型社会建设中对人类行为进行有效规制就显得非常重要。而节约型法律制度是以节约型社会有序建设与生成为目标导向,因此,节约型法律制度能够在一定程度上有效规制节约型社会建设中人类行为的机会主义、无知与外部负效应,确保人类行为朝着有利于节约型社会最终生成的方向发展。

第二节 节约型社会法律调整的重点与特殊性

众所周知,法律是以社会关系为调整对象的。我们认为,法律调整社会关系实质上是一个价值判断过程,判断主体是立法者,判断客体是社会规范,判断内容是社会规范是否符合立法者的意图、目的,判断后果是赋予某种社会规范以国家强制保障,判断标准则因立法者类型的不同而不同。专制立法者的判断标准强调统治秩序的维护,即统治者的需要,在一定程度上体现着野蛮性;民主立法者的判断标准则强调社会福利的增进和人民需要的满足,即社会的需要,在一定程度上蕴涵着正义性。但是无论哪种立法者,其判断标准必蕴涵以下三种性质:功利性、目的性、理性。功利性,即判断是出于维护或增进某种利益而作出的;目的性,即判断活动是围绕一定目的进行的;理性,即无论何种立法者,其判断都不是听天由命或随机抉择的,而是根据自己的思考,基于自己的判断,本着对自己思维力量的信赖而确定的。由于法学研究注重目的的正义性,因此我们认为法律调整哪些社会关系应以社会需要为标准进行判断,而非以阶级需要为标准进行判断。鉴于此,在节约型社会建设过程中,法律究竟应调整哪些社会关系,应以节约型社会需要为标准来进行判断。

一、节约型社会法律调整的重点

不同国家在不同时期、不同情况下法律的调整范围是不同的,可见现实生活中立法者对法律应调整什么并没有受制于什么范围。社会对法律的需要只能作概括性认识,不能精确界定,故需要的模糊性必然导致法律调整对象的范围的模糊性。但社会需要虽然没有清晰界限,却有明确重点。我们没有必要去研究法律调整社会关系的范围,却不能不注重法律调整社会关系的重点。辩证唯物主义认为,事物是由矛盾构成的,矛盾又有主要矛盾与次要矛盾之分,主要矛盾就是重点。我们要解决实际问题,首先就应抓住重点,解决主要矛盾。注重特定时期法律调整社会关系的重点,就是注重抓住主要矛盾。研究社会对法律需要的重点,从而确定特定时期、特定国家、特定情况下法律调整社会关系的重点,无疑具有重要的实践指导价值。正是基于这种角度,在研究节约型社会法律保障时,我们不去模糊不清地探讨法律对节约型社会的调整范围,而是条理清晰地去分析法律对节约型社会的调整重点。

在中国经济社会发展进入新的历史阶段,中央明确提出建设节约型社会,就是要在社会生产、建设、流通、消费的各个领域,在经济和社会发展的各个方面,切实保护和合理利用各种资源,提高资源利用效率,以尽可能少的资源消耗获得最大的经济效益和社会效益。基于此,法律对节约型社会的调整重点必将着眼于生产、建设、流通、消费等领域中的社会关系,但是由于建设与生产紧密相连且通常并入生产系统进行研究,因此我们认为法律对节约型社会的调整重点应该是生产(含建设)、流通、消费等领域中的社会关系。

(一)调整因构建节约型生产而产生的各种社会关系

我们认为,中国建设节约型社会最重要的是,要优先构筑资源节约型和环境友好型的生产模式,建立一个低度消耗资源的节约型生产体系,以促进资源的节约,杜绝资源的浪费,降低资源的消耗,提高资源生产率和生态效率。因此,当前应针对中国传统生产模式与物耗型生产体系的弊端,因地制宜地与时俱进地采取措施促进经济增长方式由粗放型向集约型转变,着力构建节约型增长方式,实现由"三高一低"即高投入、高消耗、高污染、低效率向"三低一高",即低投入、低消耗、低污染、高效率转变。首先,在需求结构上,实现主要依靠投资和出口拉动增长的方式向投资和消费、内需和外需共同拉动增长的方式转变。其次,在产业结构上,实现主要依靠工业带动增长的方式向由工业、服务业和农业共同带动增长的方式转变。再次,在要素投入上,实现主要依靠资金和自然资源支持增长方式向更多地依靠人力资本、信息资源和技术进步支撑增长的方式转变。最后,在资源利用方式上,实现资源利用的"资源——产品——废弃物"的单向式直线模式向"资源——产品——废弃物——再生资源"的反馈式循环模式转变。在由传统生产模式与物耗型生产体系向节约型生产模式与节约型生产体系转变的过程中,由于诸多干扰因素的存在,只有法律可以凭借其品格特征通过调整相关关系排除干扰,力保节约型生产模式与节约型生产体系顺利形成并持续发展。具体来讲,我们认为在构建节约型生产的过程中,法律应当主要调整以下几类关系:因产业结构调整与优化而产生的各种重要关系;因自然资源物权配置与优化而产生的各种重要关系;因资源科技创新与推广而产生的各种重要关系;因循环经济发展与推进而产生的各种重要关系;因资源节约与高效利用而产生的各种重要关系;等等。

(二)调整因构建节约型流通而产生的各种社会关系

随着改革开放不断深入和社会主义市场经济体制的逐步完善,中国流通业在促进生产、引导消费、推动经济结构调整和经济增长方式转变等方面的作用日益突出。但与此同时,中国尚未真正建立起节约型现代商品流通体系。节约型现代商品流通体系目标是:建立起能够充分发挥市场机制,在国家宏观调控下对资源配置起基础性作用的现代商品流通体系。在节约型现代商品流通体系下,各种生产资料、生活资料完全实现商品化并全部进入市场,能够按照价值规律和市场需求合理流通,形成城乡市场协调发展,国内外市场有效衔接的统一开放、竞争有序、高效通畅的商品流通总格局。要实现节约型现代商品流通体系目标,就必须改变传统的"重生产、轻流通"观念,改革传统商品流通体系。然而由于诸多制约因素影响,传统商品流通体系改革并不能自发进行,必须借助外在强制力推动与促进。而法律作为最具有强制执行力的手段,必然就成为推进传统商品流通体系改革的有效手段。但到如今,令人遗憾的是,与其他领域法制建设相比,商品流通法制建设相对滞后,不能适应深化商品流通体制改革、促进流通业迅速发展以及推进节约型社会建设的需要。如现行商品流通法律框架体系计划色彩浓,现行商品流通法律标的重城轻乡,商品流通主体法同质性差,商品流通行为法尚未成型,商品流通秩序法体系不完整,商品流通管理法控制力薄弱等。鉴于此,在节约型社会建设过程中,我们应当参酌国际商品流通立法经验,结合国内商品流通改革实际,以科学发展观为指导,从建立和完善中国统一、开放、竞争、有序的节约型现代商品流通体系出发,大力推进节约型商品流通立法工作,逐步建立起节约型现代商品流通法律体系。具体来讲,我们认为在构建节约型流通的过程中,法律应当主要调整以下几类关系:因商品流通主体设立、变更、终止而产生的各种重要关系;因商品流通主体市场交易行为而产生的各种重要关系;因商品流通秩序维护与商品流通侵权防治而产生的各种重要关系;因政府调控干预商品流通而产生的各种重要管理关系;等等。

(三)调整因构建节约型消费而产生的各种社会关系

从经济学上讲,消费包括生产消费和非生产消费。生产消费是指生产过程中工具、原料和燃料等生产资料和活劳动的消耗。非生产消费的主要部分是个人消费,是指人们为满足个人生活需要而消费的各种物质资料、服务和精神产品;另一部分是非生产部门如机关、团体、事业单位,在日常工作中对物质资料的消耗。我们此处所讲的消费,是包含个人消费和非生产部门工作消费在内的非生产消费。中国现有消费方式基本是以市场为导向的,消费者依据收入和市场价格来决定自己的消费量,这种消费方式鼓励少数人高消费、超前消费甚至挥霍消费与畸形消费。"消费者主权"原则表明,消费者在市场上购买他所需要的商品和劳务,他把这种愿望告诉市场,并通过市场转告给生产者,于是生产者听从消费者的指令而进行生产。但问题是,少数超前消费或挥霍消费者往往会给市场生产者以信息误导。一些消费者穷奢极欲的恶习会使社会生产扭曲,人们的真实欲望也常为生产者推销以及促销广告中的虚拟欲望所代替。结果是,人们以消费的膨胀甚至"浪费"来支持生产。为了明天的发展,必须利用法律制度推进消费方式转变(即变过度消费为适度消费),构建节约型消费模式,以应对资源进展局势,促进经济、社会与生态可持续发展。具体来讲,我们认为在构建节约型消费的过程中,法律应当主要调整以下几类关系:因产品环境标志而产生的各种重要关系;因消费者社会义务而产生的各种重要关系;因政府绿色采购而产生的各种重要关系;等等。

二、节约型社会法律调整的特殊性

法律是具有明确性和强制性的社会行为规范,是社会关系的有效调节器,在规制社会行为、引领社会风尚方面具有不可替代的作用。用法律来保障与推进节约型社会建设,既与依法治国方略相契合,也是建设节约型社会现实需要。节约型社会关系的法律调整,和一切社会关系的法律调整一样,都有立法调整、司法调整与执法调整之分。立法调整是节约型社会关系法律调整的基础;司法调整是节约型社会关系法律调整的关键;执法调整是节约型社会关系法律调整的保障。三者不可或缺,必须相互结合、相互促进、相辅相成以收相得益彰之效。节约型社会关系法律调整的总体要求是促进节约型社会建设最终生成。相较于法律对其他社会关系的调整,节约型社会关系法律调整具有以下几个特殊性:

(一)节约型社会关系法律调整的效益性

一般的法,大都主要关注法的秩序价值、自由价值、平等价值、正义价值以及人权价值,而对法的效益价值关注较少。而节约型社会关系法律调整在关注法的秩序价值、自由价值、平等价值、正义价值以及人权价值的同时,更多地关注法的效益价值。建设节约型社会,就是要在社会生产、建设、流通、消费的各个领域,在经济和社会发展的各个方面,切实保护和合理利用各种资源,提高资源利用效率,以尽可能少的资源消耗获得最大的经济效益和社会效益。节约型社会关系法律调整的效益性主要体现在以下两个方面:一是法律作用于自然资源的利用和分配,以提高自然资源的利用效益;二是法律作用于社会资源的利用和分配,以提高社会资源的效益。当然对于节约型社会关系法律调整所追求的效益即"节约"

的理解不能过于狭隘,我们认为这个节约包含着两层含义:一是该满足的物质和文化需要还是要尽量满足,不能以无所作为来换取低消耗,也就是我们平日所说的该花则花;另一层意思是,不该消耗的尽量不消耗,能少消耗的尽量少消耗,也就是我们平日所说的该省则省。

（二）节约型社会关系法律调整的预期性

一般的法,大都是对既定的、现存的社会关系的肯定,从而使得到法律肯定的社会关系成为规范人们调整这类社会关系的偏差的准则。换句话说,一般的法,相对于社会关系的形成,都具有"滞后性"。节约型法律则不尽相同,具有明显的立法预期性。这意味着,节约型法律所调节的节约型社会关系,是正在形成而尚未定型,已经产生了一定的法制需求;但这些法制需求又往往是不太明确的社会关系。这时就以制定有关节约型法律的办法,使这种节约型社会关系定型化,使它的法制需求明确化。也就是以节约型法律促进新的节约型社会关系的确立,并保障它的正常发展。此外,节约型社会关系法律调整的预期性还表现在,有时并不存在某种节约型社会关系,甚至连这种节约型社会关系的萌芽状态都无所见,仅仅是由于有社会需要,就以制定具体节约型法律来催生、建立新的适合社会需要的节约型社会关系。

（三）节约型社会关系法律调整的探索性

节约型社会关系法律调整的探索性是与其预期性紧紧相连的另一特殊性。由刑法、民法所调整的一般的刑事法律关系、民事法律关系,是无限多次地重复出现过因而久已熟知的社会关系。其调整的方法往往也无限多次地重复着,经验极为丰富。因此,刑法、民法的"探索性"成分就相当少。而节约型社会关系法律调整则不同,节约型社会建设是党和政府在新的历史时期提出的新课题与新任务,尚无多少历史与境外经验可资借鉴,因而由于认识能力的局限与偏差,节约型社会关系的发展方向和发展规律不容易被人们从一开始就认识透彻、把握准确。因此,有关法律调整节约型社会关系的认识,也不可能从一开始就十分全面而周密,进而致使调整节约型社会关系的法律措施具有较强的探索性。它可能被实践证明为正确而得以长久推行;也可能被实践证明为错误或有欠缺而必须及时修改、补充。

（四）节约型社会关系法律调整的激励性

刑事法规具有强烈的惩戒性特点,一般民事法规规定的法律责任,也总以经济制裁显示其惩戒性的内容。而节约型法律则更多地带有激励性,而不是惩戒性。如清洁生产促进法、循环经济促进法均是如此。节约型法律的激励性特点,是法律功能发展的一种重要表现,法律功能以警戒、惩罚为主,向激励为主发展,大大扩展了法律发生作用的范围和形式。法律本是人类用来为自己的发展而创造的。当人类对自然、社会的认识水平十分低下时,不得不更多地以惩戒手段、约束方法来调整基本的社会关系。这样,在阶级社会里就很容易异化为一部分人惩戒另一部分人的手段。但当人类越来越成为自己的主人时,当人类对自然、社会和自身的认识水平有了极大的提高时,法律就不仅恢复了为人类自身服务的功能,而且越来越以激励性为特征,变得"可敬"、"可亲"起来。如果说,刑法、民法往往只是"可敬"、"可亲"于一部分人的话,那么,节约型法律则多半是"可敬"、"可亲"于全社会的。

(五)节约型社会关系法律调整的政策性

一般的法,如刑法、民法等,经过长期发展与演进,时至今日,已经比较成熟,相关法律规定比较具体,进而具有较强可操作性。而节约型社会关系法律调整并非如此,其具有较强的政策性。除非客观实际已经显示的趋势证明,作出某种法律规定将行之有效或仅有极小的风险,因而可以作出比较具体的节约型法律规定外,其他节约型规定往往比较抽象、比较原则,采取政策性的法律规定。譬如《清洁生产促进法》原则性、政策性规定较多。在中国政治生活实践中,从理论上讲,政策本身不具有法律意义,政党政策更不能以法律的强制性在全社会推行。因此,赋予国家的政策以法律的约束力,或在立法上肯定某些国家政策的社会普适性,就成了节约型法律的一项重要任务。

(六)节约型社会关系法律调整的科技性

一般的法,如民法、行政法等,所调整的社会关系很容易为社会成员所理解,因其本身在一定程度上不具有技术性,而主要体现为阶级性的社会发展价值取向。而节约型法律在很多时候不仅具有阶级性的社会发展价值取向,还有科学技术层面的普遍性规律要求,因为节约型社会建设是一个系统工程,涉及生产、分配、流通、消费等社会再生产领域以及资源科学、环境保护、生态维护、环境建设等众多自然科学领域。节约型法律应当以自然资源赋存与演变的自然规律为前提,遵循节约与环保相统一的原则,在法律规范与制度设计上充分考虑自然资源的生态承载能力,以在推进经济与社会可持续发展的同时维持和保证自然资源生态功能的完整性。换句话说,在节约型社会建设中,必须通过立法来推进资源节约,科技创新与推广,进而调整社会经济活动与生态系统之间的物质交换关系,使资源得到充分有效利用,最大限度地减少废弃物排放,实现经济、社会与生态的可持续发展。

节约型社会关系法律调整的特殊性,为节约型法律的脱颖而出,为节约型法律的应运而生,提供了理论基础。我们相信,随着节约型社会关系的日益复杂化与显现化,节约型社会关系法律调整的特殊性,也将更加全面地被揭示、更加充分地被发现。

第三节　节约型社会法律保障机制体系构成

如前所述,节约型社会法律保障主要以法律激励与法律约束两种形式进行。换言之,法律激励与法律约束是法律保障节约型社会建设的两种手段,而手段发挥作用的载体是机制。拥有手段并不等于手段的运用,如何根据事物的特点与发展规律,合理运用手段去完成所要实现的目标,正是机制的功能所在。因此,在节约型社会法律保障实践中,只有建立并形成一种有效的节约型社会法律激励与约束机制(即节约型社会法律保障机制)时,法律激励与法律约束手段才具有赖以运用的载体,才有可能将其作用持续、良好地发挥出来。

一、节约型社会法律保障机制及其体系

(一)节约型社会法律保障机制的定义

法律保障机制(即法律激励与约束机制)是指从法律的各个方面的联系和从法律的动态上来考察这样一种法律运行过程,即依据整个社会或社会组织的大目标,在分析社会行为主体的需求与动机的基础上,通过优化组合社会行为主体法律激励与约束手段进而合理配置整个社会或社会组织之资源,所形成的能够长期激励与约束社会行为主体思想行为的相对固定化、规范化的法律运行过程。节约型社会法律保障机制(即节约型社会法律激励与约束机制)指从法律的各个方面的联系和从法律的动态上来考察这样一种法律运行过程,即依据节约型社会建设目标,在分析社会行为主体的需求与动机的基础上,通过优化组合社会行为主体法律激励与约束手段进而合理配置整个社会或社会组织之资源,所形成的能

够长期激励与约束社会行为主体思想行为的相对固定化、规范化的法律运行过程。换句话简单地说,节约型社会法律保障机制就是一种利用法律激励与约束手段诱导和驱使那些追求私利的社会行为主体,为实现节约型社会建设目标投入足够努力的机制,或者节约型社会法律保障机制是在节约型社会建设过程中能有效发挥其功能优势,促进和保障节约型社会建设积极有序推进的法律法规及其运行过程。节约型社会法律保障机制的根本目的就是提高节约型社会法律激励与约束效益并使之长期一贯地作用于社会行为主体的思想行为。

（二）节约型社会法律保障机制的体系

节约型社会法律保障机制（即节约型社会法律激励与约束机制）是一个有层次结构的机制体系。依据不同的标准,节约型社会法律保障机制有不同的分类与解析。如:按法律激励与约束的对象来划分,可分为群体法律激励与约束机制、个体法律激励与约束机制;从法律激励与约束机制的构成看,一个完整的法律激励与约束机制应该是由目标、管理主体与客体、环境与资源分析、需求分析、机制设计、原则、资源、方式、方法、运行、效果、评估、反馈等内容组成的多层次、多阶段动态运转体系。

节约型社会法律保障机制是一个综合的概念。它不是单部节约型社会促进法律及其运行过程,而是由全部资源节约与循环利用法律法规及其运行过程构成的。若从静态构成角度看,节约型社会法律保障机制囊括了与节约型社会相关的全部资源节约与循环利用法律法规,包括已经出台或者正在积极起草研究即将出台的法律法规。在中国现行法规体系中,《清洁生产促进法》、《节约能源法》、《可再生能源法》等都是节约型社会法律保障机制的重要组成部分。目前正在积极论证研究的《循环经济促进法》应该成为节约型社会法律保障机制的主体法律,它是促进资源有效利用和发展循环经济的根本保证。若从动态运行角度看,节约型社会法律保障机制主要包括了节约型社会立法、节约型社会执法、节约型社会司法、节约型社会守法、节约社会法律监督等主要环节。

二、节约型社会法律保障机制之宏观指导

节约型社会法律保障机制是一个复杂的综合体系。观念是行动的先导,节约型社会法律保障机制构建首先要从思想、观念着手,培养建设资源节约型社会的法律理念与思想意识。

（一）需要树立人与自然和谐发展的思想观念

追求资源节约和综合利用的节约型社会是和谐社会建设的一种表现形式。实现社会和谐与发展是人类孜孜以求、奋斗不息的终极理想。古希腊罗马时期斯多葛学派创始人芝诺就曾说过："人生的目的就在于与自然和谐相处"。[①] 人与自然和谐相处的观念需要始终贯穿在建设节约型社会进程之中，只有树立人与自然和谐相处和发展的观念，全体社会成员才能深刻认识并充分发挥法律对建设节约型社会、和谐社会的规范保障和促进作用。

（二）要将节约观念渗入整个法律保障机制中

节约观念是建设节约型社会的基本理念、普通理念，在当代中国它已经成为可持续发展、科学发展观及人与自然和谐相处的观念的集中体现。作为节约型社会建设的核心理念，节约观念至关重要，其主要应效法墨子"凡足以奉给民用则止"和"节俭则昌，淫佚则亡"的思想观念。在这种观念引导下形成的公序良俗理念有利于引导整个法律保障机制的发展完善。

（三）普及环境资源教育并谋环境资源教育立法

节约型社会建设是为应对资源短缺、环境恶化的资源环境危机而产生并不断发展的。而环境资源教育的普及能够深刻地将节约理念植入公众心中，进一步推动节约型社会建设。鉴于环境资源教育在增强人们环境资源保护意识、促进人类可持续发展等方面所发挥的不可替代的作用，环境资源教育立法已经成为法学领域一个迫切需要解决的课题。环境资源教育立法具有极其重要的功能：它能够对人们的行为加以引导，使整个社会向着政府所期望的方向发展，唤醒公众的环境保护意识和资源节约意识，从而将建设节约型社会逐步转化为一种自觉行为；它有助于政府通过立法调控节约型社会建设中的各种环境资源教育利益关系与矛盾，促使人们在全国范围内依法展开环境资源教育活动。在目前中国环境资源教育立法尚未出台的情况下，我们应当参酌美国、日本等环境资源教育立法经验，结合中国环境资源教育开展实际，逐步谋划环境资源教育立法，以真正推广普及环境资源教育进而促进节约型社会建设。

---

① 王诺著：《欧美生态文学》，北京大学出版社 2003 年版，第 25 页。

三、节约型社会法律保障机制之整体架构

节约型社会是在一定地域范围内,人们在生产生活中保护保育自然资源、合理开发自然资源、节约与高效利用资源、回收再生利用各种废弃物并无害化处理最终废弃物,以最少资源消耗获得最大综合效益的可持续发展的社会形态。节约型社会法律保障机制就是一种利用法律激励与约束手段诱导和驱使那些追求私利的社会行为主体,为实现节约型社会建设目标投入足够努力的机制,或者节约型社会法律保障机制是在节约型社会建设过程中能有效发挥其功能优势,促进和保障节约型社会建设积极有序推进的法律法规及其运行过程。节约型社会法律保障机制是一种复杂的综合体系,主要由全部资源节约与循环利用法律法规及其运行过程构成。从静态角度看,节约型社会法律保障机制主要体现为调整自然资源保护保育、开发利用、流通流转等关系的相关自然资源法律法规;从动态角度看,节约型社会法律保障机制主要体现为有助于推进节约型社会有序建设与最终生成的相关法律法规的动态运行过程,主要包括了节约型社会立法、节约型社会执法、节约型社会司法、节约型社会守法、节约社会法律监督等主要环节。需要说明的是,在本章研究中,我们主要是从静态角度审视节约型社会法律保障机制,而不从动态角度考察节约型社会法律保障机制(将其留待以后章节研究)。

从上文分析,我们可以知道,从静态角度看,节约型社会法律保障机制主要体现为调整土地资源、矿产资源、能源资源、水资源、生物资源、森林资源等自然资源保护保育、开发利用、流通流转等关系的相关自然资源法律法规,节约型社会法律保障机制是使节约型社会建设理念得以在节约型社会建设实践中加以落实的各种法律激励与法律约束措施相结合的综合体系。一般来说,基于节约型社会法律保障机制的静态视角进行分析,有助于节约型社会建设与最终生成的相关法律激励与法律约束措施主要包括以下几个方面:自然资源管理体制的深化改革;自然资源的综合开发与节约规划;自然资源节约与高效利用指标体系的恰当设置;自然资源市场机制的逐步完善;自然资源价格机制、税收机制以及投入机制的建立健全;自然资源产权体系的逐步完善;自然资源的有偿使用和综合利用等。

四、节约型社会法律保障机制之体系构成

（一）土地资源节约与集约利用法律保障机制

土地资源尤其是耕地资源，不仅是农业发展的基础，更是人类赖以休养生息和持续发展的前提。但随着人口的增长和现代化建设的掠夺性占用，中国土地资源已经严重不足。基于此，建立合理的土地资源节约与集约利用法律保障机制（尤其是耕地资源节约与集约利用法律保障机制）对于推进节约型社会建设已经刻不容缓。这不仅关系到中国国民经济的整体运行，而且关系到社会主义和谐社会的有序构建，关系到整个中华民族的未来。中国政府历来重视节约与集约利用土地资源问题，为了维持土地资源的可持续高效利用，中国形成了以《土地管理法》、《水土保持法》等单行法律为主体，以相应的实施条例及行政法规为配套的土地资源保护法律体系。现行土地资源法律主要规定了土地权益制度、土地用途管理制度、土地利用规划制度、耕地保护制度、建设用地管理制度，以及水土流失防治制度等内容。近年来，国务院不断出台新的规定，以土地资源节约与集约利用为原则，保障土地资源合理开发利用。但是，即便如此，综合分析起来，中国土地资源利用尚存在诸多问题，如利用效率低下、耕地资源浪费、土地荒漠化、水土流失等。之所以如此，在很大程度上缘于土地资源节约与集约利用法律保障机制尚不健全。因此，在节约型社会建设中，必须建立健全土地资源节约与集约利用法律保障机制，真正确保土地资源节约与集约利用。

1. 改革土地资源管理体制

完善的土地资源管理体制可以引导土地资源的节约与集约利用，但是目前中国的土地资源管理体制仍存在一定的缺失，这主要表现在：（1）土地资源产权管理不完善，并与宏观监管职能分裂。中国的土地产权管理职能大部分为地方政府所拥有，因此导致地方政府不顾土地本身的合理、持续利用而去最大限度地追求土地资产的增值，最终造成种种负面影响；与此同时，中央政府在土地资源行业监管、宏观规划方面的能力相对不足。（2）中央政府与地方政府在土地管理职能上集权与分权矛盾。当中央的调控与地方的利益发生冲突时，地方政府往往会为了谋取地方利益的最大化而不顾土地资源的合理利用。为解决土地资源在宏观管理体制上的缺失就需要充分发挥国家的宏观调控职能并辅以市场机制的协

调,建立健全中央政府宏观调控,以政府行政主管部门为主导,各部门分工合作的管理体制。在改革土地资源管理体制的过程中,要综合协调各部门与各级土地资源管理部门的关系,在统一框架内按各地实际情况个案处理各地土地供需,从而实现土地资源动态总体平衡。改革土地资源管理体制最关键的问题是理顺土地资源行政管理职能,突出土地管理体制调整,即将土地资源审批及矿产资源管理职能落实到主管部门,理顺各级土地资源主管部门之间、各级土地资源主管部门与所属政府之间的土地管理关系,统一规范各级涉地领导的土地管理职责与责任,确保土地资源的节约与集约利用。

2. 构建土地资源节约与集约利用价格机制

土地资源价格是引导和促进土地资源合理开发与有效利用、优化土地资源配置、加强土地资源管理的重要经济杠杆。以土地资源价值和供求关系为依据,合理制定和调整土地资源价格是建设资源节约型社会的重要前提。现代可持续发展理论认为土地自然资源具有三种价值:土地资源以天然方式存在时表现的价值;土地资源作为生产要素被人类所利用时的经济价值;土地资源的环境价值。但是,长期以来形成的观念认为土地资源是自然之物而没有价值,因此导致中国实行"土地资源无价,土地资源产品低价"的供给制度。这种土地资源无价的观念直接促使中国的土地资源不能得到有利保护,也就无法通过价格机制约束对土地资源的浪费及破坏行为。在节约型社会建设中,必须通过价格体系调整即通过制定新价格或对已有价格进行修订,直接改变价格或者成本水平,促使按照土地资源节约与集约利用要求进行生产经营的企业获得更高收益,从而推进土地资源节约与集约利用。在这种背景下,即需要研究制定土地资源节约与集约利用的价格政策,以价格杠杆促进土地资源节约与集约利用。

在节约型社会建设中,我们认为土地资源价格改革的基本指导思想是:改革土地价格的形成机制和价格结构,使土地价格能够反映土地资源的稀缺程度和供求关系。《国务院关于做好建设节约型社会近期重点工作通知》中明确了要加快资源性产品价格的市场化改革进程,逐步建立能够体现资源稀缺性程度的价格形成机制,运用价格机制调控土地,提高土地使用效率。构建土地资源节约与集约利用的价格机制,首先需要建立层次齐全的地价体系,形成政府对地价市场宏观管理的控制标准,逐步建立标定地价;同时需要规范土地出让价格决策机制,对于市场形成的土地价格也需严格按照土地出让审批程序进行审批和监督。构建土地资源节约与集约利用的价格机制可采取的具体措施包括:改革土地征收、使用制度,健全土地收益分配机制,促进土地集约使用;扩大市场化方式形成土地价格的范围,实现土地资源的市场化配置,使土地价格能够及时充分反映土地市场供求和土地价值;提高征地补偿标准和国家土地出让金标准,保证农民生活水平不降低,用土地出让金补贴失地农民,实行征地市场定价,同地同价;健全基准地价和土地出让最低价制度,对农村土地评定等级,试行农村集体建设用地流转价格;提高土地闲置费征收标准;利用价格手段提高容积率和土地利用强度,征收物业税。

3. 健全土地资源节约与集约利用税收机制

土地税收政策作为政府实行宏观经济调控的重要政策手段之一,对社会经济的综合、协调发展有着重要的影响。正确运用土地税收杠杆,可以充分体现政府的政策意图和战略导向,促进土地资源使用效率的提高,加快建立资源节约型社会进而实现可持续发展。中国现在已经形成了一个初步的土地税收征收体系,它包含了土地使用税、耕地占用税、房产税、农业税和土地增值税等。但由于现存的土地税收体系存在立法层次偏低,税费混杂、重费轻税以及税制设计不合理的问题,因此应该改革与完善中国的土地征税体系,以促进土地资源节约与集约利用。健全土地税收机制应该以促进土地节约与集约利用为宏观调控目标,确立税收在土地税费中占据主导地位,规范不合理收费;在具体税种的设置上,应该设置土地占用税,征收土地闲置税及物业税,确立土地增值税与土地遗产税;扩大土地使用税的征收范围,并且提高土地使用税的税额,尤其提高占而不用土地的税额,从而促使土地资源充分发挥其效益。这种鼓励土地资源节约与集约利用的税收机制,可以通过各种税种的征收抑制政府、部门、单位、企业和个人的土地占用行为,促进土地的节约与集约利用。

4. 建立健全土地资源节约与集约利用规划机制

中国目前土地资源开发利用缺乏统一的科学用地规划而导致协调机制失灵。中国原来的规划操作系统由政府包办,规划过程不够公开透明,缺乏公众参与。基于此,在土地资源节约与集约利用规划机制方面,应建立由人大、专家和政府共同协作的规划系统。具体地说,在今后的土地资源节约与集约利用规划中,应该改由人大提出规划目标与范畴,专家组依据目标制定、修改和论证规划草案,最后由政府验收、人大审议通过、政府执行,以涤除政府包办的弊端;要改革规划过程,变暗箱操作为公开透明,并实行规划公告制度。只有这样,土地资源节约与集约利用的指导思想才能真正落实到土地资源开发利用实践之中去。

5. 规范土地资源节约与集约利用考核指标体系

土地资源节约与集约利用是一个内涵十分丰富的概念,涉及社会、经济等诸多方面的因素,难以简单地用单个或者少数几个指标进行评价,必须建立健全科学的指标评价体系进行全面反映,综合评价。总体上看来,土地节约与集约利用考核指标体系应该从土地投入指标、土地产出指标、生态效益指标、经济效益指标、社会效益指标等几个方面进行规范,从而在全社会范围内确立一个统一的标准指标体系。在统一规范的节约与集约利用考核指标体系指引下利用土地资源,可以规避土地资源的浪费与破坏,促进土地资源的节约集约利用。

6. 完善土地资源市场机制

目前,中国土地资源市场机制尚不健全。基于此,我们应当采取措施进一步完善土地资源市场机制。首先,树立并落实科学发展观和正确政绩观,进一步推进土地市场秩序的治理整顿,加大对土地市场秩序的整顿和规范力度,建立长效管理机制。其次,规范土地市场管理,培育和完善土地有形市场体系,如:强化城市规划和土地利用总体规划的作用;严格规范土地市场管理,促进土地交易公开、公平、公正;充分利用市场机制配置耕地资源,完善耕地质量价值评估,实现耕地使用权合理流转;建立健全政府土地收购储备制,培育地产市场,盘活城市土地存量。此外,大力削减、合并涉地行政审批事项,确保国土资源部门将主要精力投入宏观管理、依法行政和有效监管上来,实现土地资源高效宏观行政管理。

7. 完善土地产权制度

目前,中国国有土地产权制度仍存在土地所有权主体法律界定过于笼统、模糊不清等缺陷。国家土地所有权是一种完整意义上的所有权,它对国有土地享有占有、使用、收益和处分等权能。虽然《土地管理法》第二条规定"国家所有土地的所有权由国务院代表国家行使",但是实际上国有土地所有权主体是市县级政府,中央和省两级政府难以行使城市土地使用权、处置权(出让或批租)和收益权(收取出让金)。换句话说,《土地管理法》目前并未考虑对国家所有的土地资源作进一步的权属划分,即哪些土地属于中央政府所有,哪些土地又属于地方政府所有。依据市场经济体制,中央政府和地方政府是两个不同的法人,他们共同拥有国家利益,又分别拥有不同的私权、财权以及"两权"所带来的利益。如果不能对土地资源权属做出明确划分而产生权益矛盾时,就只能运用行政权力加以解决。这种状况产生的弊端,一是与现有财税体制存在矛盾;二是不利于耕地保护;三是不利于节约用地和土地优化配置。从国际经验来看,大多数国家国有土地产权都有明确划分,在美国和加拿大等联邦制国家,一般都不存在抽象的国有土地概念,而是直接划属于中央(联邦)、州(省)和市县(郡)各级政府所有。中国应从当前实际出发,借鉴国际经验,严格划分中央人民政府直接行使所有权部分土地、省级政府代表国家行使其所有权部分土地及授权市县政府代表国家行使所有权部分土地,明晰土地产权管理职责,以便有效保护保育土地资源并节约与集约利用土地资源。

8. 加强土地资产管理

现行《土地管理法》对土地资源的保护、开发和利用阐述较多,但对土地资产管理除了对土地出让有偿取得国有土地使用权,对改变土地用途和对农民集体所有土地使用权不得出让、转让和出租用于非农建设作了一些原则性规定外,很少涉及土地资产管理,更缺乏相关系统规定。基于此,应采取措施进一步加强土地资产管理。

(二)矿产资源节约与综合利用法律保障机制

矿产资源是国民经济和社会发展的物质基础,是人类生产生活资料的重要来源。中国是一个矿产资源相对不足的国家,随着经济的快速发展,中国矿产资源的形势更为严峻。矿产资源的不可再生性决定了矿产资源保护的紧迫性,要求我们在开发利用矿产资源时必须考虑矿产资源的期间分配问题或代际问题,即对矿产资源的使用进行适当分配,合理综合开发、节约与高效利用。为加强矿产资源保护,促进矿产资源综合利用,改革开放以来,中国积极探索矿产资源立法并取得一系列成绩。目前,中国矿产资源保护法律主要由《矿产资源法》等单行法律及其配套的诸多行政法规所构成,主要包括矿业权制度、勘探开采监管制度、矿产资源开采与毗邻权益等方面的内容。但由于诸多因素,中国矿产资源保护法律目前尚存在诸多局限:矿产资源管理体制不健全,仍需进一步进行市场化改革;矿业权市场混乱,矿权流转方式不顺畅;矿产资源价格机制、税收机制等都还不健全。这些问题直接导致了中国现阶段矿产资源法律法规不能有效发挥其功能优势、保障矿产资源的合理综合开发以及节约与高效利用。为此，就需要深化矿业改革，加强矿产资源管理，建立健全矿产资源节约与综合利用保障机制，进而推进节约型社会建设与最终生成。

1. 改革矿产资源管理体制

中国矿产资源管理体制是在高度集中的计划经济管理体制下形成和发展起来的，经历了一个由集中走向分散、又逐步走向集中统一管理的复杂过程。在计划经济体制下，矿产资源是由各部门分矿种管理，没有一个统一的规划、保护及监督体系。1978 年以后，中国矿产资源管理体制过渡到了以相对集中管理为特征的市场机制与行政力量并行作用的体制。但这种体制仍存在市场机制不充分、产权界定不明晰等问题。因此，改革矿产资源管理体制，保障矿产资源节约利用是建设节约型社会中资源综合利用的重要一环。由于矿产资源是属于国家所有的一种可枯竭的特殊财产，其开发利用直接影响着国民经济和社会发展，因此不论是自由竞争者还是垄断者都无权也不应该对矿产资源开发进行自由决策；另外，尽管市场在促进资源合理配置中的作用不容置疑，但由于各个市场主体在开发利用矿产资源过程中不可避免地会出现多种外部不经济性，会带来资源浪费、环境污染、生态破坏等一系列问题，所以矿产资源开发必须得到政府的宏观调控或干预。因此，中国矿产资源管理体制改革应基于市场机制与政府宏观调控相结合，采取政府调控下的矿业经营体制。

与此同时，应该建立矿产资源集中管理与分级管理相结合的体制。中国经济发展对矿产资源的消耗与日俱增，这大大刺激了矿产资源行业的发展。特别是改革开放以来，乡镇矿业蓬勃发展，"三资"矿业也已崭露头角，主体的多元化和复杂化使矿产资源在开发和流转过程中不时出现"失范"现象，这迫切需要完善法律对各种勘查和开采等行为进行规制。尽管中国《矿产资源法》已经施行多年，但是有关配套实施方面的法规仍然很少很不完善，这就给各级政府贯彻《矿产资源法》增加了难度，出现了许多法律解释和分散执法、执法不当等现实问题；造成了矿业秩序时好时坏，有些热点矿山问题至今尚未解决，多数矿山企业和地方地矿管理机构迫切希望加快配套矿业立法进程。中国法律规定矿产资源属于国家所有，由于旧体制在矿产资源经营方面实际存在的条块分割，导致存在着勘查、开采、加工、经营、销售和监督都由某一部门包揽的政企不分和以企代政的行为,混淆了所有权和经营权的关系,这种分散执法行为造成了矿产资源经营效益长期低下的局面。所以,改革矿产资源的管理体制,建立集中与分级管理相结合的管理体制已成为现实的需要。这就要求各级政府加强矿业执法监督,组织制定各自层次上的矿产资源工作发展战略,将矿产资源节约与综合利用的理念贯穿于矿产资源的开发、利用和保护以及监管等各个环节。只有深化矿产资源管理体制改革,才能确保矿产资源的节约与综合循环利用,为节约型社会建设奠定基础。

2. 改革矿产资源价格机制

矿产资源价格机制是引导和促进矿产资源合理开发与有效利用、优化矿产资源配置、加强矿产资源管理的重要经济杠杆。对于矿产资源来说,资源的稀缺性必须通过市场供求关系反映为高价格,才有利于矿产资源的节约及合理开发利用。建设资源节约型社会需要利用市场机制与市场手段,通过矿产资源价格体系调整即通过制定新价格或对已有价格进行修订,从而推进矿产资源节约与综合利用。矿产资源价格是矿产资源所有权的经济权益的具体体现,价格与资源的有用性、稀缺性及可开发利用性成正比。矿产资源的价格确定方法有影子价格法、机会成本法、替代价格法和市场法。矿产资源产品的价格是经营者对矿产资源进行生产、加工后的商品交易价格。矿产资源价格是自然存在物的价格,矿产资源产品价格是人类生产物的价格。改革矿产资源价格机制应该以调整矿产资源产品价格为主,如完善石油天然气价格形成机制,改进成品油价格定价方法,使国内油价更加贴近国际市场实际情况;建立市场化煤炭价格形成机制,实施煤电价格联动,逐步建立科学煤炭成本核算体系。目前矿产资源产品价格不断上涨,这一方面有利于矿产资源高效利用,同时也应注意国家对矿产资源产品价格进行宏观调控,以有利于企业在循环利用矿产资源和保护生态环境时具有价格优势,促进矿产资源节约利用和循环利用。而对于矿产资源价格应该以资源的稀缺性及可利用性为中心进行考虑,并引入市场机制进行补充调整,以完善的矿产资源价格机制调整矿产资源的合理开发利用和综合循环利用,促进节约型社会建设。

3. 健全矿产资源税收机制

矿产资源税收机制是鼓励矿产资源节约和矿产资源综合利用的重要经济杠杆。中国矿产资源税收机制主要包括矿产资源税、矿产资源补偿费、矿产资源管理费等。目前,中国矿产资源税收机制仍存在不少问题,如税收体系不完善、税费关系不协调等,这在一定程度上导致了矿产资源利用率的极其低下。因此,我们应该积极采取措施,完善矿产资源税收机制。首先,进一步完善资源税:扩大征收范围,将那些必须加以保护性开发和利用的资源列入征收范围;调整计税依据,由现行的以销售量和自用数量为计税依据调整为以产量为计税依据;提高单位税额,为限制掠夺性开采与开发,对不可再生性、不可替代性、稀缺性资源课以重税;调整资源税征收办法,将税率与资源回采率和环境修复情况挂钩,对资源回采率低和环境修复情况差的课以高税率。与此同时,可以考虑将矿产资源补偿费并入资源税之中,理顺国家矿产资源税费关系,以更合理的税收机制保障矿产资源的节约利用和综合利用。

4. 构建矿产资源节约技术保障机制

矿产资源开发利用技术是促进矿产资源合理开发、节约利用、综合利用的基础。因此,在节约型社会建设中,我们应该采取如下技术性措施:加大对资源节约和循环利用关键技术的攻关力度,积极开发资源节约型新技术、新工艺,对重大关键技术进行"产学研"联合攻关;大力推广应用节约资源的新技术、新工艺、新设备和新材料,构建节约资源的技术支撑体系;加快地质人才培养,完善地质科技创新体系,积极开展重大项目科技攻关,推进地质理论和勘查技术的自主创新,依靠科技进步提高找矿率、矿产开发回收率、矿产资源利用率等;开展国际经济技术合作和交流,吸收国外先进的矿产资源开发利用技术和设备,提高矿产资源开发回收率与综合利用率,达到以技术推进矿产资源多层次开发和循环利用。

5. 建立健全矿产资源综合利用机制

据有关部门对全国矿山的调查,中国矿产资源综合利用率达到70%的仅占7%,达到50%的不足15%,矿山资源综合利用率显著低于国际先进水平。因此,加强科学管理,降低矿产资源贫化率、提高矿产资源回收率尚有较大潜力。中国80%左右金属和非金属矿床中都有共生、伴生资源,尤其是有色金属矿床最为突出,提高矿产资源综合利用率潜力很大。在这种前提下,就需要加大资源综合利用投入力度,设立国家资源综合利用专项基金,将部分资源税及资源补偿费等作为专项基金来源,采取补助金或配套优惠贷款扶持资源综合利用项目;在政策性银行设立资源综合利用专项贷款,以低利率、延长还贷期等信贷优惠政策,引导矿山企业增加矿产资源综合利用投入。实施科技创新,提高技术水平,加强矿产资源综合利用的研究与开发,努力提高矿产资源综合利用的技术水平,运用市场机制和各种经济手段促进成熟、先进技术的推广应用,加快科技成果转化为现实生产力的步伐。充分发挥资源开发利用效益,鼓励矿山企业最大限度地综合开采、回收矿产资源,允许矿山企业在完成资源回收技术经济指标的前提下多收多留,使矿产资源得以充分利用。在矿产品加工利用方面,鼓励节能、节材,努力缩小中国单位国民生产总值的能耗、材耗与发达国家的差距,形成节能节材的社会风尚,贯彻到生产生活的各个领域和各个环节中去。

6. 建立健全矿产资源有偿开采机制

矿产资源的有限性和不可再生性决定了建立并推行矿产资源有偿开采制度是很有必要的。首先,矿产资源有偿开采制度是世界各国普遍实行的一个基本制度,它本质是以法律形式维护矿产资源国家所有权的一种经济补偿制度。中国法律虽然规定了矿产资源国家所有,但是长期以来这个所有权一直没有得到有效维护,在生产经营活动中更没有得到应有补偿,这实际上造成了国有资产变相流失。没有在法律上得以实现的所有权就等于被虚置,故实现国家所有权已成为中国在矿产资源方面迫切需要解决的维护国家利益的大问题,也是中国融入世界潮流中迫切需要解决的问题。其次,如何合理界定经济补偿的尺度或者标准呢? 在开采矿产资源的法律关系中,矿产资源所有者实际上是以其所有的矿产资源作为资本投入,经营者是将矿产资源作为劳动对象进行开采经营的,如果所有者和经营者分别是两个不同的主体,那么经营者当然应该向矿产资源所有者支付一定的对价以获取开采的权利,这就涉及经济补偿的尺度。从理论上而言,经营者既可以将货币存入银行以获取利息,也可以投资于实业以谋取比利息更高的收益。如果经营者权衡了现实的矿产品市场平均价格和矿产品生产平均成本之后,认为投资某一矿山将来可能获得更多的利润,就会作出投资的决策。这时的资源补偿费就应该等于当时技术条件下该矿可采出矿量的社会平均价值减去社会平均成本。由于具体矿床的技术经济的差异,作为矿产资源的所有者也会作出对自己最为有利的决策,根据自己责任的原则,投资者必然有义务向国家缴纳一定的费用。

(三)能源资源节约与综合利用法律保障机制

能源资源是指赋存于自然状态下的能够提供某种形式能量的物质或

103

物质运动。能源资源是人类活动的重要物质基础,是从事物质资料生产的原动力,是人类可持续发展的重要支柱。节约能源资源是指采取技术上可行,经济上合理以及环境和社会可接受的一切措施,更有效地利用能源资源。加强能源资源的节约与综合利用,完善能源节约的相关法律法规,对于节约型社会建设具有举足轻重的作用。中国目前能源资源保护法律主要由《节约能源法》、《电力法》、《煤炭法》等单行法律及其配套行政法规构成。这些法律调整的主要内容包括能源利用、能源替代、能源公共事业等方面。然而,由于相关能源法律法规不能有效实施,这直接加剧了中国能源危机,使能源资源不能得到有效利用。在这种背景下,亟需建立能源节约法律保障机制,保障能源资源节约与综合利用。

1. 改革能源资源管理体制

完善的能源资源管理体制有助于国民经济与能源之间建立紧密联系,对自然垄断性强的能源供应结构加以监管,对重要能源资源加强综合利用管理,为节约型社会建设提供有力的能源保障。由于国民经济与能源供给和消费状态是不断变化的,这就注定了能源管理体制需要不断地进行变化与调整。中国能源管理体制改革经历了一个不断探索与深化的过程,随着能源市场不断发育和能源市场化进程不断推进,能源管理体制需进一步深化。中国应循序渐进,可以先考虑设置相对分散、适当集中的能源管理部门,有选择地从竞争性领域退出,把职能主要集中到政策制定、宏观管理及市场失灵等领域。同时建立与能源管理部门相结合的统一、独立、公正的能源监管机构,以对关系国家能源安全和具有自然垄断性质的环节进行监管,保证能源市场的有序竞争和节约型社会建设对能源的需求。在能源市场化达到一定程度时,深化能源管理体制改革应坚持政企分开、政监分离的原则,组建统一、高效、有权威的高级别能源管理机构和专业化能源监管机构,改革政府能源管理方式,优化能源生产组织结构,推进能源行业市场化改革。

2. 建立能源资源节约价格机制

市场供求理论认为,价格对需求量影响的大小,取决于该商品的需求弹性。需求弹性大的商品价格变动对其需求量的影响比较显著,而需求弹性小的商品价格变动对其需求量的影响相对不显著。能源商品的需求弹性比较小,价格在短期内对这种商品的需求量影响很小,但从中长期来看,价格对能源商品需求量的影响还是比较明显的。在成熟的市场经济中,能源价格变化对能源需求量有明显影响,这种变化和影响能够通过能源价格弹性反映出来。运用税收手段调控提高能源价格,有利于能源需求减少,从而有效调节能源结构。但是由于中国尚未形成成熟的市场化能源价格机制,能源价格还不能真正反映能源价值与能源稀缺程度。这就要求我们以节约能源为指导原则,改善能源定价制度并积极稳妥推进能源价格改革,发展成熟的能源市场机制实现相对有效的能源资源配置,以促进能源资源的合理开发利用、节约使用和持续利用。

3. 健全能源资源节约税收机制

税收是鼓励能源资源节约与综合利用的有效措施。税收通过作用于能源价格会对能源的需求量及消费量产生明显的影响。按照供求与价格关系理论,消费者支付的商品价格上升,会使消费者对该商品的需求量减少,并导致生产者相应减少生产量,市场将因政府课税,引起商品供求变化形成新的市场供求均衡量。中国目前的能源税收体制仍存在不足之处,现行税制中缺乏可再生能源税收政策,也没有对新能源与可再生能源技术产品给予税收优惠的统一规定。另外,中国对能源征收的消费税没有对不同资源消耗水平的产品实行差别调节,没有充分体现节约意识。这就需要完善能源节约税制,充分运用税收杠杆逐步提高能源价格,对节能投资项目实行加速折旧和税收抵免等优惠政策。

4. 构建能源节约技术保障机制

能源技术对于能源资源节约与综合利用具有举足轻重的作用,能源技术是达到人与自然和谐发展目标、提高能源利用效益的保障。但就中国现状来看,能源利用效率低下,单位产品能耗显著高于国外先进水平;能源结构中煤炭比例明显不合理,能源结构亟需调整。鉴于此,必须站在能源战略高度推进能源技术创新,促进能源体系实现从"数量"向"质量"转变。从能源生产到消费的全过程来看,能源技术创新主要集中在提高终端用能、能源转换和能源生产的效率,减少能源生产和消费对环境的污染;增加常规能源资源的探明储量;以及开发利用新的可再生能源三个方面。结合中国实际情况,为实现能源发展战略目标以及促进能源节约和综合利用,就需要做到对国内成熟的高效清洁的能源技术采取强有力的推广战略;需要瞄准新一代能源技术的研究和开发,充分发挥中国的能源科技体系的创新作用。

5. 健全能源资源节约激励制度

能源资源节约激励制度主要是通过建立政府与部门及企业间的良好合作关系,促进新技术企业或中小企业实现能源资源节约方面的技术创新从而实现资源节约型社会建设目标。能源资源节约激励制度主要有财政补贴、综合利用奖励和其他一些优惠政策。财政补贴的主要目的在于促使能源资源开发者改变其不利于节约能源资源的活动,或者帮助那些在特殊情况下,难于执行国家能源资源开发技术标准的企业。财政补贴一般包括补助金,长期低息贷款和减免税等。综合利用能源资源是中国一项重要的能源资源政策和能源经济政策,它对国家节约能源资源有着重要的意义,综合利用奖励的内容包括对开展综合利用的生产建设项目实行奖励和优惠,对开展综合利用生产的产品实行优惠。在其他经济政策上,利用税收优惠、价格优惠、折旧优惠等激励措施,保证能源资源的节约和综合利用。

6. 立法促进能源结构调整和优化

能源结构优化有助于提高能源利用效率,对能源需求总量影响很大。有研究表明,中国天然气平均利用效率比煤炭高 30%,石油利用效率比煤炭高 23%;能源消费结构中煤炭比重每下降 1 个百分点,相应能源需求总量可降低 2000 万吨标准煤。中国现在过分依赖煤炭而忽视了其他资源在能源结构中的比例,而煤炭生产经营体制不合理又造成了众多社会、经济和环境问题。鉴于此,通过立法促进中国能源结构的调整与优化是能源消费从数量增长走向质量效益增长的必由之路。我们应当通过立法措施,逐步降低煤炭消费比例,加速发展天然气,积极发展水电、核电和可再生能源,积极开发洁净新能源和可替代能源,尽快形成能源结构多元化局面,使得优质能源比例明显提高,从而以优质能源结构促进节约型社会建设。

(四)水资源节约与循环利用法律保障机制

水资源是一种既具有经济价值又具有生态环境价值的极为宝贵的自然资源,它是经济发展、社会稳定和人民生活不可缺少、不可替代的重要物质。但随着经济的发展,水资源已经逐渐成为一种稀缺资源,通过立法解决水资源问题已经迫在眉睫。目前,中国水资源保护相关法律主要包括《水法》、《水污染防治法》等单行法律及其配套行政法规。这些法律主要规定了水资源权属制度、用水管理、防汛抗洪、水环境质量标准和污染物排放标准、水污染防治监管等内容。然而,现行水资源保护法律在促进水资源节约与循环利用方面尚存在诸多制度缺陷。因此,中国水资源节约与循环利用的根本出路在于制度创新。制度创新基本思路在于如何将水资源正、负外部性"内部化",避免"公水悲剧"。制度创新安排原则在于既不能简单市场化,也不能简单统一管理;既需要计划,也需要市场;既需要地方民主参与,也需要有中央权威;流域整体上需要集权和统一管理,在基层又需要分权和自治管理。

1. 创新水资源管理体制

中国水资源短缺在很大程度上是由于水资源管理体制长期滞后于水资源治理需求。在水资源管理体制上,中国长期以来一直是以行政手段为主配置、管理水资源,水行政与水服务职能基本未分开,要解决水资源节约问题就必须对水资源管理体制进行改革。水资源管理体制改革的方向应该建立以市场机制为基础配置国家水资源的国家水权制度,实行分级管理和流域管理。江河流域是水资源供给的完整载体,以流域为单元进行水资源管理符合水的自然属性。流域水资源开发利用既要考虑到上中下游、流域间以及地域间乃至于各种资源间的相互关系,也要处理好资源、经济、社会之间的辩证关系。因此,水资源管理在体制上应当实行政资、政企分开,立法监管分开,配水评价分开,实现水权分级所有但要统一管理,建立应急管理和常规管理,应对"大旱"、"大汛"进行特别管理。在水资源管理中,要处理好政府、企业和中介组织之间的关系,各级人大、政府、企业、中介、市场各司其职、各负其责。

2. 健全水资源价格机制

水资源价格作为最重要的水资源配置手段,在水资源优化配置措施中具有举足轻重的地位。鉴于目前水资源价格机制存在诸多弊端,在节约型社会建设过程中,确定合理的能够反映水资源的稀缺状况、水资源的社会成本以及水资源在市场的供求变化状况的水资源价格,迫使消费者和生产者对水资源进行重新配置,促使水资源从低效益的用途向高效益的用途转移,进而实现水资源合理高效配置,已是当务之急。首先应该建立节水型价格机制,促进水资源优化配置。具体措施包括:全面推进水价改革,制定完善的价格管理办法,规范水价形成机制,从制度上促进节约用水,以价格杠杆促进全社会节约用水;继续扩大水资源费征收范围,酌情提高水资源费征收标准;推进阶梯式水价制度和超计划、超定额用水加价收费方式改革;逐步推进农业水价改革试点,依法整顿农业供水末级渠系水价秩序；在强化成本约束、综合考虑上游水价和水资源费等因素的基础上，合理调整城市供水价格，使各类用水价格都能真正反映水资源的稀缺程度；加大污水处理费征收管理力度。其次，应该实施鼓励性再生水价格政策，积极扶持再生水开发利用，提高水资源利用效率。水资源价格机制的合理利用能有效促进水资源节约利用，充分保障节约型社会建设法律法规体系顺利实施。

3. 健全水资源税收机制

税收政策调节国民经济和社会发展的方方面面，促进资源节约和环境保护是税收政策支持节约型社会建设和循环经济发展的主要着力点。但是中国现行税制中还未充分运用税收杠杆调节水资源供需与利用。鉴于此，为防止流域水资源开发利用过度和不合理开发造成损失和浪费，在水资源市场经济体制中，应该征收水资源税。中国水资源税的税制设计应坚持税收的中性原则、公平原则、效率原则，充分考虑中国现状，有条不紊地进行。水资源税征收范围应该包括工业企业用水、生产经营用水、地表水、勘探、建筑所利用的地下水、提取有用物质用水、居民生活用水、对水资源造成污染行为等，以便从整个社会层面以税收促进水资源节约利用；水资源税纳税人应该包括从事应税行为的各类企业事业单位、国家机关、社会团体、各类组织和个人，其中个人可包括居民纳税人和非居民纳税人；水资源税税率设计应实行具有地区差别的定额税率，在充分进行社会用水以及水污染调查的基础上，确定水资源税率，既要充分考虑纳税人负担能力，又要考虑水资源保护治理成本，税额不宜定得过高，以免抑制社会生产，更不能过低，使水资源税难以发挥调控作用。同时在水资源税税制设置中还应该考虑水资源税优惠措施，包括对农村居民的生产和生活用水给予低税率照顾；对节水以及低排污水平纳税人予以适度退税；对提供给居民用户用水的企业实行照顾税率；对节水、治污环保技术和环保投资给予税收优惠等。只有建立健全水资源税收机制，才能充分发挥水资源税收杠杆的作用，以水资源税促进水资源节约利用和节约型社会建设顺利推进。

4. 完善水权制度

水权即水资源的产权，包括水的所有权及其使用权，水权制度是水资源有偿使用制度的前提和基础。水权制度体系涵盖了水资源产权制度、配水制度、水权市场制度、水价制度等一系列由水权问题衍生的制度。水资源产权制度是水资源制度体系中的核心制度。只有建立现代化的水权制度才能保障水资源的可持续利用,但是由于长期以来中国水资源产权主体模糊,因而水资源占有权和使用权就无法畅通流动,水资源价值也无从体现。借鉴国外水权制度发展经验,我们需要改革水资源管理弊端,改变水权主体缺位现状,完善水权制度。政府宏观调控与市场机制有机结合,即在加强政府对水资源保护和管理的同时将水资源纳入市场配置轨道,以充分利用市场手段最大限度地发挥水资源的经济效益是解决水资源问题的有效途径。我们可以通过对现行水资源管理法律法规进行修正,确立人格化的水权主体,合理定位政府和市场在水资源管理中的作用并且加强监管,这样有利于中国水权制度的健全,以发挥其作用促进水资源节约利用。

5. 完善水资源监管机制

水资源的开发利用和管理必须建立有效的、独立于政府的、公开的、可信的监管机制,它包括完备的法律制度和科学的信息系统。这种监管机制应充分体现各级人大在涉水重大决策、配水重大项目上的监管权威。水权、水市场、水管理、水分配、水价格和水中介都应该置于独立的监管之下,同时应该在监管部门的监管之下充分考虑水资源的制约因素,进行产业结构布局调整与各项政策制订和实施。在水务实践中,必须利用先进的科技手段,建立多维的、统一的、覆盖全社会的水资源信息系统。

(五)生物资源保护法律保障机制

生物资源具有生命性,这是与其他资源的根本区别,同时生物资源虽然具有可再生性,但是它只存在于一定的界限内。因此,有必要在生物资源管理中形成一种物种多样性激励机制,在生物资源保护相关法律上明确生物资源利用时空限度,促成一种良性循环的生物资源保护利导机制。生物资源保护相关法律,泛指与保护自然界具有自然生命的动植物有关的法律。中国现行生物资源保护类法律主要由《森林法》、《草原法》、《渔业法》、《野生动物保护法》等单行法律及其配套实施条例组成。中国现行生物资源保护相关法律主要规定了对相关生物资源的管理制度、禁限制度以及对一些破坏或者过度开发行为的规制等内容。但是,与国外发达国家生物资源保护立法相比,中国生物资源保护立法的法规级别较低,有关生物资源保护的立法体系还很不健全,有关制度和措施还不够得力,与中国面临的相当严峻的生物资源保护问题很不相称。基于以上因素,在节约型社会建设中,我们有必要建立健全生物资源保护法律保障机制,以顺利推进生物资源保育保护以及节约利用。

1. 健全生物资源管理体制

体制问题一直是困扰中国生物资源保护的严重问题,这主要表现在:生物资源管理体制和管理单位体制混乱;生物资源管理职能分散在许多部门,缺乏强有力的、统一的生物多样性监督管理机制;中央政府与地方政府的生物资源管理职责界定不清;地方政府迫于经济发展的压力,对生物多样性保护缺乏主动性;生物资源政策法规实施不力,缺乏必要监督机制。健全生物资源管理体制,应建立国家环境保护行政部门综合管理和地方分部门管理相结合的"统分结合"的管理体制。这有利于在现行条件下降低生物资源管理成本,发挥各部门和各地方的积极性,实现各部门管理与部门间的协调,有效实现生物资源保育保护与节约利用。

2. 制定生物资源开发利用规划

生物资源开发必须遵循有计划、适度开发的原则,处理好利用与保护之间的关系。保护是为了更好地开发利用生物资源,是实现生物资源可持续利用的前提。全国各地区应有重点、有计划地开展生物资源调查评价工作,摸清生物资源的种类、数量、利用现状和开发潜力等。同时,还应积极开展基础性研究工作,以掌握生物资源生长规律,为生物资源开发利用提供科学依据。在此基础上,各地区应依法制定生物资源开发利用规划,有计划、分步骤、科学合理地利用生物资源,解决好生物资源开发利用与生物资源再生保护之间的矛盾,做到近期利益与长远利益相结合,经济效益、社会效益和生态效益相兼顾,进而促使生物资源开发利用步入良性循环轨道。当然,必须强调的是,我们应赋予生物资源开发利用规划强制执行力。

3. 建立生态补偿机制

所谓生态补偿机制,即自然资源使用人或生态受益人在合法利用自然资源的过程中对自然资源所有权人或对生态保护付出代价者支付相应费用的做法。建立这种机制的目的在于支持和鼓励生态脆弱地区更多承担保护生态而非经济发展的责任。通过建立生态补偿机制可以使生态保护的外部经济性内部化,解决好生态产品这一特殊公共产品消费中的搭便车行为,调动人们从事生态保护活动的积极性。目前中国的生态补偿形式主要有三种:国家财政补偿、项目支持和征收生态补偿税费。当前,虽然通过政府财政扶持可以逐步还清以前的生态老账,但从长远来看,必须要建立科学的生态补偿机制,即以"谁受益、谁补偿"、"谁破坏、谁恢复"、"谁污染、谁治理"的生态补偿原则为基础,完善生态补偿相关立法,充分利用市场机制的作用,拓宽投资渠道和群众参与力度,激发群众在保护环境和生态建设中的积极性,逐步建立起适应中国现状的生态补偿制度。

4. 完善生物资源综合利用机制

目前中国生物资源利用普遍存在着综合利用水平低的问题,资源浪费、效益低下、产品结构单一、产品科技含量不高等现象屡见不鲜。为提高中国生物资源综合利用率和利用效益,应采取以下主要对策和措施:首先,生物资源利用必须抛弃过去那种单一利用方式,树立综合利用观念。随着社会经济持续快速发展和科技进步,中国经济实力迅速提高,人们对生物资源开发利用的认识水平也在不断提高,这为生物资源综合利用,建立物种经营、全面发展的多元型经济结构提供了物质保证和科学理论支持。同时,人们对生物资源产品的多方面、不同层次的巨大社会需求,给生物资源的开发提供了广阔的市场,使生物资源综合利用成为可能。其次,迅速提高中国生物资源综合利用技术和能力,是提高中国生物资源综合利用水平和效益的关键。之所以如此,是由于造成中国生物资源综合利用水平低的一个主要原因在于生物资源综合利用技术水平不高和综合利用能力不足。在这方面,森林资源综合利用技术和能力低表现得最为突出。目前中国对采伐和加工剩余物的工业利用率只有15%,这与世界林业发达国家50%的利用率相比有较大差距。此外,非木材林产品利用规模小、水平低的问题也十分突出。

5. 构建外来物种入侵防范体系

据统计,IUCN(世界自然保护联盟)公布的世界上100种最坏的外来入侵种已经约有一半入侵中国,如水葫芦的引进对珠江、太湖、滇池本土生物资源的破坏。由于外来物种入侵容易使本地物种生存受到影响并可能导致本地部分物种灭绝,引起生态系统物种组成和结构发生变化,破坏生物多样性并导致生态系统受到破坏,从而引发生物资源保护问题。外来物种入侵导致的灾难已经成为世界性的问题,因为它不仅表现在其自身繁殖力和生长力上,还体现在人们盲目地或者急功近利地培育和种植上。在中国已经加入WTO的背景下,对外来物种入侵的防范和管理,已成为落实《生物多样性公约》的焦点。因此,构建严密的外来物种入侵防范体系,保护本土生物资源良性生存,已经是现实的需要,是符合世界发展趋势的。中国现行生物资源保护相关法律还没上升到保护生物资源多样性的高度,而且已有法律法规大都简单而缺乏操作性。因此,中国应当进一步完善生物资源保护相关法律法规,建立多部门合作协调机制和外来物种危害预警机制,以便有效维护生物资源多样性。

(六)森林资源保护法律保障机制

森林资源的增减变化直接影响和反映生态环境的改善和恶化,走林业可持续发展的道路是中国可持续发展的必然选择。因此,在节约型社会建设的新形势下,及时采取切实可行的措施,促进森林资源可持续发展,对于改善中国生态环境和保障中国林产品供给有着至关重要的意义。在相关措施中,积极开展森林资源保护立法具有举足轻重的地位。到目前为止,中国已经形成了以《森林法》、《防沙治沙法》等单行法律为主体,以相应实施条例及行政法规为配套的比较完备的森林资源保护法律法规体系,但是现行法律法规缺乏广泛的公众参与机制与激励机制等,不利于森林资源保护法律体系的实施。鉴于此,有必要建立健全相关的森林资源保护法律保障机制,促进森林资源可持续发展与综合利用。

1. 改革森林资源管理体制

加强对森林资源的保护和综合利用,完善森林资源管理特别是国有森林资源管理是关键。当前,改革国有森林资源管理体制对强化森林资源保护具有重要的意义。中国目前的国有森林资源管理体制主要存在几个问题:国有森林资源所有者主体缺位,产权不明晰,各级林业行政主管部门之间权责不清;国有森林资源管理权和经营权被混为一体,对森林资源的采伐利用没有形成有效的制约机制;国有森林资源的无偿采伐利用,违背客观经济规律。改革国有森林资源管理体制就必须解决国有森林资源所有权主体缺位、产权缺失的问题。因此,国有森林资源管理体制改革必须适应社会主义市场经济体制要求,全面确立国有森林资源所有权主体,明确其权责,建立产权清晰、权责明确、政企分开和管理科学的国有森林管理体系;全面推进国有森林资源资产化管理,建立森林资源保护和发展利益机制,实行森林资源有偿使用制度;完善森林资源市场化运营制度框架构建,改革现行管理体制中价格、税费、林地流转等制度保障不足,实现森林资源管理以市场和社会需求为导向以及以效益为中心。

2. 规范森林资源可持续发展标准与指标体系

构建森林资源可持续发展标准与指标体系,能够对全国或某一区域森林资源的可持续发展进行评估,为全国或某一区域森林资源的管理决策提供依据。中国森林资源可持续发展标准与指标体系包括国家水平、地区水平和森林经营单位水平 3 个层次。中国国家级森林可持续经营标准与指标体系共有 8 个标准和 80 个指标,地区级及森林经营单位级指标体系都有 8 个标准,并分地区享有指标。各指标的确定都需充分考虑各地区人口、社会经济发展和自然条件的差异,以及森林的类型、数量、质量与经营状况等特点。尽管森林资源可持续发展标准与指标体系在中国已经初步形成,但这些标准和指标体系还存在不少问题,如:一些指标缺乏足够的信息;社会经济和环境效益方面缺乏定量的数据;缺乏适当的方法来收集和处理数据等。鉴于此,在节约型社会建设中,必须采取措施进一步规范森林资源可持续发展标准与指标体系。从目前来看,中国应该在吸取以往经验的基础上,构建兼顾森林资源系统多种效能的可持续发展指标体系即可持续发展描述指标体系和可持续发展动态评价指标体系。

3. 完善森林资源生态补偿机制

建立生态补偿机制是落实科学发展观,构建和谐社会的重要举措,也是健全生态保护激励机制和融资机制的有效手段。森林资源生态补偿包括对森林资源生态环境本身的补偿、对个人或区域保护森林生态环境的行为进行补偿、对具有重要的生态环境价值的区域或对象的保护性投入。森林资源生态补偿的主要目的在于调整利用与保护森林生态效益的主体间利益关系,是保护森林生态效益的一种手段和激励方式。中国森林生态补偿制度应该通过规范的制度建设来实现中央与地方、地方与地方的利益转移,从而实现产业与生态利益在地区间的合理分配。森林资源生态补偿机制应该是多层次、跨区域的平衡机制,应该充分运用国家财政支持,应该基于多元化森林产权制度。森林生态补偿机制本身就可以促进森林资源保护和发展,如果再从法规及政策上使之进一步完善,则就可以更好地促进中国森林资源保护与可持续发展,最终推进资源节约型社会建设与最终生成。

4. 运用市场机制促进森林资源保护

中国森林资源短缺从根本上说是由于产权不清,权责不明,缺乏激励机制等原因造成的。改善中国森林资源生产和经营中资源短缺状况的有效途径之一是通过改革使市场机制发挥积极作用,通过市场机制的激励作用促进森林资源的保护。在市场体系比较健全的条件下,市场机制会通过调节森林资源经营者的利益来起到保护森林资源的作用。

第三章 节约型社会法律保障体系：
节约型生产

人类社会最基本的实践活动是生产活动,生产活动是人类社会生存和发展的基础,因此节约型生产是构建节约型社会的基础性环节。从社会生产发展逻辑演进来看,产业结构调整与优化、自然资源物权配置与优化、资源科技创新与推广、循环经济发展与推进、资源节约与高效利用是构建节约型生产的基本内容,故我们应该通过法律推进产业结构调整与优化、自然资源物权配置与优化、资源科技创新与推广、循环经济发展与推进、资源节约与高效利用。

第一节 节约型生产法律体系概述

一、节约型生产立法缺陷分析

客观地看,中国目前激励生产节约、限制生产浪费的立法已经有了《清洁生产促进法》、《节约能源法》、《可再生能源法》等。但不可否认的是,中国现行节约型生产立法,无论在立法指导思想、立法基本内容还是立法具体实施上目前都尚处于初级阶段,还存在许多缺陷,尚不能满足中国节约型社会建设的迫切需要。

(一)立法指导思想不能适应节约型生产

在立法指导思想上,现行关涉节约型生产的相关法律法规在立法时大多都是单纯以经济发展为指导思想,甚至部分相关法律法规仍然支持或者说不反对牺牲资源环境来换取经济短期发展,这与倡导资源低消耗、资源高利用、资源再循环为内容的节约型生产理念尚存在巨大差距,进而致使基于现行节约型生产立法的相关规范与管理机制难以真正推进节约型生产发展以及节约型社会建设。

(二)立法基本内容尚存诸多缺陷与空白

现行节约型生产立法主要限于环境污染防治规定,缺乏节约型生产实质性规定;部分节约型生产立法之间不能相互衔接与协调,这就使得节约型生产立法尚未形成一个门类齐全、结构严谨、层次分明、内在和谐、功能合理、统一规范的体系;现行节约型生产立法原则性规定较多,可操作性差。

(三)立法具体实施有待继续推进与强化

由于中国社会环境中节约型生产法治理念不足,节约型生产法律创制尚存诸多问题,节约型生产法律配套实施机制不完善,节约型生产法律监督与公众参与机制不健全,目前节约型生产法律法规实施很难真正落到实处,进而致使节约型生产法律保障的功能优势难以有效发挥。在今后的节约型生产法制实践中,急需进一步采取有效措施促使现行节约型生产立法真正落到实处。

二、节约型生产立法理论分析

在由传统生产模式与物耗型生产体系向节约型生产模式与节约型生产体系转变的过程中,由于诸多干扰因素的存在,只有节约型生产法律可以凭借其品格特征通过调整相关节约型生产关系排除干扰,力保节约型生产模式与节约型生产体系顺利形成并持续发展。为进一步完善中国节约型生产立法进而促进节约型生产模式最终建成,我们首先必须真正理解与弄清节约型生产法律制度的内涵,因为这将为构建各项具体节约型生产法律制度直接提供方法论与认识论依据。我们认为,节约型生产法律制度是指调整节约型生产过程中发生的社会关系的法律规范所形成的法律制度的总称。对于节约型生产法律制度,我们可以从以下几个方面加以理解:

(一)节约型生产法律制度是从新的视角所提出的一类法律制度

节约型生产法律制度是从经济运行的角度着手,以社会再生产的不同环节和领域中所发生的不同社会关系为调整对象来进行划分的。在这里,将调整社会经济运行中生产领域的节约型社会关系作为划分和确认节约型生产法律制度的唯一的方法和依据。同时,节约型生产法律制度从生产领域生产者生产产品的客观状态及资源的高效与循环利用出发,尊重并顺应节约型生产的客观运动规律,将反映和调整节约型生产关系的法律规范重新整合,在此基础上,建立其与生产过程相匹配的节约型生产法律制度。总之,节约型生产法律制度就是在新的社会发展视角下为适应中国节约型生产发展的需要而出现的一类新型法律制度。

（二）节约型生产法律制度契合了节约型生产发展的法治化需要

从微观层面上来讲,法律意义上的生产领域的社会关系在人类社会早期就出现了,并曾经历了迅猛的发展和巨大的变化。在社会主义市场经济逐步完善中,生产仍然起着引导消费和配置资源的作用,对于发展经济仍具有至关重要的作用。现阶段,在环境危机威胁人类生存、资源短缺危及经济发展的特殊情况下,为应对环境资源危机并实现资源节约和高效利用,生产者开始逐步采用节约型生产工艺和技术开展节约型生产,生产领域随之出现的节约型生产关系使法律意义上的生产领域的社会关系有了新的内涵。与之相适应,节约型生产法律制度应运而生,以确保节约型生产沿着正确的轨道前进。

（三）节约型生产法律制度是由多层次多类别立法构成的统一体

节约型生产法律制度是一个综合的法律制度体系。首先,从法律效力层次上看,节约型生产法律制度既包括全国人大及其常委会审议通过的法律,也包括国务院制定和发布的行政法规,还包括地方人大及其常委会制定与发布的地方性法规以及国务院各部门与地方政府发布的行政规章等。其次,从法律类别上看,由于民法、商法、经济法、行政法等法律部门都涉及生产领域社会关系,因而节约型生产法律制度必然涉及上述多个法律部门。具体而言,节约型生产法律制度既涉及调整生产领域平等主体之间民事关系的民事法律制度,也涉及调整生产领域以营利为目的的商事关系的商事法律制度,还涉及调整国家在协调与管理生产活动时发生的经济关系和行政关系的经济法律制度和行政法律制度。甚至,在一定情况下,当节约型生产领域出现违法犯罪时,刑事法律制度也会对之加以调整。总之,虽然节约型生产法律制度不能成为一个独立的法律部门,但是它由多层次、不同类别的法律制度综合而成,因此必然是在原有法律体系的基础上形成的、跨越多层次多类别法律规范和法律部门的带有鲜明综合性的法律制度。

三、域外节约型生产立法借鉴

鉴于中国节约型生产法律体系还存在诸多缺陷,我们有必要借鉴域外发达国家节约型生产立法经验,进一步完善中国节约型生产法律体系。

一般来说,为了促进节约型生产,域外发达国家开展了循环经济立法、生产者责任延伸立法等。

日本为了谋求环境资源问题的彻底解决,抛弃了传统的经济运行方式,代之以抑制废物的产生、促进废物的再利用为目的,形成废物处理与资源循环再利用一体化的物质循环链条,构筑起抑制自然资源浪费和减轻环境负荷的"循环型社会"。日本政府有计划地推进资源循环利用立法:2000 年 12 月 6 日,日本政府制定了《建立循环型社会基本法》,标志着日本环境保护技术和产业经济发展进入了新的发展阶段,其社会结构开始从过去"大量生产、大量消费、大量废弃"的传统经济社会,向降低环境负荷、实现经济社会可持续发展的循环经济社会转变。日本建立了完善的资源循环利用法律体系,在《建立循环型社会基本法》下设有《废弃物处理法》和《资源有效利用促进法》两部综合法,两部综合法下又设有多部专项法,其中《资源有效利用促进法》下设有《专门再利用法》、《建筑材料循环法》、《可循环性食品资源循环法》、《绿色采购法》以及《特种家用机器循环法》等。这些法律法规的出台,使得生产者在生产阶段就需要考虑产品的循环利用,从而有利于资源的节约和高效利用,推动了节约型生产的发展。

德国于 1986 年将《废弃物处理法》修改为《废弃物限制处理法》,强调节约资源的工艺技术和可循环的包装系统,将立法目的从原先侧重对废弃物的处理升华到避免废弃物的产生;1991 年,德国首次按照资源——产品——资源的循环经济理念制定《包装废弃物处理法》,要求生产商和零售商对商品的包装物要尽可能减少并回收利用;1994 年 9 月 27日,德国公布了发展循环经济的《循环经济和废物处置法》,把资源闭路循环的循环经济思想从商品包装拓展到社会所有领域,规定对废弃物管理的手段首先是避免废弃物产生,同时要求对已经产生的废物进行循环使用和最终资源化处置。德国在立法方法上采取先对个别领域立法,再制定统一规范的立法方式,通过建立完善的资源循环利用和回收处置法律体系,从源头即生产阶段就开始规范生产者的行为,促进了节约型生产的发展。可以说,德国关于节约型生产的立法及其实践,对中国具有重要的借鉴意义。

另外,许多发达国家如瑞典、德国、日本等都开始制定生产者责任延伸制度,从立法和实践层面发展和实施了生产者责任延伸制度。生产者责任延伸制度实际上就是由生产者对其产品的整个生命周期负责的新的废弃物回收利用的思想,以实现"从摇篮到坟墓"的管理。生产者的责任从产品的设计和生产开始,直到产品的生命终结而进行的废弃物处理。这在一定程度上将促使生产者改进生产工艺和生产技术,促进资源节约和高效利用,践行节约型生产。

四、节约型生产法律体系构建

借鉴域外发达国家节约型生产立法经验,依据中国节约型生产立法理论并结合中国节约型生产发展实际,我们认为,中国现阶段应该以科学发展观为指导,契合节约型社会建设需要,积极推进节约型生产立法实践,逐步建立起包括生态化产业结构法律制度、自然资源物权法律制度、资源科技创新与推广法律制度、循环经济法律制度及资源节约与高效利用法律制度等的节约型生产法律体系。

(一)生态化产业结构法律制度

探讨环境资源问题与产业结构失衡的共同原因,意在为生态化产业结构法律制度构建提供强有力的理论支持。通过制度路径分析,我们找到了生态环境问题与产业结构失衡的制度根源——"市场失灵"和"政府失灵",明确了产业发展与环境资源保护所具有的天然耦合性,进而促使我们作出制度选择——生态化产业结构法律制度。在科学发展观和新型工业化道路指引下,生态化产业结构法律制度身兼二任,既要解决市场失灵,又要规制政府失灵;既需保护环境资源,又要调整产业结构。具体来说,生态化产业结构法律制度构建的内容主要包括以下几方面:生态化产业结构法律制度的法律秉性;生态化产业结构法律制度的价值取向;生态化产业结构法律制度遵循的基本原则;生态化产业结构法律制度的内在构成。生态化产业结构法律制度继承了传统产业结构法理论的衣钵,在产业结构法律制度中吸纳了可持续发展理念,使产业结构法具有"绿意",因而其制度组成包括产业结构合理化法、产业结构高级化法和不景气产业对策法。

(二)自然资源物权法律制度

自然资源物权是在尊重自然资源的自然属性和经济规律的基础上,通过国内立法赋予自然资源物权人依法或者依合同取得在法律规定的范围内按照自己的意志支配法定自然资源,享受其利益并排除他人干涉的权利。自然资源物权从理论上讲应当包含自然资源所有权、自然资源用益物权、自然资源担保物权。自然资源物权法律制度虽然在节约型社会建设中具有极其重要作用，但是现行自然资源物权法律制度尚存以下诸多缺陷：首先，自然资源所有权虚化和抽象化；其次，自然资源物权法律制度带有浓厚的行政色彩；再次，自然资源物权交易流转制度缺乏；复次，自然资源物权制度缺乏公众参与；最后，自然资源物权制度缺乏公平性。基于上述自然资源物权法律制度所存的缺陷，中国必须进一步改革与完善自然资源物权法律制度。我们认为，中国应当采取如下措施建立一个政府引导、市场调节、公众参与、体现政府、市场主体与社会公众三者自然资源利益关系动态平衡的自然资源物权制度：清晰化规制自然资源物权主体；建立健全自然资源物权变动制度；完善自然资源物权监督与激励机制。

（三）资源科技创新与推广法律制度

资源科技是建设节约型社会的重要支撑与基础保障。我们必须借助资源科技创新与推广法律制度推进与保障资源科技创新与推广，进而推进与保障资源型社会建设与最终生成。基于中国取向于综合协调型资源科技创新与推广法律制度而重点依赖政府主导型资源科技创新与推广法律制度的基本国情，我们认为，资源科技创新与推广法律制度应当主要包括有关资源科技创新与推广的组织法律制度、计划法律制度、投入法律制度、成果管理法律制度、成果转化法律制度、成果知识产权保护法律制度、奖励法律制度、技术市场法律制度、高技术法律制度、国际合作法律制度、争议解决法律制度等。当前，我们应充分听取资源科技专家意见并广泛邀请资源科技专家参与，有针对性抓紧资源科技创新与推广相关立法工作，尽快填补资源科技创新与推广相关立法空白。具体措施主要包括但不限于：协调完善科技体制立法；协调完善科技投入立法；协调完善科技人员立法；协调完善农村科技进步立法；协调完善企业技术创新立法；协调完善高新技术立法。

（四）循环经济法律制度

循环经济是指遵循生态规律，按照"减量化、再利用、资源化"的原则，在经济技术可行的前提下，采取可行的经济、技术和管理等措施，实现资源高效利用和减少废物排放的活动。在节约型社会建设中，循环经济模式是中国经济发展的必然选择。目前循环经济在中国推行主要存在着原材料价格、技术瓶颈、循环过程成本等障碍,因此必须借助循环经济立法推进节约型生产。然而,中国现行循环经济立法尚处于初级阶段并存在诸多缺陷,我们必须研究借鉴日本、德国、美国等发达国家循环经济立法经验,努力构建完备的循环经济法律支持和保障体系。其基本思路是:修订《中华人民共和国宪法》;修改完善《中华人民共和国环境保护法》;制定和完善循环经济相关配套法规。

（五）资源节约与高效利用法律制度

资源节约与高效利用是节约型生产的核心,它要求在社会再生产的各个领域合理利用资源,减少资源浪费。但资源消费问题具有很强的外部性,资源节约与高效利用在某种程度上会触动许多经济主体的利益,在没有外部干预的情况下,相关主体很难做到自觉节约资源,这就要求用资源节约与高效利用制度来制约各相关主体行为。然而,中国资源节约与高效利用制度却存在诸多缺陷。鉴于此,中国应当积极采取有效措施建立健全资源节约与高效利用制度。在构建中国资源节约与高效利用制度的过程中,首先必须明确中国资源节约与高效利用制度的目标取向。资源节约与高效利用制度的基本目标是逐步增强全民特别是各级领导干部的资源意识和节约意识,进一步提高资源节约和高效利用技术与管理水平,不断完善并有效实施资源节约政策、法规和标准,充分发挥市场在资源配置中的基础性作用,最终有效遏止严重资源浪费现象并明显提高资源利用效率。我们认为,资源节约与高效利用法律制度应该主要包括如下制度:资源节约与高效利用规划制度;资源节约与高效利用激励制度;自然资源有偿使用制度;自然资源价格制度或机制;资源节约与高效利用监管制度。

第二节 生态化产业结构法律制度

一、时代嬗变与制度背景

当今世界正处于大变革时期,这一变革时期的三大标志是人类文明形式由工业文明向生态文明转变,世界经济形式由资源经济向知识经济转变,社会发展道路由非持续发展向可持续发展转变。随着时代背景的积极转变,这一跨越式质变在中国节约型社会建设背景下产业结构法律制度中必须也必定有所体现。

（一）科学发展观的确立

现代社会在发展过程中出现的内在危机，促使我们反思现代发展理念的合理性、发展困境的深层本质、发展导向的正当性等问题，这引申出了科学发展观的概念。生态化产业结构法律制度与科学发展观的内涵存在交叉性，特别是与统筹经济社会发展和统筹人与自然和谐发展这两大统筹有着内在关联性：（1）生态化产业结构法律制度以社会整体利益为本位和目标追求，体现出平衡个人利益与社会利益从而达到保护社会整体利益的理念，不仅保障当代人的全面发展，还要兼顾后代的发展需求，注重维护代内与代际的双重公平；（2）随着人类生产活动对自然资源和生态环境的破坏，经济发展和生态环境关系问题日益被提上重要日程。产业结构法律制度应该注重生态化趋势，调整产业结构与环境保护相结合，统筹人与自然和谐发展，要从长远角度保证经济发展的延续性，最大限度地达到经济的可持续发展。

（二）知识经济时代的到来

知识经济时代的到来引发了法律变革的必要性分析，知识经济改变了经济的增长方式，使社会的经济结构发生了根本变化，经济结构的变动必然会引起社会其他方面包括法律制度上的变革，催生产业结构法的"绿色"变革。知识经济在产业结构法律制度中的作用体现在以下几个方面：（1）一些高科技产业本身具有"绿化"特点，通过扶植这些新兴绿化产业，实现资源优化配置，有助于实现产业结构合理化；（2）利用"绿化"的高科技对传统产业部门进行改造，促使和保障产业结构向高级化迈进；（3）知识产业本身的发展抛弃了传统的发展观，高度重视经济发展的系统性，视发展为经济、人口、科技、资源、社会、文化的综合发展。

（三）新型工业化道路的提出

中国共产党十六大报告明确指出，建设小康社会要走新型工业化道路，大力实施可持续发展战略。信息化是中国加快实现工业化和现代化的必然选择。坚持以信息化带动工业化，以工业化促进信息化，走出一条科技含量高、经济效益好、资源消耗低、环境污染少、人力资源优势得到充分发挥的新型工业化路子。新型工业化道路直接回应了发展经济过程中的环保要求，在产业结构调整中注重环境保护，有机统一经济效益与环境效益。这样一条道路与生态化产业结构法律制度构建有着内在契合性，是生态化产业结构法律制度构建的最直接动因。新兴工业化道路特别重视可持续发展问题,要求处理好人口、资源和环境的关系,在可持续发展视野下来谋求工业发展和经济增长,追求绿色 GDP,不断要求提高工业化的科技含量、降低资源消耗和环境污染。同时新型工业化是以集约型经济增长为基础的,在经济增长方式转变的基础上,强调利用技术进步提高经济效益。从现在起工业发展必须转向以提高素质为主的新阶段,从粗放发展走向集约发展的新阶段。这样一条经济效益与生态效益相协调的道路,有利于对环境形成行之有效的保护。

此外,资源节约型社会、环境友好型社会、社会主义和谐社会的构建都注重了环境因素是经济社会有序的内在要素,需要在产业发展中把环境变量作为重要考核因素来评判经济是否"有效发展";循环经济建设发展是产业结构绿色化的一个典型代表,这些新型和谐观、发展观需要坚实的制度保障,更加彰显了产业结构法律制度生态化、绿色化的重要性和迫切性。

二、双重失灵与制度干预

探讨环境资源问题与产业结构失衡的共同原因,意在为生态化产业结构法律制度构建提供强有力的理论支持,当然对于二者的共同原因可以进行多维度探讨,我们只是从制度路径来探析。这一路径分析找寻到了生态环境问题与产业结构失衡的制度根源——"市场失灵"和"政府失灵",使产业发展与环境资源保护具有天然耦合性,进而促使我们作出制度选择——生态化产业结构法律制度。法律制度代表着最高理性的表现形式,能够在一定程度上解决"双重失灵"所带来的环境资源问题和产业结构失衡问题,通过环境、经济、社会三方面的通盘考虑,使其构成和谐的系统,有利于把环境资源保护与产业发展紧密结合,促进中国新的经济增长模式形成与发展。

(一)市场失灵:制度干预的缘起

市场机制作为资源有效配置制度,其充分发挥作用要受到严格的条件限制:第一,不存在外部性;第二,不存在公共物品;第三,完备的信息;第四,市场是完全竞争的市场。但是"不完全竞争"、"信息不完备"、"风险性"、"公共物品"、"外部性"等因素导致了市场失灵。漆多俊教授把市场缺陷的原因概括为三点:一是市场障碍;二是市场机制的唯利性;三是市场调节的被动性和滞后性。这诸多原因导致了市场机制在调节经济过程中会出现失灵情形,使难题充斥在市场机制中,包括宏观总量的平衡问题、国家经济的长期发展问题、产业结构的调整和优化、公共物品的有效生产、负外部效应问题。

在环境资源问题中,市场失灵现象不断出现,与环境资源问题的负外部效应性、环境资源公共物品性和自然资源的垄断性有关。1920年A. C. Pigou在发展福利经济学理论时,对私人厂商生产所造成的环境破坏使社会福利受到损失进行了研究,提出了环境资源问题。环境污染和破坏是在人们从事生产经营活动中产生的,而其后果往往由第三人来承担。环境成本对生产经营者而言,往往是一种社会成本和外部成本,企业不会自觉地将其成本内部化。资本的逐利性,使外部性问题剧增,尽管一些国家相继通过排污权交易制度、环境管制等方式克服外部性,但是资本的逐利性使企业趋利避害,纷纷逃往环境管制较松的国家与地区。所以,"从全球角度来看,这种外部性在加剧,而不是减弱"。同时环境资源及产品属典型的公共物品,产权难以界定或界定成本太高,私人主体的"搭便车"心态造成大家都不愿主动维护环境资源。而市场这只"看不见的手"不可能确保人类与环境之间最大限度的和谐;不可能确保人们正确地对待动物、植物及生态系统,或考虑后代的利益。完全依赖于市场机制调节,只会导致大家争先恐后地、无节制地争夺与使用这种本就稀缺的环境资源与环境产品,却无人顾及资源的养护和再生,最终上演"公有物悲剧"。正是因为在资源与环境领域中普遍存在的市场失灵,政府制度干预才成为必要,政府制度干预是产业结构政策有效发挥作用的缘起。

(二)政府失灵:制度干预的前提

政府干预只有在以下不可或缺的基本前提下才有实现的可能:(1)政府始终代表社会"公共利益",其行政行为出于维护全体民众福祉之善意;(2)政府及其工作人员有着超乎常人的智慧和先知,能够预先判断市场走向,谙知经济运行规律,并且能够根据经济运行现状和发展趋势作出准确决断并采取正确的政策和措施;(3)政府及其工作人员在行使公权力过程中不受自身私利的影响,而是本着公平公正之理念处理公共事务。这样的前提假设包含了理想主义因素,由于有限理性、信息不足、腐败寻租、体制不健全等诸多方面的原因,政府在资源配置上可能出现低效或无效,从而蜕变成政府失灵。

在环境资源保护方面,认知能力的局限性导致片面的政府行为,特别是环境理念的缺失导致了"高增长、高污染",严重有碍可持续发展。信息的不完全性导致政策的滞后性,不能有效解决环境资源问题和预防环境资源被破坏,多数处于事后救济状态,而环境资源问题的特殊性之一在于治理难。由于资源破坏、环境污染是一种外部性极大的行为,它的扩散超越地界约束,而当行政隶属关系与污染危害区域不一致时,各行政区域政府仅从自身利益考虑,可能出现政府与致污单位间某种程度的谋合。引进外资既是发展地方经济的需要,同时也是判断地方官员"政绩"的标准之一,一些外商到中国投资的动机之一就是看到中国的环境保护标准比较低、限制条件比较少。在引进外资指标的压力下,地方官员对带有污染性质的外资产业"委曲求全",致使资源破坏与环境污染得以继续。没有有效机制约束的政府干预,在污染者加大"院外活动"的冲击下会带来寻租扩大化。

三、制度构建与因应之道

对于环境资源问题和产业结构失衡问题,政府应该且可以在产业结构优化中有所作为,把二者结合起来解决,使产业结构调整升级符合可持续发展要求,但不可否认的是政府作用同样存在局限性,只有正视政府失灵的存在并深入分析造成失灵的原因,找寻解决途径,才能为有效发挥政府在产业结构调整中的积极作用奠定基础。

(一)科学生态化产业结构政策制定

日本推动产业政策立法的一条成功经验,就是具体的产业结构调整立法都有相应的产业政策依据,使不同时期的产业政策成为立法指南,因此制定科学合理的生态化产业结构政策是制定生态化产业结构法律制度的前提。促使各级政府的产业结构政策反映生态要求,是保护环境资源、实现可持续发展的重要工具。同时注重将产业政策与其他政策相配合,特别是在实施可持续发展战略方面,应积极地把产业政策和环境资源政策、财政金融政策、科技政策等有机结合起来,"绿化"产业结构政策,切实推动产业结构政策促进资源合理利用和清洁生产的进程,做到从源头上提高资源的利用效率和减少废物的产生。"政府在制定经济、社会、财政、能源、农业、交通、贸易及其他政策时,要将环境与发展问题作为一个整体来考虑。"

(二)生态化产业结构政策法治化内容

政府干预必须是依法干预,法律规制政府行为的目的,一是为政府干预提供法律依据,一是防止政府失灵。市场失灵使公权限制私权成为必要,此谓"政府干预",而公权的强制性、命令性又容易导致对个人自由和市场效率的损害,需要对传统的公权进行限制、改造和调整,此乃"干预政府"。"要求国家(政府)对社会和经济的弊端予以纠正和限定国家(政府)在纠正中依法行政实际上是目前法治建设的两大主题,也是法治建设的两大主要任务。"在科学发展观和新型工业化道路指引下,生态化产业结构法律成为必要,它身兼二任,既要解决市场失灵,又要规制政府失灵;既需保护环境,又要调整产业结构。生态化产业结构法律制度具体构建的内容主要包括以下几方面:

1. 生态化产业结构法律制度的法律秉性

生态化产业结构法通过把环境资源保护这一具有公益性的事业引入产业结构法之中,与产业结构法相结合,有机统一经济效益、社会效益和环境效益,使其社会本位性更加彰显;生态化产业结构法着眼于有效供给的提高和供给结构的改善,优化资源配置,引导资本向环保型产业转移,诱导投资主体对"公共品"自然资源环境的治理,因而又可以称之为"环境导向型产业结构法律制度";生态化产业结构法是协调经济效益、社会效益与环境效益的产物,协调个体利益与社会公共利益,协调经济发展与环境资源保护。此外,生态化产业结构法还继承了产业政策法的灵活性、综合性特征。

2. 生态化产业结构法律制度的价值取向

公平、效率和秩序作为法较为普遍的价值追求,已在一定程度上成为评价法律的标准。把可持续发展理念纳入产业结构法的生态化产业结构法也应该同时反映这三大价值,但具有其自身的特殊性。确立公平和效率相统一、相并列的价值观,防止片面追求经济增长而牺牲环境,导致"有增长无发展"的恶果出现;公平不仅仅局限在代内公平,还应注重代际公平,使自然资源在当代人群之间以及代际人群之间公平合理分配,以保证环境与资源的永续利用和人类的持续发展。在效率价值上,其追求的是"内涵式增长"、"有效发展",强调综合效益、总体效益和最佳效益,即其效率应是国民经济整体效率。直接体现秩序价值的安全观应该融合生态安全,因为生态安全是经济安全的载体,只有生态安全,经济发展才能处于一种安全状态,才会使经济处于一种有序发展之中。

3. 生态化产业结构法律制度遵循的基本原则

在生态化的法律制度中,尤其是与经济发展有着高度契合性的产业结构法中,应该始终遵循可持续发展原则,因为可持续发展原则是在对"环境优先论"与"经济优先论"反思的基础上生成的均衡发展观、和谐发展观、有效发展观,是经济发展与生态环境博弈的结果,可持续发展是生态、经济、社会三个系统的综合发展,强调生态持续、经济持续和社会持续的统一。其中,生态持续是基础,经济持续是条件,社会持续是目的,脱离了三者之间的有机统一,只会陷入到"无发展的增长"的泥淖中去。正如学者提出的警示:"如果人类要继续生存,就应该发展一种与后代共存的意识,而且准备牺牲自己的某些利益为后代人谋利益;如果每一代人只顾谋求自己的最大利益,那么人类必将毁灭。"此外,还应遵循平衡原则和公共利益原则,平衡经济效益、社会效益和环境效益,平衡个人利益和社会整体利益,平衡环境权与发展权间的冲突,以维护和实现公共利益为出发点和归依。

4. 生态化产业结构法律制度的内在构成

生态化产业结构法律制度继承了传统产业结构法理论的衣钵,在产业结构法律制度中吸纳了可持续发展理念,使产业结构法具有"绿意",因而其制度组成包括产业结构合理化法、产业结构高级化法和不景气产业对策法。在生态化的产业结构合理化法中主要通过产业的增量调整和存量调整来实现环保,具体包括环保产业法,运用政策引导和支持具有"叠加效应"的"朝阳产业";基础产业发展法,主要是发展各种新兴清洁能源产业和环保型原材料产业等。在存量调整中,通过运用清洁生产来实现经济发展和环境保护间的协调,改变产品结构,生产绿色产品;在主导产业发展法中要把环境基准作为主导产业的选择基准,即以环境污染少、能源消耗低,又不至于造成过度集中的环境污染为选择标准;通过延长产业链实现污染废弃物的"减量、再用、循环",可以效仿日本的循环型社会形成推进基本法、制定循环经济促进法以引导绿色生产。

高新技术产业有利于实现经济增长方式从粗放型向集约型转变。高新技术还具有很强的渗透性,在自身产业化过程中,也会带动传统产业的发展,通过对传统产业的改造,使其焕发生机。产业结构高级化只有在技术进步的基础上进行,才能彻底改变粗放型增长的模式,最大限度地提高经济效益。通过高新技术产业发展来促进产业结构向高级化转变,其路径有两条:一是发展高新技术产业,尤其是少污染或无污染的高科技产业,需要制定高新技术产业发展法、科学技术产业振兴法等诸如此类名称的法律来促使信息技术、生物技术、新材料技术、新能源技术发展;二是改造传统产业,利用高新技术促使产业结构向生态化转变,以期提高中国资源利用率,降低物质消耗和污染排放,促使整个国民经济"绿"起来。

产业结构法律制度的生态化离不开对污染型不景气产业的调整,因而不景气产业对策法生态化体现在环境标准和实施手段上。不景气产业对策法的适用对象需要采用概括加列举的方式来规定,以概括方式立法作为其"一般条款"来弥补列举式的不足,环境标准是"一般条款"的一个主要内容,有权机关可以凭借环境标准确认某产业为不景气产业。不景气产业对策法的实施手段有两种:一是禁止和限制,反映在其内容上就是对高能耗、高物耗或者环境污染和资源破坏严重的污染类产业坚决实行淘汰;一是限制市场已经饱和并趋于萎缩、生产能力过剩且技术落后、没有市场前景企业的生产,防止造成资源浪费和环境污染。

简而言之,在产业发展中贯穿清洁生产思想,利用循环经济提高资源利用率,把可持续发展贯穿始终;通过发展环保产业等促进环境基础设施建设,使薄弱产业逐渐壮大,从而达到产业结构合理化;继续推进产业结构高级化,发展对环境无害或少害的高新技术产业,特别是一些新能源、新材料产业,并利用高新技术改造传统产业;不景气产业中的污染型产业需淘汰的要坚决予以淘汰,需要限制的也必须严格加以限制。

(三)继续推进政府机构改革

在生态化产业结构法律中,明确各级政府在产业结构调整中的职责,依法行使权力进行产业结构调整,在法律稳定性指引下有效避免"上有政策,下有对策"做法,使各种利用权力的寻租行为如"过街老鼠"。推进政府机构改革是避免政府失灵的另一途径,以正确的政绩观来引导政府的工作,增强机构之间的协调,提高政府机构的运行效率。地方保护主义违背了"全国一盘棋"原则,不利于社会整体利益最大化,有损于社会公共利益,革除地方保护主义是防治污染以及调整产业结构的行之有效的措施。国家增强政府宏观调控能力,发挥政府在推动绿色产业结构中的创造力。只有把政府塑造成服务型政府才能充分发挥其干预的作用,才能使国家干预在市场失灵中发挥作用,否则只会陷入另一窠臼之中,即由"市场失灵"转变成"政府失灵"。

第三节　自然资源物权法律制度

一、自然资源物权及其功用

传统理论认为自然资源物权是指以自然资源为客体的物权，即权利人为满足其利益需要，对自然资源依法或依合同所享有的直接支配与排除妨碍的权利。现代理论则认为，自然资源物权是在尊重自然资源的自然属性和经济规律的基础上，通过国内立法赋予自然资源物权人依法或者依合同取得在法律规定的范围内按照自己的意志支配法定自然资源，享受其利益并排除他人干涉的权利。由于自然资源具有的特殊属性以及对人类的独特重要性，自然资源物权有以下三点特征：首先，自然资源物权具有独立的物权属性。适应市场机制的自然资源物权形态必须具有独立性，权利的合法流动和转让不受其他权利的干涉和限制，权利人可以在法律允许的范围内以转让、出租和抵押等形式处分其权利。其次，自然资源物权的客体具有不特定性和生态属性。在客体的特定性方面，有些准物权性质的自然资源物权不具备特定性或者在特定性方面要求不严格。也就是说，自然资源物权不在于对具体物的支配，而主要在于取得了一种资格，能够行使权利的行为。自然资源物权客体的生态属性是指自然资源是生态系统的组成部分，能与其他组成部分和整个生态系统之间发生长期的、相对稳定的相互作用或相互联系。自然资源立法的重要内容就是通过对私人开发与利用资源行为的限制，通过资源保护和资源使用相结合的自然资源物权制度设计方式，使自然资源的生态属性得以充分保全。最后，自然资源物权权利构成具有复合性。自然资源物权权利内构成的复合性是指，一方面自然资源物权不仅包括一般物权的占有、使用、收益等权能，而且应包括开发、保护、改善和管理的权能，即在享有自然资源利益的同时，必须担负起保护生态环境的义务；另一方面，自然资源物权在权利构成上是多重权利的复合，即自然资源物权是一个包括自然资源所有权、自然资源用益物权和自然资源担保物权的集合概念。

自然资源物权法律制度在节约型社会建设中具有极其重要的作用。首先，自然资源物权法律制度通过规定自然资源所有权，明确了自然资源归属、使用、收益以及处分权能，合理划定了人们在自然资源领域中作为与不作为的行为空间，使人们能够合理预期他人的自然资源行为模式，构成了决定自然资源经济行为和经济绩效的最基本的激励与约束。其次，自然资源物权法律制度通过分配特定个体决定如何使用特定自然资源的可能权力，定义了一个自然资源经济系统中的一系列的自然资源经济主体。在这个方面，自然资源物权决定了一个自然资源经济系统中的财富和权力的分配。因而，不同的自然资源物权结构将产生不同的效用空间和不同的收益和成本分配结果，进而通过影响人们的激励和约束结构来影响他们的自然资源经济选择。再次，自然资源物权法律制度是自然资源市场机制得以运行的前提条件。以价格为媒介，以交易为手段的自然资源市场机制是自然资源优化配置的基本方式。根据产权学派观点，自然资源市场交易的对象不是自然资源本身，而是存在于自然资源之上的一组权利；自然资源市场交易的价值大小取决于自然资源物权的多少和强度。只有在自然资源物权法律制度确立后，明确了人们可交易自然资源权利的边界、类型和归属，而且能够被有关交易者和社会承认，自然资源市场交易才能顺利进行，自然资源才可能被配置到能够产生最大价值的地方去。在自然资源短缺的现实世界中，任何对自然资源的全部或部分属性有需求的人，都可以向自然资源所有权人出价，要求转让其自然资源所有权或其他权能；而自然资源所有权人则可以根据已有需求者的出价高低来决定最终将权利转让给谁，从而通过自然资源市场实现自然资源有效配置。最后，自然资源物权法律制度通过完备界定自然资源产权，使自然资源产权边界更加清晰，可以有效地降低自然资源市场交易成本，从而为自然资源市场交易扫清障碍，进而实现更多、更有效的自然资源产权交易，使外部性能够通过自然资源市场机制得到更大程度地内在化，实现自然资源有效配置。

二、自然资源物权现状与缺陷

（一）自然资源物权现状分析

综观中国目前自然资源物权法律制度，自然资源物权从理论上讲应当包含自然资源所有权、自然资源用益物权、自然资源担保物权。下面，我们基于现行相关立法，从整体上分权利主体、权利客体、权利行使三个视角详细分析前述三种自然资源物权。

1. 自然资源所有权

（1）自然资源所有权主体。民法中物的所有权主体是私权主体，一般是自然人、法人和非法人组织。自然资源所有权主体具有明显的特殊性。中国现行立法明确了自然资源所有权的公有属性,自然资源所有权主体只能是国家和集体。国家依据主权拥有领域内自然资源所有权,国有自然资源属于全民所有,国有自然资源无须登记。中国《民法通则》第2条规定的"民法调整平等主体的公民之间、法人之间、公民和法人之间的财产关系和人身关系",没有规定国家和集体作为民事主体。关于国家能否成为民事主体进而成为物权主体,理论上存在争议,一般认为国家同时具有公权和私权的双重主体身份,《物权法》使用"权利人"的称谓区别于《民法通则》,使物权主体更加广泛。国家对自然资源拥有所有权,不可否认国家的物权主体身份。国家所有权虽然是物权,但表现出明显的公权属性。国家的公权主体身份与物权主体身份不是截然分开的,在同一个物权法律现象中,国家可能既体现出公权主体身份,也体现出物权主体身份,表现在一些有国家参与的物权法律现象中,既有行政法进行调整,又有物权法进行调整。

中国法律还规定,集体对一定数量的自然资源拥有所有权,主要是土地、森林、山岭、草原、荒地和滩涂等。中国《宪法》明确规定了自然资源集体所有权。随着民法主体理论的发展,关于集体的自然资源物权主体地位,理论上存有较大争议,归纳起来,主要有两个方面的观点。有的学者主张取消自然资源集体所有权,只有国家是自然资源所有权主体,集体成员的自然资源利用权由国家配置。取消自然资源集体所有权,国家对领域内的全部自然资源拥有所有权,符合国家主权理论;有的学者主张集体自然资源所有权保持现状,作为非法人组织的集体可以成为所有权主体。比较两种观点,集体自然资源所有权在一定时期保持现状更为合理,因为集体自然资源所有权作为历史产物一直在农村农业生产中发挥着重要作用,并将在今后相当长一段时期仍然持续发挥着重要作用。当然,如果自然资源集体所有改为国家所有,那么农村自然资源利用权将由政府代表国家来配置,而不再受集体组织约束,进而可以实现自由流转,但是由于农村自然资源利用权自由流转的社会条件目前还不成熟,为避免因农村自然资源利用权自由流转所造成的不必要混乱,集体自然资源所有权也需要在相当一段时期保持现状。

(2)自然资源所有权客体。自然资源所有权客体是国家主权领域范围内可以利用的自然资源。自然资源是生产资料与生活资料的天然来源,自然资源具有天然性,与《物权法》中其他渗入了人类劳动的物相区别。各类自然资源作为《物权法》中的物,科学的称谓应该是"资源土地"、"资源水"、"资源矿产"、"资源野生动植物"和"资源海域"等,考虑到人们的习惯,一般也可以直接称为土地资源、水资源、矿产资源、野生动植物资源和海域资源。自然资源成为法律中的物经历了长期的过程。法律上的物不同于物理上的物,法律上的物是存在于人体之外,能够为人力所支配并且能满足人类某种需要,具有稀缺性的物质对象。在过去很长的时期内,基于种种原因,一些自然资源并不是法律上的物,如:过去由于生产力不发达,大量深埋地层的矿产资源以及大量蕴藏在海域中的相关自然资源不能进行开发,不能为人所支配;过去由于社会对水资源的需求仅仅是饮用与灌溉,自然界的水资源可以充分满足人们的需要,水资源的稀缺性没有明显地体现出来;过去可利用的野生动植物资源整体上呈现正常的生态平衡,稀缺性矛盾没有现代社会这样明显。随着现代科技的发展,人类增强了对自然资源开发利用的能力,同时对自然资源的依赖不断增大。现代社会的自然资源,是一种重要的稀缺的财产,能够为人所支配,而且独立成为一体,已经具备了成为法律上的物的条件,《物权法》理当将自然资源纳入物权客体。

自然资源成为物权客体以前,就是法律上的客体。国家颁布的涉及自然资源管理的诸多行政性法律法规,都以自然资源作为管理和保护的客体。自然资源具有重要的战略意义,需要保护;同时自然资源是社会生产和生活的物质基础,需要进行利用。利用自然资源与保护自然资源之间容易出现矛盾,需要探寻在合理保护自然资源的同时有效利用自然资源的途径。计划经济条件下,按照经济计划进行配置,依靠行政法对自然资源进行法律控制。随着时代的发展,计划方式配置自然资源已经不适应社会经济发展,现代社会需要利用市场对自然资源进行优化配置。市场化利用自然资源需要明确权属,需要《物权法》进行调整,自然资源遂成为《物权法》的客体,而且首先成为所有权的客体。市场化利用自然资源,公法的控制与保护仍然重要,自然资源的开发与利用需要公法与私法的共同协调。

（3）自然资源所有权行使。国家和集体是自然资源所有权人,自然资源所有权由国家和集体行使。但是国家和集体是抽象的概念,必须由相应的机关或理事机构行使自然资源所有权。国家是国有自然资源的所有权人,国务院代表国家行使自然资源所有权,但国务院不可能行使全部的自然资源所有权。权利归属的单一性并不妨碍权利行使的多样性、灵活性,地方政府经国务院授权可以行使一定权限的自然资源所有权,可以说中国采用的是一元制下的"单一代表、分级行使"的制度。自然资源所有权行使的方式主要是划拨与出让的方式。划拨是国家为了社会公共事业进行的资源配置,比如政府划拨一定范围的土地给学校使用。市场化配置自然资源利用主要是以有偿出让方式,国家出让自然资源用益物权,是自然资源所有权实现的重要形式。国家垄断自然资源用益物权出让的一级市场,自然资源用益物权坚持有偿出让原则,保障了国家作为自然资源所有权人利益的实现。

集体可以作为自然资源所有权主体,但是代表集体行使自然资源所有权的机构,却因集体所有权形式不同而有所区别。《物权法》的规定,对于集体所有的土地和森林、山岭、草原、荒地、滩涂等自然资源,有的属于村农民集体所有,有的分别属于村内两个以上农民集体所有,有的属于乡镇农民集体所有,分别由相应的集体经济组织行使集体自然资源所有权。从《物权法》的规定可以看出,村民委员会是最主要的代表集体行使自然资源所有权的机构,而乡镇在配置集体所有自然资源利用权过程中发挥着重要的组织作用。村民委员会和乡镇农民集体的常设机构处理集体所有自然资源用益物权配置和管理的日常事务,如果涉及自然资源用益物权配置和调整的重大事务,村民委员会和乡镇农民集体组织机构有义务召集集体成员共同讨论决定。

农村集体行使自然资源所有权应坚持民主原则,赋予农民集体成员权,农民有权参与集体自然资源配置的重要决定。《物权法》规定,集体土地承包等重大事务需要经本集体成员决定;集体经济组织、村民委员会或者其负责人作出的决定侵害集体成员合法权益的,受侵害的集体成员可以请求人民法院予以撤销。《物权法》对集体行使自然资源所有权进行了概括性的规定,需要更加具体的法律法规加以规范。有的学者提出,将集体与成员之间的关系股份化,使成员对集体享有真正的民法上的权利义务,而集体真正享有法律上的所有权。目前实行集体股份化不完全可行,但赋予集体成员更多的权利以参与集体自然资源的配置和管理是一个总的趋势。集体主要通过发包的方式配置自然资源利用权,集体配置自然资源用益物权应有规划地进行,根据集体成员的人数、集体自然资源的数量和分布等具体情况制定规划。耕地等与农民生产生活紧密联系的自然资源在配置时应让每户农民都能承包;水库、林地、山岭、滩涂、荒地等自然资源的配置可以采用招投标方式进行,通过市场竞争使这些自然资源的利用效率更高。集体行使自然资源所有权时,应充分保护集体成员的利益,只有充分保护集体成员利用集体所有自然资源的权利,才能更好地实现自然资源集体所有权的社会价值。

自然资源所有权的义务主体承担的是消极的不作为义务。任何单位和个人不能取得属于国家的自然资源所有权;任何单位和个人不得非法侵犯国家和集体的自然资源所有权。当国家专有的土地及其他自然资源被不法行为人非法处分,在法律上现存的占有人不可能根据善意取得制度和时效取得制度规则而取得所有权。国家和集体行使自然资源所有权,单位和个人应当予以配合。国家出让国有自然资源用益物权,有资格的企业和个人都有权竞争,坚持有偿出让原则,利用市场机制配置自然资源用益物权。集体组织对其范围内的自然资源承包经营权按照法律进行合理的调整,集体成员应本着互惠互让的原则予以配合。

2. 自然资源用益物权

自然资源用益物权的确立是自然资源市场化配置与流转的前提。关于自然资源用益物权,学术界存在一些争议。一些学者提出"准物权"的概念,将取水权、采矿权、捕捞权和狩猎权等纳入准物权体系。但是从权能的角度分析,取水权、采矿权、捕捞权和狩猎权的权能实际上仍然是用益物权的收益权能。所谓收益权能,指收取由原物产生出来的新增经济价值的权能。自然资源用益物权的权能包括占有、使用和收益权能等,土地使用权、水域使用权、海域使用权等既包括使用权能,也包括收益权能;采矿权、采伐权、捕捞权、狩猎权等主要包括对自然资源的收益权能。规范和保护自然资源利用所形成的物权仍然属于自然资源用益物权的范畴。自然资源用益物权法律关系的核心是在自然资源所有权实现的前提下,赋予自然资源用益物权更加独立的地位,保障自然资源用益物权人的权益。

(1)自然资源用益物权主体。自然资源用益物权是他物权,国家和集体不会成为自然资源用益物权主体。自然资源用益物权主体可以是自然人、法人和非法人组织。自然人可以依法取得土地使用权、取水权、采矿权、采伐权、捕捞权、狩猎权、海域使用权等自然资源用益物权。自然人取得自然资源用益物权一般是因生活所需或是为了满足简单生产需要。法人和非法人组织因具备更强的开发利用自然资源的能力,可以依法取得更大权限的自然资源用益物权。中国《民法通则》没有规定非法人组织作为民事实体权利的主体,现实生活中大量的个人独资企业、合伙企业等经济组织从事生产经营,在自然资源开发利用中非法人企业也要参与市场竞争。《物权法》使用"权利人"的称谓,使物权主体更加广泛,但是仍没有明确确立非法人组织的物权主体地位。非法人组织在民事诉讼法中已经被承认了独立的诉讼主体地位,《合同法》中已经承认了非法人组织可以成为订立合同的主体,物权法也应承认其主体地位。自然资源用益物权的取得要求主体具有一定的资格条件。如采矿权出让时对矿山企业有资质的要求,只有技术条件等达到了一定的要求才能取得采矿权。规模较大的土地使用权、取水权、采伐权、捕捞权、海域使用权等自然资源用益物权的取得同样对法律主体有资格的要求。是否具有获得自然资源用益物权的资格,应由相应的行政机关审核。

农村集体组织的成员以其成员身份有权取得集体所有的自然资源用益物权。农村集体组织的成员主要取得耕地、宅基地、林地、山岭、水库、荒地和滩涂等自然资源的用益物权。农村集体所有的自然资源用益物权不能自由转让,现行法律这样规定的目的可能是考虑到为维护农村集体自然资源利用的稳定性,对商品化经营方式的进入加以适当限制。依现行法律,非与农村集体组织相关的自然人、法人以及非法人组织不能成为农村集体所有的自然资源的用益物权主体。

自然资源用益物权的义务主体比较复杂。物权具有对世权,自然资源用益物权主体以外的其他主体都是义务主体,承担消极的不得侵犯权利主体物权的义务。但是一直以来,自然资源用益物权在一定程度上受到所有权的限制,随着社会经济的发展,需要赋予自然资源用益物权更为独立的地位。自然资源的所有权人也是自然资源用益物权的义务主体,不得随意侵害用益物权人的权益。

(2)自然资源用益物权客体。自然资源用益物权客体仍然是自然资源,但是范围要小于自然资源所有权客体。国家和集体拥有自然资源所有权,但并不是所有的自然资源都能进行配置与流转。自然资源关系国家的国防安全与经济命脉,政府必须进行严格控制。一些具有国防和战略价值的自然资源是禁止出让的,一些珍贵的野生动植物资源也禁止出让,禁止出让的自然资源当然不能成为自然资源用益物权的客体。政府应对自然资源储存与利用进行规划,只有经政府规划与评估,自然资源利用权才可以进行出让,相关权利人才能取得自然资源用益物权。未经政府进行规划与许可,相关权利人不能取得相应自然资源用益物权。集体所有的自然资源可以成为用益物权客体,但只能在集体内部进行配置。实践中非与集体组织相关的权利主体取得集体所有自然资源用益物权,一般先由国家对集体所有自然资源进行国有化征收,再进行出让。如对集体所有土地地下矿产资源的开采,由国家对该土地进行国有化征收,矿山企业通过合法方式取得国家出让的采矿权,同时取得该土地的使用权。

(3)自然资源用益物权行使。国有自然资源用益物权的产生主要是出让方式,集体自然资源用益物权的产生主要是承包方式。权利主体依法取得自然资源用益物权后,法律赋予其享有对自然资源的使用权和收益权,此外还享有部分的处分权即转让自然资源用益物权的权利。用益物权旨在赋予非所有人以类似于所有权人的地位利用他人之物;也就是说,尽管是使用他人之物,对所使用的物也享有对世的权利。权利人取得用益物权需要进行登记,登记后才具有物权的效力。

自然资源用益物权人占有自然资源,有权利排除他人占有。土地使用权、水域使用权和海域使用权的权利人可以占有相应自然资源,有权利排除他人的非法占有和使用,但是他人可以正常通行;采矿权体现出对划定范围的矿产资源的占有;采伐权体现出对划定范围的野生植物的占有;捕捞权体现出对一定水域自然水生动物的占有;狩猎权体现出对一定数量野生动物的占有;取水权体现出对一定体积的资源水的占有。捕捞权、狩猎权和取水权的占有比较特殊,因为水生动物时刻在游动,捕捞权的占有随时间和空间在变化,狩猎权和取水权体现出对一定量的权利对象的占有。不论何种形式的占有,不可否认自然资源用益物权对权利对象是一种物权性占有。

自然资源用益物权人可以对自然资源进行使用和收益,有权利排除他人的使用与干涉。用益物权人对自然资源进行使用和收益,应保护自然资源所有权人利益,不得对自然资源进行破坏性开采。根据自然资源使用与收益情况,自然资源用益物权人应向所有权人支付一定价金,保证所有权人利益实现。目前做法是权利人在自然资源利用权出让时一次性支付对价后,拥有自然资源用益物权,以后不再进行调整。与此同时,自然资源用益物权行使有时需要其他主体配合,国家和集体对权利人行使自然资源用益物权应当提供便利。因行使自然资源用益物权需要利用邻近区域,该区域的使用可以适当考虑用益物权人便利。如采矿权人为行使采矿权,除了占有一定土地进行开采外,需要利用附近土地进行矿产品储存与运输,政府应适当考虑给予采矿权人便利。为行使自然资源用益物权,可能需要通过和使用设置有他人权利的区域,相关权利人也有义务为用益物权人行使物权提供便利。如捕捞权人行使捕捞权,需要通过和使用他人占有的水域,他人有义务为其提供便利。

自然资源用益物权受法律保护,任何单位和个人不得非法侵犯自然资源用益物权人的权益。国家为了公共利益对权利人的自然资源用益物权进行征收,应当依法足额支付补偿费;国家为了抢险、救灾等紧急需要依法征用权利人的自然资源用益物权,应当及时归还,造成的损失应当给予补偿。集体成员取得集体所有的自然资源用益物权,其权利受法律保护,集体组织不能随意进行调整;因国家征收或征用集体所有的自然资源,造成集体成员的自然资源用益物权的调整或丧失,应依法给予补偿。《物权法》第42条第2款规定了国家征收集体所有的土地的补偿办法:"征收集体所有的土地,应当依法足额支付土地补偿费、安置补助费、地上附着物和青苗的补偿费等费用,安排被征地农民的社会保障费用,保障被征地农民的生活,维护被征地农民的合法权益。"

3. 自然资源担保物权

自然资源担保物权不同于一般担保物权,自然资源担保物权的形式主要是权利抵押,设定抵押的权利主要是自然资源用益物权。自然资源用益物权设定抵押形成的权利抵押法律关系,是一种物权性法律关系。

(1)自然资源权利抵押权人与抵押人。自然资源所有权不能设定抵押,因为自然资源所有权不能转让,不能被优先受偿。国家和集体不会成为自然资源用益物权人,因此国家和集体不能成为自然资源权利抵押人。国家和集体一般不会直接与私人产生信贷关系,因此国家和集体一般不会成为民事债权合同法律关系的债权人,进而国家和集体一般不会成为自然资源权利抵押权人。国家可能因企业或个人欠缴税费而对其所有的自然资源用益物权进行优先受偿,这种优先受偿权是税收优先权而不是一般意义的抵押权。

自然资源权利抵押人应当是合法取得了自然资源用益物权的自然

人、法人或非法人组织,并且其拥有的自然资源用益物权依法可以流转。自然资源用益物权并非都可以进行流转,自然资源权利抵押人比自然资源用益物权人的范围要小。自然资源权利抵押人是一般的民事主体,是债权合同关系中的债权人。自然资源权利抵押人可能是债权合同关系中的债务人,也可能是为债务人提供抵押的第三人,所以相关法律关系主体应满足几种法律关系的要求,应同时符合物权法、合同法与担保法的要求。

（2）自然资源权利抵押权客体。虽然自然资源经开发取得的资源性产品可以在市场上进行商品交换,但天然存在的自然资源因公有属性决定了其不能作为商品进入市场。以自然资源的使用价值可以设定自然资源用益物权,自然资源用益物权可以在市场进行流转,这样自然资源用益物权就具备了财产抵押的条件。以自然资源用益物权为客体设定抵押形成自然资源权利抵押权。自然资源权利抵押权不是以有体物作为客体,而是以自然资源用益物权为客体。较之一般抵押权,权利抵押权的客体为权利,但此所称权利,非指所有的民事权利,而仅指某些特定的民事权利。自然资源所有权和用益物权的客体是有体物,即是自然资源本身。自然资源权利抵押权的客体是自然资源用益物权,包括土地使用权、取水权、采矿权、采伐权、捕捞权、狩猎权、海域使用权等。

（3）自然资源权利抵押权行使。虽然权利抵押在社会经济生活中不如有体物抵押普遍,不过随着社会经济发展,抵押形式趋于多样化,权利抵押情形不断增多。现行立法对于自然资源用益物权设定抵押虽有一些规定,但比较分散,而且很多规定不够具体。规范自然资源权利抵押,首先应当明确可以设置抵押的自然资源用益物权,进一步明确法律关系主体享有的权利与承担的义务。权利抵押权的确立,必须把握其不同于一般抵押权的特征。与权利抵押法律关系相伴随,还存在着债权合同法律关系、抵押合同法律关系,甚至还有针对自然资源物权的行政管理法律关系,只有全面明晰各种法律关系,才能保证自然资源权利抵押这项制度的正常实施。

权利抵押权作为物权的一种类型,具有物权对世的特征,不特定义务人承担消极的不侵犯权利抵押权的义务,主要法律关系是权利抵押权人与抵押人之间的权利义务关系。自然资源权利抵押法律关系区别于债权合同法律关系,也区别于抵押合同法律关系,这是一种物权性法律关系。

抵押权设定，应当公示，公示方法限于登记；抵押权公示，为抵押人履行抵押合同约定的提供抵押之义务的核心内容。自然资源用益物权设定抵押必须到相应管理机关进行合法登记。抵押人以自然资源用益物权设定抵押，为自己或他人获取信贷融资，抵押权人在登记后取得具有物权效力的权利抵押权。

自然资源用益物权设定抵押应考虑权利存续时间，自然资源用益物权一般有法定期限。合同债务履行期限不能超过自然资源用益物权剩余期限，否则债权人在债务履行期限届满后无法获得优先受偿。另外，自然资源用益物权设定抵押时与债权合同期限届满之间有一段时间差距，债权人届时对抵押的自然资源用益物权进行优先受偿，该自然资源用益物权的价值会比设定抵押时降低，故在设定自然资源权利抵押时应根据实际情况，以债权合同期限届满时自然资源用益物权可能剩余的价值作为参照，以保护债权人的权益。

按照物权抵押的一般理论，抵押人在设定抵押后，可以继续对抵押物使用和收益。自然资源用益物权设定抵押后，用益物权人可以继续行使其权利，而有的自然资源用益物权可能经行使而消灭。如狩猎权，经狩猎权人行使而消灭；采伐权，经采伐权人行使而消灭。这种可能经行使而消灭的自然资源用益物权，必须进行严格限制以保护权利抵押权人利益。以可能经行使而消灭的自然资源用益物权设定抵押，债权合同期限应先于用益物权行使期限，并且用益物权人不能自由行使其权利，可以规定由物权管理部门暂时冻结抵押人的用益物权。其他的自然资源用益物权抵押也存在抵押的权利价值可能减少的情况，对于抵押权人而言，如果因抵押人的行为使抵押物价值减少，抵押权人有权要求抵押人恢复抵押物的价值，或者提供与减少的价值相当的担保。

设定抵押的自然资源用益物权的流转应受到限制，以保护债权人的利益。自然资源用益物权的流转和抵押应由统一的管理部门进行登记，否则难以查明其是否设定了抵押。抵押期间，经权利抵押权人同意，应当允许抵押人转让其自然资源用益物权，权利抵押权人可以要求抵押人以转让所得提前清偿其债务或者提存。抵押人清偿债务后，权利抵押权消灭，双方应到登记部门办理相关手续，解除抵押期间对自然资源用益物权的限制。债权合同期限届满，债务人不能清偿到期债务，权利抵押权人应当进行催告，债务人在合理期限内没有偿还债务，权利抵押权人可以对抵押的自然资源用益物权进行优先受偿。自然资源用益物权常常和地上建筑物一同设定抵押,如土地使用权和地上建筑物共同设定抵押,抵押权人届时可以土地使用权和地上建筑物优先受偿;取水权、采矿权、采伐权、捕捞权等如果和地上工作物一起设定抵押,则抵押权人届时可以对自然资源用益物权与地上工作物优先受偿。权利抵押权人对自然资源用益物权进行拍卖或者变卖,应当通知抵押人并可以要求抵押人予以配合。权利抵押权人和抵押人可以协商,由权利抵押权人取得自然资源用益物权以折抵债务,但前提是权利抵押权人有资格取得该自然资源用益物权。

（二）自然资源物权缺陷阐释

综合分析中国目前自然资源物权法律制度后,我们发现,中国现行自然资源物权法律制度并非完备无瑕,目前尚存以下诸多缺陷:

1. 自然资源所有权虚化和抽象化

在中国公有制经济制度大前提下,各项自然资源归国有或集体所有无疑是恰当的。然而,国家和集体本身的虚拟性、抽象性、模糊性导致其行为能力的局限性,不可能真正行使所有权人的占有、使用、收益、处分等权能。加之中国法律对自然资源所有权主体和内容规定的不明确,对不同级别政府和集体组织行使权利的边界没有做出细致的界定,造成自然资源所有者主体虚化,财产无人负责,国家和集体所有者与实际行使者不统一,出现利益分配上的矛盾和冲突时又缺乏必要的协调机制,从而使各利益主体不顾自然资源的可持续利用,出现了资源的大量破坏和浪费等现象。

2. 自然资源物权法律制度带有浓厚行政色彩

在中国现行立法中,除了经过修改的《矿产资源法》以及新出台的《物权法》较好地适应了社会主义市场经济的要求之外,其他各单项自然资源立法均采用管理法思路,对自然资源利用和保护加以规范。依照这种思路,国家只是从行政管理者的角度进行立法,规范行政机关如何监督管理自然资源,确保自然资源有效利用,而不是从赋予自然资源使用权人完全物权化的权利角度达到自然资源利用规范的目的。法律制度通常采用以所有制的性质为标准划分权利并予以区别对待,自然资源物权种类划分及其相关权利、义务与责任之确立、行使、履行及承担,都受到主体所有制性质的限制,不同主体所享有的物权种类,不能受到平等的保护。此外,自然资源物权法律制度过于注重政府管制,忽视自然资源市场供求关系,无法全面反映自然资源的经济、生态、稀缺属性。

3. 自然资源物权交易流转制度缺乏

虽然中国宪法与各单行法确立了自然资源物权交易流转制度,但相关法律却没有恰当设定交易规则,以至于实践中各自然资源交易机制不规范不统一。自然资源具有自然赋存性,其价值不能单以一般商品的"凝结的无差别的人类劳动"来衡量,必须投入到市场中,根据市场需要,通过"对价物"来确定其实际价值。因自然资源属于公共物品,关涉绝大多数人的利益,将其投入市场必须是慎重的。"自然资源的市场供给与配置是否安排和怎样安排则是法律进行选择的",但在中国如何进行自然资源交易、交易主体应当具备哪些限定条件等法律则没有做出明确规定。没有程序保障的权利是无法实现的权利,没有交易规则的自然资源物权交易制度是无法实施的"花瓶"制度。

4. 自然资源物权制度缺乏公众参与

中国对公众参与的渠道、程序、反馈机制等不仅在法律层面未予规定,在规章与指导性文件层面也没有予以具体化落实的规定,显然忽视了自然资源的公共属性,忽视了社会公众对自然资源的应然利益,难怪乎有学者称:"中国自然资源的非法使用现象是在当前中国自然资源公有产权制度和政府审批制度约束下,三种利益集团——上级政府、地方政府和非法使用者之间为了各自收益最大化而相互博弈的结果",只体现了政府与市场主体之间的二者关系,而没有注意到政府与社会公众之间、社会公众与市场主体之间的相互关系。现行自然资源物权制度上的渠道不通导致社会公众和政府与市场主体之间的相互关系无法得到展现,对政府寻租的监督与遏制,对市场主体破坏环境行为的检举与控告,缺乏程序意义上的制度保障,导致制度上的权利就无法转化为实然权利。

5. 自然资源物权制度缺乏公平性

自然资源作为公共物品,由社会公众共享产权,但是社会公众并不享有实际的产权利益。在自然资源的经济利益上,往往被经济实力雄厚的大公司、大企业、大集团所掌控,"资源无价、资源产品低价、工业制成品高价",公众只能以高价消费资源制成品。自然资源的生态利益,却被市场主体开发利用行为引起的负外部效应所消弭。社会公众作为自然资源的终极所有权人却无法对自然资源进行支配与管理并收益,无法监督政府的自然资源配置行为,这样的自然资源物权制度安排自然是不合理、不公

141

平的。

三、自然资源物权改革与完善

基于上述自然资源物权法律制度现状及所存缺陷,中国必须进一步改革与完善自然资源物权法律制度。我们认为,中国应当建立一个政府引导、市场调节、公众参与,体现政府、市场主体与社会公众三者自然资源利益关系动态平衡的自然资源物权制度。

（一）清晰化规制自然资源物权主体

自然资源物权主体是指在自然资源物权制度安排中享有自然资源物权权益和承担生态义务的公民、法人或者其他组织。根据权属不同,自然资源物权主体包括两种自然资源所有权法律关系背景下的相应物权主体:一是在自然资源国家所有权法律关系背景下,自然资源物权主体包括作为所有权人的国家和与国家签订行政合同的自然资源用益物权人(市场主体)以及因自然资源用益物权抵押等而形成的自然资源担保物权人,一般狭义上的自然资源物权主体就是单指自然资源用益物权人;二是在自然资源集体所有权法律关系背景下,自然资源物权主体包括作为所有权人的农村集体组织和与集体组织签订自然资源开发利用合同的集体组织成员或者市场主体以及因自然资源用益物权抵押等而形成的自然资源担保物权人。由于集体所有的自然资源对集体组织成员的生产和生活具有基础性作用,离开这些自然资源的开发利用,集体组织成员生计就可能受到影响,如林农、山民、渔民等对森林、荒地、溪流的依赖性,因此为使集体组织成员的生产和生活能够得到有效保障,集体组织成员有优先于市场主体获得自然资源物权的权利。根据对自然资源享有之权益不同和对自然资源所有权人、用益物权人、担保物权人的行为是否具有监督权,在上述自然资源物权主体分类的基础上,法律应当规定隐性权利人——社会公众在自然资源物权制度安排中的地位和作用,即基于社会公众是自然资源生态利益的天然享有者和监督效率性的考虑,社会公众在自然资源物权制度安排上应当享有法定权利。

并非所有社会成员都可以成为自然资源物权主体,尤其自然资源所有权人和用益物权人,这是自然资源物权与民事物权的一大区别所在。首先,根据法律规定,自然资源所有权人只能是国家和农村集体组织,任何其他个人和组织均不得为之。学界关于自然资源所有权人的法律规定或者制度设计并无多少异议,争议要点在于如何使"虚置的所有权人"或者"模糊的所有权"得以明晰化,具有可操作性,这里涉及如何设计政府代理问题。高富平教授建议实行分级管理体制,即在承认国家所有的前提下,合理划分国务院代表国家可以行使的资源管理权范围,省级政府及县级政府可以行使的资源管理权范围。这是富有积极性、建设性的意见,可以避免目前各自然资源行政管理部门在自然资源物权初始配置方面权属不清、相互扯皮的状况。其次,作为自然资源物权人的市场主体的资格与条件应当受到法律的严格限制:一是经济实力的限制。自然资源开发利用需要大量资本的投入才能产生规模效应,如高额地获取自然资源物权的对价、开发利用自然资源的高端科技设备的购买、自然资源开发利用技术人员的聘用、自然资源开发利用投入运营的后期资本等,都需要资本来运作,没有资本就无法生产,效率也就谈不上。二是对自然资源与生态环境养护能力的要求。没有生态养护能力的市场主体即使拥有强大的经济实力,也不应当成为自然资源物权人,因为这是对生态环境的潜在威胁。另外,需要强调的是,对自然资源开发利用的市场主体也应当像建筑行业一样实行资质等级制,"在各国对资源投资的管制中,根据不同的资源品种及资源产业开发利用的特殊情况,法律都规定了不同的投资产权的取得资格与条件",多大规模的市场主体开发多大规模的自然资源,这是具有借鉴意义的。在具体操作上,应当由市场主体依法申请,经政府审核后颁发资质等级证书,从事自然资源开发、利用、养护活动,这符合自然资源开发的专业性、技术性要求,也是出于自然资源物权市场运作规范化的考虑。

(二)建立健全自然资源物权变动制度

从理论上讲,自然资源物权变动亦是指自然资源物权产生、变更与消灭。但是,我们此处探讨自然资源物权变动之重点乃在于通过市场化运作与政府有限干预实现自然资源物权在市场主体之间有效的配置与供给,即以"买卖"的形式实现自然资源物权的变动。我们认为,以"买卖"形式实现的自然资源物权变动,应当体现为两级市场。一级市场实现的是自然资源物权的初始配置,是自然资源所有权获益的体现;二级市场是自然资源物权在市场流通与交易,通过价格机制与竞争机制的引导实现自然资源的优化配置。具体而言,在一级市场,政府代表所有权人国家以协商、拍卖、招投标等形式或者以行政划拨形式将一定地域范围内的自然资源物权转让给符合法定条件的市场主体,明确市场主体在享有开发利用自然资源及其收益权利的同时必须履行保护生态环境的义务。在二级市场,市场主体之间可以就自身所依法获得的自然资源物权进行转让收益,但这种转让自由是相对的,应受到三方面的限制:一是受让人必须符合法定自然资源开发利用人的资格条件。二是转让人与受让人之间约定的生态与环境保护条款要求不得低于转让人所承担的义务要求,如果低于该要求的,生态义务由转让人和受让人共同承担连带责任;部分转让的,生态与环境保护部分有约定的按其约定,没有约定的,由转让人和受让人共同承担连带责任。三是因自然资源属于稀缺性公共物品,其价值或价格会随着不断的消耗而不断地上涨,我们应当谨防市场主体的经济理性与无限欲望所引起的自然资源炒作行为,这种行为不是为了有效地开发自然资源而是通过获得自然资源物权后再转手买卖,一手转一手,价格层层拔高,而未对自然资源进行任何开发与利用的商业投机行为。故市场主体在转让自然资源物权时,自然资源开发与利用应当达到一定程度,如房地产开发建设过程中,开发商应在楼盘建设达到开发投资总额的25%后才能出让土地使用权,否则自然资源物权转让行为无效,行政主管部门不予办理变更登记手续。

物权的变动应当由当事人通过一定的行为样态表现出来,如书面合同、口头约定等。相对于自然资源物权变动而言,权利人之间所达成之自然资源物权变动的合意需要提交自然资源物权登记部门或者向该部门声明,通常要求书面形式,我们称之为"物权契约"。"物权契约是自然资源产权交易的初始安排或基础性安排,投资厂商最终能否实现报酬与努力相一致,能否具有激励与抑制相统一的约束,关键是物权契约的约定。"物权契约重新分配了自然资源物权人之间权利与义务。享有最大化经济利益是市场主体的最大偏好,这种偏好需要通过与其他市场主体进行交易、签订物权契约来实现。由于自然资源物权变动存在两级市场,所以自然资源物权变动契约也表现为两种形式。一是政府与市场主体之间签订的自然资源物权变动行政合同。自然资源物权变动行政合同应当约定政府在市场主体履行合同过程中依法享有的权力与权利、义务与职责。为确保市场主体在自然资源开发与利用过程中能够更好地履行生态义务,在行政合同或者附件中规定一项政府的告知义务实为必要;告知市场主体在其开发的自然资源地域内可能存在着哪些需要保护的野生动植物或者其他自然资源,应当采取什么样的防护措施。比如说,一家公司依法取得某片森林的旅游开发利用权,此时政府应当告知该公司在这片森林内存在着哪些需要保护的野生动植物,提供名单及照片,要求公司向游客们公布,提请注意。但政府未履行该义务也不免除市场主体的生态义务。另外,为确保自然资源物权变动的效率性,自然资源物权的变更登记手续由政府负责办理。在自然资源物权变动行政合同中,应当约定市场主体的如下权利义务:第一,市场主体依法获得自然资源的开发利用权;第二,市场主体按约定支付自然资源物权的对价金,合理利用自然资源的义务;第三,市场主体负有管理、改善、保护自然资源及生态环境的义务;第四,附随义务,当自然资源开发区内发生重大生态环境事件,有通知行政主管部门的义务,有协助调查的义务;第五,在政府违反行政合同之约定时有提起诉讼要求赔偿、继续履行的权利。二是市场主体之间签订的自然资源物权民事转让合同。自然资源物权民事转让合同除以下内容外,权利义务之约定适用于行政合同规定:自然资源物权转让金与支付期限,转让方应当协助受让方办理自然资源物权变更登记手续等。市场主体之间未尽事项,适用法律之规定。获得自然资源物权收益是转让人最大利益追求所在,由市场主体意思自治来确定收益额度,满足了市场主体获益愿望,同时也使新市场主体背负上了不低于原市场主体的生态义务,乃两全之策。

　　自然资源物权变动以物权契约为形式,但物权变动合意并不产生自然资源物权变动的法律效果。自然资源物权变动效果的发生,还应当经过有关行政主管部门审核登记,即物权登记是自然资源物权变动的生效要件。在中国,自然资源物权登记实行的是分部门登记,登记机关不统一,登记制度不健全,登记程序不完善,登记效力不确定。自然资源的交叉与权属不清,造成自然资源物权登记上的混乱。如土地、草原与森林之间往往交叉登记,不可避免地造成了不协调、重复、冲突和纠纷。登记效率被各部门的交叉和重复消磨掉了,导致自然资源物权市场流转的低效率,阻碍了自然资源物权市场的有效运作。因此,目前在自然资源物权登记方面需要政府给出有效的登记主体安排。最可行的办法是,实行自然资源物权登记集中化管理,由政府设立一个专门的机构负责自然资源物权登记问题,将自然资源物权登记权力从各自然资源行政部门的职能中分离出来,直接由专门机构运作,该机构隶属于该级人民政府。这样做可以有效地避免各自然资源行政部门之间的相互"踢皮球"或者"卡关"以及由此所引起的权力扭曲与寻租现象。

自然资源物权登记包括初始登记、变更登记、注销登记。在自然资源物权出让或转让场合，专门机构应对受让人的法定资格条件进行审查，未经登记的自然资源物权出让或转让无效。专门机构还应同时审查自然资源物权出让或转让合同或协议中生态义务条款的约定是否符合法律规定，对不符合规定，应退回补正、修改或者不予变更登记。同时，出让人或转让人与受让人对专门机构的自然资源物权登记行为认为有不当之处的，有权向上级政府申请复议，或者向人民法院提起行政诉讼。

（三）完善自然资源物权监督与激励机制

市场主体的经济理性是对自然资源有效利用、永续利用和生态环境养护的潜在威胁；政府的有限理性可能在自然资源物权配置与管理过程中表现出来，不小心用错了权力或者玩忽职守、滥用权力，执法者类似市场主体的经济思维再假借权力的恶性，可能会存在投机心理，伺机寻租，也是造成生态恶化与资源浪费的"毒瘤"。不受监督的权力或者权利，均有产生权力（利）滥用、权力腐败的机会。因此，无论市场主体还是政府，都应当处在社会监督的网络中，接受社会的监督，正确行使权力或者权利。这个任务在自然资源物权制度安排上将由隐性权利人——社会公众来完成。

首先，对市场主体的监督。自然资源作为公共产品，归根结底，其是否合理利用关系到社会公众利益和国家经济产业的发展态势。为了监督市场主体的资源运作是否合理，是否切实履行生态义务，有必要设立社会监督渠道、信息发布渠道、信息反馈渠道。这里的信息主要包括自然资源开发与利用的近期、中期与远期规划，自然资源物权交易的主体、条件、程序，市场主体在自然资源物权变动行政合同中承诺的自然资源开发与利用方式、生态环境保护措施等，特别是市场主体所提供的环境影响评价报告书（表）应当向社会公众公开，接受社会监督，不能再继续沉睡在政府的档案室内了。

这里有必要强调信息反馈渠道。在中国，公众参与存在着信息反映渠道不明和信息反馈渠道缺乏的"两道"不畅通的制度空白。社会公众基于对社会公共事务的关心，积极向政府反映社会现状、社会问题、社会需求以供政府决策和行政参考，相对于私人事务的处理，社会公众的信息反映是要花费额外的时间和精力的,是需要社会责任感和勇气的。公众出于善意向政府提供有效的信息,政府却不给予任何肯定的或否定的反馈,无疑会打击公众参与的积极性,"热脸搁着别人的冷屁股",谁都会没精神。为此,明确社会公众的参与渠道与信息反馈渠道对自然资源物权制度的切实运行具有重要意义。

其次,对政府行为的监督——创设公益诉讼。由于政府及资源部门是作为国家代理人对自然资源进行初始配置,并对自然资源物权交易进行登记审查,在自然资源物权流转过程中,政府及资源部门行使的是行政权力,为了避免权力寻租现象,作为公共物品最终权利享有人的社会公众应当有权对政府及资源部门的行政行为进行监督,其中提起公益诉讼是一个有力措施。这里公益诉讼的内容包括:(1)公众对政府违法初始配置自然资源的诉讼;(2)公众对政府在登记审查中对市场主体违法自然资源物权转让行为不予处理的诉讼;(3)公众对政府及资源部门对不履行生态环境保护义务的市场主体不予查处的诉讼。

此外,市场主体的一切经济活动都是围绕利益周转的,对自然资源可持续性利用、生态环境保护作出突出贡献的市场主体给予物质或精神上的激励,无疑可以增强市场主体的环境资源保护意识与环境资源保护积极性。比如说,在下一阶段的自然资源物权初始配置中直接赋予其同等竞争资格的优势,减免一定的自然资源税,给予环境资源保护先进企业的称号使其树立良好的社会形象等。对不能很好利用自然资源、履行生态义务的市场主体,则可以取消其在下一阶段自然资源物权配置的竞争资格、通过媒介予以曝光等进行惩戒。

第四节 资源科技创新与推广法律制度

资源、科技、制度是节约型社会建设的三大基础要素,资源提供节约型社会建设的必要物质基础,科技提供节约型社会建设的必要方式方法,制度提供节约型社会建设的必要协调机制。提高资源科技水平,推进资源科技创新,推广资源科学技术,是建设资源节约型社会的重要支撑与基础保障。在中国当前节约型社会建设过程中,一个非常重要的障碍就是资源科技瓶颈制约着节约型社会建设与推进。因此,我们必须借助资源科技创新与推广法律制度推进与保障资源科技的创新与推广,进而推进与保障资源型社会建设与最终生成。

一、资源危机与制度缘起

人类社会文明的发展史,同时也是生产和科学技术发展的历史。数千年的历史表明,科学技术的创新发展对于推进人类文明的发展具有深刻的意义。而经济全球化浪潮和知识经济时代的到来,使得世界各国为了在激烈的国际市场竞争中立于不败之地,都把"科技兴国"、"技术立国"作为本国经济发展的战略。① 在这种战略的导向作用下,科技创新特别是资源科技创新成为各国关注的焦点。

在知识经济时代,知识和科技逐渐成为经济发展的最主要的动力,也使中国以资源的采掘和粗加工为主的传统资源产业受到了前所未有的挑战。中国从 20 世纪 80 年代初由计划经济向市场经济转轨后,利用市场经济配置资源,利用产权多元化鼓励竞争,刺激了经济高速发展。然而在获得经济辉煌的同时,也留下了遗憾——自然资源的过度耗费造成了矿山枯竭、能源锐减。一个重要原因是,现代科技发展以及与之相适应的生产方式、分配方式、消费方式和生活方式的共同作用,使得自然资源日渐枯竭、生态环境日趋恶化成为不争之事实。② 中国资源型产业绝大多数企业科技水平较低,技术改造与更新基础薄弱,很难适应资源科技创新与推广需要;中国现有自然资源保有量下降,企业乃至整个资源行业都将面临着从资源的采掘和粗加工向其他方向转移的问题。否则,按照现有经济增长方式,中国资源消耗会随着经济总量的增加而不断增加,这就必然使得资源危机形势日益严峻。资源危机迫使人类寻求解决问题的新方法,毋庸置疑,资源科技创新与推广当然地成为各国解决资源问题的着眼点。资源科技创新与推广是建立现代资源型企业制度的客观要求,是转变经济增长方式的重要途径,是推动中国节约型社会建设的直接动力。

二、制度缺陷分析与梳理

自改革开放以来,中国资源科技创新与推广法律制度的建设已经取

---

① 陈九龙:《全球化背景下中国技术创新体系的建构》,载《自然辩证法研究》2005 年第 11 期。

② 芦琦:《科技法学研究新问题谈——以人与自然的关系为视角》,载蒋坡:《科技法学研究》,法律出版社 2007 年版,第 45~68 页。

得了较大成绩,但是目前仍存在相当突出的问题。这些问题在一定程度上阻碍了资源科技创新与推广系统的进一步完善,不能满足资源节约型社会建设对资源科技进步与创新及其成果推广的需求。

（一）在关涉资源科技创新与推广的相关重要领域,如在科学研究开发机构、基础研究、高技术研究及高技术产业发展、科技风险投资、民营科技企业发展等领域,尚存在相当的立法空白,亟待通过加快立法予以填补,以改变目前基本无法可依的情况。同时,现存的资源科技创新与推广法律制度没能引导各主体形成资源科技创新与推广的合力,需要尽快完善相关制度及其配套措施。

（二）在资源科技创新与推广法律制度建设的不同时期、不同部门间颁布的相关法律法规之间存在不协调甚至冲突的情况。由于资源科技创新与推广法律制度是伴随着中国经济及技术的发展而通过立法或其他途径确立并逐步健全的,在不同发展阶段必然对资源科技创新与推广的要求有所差异,这就导致了资源科技创新与推广法律制度建设的差异甚至是冲突,需要通过立、改、废进行系统清理。

（三）在资源科技创新与推广法律制度建设中,存在立法错位、立法层次较低的情况,进而在一定程度上造成相关法律渊源和法律内容错位以及相关法律效力层级偏低。目前,中国已经初步形成了以《科学技术进步法》为核心的科技法律体系,但还应该注意的是这些法律之间往往会存在立法错位的问题,而且科技立法尚未引起人们的足够重视,科技立法的层级明显偏低,这不利于相关资源科技创新与推广法律制度发挥其应有的作用。此外,在资源科技创新与推广法律制度建设中,存在由于相关法律规定过于原则化而不便于实施的问题,形成了有法不依、执法不严的法律漏洞,进而在一定程度上影响相关法律制度的实效。

（四）在如何把科教兴国战略和建设创新型国家贯彻到资源科技创新与推广法律制度建设中,如何对高技术领域所形成的有关资源科技创新与推广的法律问题进行前瞻性研究及加强超前立法方面,尚显薄弱。高技术法对传统法律理念、体系带来了深刻的挑战与变革,对高科技领域的法律制度需要做到速订频修、适度超前,这样才能适应高科技迅速发展的需要。[①]　但显然我们在高科技领域的立法模式上尚不能满足其发展的

———————

[①]　沈仲衡著:《科技法学》,暨南大学出版社 2007 年版,第 215～216 页。

需要,亦不能做到系统的前瞻性和适度超前性立法。

三、制度类型分析及选择

根据资源科技创新与推广法律制度所涉及的内在推动力,资源科技创新与推广法律制度可以分为政府主导型资源科技创新与推广法律制度、市场诱导型资源科技创新与推广法律制度、综合协调型资源科技创新与推广法律制度三种类型。

(一)政府主导型资源科技创新与推广法律制度

在政府主导型资源科技创新与推广法律制度中,法律确认的资源科技创新与推广的基本推动力量来源于政府。政府是整个资源科技创新与推广过程的组织者与领导者。资源科技创新与推广路线由政府根据宏观资源结构、国家经济社会发展所处阶段和资源节约型社会阶段性发展目标等因素来确定;新型资源科技的研究、开发、试验、推广由政府投入物力和人力组织开展;调节资源科技创新与推广的手段是行政力量或政府计划;企业虽然需求资源科技,但由于激励机制、信息等方面的原因,并未成为影响资源科技创新与推广的主导性力量。

政府主导型资源科技创新与推广法律制度突出的优越性在于,政府作为资源科技创新与推广的主导力量,可以保证新型资源科技研发与推广的充分投入和有效供给,实现资源科技创新与推广的快速启动,在短期内推动资源节约科技的较大进步。这是因为许多资源科技的研究开发是一项高投入的活动,而且许多资源科技的研发和推广具有研究开发者不能享受全部收益的外部性问题,私人研发和推广资源科技的积极性较低,此项工作只能由政府承担。但是,这种资源科技创新与推广法律制度也存在着明显的缺陷:由于政府的资源科技供给决策主要是根据宏观资源结构和政府社会经济发展目标做出的,而不是主要以企业与社会机构的需求作为依据,供求不一致很难避免,容易导致资源科技应用推广率低,科技成果转化率低。由于资源科技的研究者、采用者处于被动从属地位,微观主体缺乏有效激励,存在资源科技的科研成本大、科研周期长、科技成果应用不合理等问题。

(二)市场诱导型资源科技创新与推广法律制度

在市场诱导型资源科技创新与推广法律制度中,法律确认的资源科技创新与推广的基本推动力量来源于市场。研发者、采用者是推动资源科技进步最为积极的力量,而不是新型资源科技的被动接受者,因此在这种资源科技创新与推广法律制度中,资源科技研究以民营化为主要形式。由于市场经济条件下创新主体追求自身利益最大化,资源科技创新成为其内在要求,成本与收益成为其从事资源科技创新活动的主要参照指标,新型资源科技的供给与需求可以在市场机制的调节下大体均衡。

市场诱导型资源科技创新与推广法律制度的优点是:企业与社会机构出于自身利益需要对市场诱导型资源科技创新与推广活动具有较高积极性,有利于市场诱导型资源科技推广与应用;新型资源科技供给是在市场需求引导下进行的,可以使资源科技供给与需求相一致,并使资源科技投入获得较高产出。市场诱导型资源科技创新与推广法律制度的不足是:由于资源科技研究开发的外部性和适度规模的要求,企业不能保证新型资源科技的充分有效供给;在市场经济不发达、市场机制不健全的条件下,它不能像政府主导型资源科技创新与推广法律制度那样快速有效地启动资源科技的研发与推广活动。

(三)综合协调型资源科技创新与推广法律制度

在综合协调型资源科技创新与推广法律制度中,法律确认的资源科技创新与推广的基本推动力量来源于政府与市场两种力量的有机组合。具体来说,在综合协调型资源科技创新与推广法律制度中,资源科技创新与推广活动的主体不是单纯的政府,也不是单纯的企业和社会机构,而是政府和企业共同参与并有着合理分工。资源科技创新与推广的动力源,既有微观主体对经济利益的追逐,同时有政府对资源节约与利用发展目标的政府绩效的谋求。政府的行政力量或计划与市场同时都是资源科技进步与推广进程的操作手段。在综合协调型资源科技创新与推广法律制度中,政府虽然不像政府主导型那样包揽了资源科技创新与推广的主要活动,但也不像市场诱导型那样把资源科技创新与推广活动主要交给市场去完成,而是在充分利用市场机制作用的前提下,积极主动地开展资源科技创新与推广活动,谋求资源科技创新与推广的快速推进。

综合协调型资源科技创新与推广法律制度,可以吸收政府主导型资源科技创新与推广法律制度和市场诱导型资源科技创新与推广法律制度的长处而避免二者的不足,既有利于调动微观主体进行资源科技创新与推广活动的积极性,使资源科技创新与推广活动有广泛而深厚的基础,又有利于发挥政府在带有公共品性质的一些资源科技创新与推广活动中不

151

可替代的作用。

综合协调型资源科技创新与推广法律制度以发达或较为发达的市场经济体系为存在条件,它要求市场具有较强劲的资源科技创新与推广组织功能,有灵敏反映产品和资源供需变化的价格制度,其市场信号、活动主体、公共研究试验与推广机构、投入品供给者等诸环节之间存在着使资源科技供求自动均衡的内在关联。

随着市场经济的发展,中国市场体系与市场机制正在逐步完善和健全,借助市场机制来推进资源科技创新与推广的条件基本具备。但是,由于许多资源科技和产品是一种介于公共产品和完全排他性产品之间的科技和产品,研发和推广这些资源科技的私人收益率低于社会收益率,私人研发和推广无法由在市场中获得私人利益的愿望来驱动,必须得到政府的支持。中国资源节约与利用的科技水平还落后于发达国家,资源科技发展相对滞后,政府必然担负推动资源科技创新与推广的责任。因此,在中国现阶段,可以采取综合协调型资源科技创新与推广法律制度,但又重点依赖政府主导型资源科技创新与推广法律制度来推动中国资源科技进步与创新。

四、制度构成分析与内容

资源科技创新与推广法律制度是一个复杂的综合体系。基于中国取向于综合协调型资源科技创新与推广法律制度而重点依赖政府主导型资源科技创新与推广法律制度的基本国情,我们认为,资源科技创新与推广法律制度从理论上来讲至少应当包括以下方面:

(一)资源科技创新与推广组织法律制度

科技组织和科技人员是资源科技创新与推广活动的主体,是资源科技创新与推广的中坚力量。资源科技创新与推广组织法律制度是有关科技行政管理机关、科学研究开发机构、科技社会团体、科技企业等方面的法律与有关科技人员录用、考核、晋升、奖惩,专业技术职务聘任,科技人员兼职,科技人员流动,科技人员培养教育等方面的法律制度。

(二)资源科技创新与推广计划法律制度

科技计划有助于对资源科学研究、资源技术开发、资源科技成果转化等资源科技活动进行统筹安排。资源科技创新与推广计划法律制度是指有关科技计划编制与管理、国家中长期科技发展规划、国家重点基础研究发展计划、国家高技术研究发展计划、星火计划和火炬计划、国家科技支撑计划、国家重点科技成果推广计划、软科学研究计划、国家重点新产品计划、国家重点企业技术开发计划、国家重点工业性实验项目计划等方面的法律制度。

(三)资源科技创新与推广投入法律制度

科技投入是资源科技创新与推广的物质基础,是资源科技持续发展的重要前提和根本保障。资源科技创新与推广投入法律制度是指有关国家财政科技拨款、科技基金、科技信贷、企业科技投入、科技风险投资、科技捐赠等方面的法律制度。

(四)资源科技创新与推广成果管理法律制度

科技成果管理有助于确定资源科技进步与创新成果的质量与价值,有助于掌握资源科技进步与创新成果的整体水平和发展状况。资源科技创新与推广成果管理法律制度是指有关科技成果鉴定、科技成果评价、科技成果评估、科技成果登记等方面的法律制度。

(五)资源科技创新成果转化法律制度

科技成果转化对于资源科技创新成果迅速推广实施进而提高资源节约水平与综合利用效率具有极其重要的意义。资源科技创新成果转化法律制度是指有关科技成果转化的组织实施、保障措施、技术权益确认与保护、物质奖励等方面的法律制度。

(六)资源科技创新与推广成果知识产权保护法律制度

科技创新与推广成果的知识产权保护有助于维护资源科技组织与资源科技工作者的合法权益,推进资源科技知识传播和资源科技成果推广应用,促进资源科技创新与推广。资源科技创新与推广成果知识产权保护法律制度是指有关科技成果著作权保护、科技成果专利权保护、科技成果商业秘密保护等方面的法律制度。

(七)资源科技创新与推广奖励法律制度

科技奖励有助于调动资源科技工作者的积极性和创造性,加速资源科技事业发展。资源科技创新与推广奖励法律制度是指有关国家科学技术奖励(含国家最高科学技术奖、国家自然科学奖、国家技术发明奖、国家科学技术进步奖、中华人民共和国国际科学技术合作奖、部级奖、省级奖、社会力量所设科学技术奖等)、合理化建议和技术改造奖、星火奖、火炬奖

153

等方面的法律制度。

（八）资源科技创新与推广技术市场法律制度

技术市场在优化配置资源科技资源中发挥基础作用,为资源科技创新提供切实保障。资源科技创新与推广技术市场法律制度是指有关技术市场管理、技术经纪人和科技中介服务机构管理、技术交易活动(包括委托开发、合作开发、技术转让、技术咨询、技术服务、技术培训、技术入股、技术承包、技术出口、技术引进等)及技术合同等方面的法律制度。

（九）资源科技创新与推广高技术法律制度

高技术在一定程度上推动着资源科技创新与推广。资源科技创新与推广高技术法律制度是指有关信息技术、生物技术、太空技术、海洋技术、新材料新能源技术等高技术领域及其产业发展的立法(如信息技术法、生物技术法、新能源技术法、新材料技术法、空间技术法、海洋技术法、高新技术产业区开发法等)。

（十）资源科技创新与推广国际合作法律制度

国际科技合作有助于促进全人类资源科技创新与推广,有助于促进人类资源科技创新成果共享。资源科技创新与推广国际合作法律制度是指国际科技合作中有关科技人员国际交流、研究开发机构设立、研究开发物质资源出入境管理、科技成果权益归属、国际科技援助、信息保密等的法律制度。

（十一）资源科技创新与推广争议解决法律制度

科技争议解决法律有助于在资源科技创新与推广活动中迅速定纷止争,进而为资源科技创新与推广活动创造一个和谐环境。资源科技创新与推广争议解决法律制度是指有关科技纠纷的行政解决、民事解决、刑事解决等方面的法律制度。

五、制度建设重点及措施

依法保障和促进资源科技创新与推广,需要有健全而完备的、适应资源科技发展要求的法律制度。从理论上讲,这种法律制度必须是科学的,必须是符合社会主义市场经济规律和资源科技发展规律的;这种法律制度必须是从中国国情出发而制定的,必须是借鉴和吸收外国有益经验的。由于资源科技创新与推广涉及诸多领域的社会关系,因而应当发挥整个法律体系的综合调整作用。在今后关涉资源科技创新与推广的相关立法中,一方面应当加强专门性资源科技创新与推广立法,另一方面应当在其他相关立法中注入资源科技创新与推广内容。当前,我们应充分听取资源科技专家意见并广泛邀请资源科技专家参与,有针对性抓紧资源科技创新与推广相关立法工作,尽快填补资源科技创新与推广相关立法空白。

(一)协调完善科技体制立法

近十几年来,中国科技体制改革已经取得巨大成就,科技系统按照"面向、依靠"的方针,使科技运行制度发生了很大变化,逐步形成了对面向经济建设主战场、发展高技术及其产业、加强基础研究这三个层次的全面发展的布局。科技机构按照"稳住一头、放开一片"的方针,在结构调整、人才分流、制度转变、制度创新等方面取得了显著进展。但也毋庸讳言,中国科技体制改革与市场经济要求和科技进步本身的要求还有较大的差距,深化改革的任务仍很繁重。有针对性地采取法律措施,引导、保障和推动科技体制改革是必要的。譬如,制定《研究院(所)法》,对不同类型的研究开发机构进行分类管理,这对于建立和完善中国现代科研院(所)制度,实现优化结构,分流人才,激活机构活力,加大科技与经济结合的深度、广度和力度,都是必要的。

(二)协调完善科技投入立法

足够的科技投入是科技进步的必要条件。中国科技投入近几年来有了较大幅度的增加,但从科技进步需求的角度来看,中国科技投入强度和总量仍是不够的,中国科技经费主要靠国家中央财政投入,地方财政和企业投入比例过低。要解决这一现实问题,就必须进一步增加科技投入,建立财政性科技投入稳定增长制度;要切实加强科技经费监管,提高资金使用效益;要引导企业和社会增加科技投入,形成政府、企业、社会多元化、多渠道的科技投入格局;尤为重要的是,要根据中国实际情况,制定《科技投入法》,对投入的强度、体系、使用等做出具体、明确的规定。

(三)协调完善科技人员立法

科技人员是中国科技进步的主力军。尊重知识、尊重人才、尊重科技工作者的创造性劳动,是科技进步法的基本原则,也是我们党的一贯政策。目前,中国科技队伍面临的问题是人员流失严重,年龄结构偏高,生活待遇偏低,知识结构不尽合理,人才脱颖而出的制度不够完善。这些问题的合理解决,对于稳定科技队伍、激发科技人员的积极性和创造性、增强中国科技实力是极为重要的。解决这些问题的法律举措,应当包括重

155

新审视和改进科技人员的待遇制度,使科技人员的创造性劳动获得合理报酬,确立完善的科技奖励制度和人才流动制度。

(四)协调完善农村科技进步立法

"三农"问题的解决要依靠科技进步。目前,中国已制定了《农业法》和《农业技术推广法》,对促进和保障农业以及农业科技的发展发挥了积极的作用。今后,应在此基础上进一步完善推动农业科技进步的法律制度,并加大执法力度,以保障科技进步,促进农业发展,稳固农业在国民经济中的基础地位。值得注意的是,在人均资源少、人口增长基数大的国家里,为达到社会的公正与公平,国家通过法律进行宏观调控的力度也必然增加。在中国进入全面建设小康社会时期,农村小康社会建设占有突出地位。依法保障和促进农村科技进步,则是建设农村小康社会的关键举措。只有在占人口比重较多的农民广泛地提高科技素养、掌握并运用科技、提高农业产品的科技含量和附加值、享受科技带来的福利之时,农村小康社会才能建立起来,从而全面建成中国小康社会。

(五)协调完善企业技术创新立法

企业是技术创新主体。当前,技术落后、管理理念落后仍是中国国有大中型企业存在的突出问题。综合运用法律手段,推进企业科技进步,运用新技术改造传统产业,大幅度提高企业产品技术含量、技术附加值和市场竞争能力,也是一项紧迫工作。尤其值得注意的是,中国正在走以信息化带动工业化的新道路,依靠高技术对传统工业进行改造和推动是企业技术创新的主要方向。这方面的立法空间和法律调控空间是巨大的。企业技术创新,只有伴随相应制度创新、管理创新和体制创新,才能获得巨大实效。

(六)协调完善高技术立法

高技术不仅已经成为当代世界经济社会发展的新驱动力,而且日益成为衡量一个国家或地区科技水平和经济实力的主要标志。中国高技术立法相对滞后,需要通过确立高技术发展战略,明确高技术优先发展领域,规定高技术活动须遵循的原则,对高技术事业进行科学管理;需要通过法律形式确定科技投入比例,建立条件平台和资源共享制度,保障科技人才和科技成果的权益;需要通过立法引导高技术朝着有利于社会,增强社会福祉的方向发展;需要对由高技术的发展而带来的科技领域中社会关系所出现的一些新情况、新问题,以法律的形式予以调整和确认,明确分配相关权利和义务。①

第五节 循环经济法律制度

一、循环经济内涵剖析

循环经济是指遵循生态规律,按照"减量化、再利用、资源化"的原则,在经济技术可行的前提下,采取可行的经济、技术和管理等措施,实现资源高效利用和减少废物排放的活动。循环经济的核心内涵是资源循环利用,强调资源在利用过程中的循环,其目的是既实现环境友好,也保护经济的良性循环与发展。"循环"的直义不是指经济循环,而是指经济赖以存在的物质基础——资源在国民经济再生产体系中各个环节的不断循环利用(包括生产、消费与使用)。它不是一个目标,而是一个过程,是可持续发展指导下的社会经济运行模式。② 发展循环经济与建设资源节约型社会是相辅相成的:循环经济是资源节约型社会的重要基础,发展循环经济是建设资源节约型社会的主要途径,而资源节约型社会则是循环经济的发展目标,两者相互联系,相互促进。在节约型社会建设过程中,循环经济模式是中国新兴工业化道路的高级形式,走循环经济道路是中国经济发展必然的选择。目前循环经济在中国推行主要存在着原材料价格、技术瓶颈、循环过程成本等障碍,因此必须加强循环经济立法以保障节约型生产。

二、循环经济立法现状

中国在 20 世纪 70 年代开始注意用政策和法规手段推动环境保护和资源综合利用与循环使用等工作。早在 1973 年第一次全国环境保护工作会议上,原国家计划委员会拟订的《关于保护和改善环境的若干规定》中就提出努力改革生产工艺,不生产或者少生产废气、废水、废渣;加强管理,消除跑、冒、滴、漏等要求。1985 年,国务院又批转了原国家经济委员会起草的《关于加强资源综合利用的若干规定》,该规定对企业开展资源

---

① 沈仲衡著:《科技法学》,暨南大学出版社 2007 年版,第 17~21 页。
② 陈德敏:《循环经济的核心内涵是资源循环利用——兼论循环经济概念的科学运用》,载《中国人口·资源与环境》2004 年第 2 期。

综合利用规定了一系列优惠政策和措施,并附有相关产品和物资的具体名录。中国现阶段循环经济立法主要体现在:

（一）法律

中国目前包含有循环经济内容的法律主要有《循环经济促进法》、《环境保护法》、《矿产资源法》、《节约能源法》、《清洁生产促进法》、《水法》、《水土保持法》、《土地管理法》、《政府采购法》、《大气污染防治法》、《固体废物污染环境防治法》、《水污染防治法》、《环境影响评价法》、《可再生能源法》、《农业法》、《草原法》、《森林法》、《渔业法》、《电力法》等。其中《循环经济促进法》、《固体废物污染环境防治法》、《节约能源法》、《清洁生产促进法》中较多地体现了循环经济的相关要求。如《固体废物污染环境防治法》第三条规定"国家对固体废物污染环境的防治,实行减少固体废物的产生量和危害性、充分合理利用固体废物和无害化处置固体废物的原则,促进清洁生产和循环经济发展"。这一规定从废物的减量化和综合利用以及清洁生产方面体现循环经济的要求。

（二）行政法规

中国没有专门的关于循环经济的行政法规,只是在下列行政法规中包含有循环经济方面的内容:《废旧金属收购业治安管理办法》、《农业转基因生物安全管理条例》、《指导外商投资方向规定》、《矿产资源开采登记管理办法》、《报废汽车回收管理办法》、《森林法实施条例》、《建设项目环境保护管理条例》、《水污染防治法实施细则》、《退耕还林条例》、《国务院科学研究和教学用品免征进口税收暂行规定》、《资源税暂行条例》、《野生植物保护条例》、《淮河流域水污染防治暂行条例》、《医疗废物管理条例》等。

（三）地方性法规

从中国地方循环经济实践层面来看,许多省、自治区、直辖市均将发展循环经济作为政府工作的重要目标,并通过一系列的文件将这些既定的方针、战略固定下来。但真正体现循环经济要求的地方性法规并不普遍。比较有代表性的地方性法规是《贵阳市建设循环经济生态城市条例》、《深圳经济特区循环经济促进条例》、《重庆市人民政府关于发展循环经济的决定》、《厦门市人民代表大会常务委员会关于发展循环经济的决定》、《太原市清洁生产条例》、《云南省清洁生产审核实施办法（暂行）》等。这些地方性法规的出台大大促进了当地循环经济的发展,同时也为国家层面的循环经济立法提供了很好的立法经验。

（四）行政规章

包含有循环经济内容的行政规章比较庞杂,主要可以分为国务院各部门的行政规章和地方人民政府的行政规章两大部分。涉及循环经济的行政规章主要有《促进产业结构调整暂行规定》、《清洁生产审核暂行办法》、《清洁发展机制项目运行管理办法》、《能源效率标识管理办法》、《民用建筑节能管理规定》、《新能源基本建设项目管理的暂行规定》、《无公害农产品管理办法》、《税收减免管理办法(试行)》、《水利建设基金筹集和使用管理暂行办法》、《开采海洋石油资源缴纳矿区使用费的规定》、《煤炭生产许可证管理办法实施细则》、《清洁发展机制项目运行管理办法》等。这些行政规章从不同侧面对发展循环经济作出了规定。

（五）政策性文件

中国现行发展循环经济的规定更多的是通过政策的形式体现出来。这些政策性文件主要有:《中国 21 世纪初可持续发展行动纲要》、《国务院关于加快发展循环经济的若干意见》、《国务院关于落实科学发展观加强环境保护的决定》、《国家环保总局关于推进循环经济发展的指导意见》、《关于加快推行清洁生产的意见》、《国家发改委办公厅关于印发循环经济试点实施方案编制要求的通知》、《中国节水技术政策大纲》、《节能产品政府采购实施意见》、《电石、铁合金、焦化行业准入条件》、《建设部关于建设领域资源节约今明两年重点工作的安排意见》、《节能中长期专项规划》、《关于加快推进木材节约和代用工作的意见》、《关于进一步加强家用电冰箱、房间空气调节器能源效率标识监督检查工作的通知》、《关于鼓励发展节能环保型小排量汽车的意见》、《国家计委、建设部、国家环保总局关于推进城市污水、垃圾处理产业化发展的意见》、《关于进一步支持可再生能源发展有关问题的通知》等。

中国现阶段循环经济立法在实践中已经发挥了积极作用,为中国企业提高资源利用效率、推进清洁生产和开展废物回收利用,在一定程度上提供了法律和政策上的依据和支持。但从总体上看,中国现阶段循环经济立法尚处于初级阶段,主要存在以下问题:

（一）中国现阶段循环经济立法尚存法律空白和缺陷

中国循环经济立法,无论立法思想、立法原则还是立法内容,都处于初级阶段,存在许多法律空白。已经制定的与循环经济相关的法律规范内容限于污染防治,不能完全适应循环经济的发展要求,对全局有重大影响的实质性内容的规定不多;相关法律之间不能相互衔接、协调;实施细则与法律不配套,如许多环境法律法规缺乏配套实施细则或实施条例,以至于不能使之得到实施,可操作性差。

(二)某些已经制定的相关法律法规的立法理念不符合循环经济的理念

中国过去长期沿袭传统的非持续发展经济模式,与之相应的法制建设也打上了传统经济的烙印。上述的目前中国循环经济法律体系的主体仍都是以强调末端治理为其立法目的,与倡导能源低消耗、高利用、再循环原则为内容的循环经济理念存在差距。中国现有法律规范与管理机制难以满足循环经济理念进而适应循环经济发展。

(三)中国现阶段循环经济行政监督和执法过程中存在问题

由于与循环经济相关的法律法规缺少配套实施细则,循环经济行政执法缺少相应法律武器,再加上部分循环经济执法人员不具备工作所需的专业知识和专业技能,循环经济执法队伍思想素质、业务水平不能满足循环经济执法要求。另外,各职能部门间缺少沟通和相互制约,难以实现真正统一、协调的循环经济监督管理。因此中国循环经济行政执法存在执法不严、执法力量薄弱、执法技术落后与手段单一的问题。

(四)中国自然资源和环境物权制度有待进一步健全与完善

要从真正意义上实施可持续发展战略,需要将生态环境和自然资源作为经济要素来实施对经济的管理。由于没有明确界定自然资源和环境容量具有公共物品性质,而环境污染造成的损失又不受行政区域限制,地方政府在短视的、盲目的发展观的诱使下,违背科学发展观,过度开采使用自然资源,破坏环境,造成上下游或地区之间的利益不协调,不利于循环经济发展,也不利于和谐社会建设。

(五)中国现阶段循环经济尚未形成公众主动参与的局面

在推进循环经济发展的过程中,政府发挥了重要作用,但是采取的手段以命令控制型的行政手段为主,没有提供公众参与的有效途径,无法保障公众参与到循环经济政策制定、执行、监督等各个环节。而循环经济政策的实施需要监管成本,如果只依靠政府监管,会带来高昂的监管成本,效率也很难提高。

（六）中国现阶段循环经济地方立法和专项立法仍显薄弱

虽然中国在循环经济方面已经有了一些地方立法，在一些专项法律中也涉及了循环经济内容，但是发展循环经济要考虑各地的资源和环境禀赋，建设循环型社会涉及生产、产品、服务、消费等诸多方面的资源节约和循环利用，这就需要有更完善的地方立法和专项法律体系来保障循环经济在全社会推行。

三、国外循环经济立法

鉴于中国循环经济立法的上述现状缺陷，我们有必要研究借鉴国外发达国家循环经济立法，以进一步完善中国循环经济立法。

（一）日本循环经济立法

第二次世界大战以后，日本为了恢复因战争带来的国土荒废，赶上和超过当时的欧美发达国家，举国上下进行产业复兴，将生产和消费放在了重要位置，把它作为富裕和经济增长的指标，形成了"大量生产——大量消费——大量废弃"型的经济体系，这种经济体系给当时的日本经济带来了巨大的经济贡献，但随着对资源的无限利用及废物产生量的不断增加，环境受到了极大污染与破坏，公害问题以及能源危机问题日益显著，最终演变成严峻的社会和政治问题。为了谋求环境问题的彻底解决，日本政府认为，应当抛弃传统的经济运行方式，代之以抑制废物的产生、促进废物的再利用为目的，形成废物处理与资源循环再利用一体化的物质循环链条，构筑起抑制自然资源浪费和减轻环境负荷的"循环型社会"。基于上述认识，日本政府着手制定综合地有计划地推进废物循环利用的法律制度。2000年12月6日，日本政府制定了《建立循环型社会基本法》，标志着日本已经成为世界循环经济法制化的先进国家，其环境保护技术和产业经济发展进入了新的发展阶段，其社会结构开始从过去"大量生产、大量消费、大量废弃"的传统经济社会，向降低环境负荷、实现经济社会可持续发展的循环经济社会转变。在《建立循环型社会基本法》下设有《废弃物处理法》和《资源有效利用促进法》两部综合法，两部综合法下又设有多部专项法，其中《资源有效利用促进法》下设有《专门再利用法》、《建筑材料循环法》、《可循环性食品资源循环法》、《绿色采购法》、《化学物质排出管理促进法》以及《特种家用机器循环法》，《废弃物处理法》下设有《多氯联苯废弃物妥善处理特别措施法》、《容器和包装物的分类收集与循环法》等。

（二）德国循环经济立法

德国有着与日本相似的背景，也是第二次世界大战后急于发展经济，而带来了一系列环境问题。1972年，德国制定实施了《废弃物处理法》，但当时立法的目标仅仅是为了"处理"生产和消费所产生的废物，仍然属于环境问题的末端处理方式，因此该法尚不属于循环经济性质的立法。1986年，德国将《废弃物处理法》修改为《废弃物限制处理法》，强调要通过节省资源的工艺技术和可循环的包装系统，将立法目的从原先侧重对废弃物的处理升华到避免废弃物的产生。1991年，德国首次按照资源——产品——资源的循环经济理念制定《包装废弃物处理法》（该法分别于2000年和2001年修订），要求生产商和零售商对商品的包装物要尽可能减少并回收利用。1994年9月27日，德国公布了发展循环经济的《循环经济和废物处置法》，把资源闭路循环的循环经济思想从商品包装拓展到社会所有领域，规定对废弃物管理的手段首先是避免产生废弃物，同时要求对已经产生的废物进行循环使用和最终资源化处置。归纳起来，德国循环经济立法体系共有3个层次：法律、条例和指南。除上文所提及的法律、条例外，还有农业和自然保护法、污水污泥管理条例、废旧汽车处理条例、废电池处理条例、有机物处理条例、电子废物和电力设备处理条例、废木材处理条例等。在立法方法上，通常采取先对个别领域立法，再制定统一规范的立法方式。此外，1999年8月，联邦环境署提出未来市政垃圾处理的指导性策略：到2020年，不仅要回收玻璃、纸类、纸板、有机废物和塑料，而且要回收其他所有的市政废物。可以说，德国关于循环经济的立法及其实践，对世界各国产生了巨大影响。

（三）美国循环经济立法

美国于1965年第一次将废弃物综合利用用法律形式确定下来，1976年制定了《固体废弃物处置法》，后又经过多次修改，但目前还没有一部全国实行的循环经济法规或再生利用法规。不过自20世纪80年代中期以来，美国已有半数以上的州先后制定了促进资源再生循环利用的法规。美国加利福尼亚州于1989年通过了《综合废弃物管理法令》，要求在2000年以前，实现50%废弃物可通过源削减和再循环的方式进行处理，未达到要求的城市将被处以每天1万美元的行政罚款。美国7个以上的州规定，新闻纸的40%～50%必须使用由废纸制成的再生原料。在威斯康星州,塑料垃圾袋必须使用30%的再生材料。美国的循环经济经过几十年发展,目前其行业涉及传统的造纸、炼铁、塑料、橡胶业以及新兴的家用电器、计算机设备、办公设备等产业,全国有5.6万个企业参与,年均销售额高达2360亿美元,其规模与美国的汽车业相当,成为美国经济的重要组成部分。

四、循环经济立法思路

上述国外循环经济发展的历史经验表明,循环经济范式的确立和运行,必须要有完备的法律制度体系的支持和保障。因此,中国积极推进循环经济的发展,首先就必须借鉴国际循环经济发展经验,努力构建完备的循环经济法律支持和保障体系。其基本思路是:

(一)修订《中华人民共和国宪法》

建立循环经济和节约型社会,走可持续发展之路,是中国经济社会发展的必然选择。将其作为基本国策写入具有最高法律效力的宪法,既能为发展循环经济和建设节约型社会奠定宪政基础,又能为推进循环经济各项立法提供宪法依据;同时还有利于促进国民资源节约意识、环境保护意识和循环经济意识的觉醒以及循环经济法律知识的宣传和普及。

(二)修改完善《中华人民共和国环境保护法》

发展循环经济,必须进一步修改完善作为中国环境基本法的《中华人民共和国环境保护法》。应在该法中明确规定循环经济的概念,并将循环经济作为一项重要的法律原则予以规定下来,从而为中国制定生态环境单行法、循环经济单项法和其他政府行政规章提供法律依据。

(三)制定和完善循环经济相关配套法规

法必先善而后行。要想有效解决中国循环经济法律制度建设中的法治失灵问题,努力实现循环经济发展所要求的废弃物资源化、减量化和无害化,力争把有害环境的废弃物减少到最低的限度,首先就应以《中华人民共和国循环经济促进法》为母法,进一步修改完善《中华人民共和国固体废物污染防治法》、《中华人民共和国水污染防治法》、《中华人民共和国矿产资源法》、《中华人民共和国清洁生产促进法》,制定出台《资源综合利用条例》、《废旧汽车和废旧轮胎回收条例》、《废旧家电及电子产品回收处理管理条例》、《包装物回收利用管理办法》等发展循环经济的专项法规以及其他相关法律法规,使循环经济法律制度尽快形成配套的、科

163

学完备的体系。

五、循环经济立法内容

制度是指法则、执行机制和机构。美国法学家劳伦斯·M.弗里德曼在强调制度对于立法的重要性时指出："制度实质上是有明确界限的运转单位。"制定一部法律，最重要的，就是研究确定其中的主要制度，这是一部法律最核心的部分，是实现立法目标最主要的手段。法律中的每一项制度，同时也是为实现立法目标而设计的相对独立的规则系统。根据中国国情和实际需要并借鉴国际经验，我国循环经济立法应包含如下主要法律制度：

（一）循环经济发展规划制度

所谓规划，一般是指比较全面的、长远的发展计划。国家规划的主要功能是预测、指导、综合、协调、平衡和调控。国家规划不仅要明确提出国家宏观调控的目标和重点，为具体制定经济政策和调控措施提供依据，还要综合协调各项经济杠杆的运用，保证各种宏观调控手段形成合力。循环经济发展规划是国家规划的一种，专指政府有关部门制定的推进循环经济发展的全面而长远的计划。中国目前正处于工业化进程的初级阶段，生产力水平普遍比较低，不少地区刚刚摆脱贫困，经济增长以粗放经营的传统工业发展模式为主，主要工业产品的单位能耗、物耗、水耗等大大高出世界先进水平。因此，中国发展循环经济必须坚持从基本国情出发，按照国家总体部署，统一规划，分步实施。虽然中国的国民经济和社会发展规划已经涉及如何发展循环经济，但该规划比较笼统，所以，国家有必要制定专门的循环经济发展规划，以促进循环经济的全面实施。为此，循环经济法可以对发展循环经济的规划问题作出专门规定，该专门规定应涉及如下五个方面：（1）国民经济和社会发展规划以及工业、农业、林业、能源、水利、交通、城市建设等专项规划应当符合循环经济发展的需要；（2）国务院经济综合宏观调控部门会同同级有关部门依据国民经济和社会发展规划，编制全国循环经济规划，报国务院批准后公布实施；（3）县级以上人民政府综合经济管理部门会同同级有关部门依据全国的循环经济发展规划与本地区的国民经济和社会发展规划，编制本地区的循环经济规划，报本级人民政府批准后公布实施；（4）行业协会可以根据国家循环经济规划编制本行业的循环经济规划；（5）循环经济规划确定的约束性指标应当分解到有关人民政府和相关的部门,建立明确的责任制。

（二）循环经济评价与考核制度

"评价与考核"是人们参照一定标准对客体的价值或优劣进行评判比较的一种认知过程,同时也是一种决策的准备过程。循环经济评价与考核制度是评判一定主体发展循环经济质量的主要依据。循环经济评价与考核制度的建立可以对社会、区域和企业的循环经济发展状况进行有效监测和预测,并监督有关主体更好地履行法定义务,推动循环经济的发展。应当指出的是,循环经济评价与考核制度的前提是建立一套行之有效、能够反映中国基本国情的循环经济指标体系。指标体系是由一系列相互联系、相互制约的指标组成的科学的、完整的数据之间的有机联系,它应反映出所要解决问题的各项目标状况。循环经济发展状况的指标体系不仅可以使政府明确循环经济发展进程中需要优先考虑的问题,帮助决策者和公众了解、认识循环经济发展进程的有效信息,还能对循环经济的发展水平进行科学评判。循环经济指标体系是政府为企业提供资金倾斜、技术支持、税收优惠的主要参考。建立循环经济指标体系既可以为国家制定经济发展、资源利用和环境保护政策提供数据依据,又可以为把循环经济纳入中国国民经济和社会发展规划创造条件,促进经济统计、资源统计环境统计和国民经济核算之间的协调与结合。循环经济指标体系的具体内容包括:主要能源、原材料的使用和废弃物的排放;具有代表性的重点行业的生产运行情况;消费环节中主要废弃物的排放和处理情况等。我们认为,当前应当抓紧制定各行业的单位产品能耗、物耗和污染排放标准,特别是优先考虑重点行业(如钢铁行业)和产品的能源、水资源、土地和污染绩效标准及实施的时间表。以科学的指标体系为依据建立的循环经济评价与考核制度,有助于解决过去以 GDP 基本指标作为考核地方领导政绩主要标准的弊端,有助于解决当前对循环经济发展状况评价标准不统一的问题。县级以上人民政府有关行政主管部门应当依据循环经济指标体系,对企业、工业园等发展循环经济的状况进行评价与考核,制定相应的处罚和奖励措施,并将评价与考核结果定期向社会公布,接受社会监督。循环经济法还应当对循环经济评价与考核的程序、指标体系的制定和法律效力等作出规定,并将之贯穿于各项法律制度的运行之中。

（三）重点企业资源节约和循环利用定额管理制度

中国目前正处在工业化加速发展的阶段,生产领域应特别突出"减量化"的要求。钢铁、有色金属、煤炭、电力、石油石化、化工、建材、建筑、造纸、纺织、食品等主要工业行业资源消耗高,资源利用效率低,污染物排放量大,其中重点企业在资源消耗中又占很高的比重。为了保证资源节约的各项规划目标得以实现,建设项目要优先考虑节能、节水、节约土地、资源综合利用等消耗定额指标,对重点行业、重点企业的资源消耗实行限额管理。这是实现循环经济各项重要指标的基础。抓住了这些重点行业、重点企业,就等于抓住了资源节约和循环利用的关键。因此,循环经济法应当对重点企业资源节约和循环利用定额管理作出明确规定。重点企业资源节约和循环利用定额管理制度的要点在于:国家对钢铁、有色金属、煤炭、电力、石油石化、化工建材、建筑、造纸、纺织、食品等行业年综合能耗、水耗、物耗总量或者废物产生总量超过国家规定要求的重点企业,实行循环经济定额管理制度;要求国务院经济综合宏观调控部门按行业定期公布重点企业资源节约定额指标以及废物再利用和资源化定额指标;要求重点企业必须对定额指标的实现情况进行审核和报告;要求重点企业在列入名录后的两年内达到资源节约定额指标的要求;对在规定期限内仍超过资源节约定额指标要求的重点企业,应当责令其停产或者转产。

(四)鼓励、限制、禁止名录制度

循环经济的鼓励、限制或者禁止的名录,是指有关人民政府或者其行政主管部门制定的支持循环经济发展的政策性文件。这种政策性文件包括三个方面的内容:对于符合循环经济发展要求的项目,要在名录上明示予以支持;对于当前虽然符合国计民生需要,但能耗较高、污染较重的项目,要在名录上明示予以限制;对于能耗、物耗高、污染严重的项目,要在名录上明示予以禁止。之所以要求有关政府及其行政主管部门制定发布循环经济的"鼓励名录",目的在于从政策上推动循环经济发展,为企业实施循环经济指明投资方向,同时为财政、税收、金融机构支持企业发展循环经济提供政策依据。循环经济法实施后,由省、自治区、直辖市综合经济管理部门,根据自愿申请,对符合循环经济发展产业政策、采用国家鼓励发展的生产工艺,或者符合目录要求的单位、项目进行认定。经过认定的企业和项目,依法享受国家规定的各项扶持措施。之所以要求有关政府及其行政主管部门制定发布循环经济的"限制名录"或者"禁止名录",目的在于限制或者禁止不利于循环经济发展的项目建设,必要时对其限期淘汰。统计数据表明,中国之所以资源浪费、环境污染的问题非常突出,很大程度上在于一大批企业至今仍在使用落后的生产技术、工艺、设备和产品。因此,国家对浪费资源、严重污染环境的生产技术、工艺、设备和产品实行限期淘汰制度,是制止低水平重复建设,加快产业结构调整,促进生产技术、工艺、设备和产品升级换代,减少资源浪费和控制环境污染,推动中国经济可持续发展的根本措施和必然要求。

(五)循环经济市场准入制度

市场准入制度是国家干预市场、克服"市场失灵"而普遍采用的一项法律制度。中国在产品质量法、标准化法、消费者权益保护法、环境保护法等法律法规中规定了市场准入制度。中国目前发展循环经济存在的问题是:一方面市场对浪费资源、破坏环境的产品的准入门槛过低;另一方面,大量符合循环经济要求的产品又难以在市场中立足。因此,循环经济法有必要规定循环经济的市场准入制度。这里所称市场准入有两方面的含义,既有限制性市场准入,也有市场优先准入。限制性市场准入主要是指通过设置准入门槛和标准,限制严重浪费资源和污染环境的产业、技术工艺和产品的市场准入。从一定意义上来说,市场准入是一种市场壁垒。各国通行的做法是:如果基于公共利益,为了防止"市场失灵",在使用税收、补贴、奖励等经济手段不足以实现政府的公共政策的情况下,政府基于社会整体利益的需要,可以在某些行业、领域等实行市场准入。从发展循环经济的实际情况出发,限制性市场准入制度包括三个方面:一是产业准入,即对资源消耗大、环境负荷高的重点产业,如当前发展过热的钢铁工业实行环境准入制度,通过建立环境污染强度指标和资源消耗指标,限制这些产业的发展;二是技术工艺准入,即建立重点产业工艺技术、规模、主要污染物排放强度等准入标准,限制落后的技术工艺进入市场;三是对某些产品实行环境准入管理,即对重点耗能、耗水和高污染排放的产品实行市场准入制度,对达不到国家最低能效标准、节水标准和环境污染排放强度指标的产品,禁止在市场上生产和销售。市场优先准入制度是与限制性市场准入制度相对应的一种制度安排。市场优先准入主要是指允许资源节约型和环境友好型的技术、产品等优先进入市场。这是针对目前再生产品的销售普遍存在着价格高、进入市场困难等制约因素而必须采取的措施。为了支持循环经济的发展,对于利用各种废物生产的再生产品,要促进市场优先准入。例如,对利用生产、建设和生活中产生的各种废物生产再生产品的项目,国家应当给予优先立项、财政补贴、税费减免、投资倾斜等优惠政策。

(六)循环经济实施基本顺序制度

企业实施循环经济的基本顺序制度,是指将企业防止废物产生,以及利用、处置废旧资源的对策顺序法定化。将企业实施循环经济的基本顺序法定化,对企业实施循环经济具有约束力。根据国外发展循环经济的经验和中国的实际情况,我们认为可将发展循环经济的基本顺序概括为如下几个步骤:第一步,尽可能少用资源能源,尽可能少排放污染物,即通过提高资源利用效率等手段,尽可能节能降耗、最大限度地抑制废物的产生;第二步,尽量再利用,即通过修复、翻新、再制造等手段,将废弃产品恢复原状后作为产品继续使用,或者将再生资源的全部或者部分作为其他产品的组件或者部件予以使用;第三步,尽量资源化,即对生产过程中产生的产业废物进行回收和合理利用;对流通、消费后废弃的产品进行回收处理后作为资源进行再生利用。最后,应将目前经济技术条件下遵循前几步顺序仍无法利用的废物按照国家和地方规定的环境标准进行妥善处理。需要强调的是,发展循环经济的前提是必须遵循生态规律和经济规律,不能污染或破坏环境。因此,循环经济法应当将"在资源循环利用过程中不得产生再次污染"作为一项原则规定下来。

(七)生产者责任延伸制度

在当代,企业不仅仅要在生产过程中对环境负责,而且要对其所生产的产品在使用期间以及报废之后对环境造成的影响负责,这就是生产者责任延伸制度的基本内涵。生产者责任延伸最初目的在于鼓励生产者在产品设计中更多地考虑环境影响而产生的一种理念,后来又被赋予了更广泛的含义,它被看成是"污染者负担原则"的深化和延伸。经济合作与发展组织 1997 年将其界定为"产品的制造商和进口商应承担其产品在整个生命周期中环境影响责任的主要部分,包括材料选择、生产工艺以及使用和弃置过程造成的影响"。生产者责任延伸体现的是产品生命周期原则,即生产者必须在产品完整的生命周期内对该产品造成的环境影响负责,特别是要承担产品的回收、循环利用及最终处置责任。因此,生产者责任延伸不但包括通常所理解的末端延伸责任,也包括源头延伸责任,如要求生产者采用有利于产品废物回收、再生利用和无害化处置的原材料。目前所说的生产者责任延伸通常指的是生产者"环境"责任的延伸,包括污染、生态破坏、资源和能源的高效合理利用等责任。建立和完善生产者责任延伸制度，将加大企业对最终处置废物的强制性责任，因而必然促使企业在设计、生产产品的过程中，把产品的再商品化率作为一项重要指标纳入到企业经济考核中来，这又促进了生态设计制度的产生和发展。因此在一定意义上讲，建立生产者责任延伸制度是推进循环经济发展的重中之重。中国制定循环经济法，应当对生产者责任延伸制度作出全面细致的规定，明确生产者、销售者、消费者等有关主体对废弃产品回收处理和利用的责任，全方位推进资源的回收和利用。但是，由"污染者负责"变为"生产者责任延伸"，会给企业增加新的义务，对企业的经济效益会产生一定影响。因此，要根据产品对环境的危害等情况，有区别、有步骤地作出规定。

为了综合考虑发展循环经济的实际需要和现实可能性，我们认为循环经济法中生产者责任延伸制度应当包括以下几个基本要点：(1)生产或者进口被列入强制回收目录的产品和包装物的企业，必须在产品报废和包装物使用后对该产品和包装物负责回收；对于其中可以利用的，该企业应负责利用；对于目前经济技术条件下不能利用的，企业应负责无害化处置。行业协会可以组织建立本行业的废弃产品及其包装物回收、处置服务体系。(2)生产者或者进口者可以委托销售者或者废旧资源回收企业进行回收，接受委托的销售者和废旧资源回收企业应当按照法律法规的规定和合同的约定进行回收。(3)生产者或者进口者可以委托有资质的废旧资源利用企业等对报废后的产品和使用后的包装物进行利用或者处置，接受委托的废旧资源利用企业等应当按照法律法规的规定和合同的约定进行利用或者处置。(4)生产或者进口被列入强制回收目录的产品和包装物的企业，因破产等原因终止经营的，由销售该产品和包装物的企业直接承担回收利用或者处置责任。(5)进口者与境外的生产者或者销售者依据中国法律达成由境外的生产者或者销售者负责回收利用或者处置的协议的，从其约定。(6)消费者也要承担一定的义务，即消费者对列入国家强制回收目录的产品和包装物，应当在该产品和包装物报废或者使用后对其进行分类收集，并交给生产者、进口者或者他们委托回收的销售者或者废旧资源回收企业进行处置，不得随意丢弃。

(八)循环经济标识标志制度

循环经济标识标志制度来源于环境标志制度。所谓环境标志，国际标准化组织将其定义为印在或者贴在产品或其外包装上的宣传环境品质或特征的用语和象征符号。环境标志又称为"生态标志"、"绿色标章"、"环境选择"等。环境标志制度创始于德国。目前,西方发达国家普遍建立实施了环境标志制度,如德国将推行环境标志的行动称为"蓝色天使"计划,目前其绿色产品数量达5 000多种;美国于1988年开始实施环境标志制度;日本、芬兰、冰岛、瑞典等国家于1989年开始实施环境标志制度。所谓循环经济标识标志制度,是指对符合循环经济要求的产品,由政府发给证明或标志,并通过各种传播媒体的宣传,将此类资讯提供给社会。这些产品的共同特征是:有利于提高资源利用率,使用后易于回收,可再用,可更新;包装合理,功能合理,使用寿命长,易于处理与降解。这些产品标识标志代表了政府权威机构对产品质量的一个全面评价,为消费者提供了全面的绿色信息。循环经济标识标志制度体现了循环经济的政府政策引导职能,是现代行政在环境保护领域的体现。国家建立循环经济标识标志制度的目的,在于通过循环经济标志的评选、审查和传播,提高全民的循环经济意识,影响公众的消费习惯,以逐步提高再生产品的竞争力,鼓励和支持企业在生产、流通和消费过程中节约资源、减少污染,同时也会对中国可持续消费市场的形成起到积极的推动作用。此外,循环经济标识标志制度是企业打开国际市场、走向世界的金钥匙。随着ISO14000认证制度在全球范围内被普遍接受,世界各国尤其是发达国家纷纷制定国内产品的环境保护标志以限制外国不合格产品的进口,绿色贸易壁垒成为国际贸易的重大障碍之一。企业只有不断提高产品的绿色科技含量,取得循环经济标志认证,才能消除贸易障碍,在国际市场上占据优势的竞争地位。

我们认为,建立循环经济标识标志制度应当从以下几个方面着手:(1)国家要建立与循环经济发展相关的技术、工艺、设备和产品的节能、节水、节材、节地、环境友好等标准和标志。循环经济标志产品,可以分为资源节约型产品和环境友好型产品。(2)要将现有的能效产品、环境标志产品、绿色食品、有机食品等产品标志进行合理分类,分别纳入资源节约型产品和环境友好型产品中,为国家推行循环经济优惠政策和实行政府绿色采购奠定良好基础。根据中国的实际情况,循环经济产品标识标志的标准和管理制度应由政府综合经济管理部门与环境保护主管部门共同制定。(3)企业应当根据国家的有关规定,对应进行标识的材料、零部件、产品和包装物依法进行标识，为引导消费者进行可持续消费创造便利条件。经检测、维修和再制造后达到规定标准的再生产品，应当在显著位置上注明再生产品标志。任何单位和个人不得销售没有再生产品标志的再生产品。

（九）公众参与和信息公开制度

从社会学角度讲，公众参与是指社会群体、社会组织、单位和个人作为主体在权利义务范围内所从事的有目的的社会行动。一般而言，公众参与是一种连续、双向的交流过程。世界银行对公众参与中"公众"的定义包括以下几个方面的内容：（1）直接受影响的人群：包括预期要获得收益的人、承担风险的团体、利益相关团体，他们大多位于项目范围或位于项目的影响范围内。（2）受影响团体的公共代表：包括国家和省政府的代表、地方官员、传统的当局人员、地方机构、私营企业代表。（3）其他感兴趣的团体：有些团体虽然不受项目的影响，但对项目及其影响感兴趣，他们可以提供重要的信息。这些感兴趣的团体包括国家或者国际的非政府组织、大学、研究机构以及某些领域的专家。这些领域的公众参与应当有必要的程序作保证，因此循环经济法应当明确公众参与循环经济管理的内容、渠道、层次、方式和救济途径，鼓励和支持公众参与发展循环经济。与此同时，循环经济法还应当建立信息公开制度，使企业和公众及时了解废物的产生、社会需求等情况。这样一方面便于公众对企业违法排污的情况进行监督，另一方面又为公众合理利用废旧资源提供了便利条件。各级人民政府应当采取有利于循环经济发展的经济、技术政策和措施，将与循环经济相关的公共信息通过法定渠道及时发布；对于高污染企业以及不符合循环经济发展要求的企业，应强制要求其公开相关信息。

（十）资源循环利用环境安全管理制度

资源回收利用产业是循环经济中的重点发展产业。但是，在大力发展资源回收利用产业的同时，还必须采取措施，建立标准，加强监管，防止在废旧资源回收利用中产生对环境的二次污染，防止对人体健康的损害或者降低人们的生活品质。因此，国家应当对从事废电器电子产品、报废机动车船、废轮胎、废铅酸电池等特定产品的拆解、利用、处置的企业实行资质管理，以确保环境安全。凡没有取得废旧资源回收利用资质认证的单位和个人，不得从事有毒有害废物回收、稀贵金属提取、废旧家用电器拆解、车船拆解、废旧轮胎、生产性废旧金属回收利用和废旧资源进口业务。生活垃圾和废旧资源的回收也应当符合环境保护法律法规的规定,防止造成二次污染。国家环境保护行政主管部门应当制定防止废物回收利用污染环境的管理办法、技术指南和相关标准,以有效防止因有毒有害废物回收、废旧家用电器拆解和回收利用、废旧轮胎、报废汽车拆解和回收利用、拆船业、生产性废旧金属回收利用等活动对环境产生污染。

(十一)循环经济鼓励与扶持制度

为了推进循环经济的发展,实施经济激励制度有时比单纯运用行政手段或者法律强制手段更为有效。在市场经济和价值规律起作用的场合,费用和效益即利润的动机,往往支配着企业和个人的经济活动。发展循环经济既是一种经济活动,又是与环境保护直接联系的一种社会活动。在这里,费用和效益的考虑同样起着重要作用。而就企业用于发展循环经济的投资来说,企业内部的经济和社会效益是不一致的。也就是说,企业节能降耗、治理污染,虽然从总体上讲对社会有益,但企业要额外支付费用。如果不充分发挥经济杠杆的作用,企业就会对发展循环经济缺乏热情。因此越来越多的经济学家主张,为了更好地节约资源、保护环境,就应该在循环经济管理活动中广泛采用各种经济手段,促进企业节能降耗、保护环境,并积极采购利用废旧资源制造的产品。正确、可行的激励制度是推动循环经济发展的灵魂。循环经济法要建立有利于循环经济发展的经济激励措施,同时也为现行的资源综合利用税收优惠政策提供法律支持。

经济激励政策主要包括循环经济专项资金、税收优惠、国家投资倾斜、价格收费押金、政府绿色采购、表彰奖励等内容。首先,就税收政策而言,调整和完善税收政策,支持资源节约和环境保护是中国今后税收改革和调整的重要方向。国家对于符合循环经济发展产业政策的单位、项目,应给予抵扣增值进项税、减免企业所得税等税收优惠;为了减少原生材料的消耗和废物的排放,国家应适时开征资源消费税、原生材料税(土地、水、木材等)等新税种;根据国家环保要求和税收法规的规定,对企业在环境保护、节约能源的设备投入以及研发投入应给予相应的税收优惠;调整出口税收政策,包括取消部分资源型产品的出口退税,对资源型产品免征进口税等。其次,就投资倾斜与专项资金而言。有关部门应当将有利于循环经济发展的项目列为重点领域,优先立项,加大投资支持力度;国家及各级财政部门应设立循环经济发展专项资金,用于鼓励和支持重点领域的循环经济的重大项目、循环经济技术、产品的开发和推广以及开展循环经济的宣传、培训、教育和能力建设等。再次,就财政贴息及合理定价而言,当前造成中国资源高消耗和环境污染的一个重要原因是金融支持的缺乏和资源价格过低。调整资源产品价格是促进资源节约、环境保护的根本措施,只有调整资源价格,财政投入和税收等优惠政策才能发挥作用。我们认为,就财政贴息及合理定价的要点在于:对符合循环经济发展产业政策和信贷条件的,金融机构应当提供有财政贴息的优惠贷款;为校正资源的产品价格远远低于成本的现象,国家应当逐步建立能够反映资源稀缺性、资源性产品供求关系和资源开采成本的价格形成机制。

第六节 资源节约与高效利用法律制度

一、资源危机与制度背景

自然资源是人类赖以生存和发展的物质基础,但自然资源是有限并且不可再生的,切实推进自然资源节约、提高自然资源利用效率既是经济社会可持续发展的要求,也是坚持环境公平、对子孙后代生存发展所应负的基本责任。自然资源问题很早就引起人类的关注,美国学者肯尼斯·E.鲍尔丁于1966年发表的《未来飞船地球之经济学》和1972年波托克协会、罗马俱乐部和麻省理工学院研究小组联合出版的《增长的极限》,把资源短缺引发的危机摆在了人类面前,指出资源的供给能力与环境容量的承载能力已经无法满足粗放式生产方式的需要,人类必须开始寻找新的经济增长和社会发展模式。1980年3月,联合国环境规划署委托世界自然保护同盟(IUCN)起草的《世界自然保护战略》文件中,首次使用了"可持续发展"的概念。在这个文件中,具体从节约资源的角度提出了要实行可持续发展,即保护资源与发展经济相结合,从而既满足当代人的利益要求,又保持满足后代人需要与欲望的潜在能力。

改革开放以来,中国经济迅猛发展,但是有一个问题却不可忽视,即中国经济发展是建立在粗放型经济增长方式基础之上的,这就造成了中国国民经济发展对资源依赖过大,进而导致中国社会发展中的一系列严重的环境资源问题。目前,中国正处于社会经济发展的特殊时期,工业化、城镇化进程加快,资源需求进一步增加,资源短缺与经济发展的矛盾日益突出。如果不改变大量消耗资源的状况,就有可能丧失重要战略机遇期的大好发展机会。鉴于此,建设资源节约型社会,统筹人与自然和谐发展,是中国当前及今后相当长时期内的紧迫任务。所谓建设资源节约型社会,是指在社会生产、流通、消费的各个领域,通过采取综合性措施,提高资源利用效率,以最少的资源消耗获得最大的经济和社会效益。因此,构建促使全社会节约与高效利用资源的相关法律制度对于资源节约型社会建设及最终生成具有重要意义。

二、制度现状及其缺陷

资源节约与高效利用是节约型生产的核心,它要求在社会再生产的各个领域合理利用资源,减少资源浪费。但资源消费问题具有很强的外部性,资源节约与高效利用在某种程度上会触动许多经济主体的利益,在没有外部干预的情况下,相关主体是很难做到自觉节约资源的,这就要求用制度来制约各相关主体的行为。然而,中国在这方面的制度却存在诸多缺陷。

(一)相关法律法规不完善,尚未建立与节约型社会的建设目标相一致的法律框架

首先,一些现有的法律法规有关如何节约资源方面的条款不全面或操作性不强。目前中国在自然资源的节约和保护方面虽已颁布了系列的法律法规,如《矿产资源法》、《土地管理法》、《水法》、《煤炭法》、《节约能源法》、《森林法》、《取水许可制度实施办法》等等,但其中许多法律法规都只是对资源节约做出了方向性、概念性的笼统表述,如:《矿产资源法》规定了对矿产资源实行产权制度,但缺乏产权细化的具体规定和实施办法;《水法》和《取水许可制度实施办法》规定了对水资源要节约利用,实行取水许可制度,通过取得取水许可证而享有取水权,但至于如何界定初始水权,却未做出具体规定。此外,现行的法律、法规对资源节约也没有规定可操作的奖惩方法,难以做到强制各方利益主体必须积极参与资源节约。

其次,欠缺有利于推动资源节约的相关法律,如《反浪费法》。循环经济是一种以资源的高效利用和循环利用为核心,以"减量化"、"再利用"、"资源化"为原则,以低消耗、低排放、高效率为基本特征的经济增长模式,是节约资源的有效途径。许多发达国家都制定了发展循环经济的相关法律法规,对推动循环经济的发展和资源的节约起到了重要作用,如

德国和日本。中国无反对浪费的法律法规。目前,中国各个领域浪费资源的现象十分严重。浪费行为的出现,一方面是由于各相关主体的节约意识不强,但更重要的是由于中国没有专门的《反浪费法》对浪费行为加以制裁。

(二)政策、规章制度不健全,尚未建立节约资源的政策和规章制度体系

一是税收政策的范围不够广、不够大。例如,燃油税政策在欧洲、美国都得到了实施,而且对石油的节约起到了很好的作用,但中国还未正式实施这项政策;消费税的应税对象不够全面,对不同应税对象的税率差别不能体现节约资源的需求,如对待不同排量汽车的消费税税率无差别;在煤炭资源税方面,实行按实际产量而不是按可采储量计税,导致煤炭资源回收率过低(中国煤炭资源的总回收率约为 30% ,比国外先进水平低20%),煤炭资源税虽考虑了煤炭企业的级差收益,设计了浮动税额,但具体的征收方法是向重点煤矿征收的资源税高于国有地方煤矿、地方煤矿高于乡镇煤矿,忽视了煤炭资源开采回收率,没有为采矿投资者创造公平的投资环境;用税收政策对节约资源的行业、企业的倾向性不强,有些有利于节约资源和保护环境的企业(如垃圾发电企业)进不了税务减免名录。

二是资源价格政策不合理。长期以来,中国资源价格是由政府控制,目前仍然对许多资源实行的是政府指令价格或指导价格政策,许多资源的价格未能真实反映资源的稀缺程度和供求关系,无法起到引导消费和投资行为的作用,例如电煤价格、水价、土地价格等,特别是水资源和土地资源的低价格政策与保护政策相背离,导致资源粗放利用,不仅浪费了大量资源而且延缓了产业水平的升级。

三是有些不合理的政策已成为节约资源、能源和环保技术推广的障碍,如:使用小排量轿车,在欧洲国家已蔚然成风,但在中国却受到诸多限制,不少地方以其影响城市形象或者交通道路承受能力为由限制小排放量汽车的行驶。据了解,目前全国有多个城市出台了限制或变相限制小排量轿车的土政策,例如浙江省富阳市出租车换型时,政府部门要求新车的排量必须在 2.0 以上。与小排量轿车有类似遭遇的产品、产业还有很多。比如,太阳能热水器是一种低成本的清洁替代能源,其推广使用不仅有利于节约能源,而且有利于环境保护,但有的地方却认为其"有碍观

瞻"加以限制甚至禁止。这些政策实际上是在以行政手段鼓励浪费资源,与节约型社会的建设目标相去甚远。

四是相关规章制度不健全。各种规章制度是国家法律法规的重要补充和细化,尤其在资源节约方面更需要有具体的规章制度的推动,但中国在这方面的规章制度还存在很大缺陷,如:无政府投资责任追究制度;针对高耗能、高污染行业和产品的市场准入制度不完善;土地征用制度存在重大缺陷;对于卫生用水的浪费和商品的过度包装至今还限于一般性的号召而没有强制性的规定等等。

三、制度构建目标分析

鉴于资源节约与高效利用制度存在上述弊端,中国应当积极采取有效措施建立健全资源节约与高效利用制度。在构建中国资源节约与高效利用制度的过程中,首先必须明确中国资源节约与高效利用制度的目标取向。资源节约与高效利用制度,作为促进节约型社会生产的一项重要法律保障,它旨在通过约束与激励促进生产过程中资源节约与高效利用,积极追求转变经济增长方式进而提高经济增长质量和效益。资源节约与高效利用制度的基本目标是逐步增强全民特别是各级领导干部的资源意识和节约意识,进一步提高资源节约和高效利用技术与管理水平,不断完善并有效实施资源节约政策、法规和标准,充分市场在资源配置中的基础性作用,最终有效遏制严重资源浪费现象并明显提高资源利用效率。

四、制度构建内容剖析

(一)资源节约与高效利用规划制度

目前,中国资源在开发利用时往往由于缺乏统一的科学规划而导致协调机制失灵,不利于资源节约与高效利用。中国原来的资源利用规划操作系统由政府包办,规划过程不够公开透明,缺乏公众参与。基于此,我们认为在资源节约与高效利用规划机制方面,应建立由人大、专家和政府共同协作的规划系统。具体地说,在今后的资源节约与高效利用规划中,应该改由人大提出规划目标与范畴,专家组依据目标制定、修改和论证规划草案,最后由政府验收、人大审议通过、政府执行,以涤除政府包办的弊端;同时,要改革规划过程,变暗箱操作为公开透明,并实行规划公告制度。只有这样,资源节约与高效利用的指导思想才能真正落实到资源开发利用实践之中去。各级人民政府编制国民经济和社会发展总体规划、区域规划以及城乡建设规划等专项规划，应当符合资源节约与高效利用的要求。中国应尽快编制资源节约与高效利用规划，提出节约资源的目标、发展重点和政策措施，要修正节约资源的设计规范，扩大认证范围。各地区、各部门要结合本地区和行业实际情况，在遵守全国资源节约与高效利用规划的前提下，抓紧时间制定配套实施性资源节约与高效利用规划，从而促进资源节约和高效利用产业与项目发展，进而实现在生产过程中推动资源节约型社会建设。

（二）资源节约与高效利用激励制度

资源节约与高效利用激励制度主要是通过建立政府与部门及企业间的良好合作关系，促进企业实现资源节约技术创新从而确保节约型生产最终实现。资源节约与高效利用激励制度主要有国家财政倾斜、税收优惠和其他一些优惠政策：首先，国家财政倾斜政策是指国务院经济综合宏观调控部门和县级以上地方人民政府综合经济管理部门在制定和实施国家和地方投资计划时，应当将节能、节水、节地、节材、环境保护等资源节约与高效利用项目列为重点投资领域，优先立项，加大投资支持力度；国家通过金融政策鼓励金融机构优先给予符合国家产业政策的资源节约与高效利用项目给予优先贷款等金融支持；国家通过投资政策鼓励依法设立的投资机构对资源节约与高效利用项目进行投资；国家通过担保政策鼓励各种担保机构为资源节约与高效利用成果显著的企业提供信用担保。国家财政倾斜的主要目的在于促使资源开发者改变其不利于资源节约与高效利用的活动，或者帮助那些在特殊情况下难于执行国家资源开发技术标准的企业。其次，税收优惠是国家对资源节约与高效利用的产业活动给予减征、免征所得税、增值税等税收优惠。经省、自治区、直辖市资源行政主管部门组织认定的资源节约与高效利用企业、项目或产品，按照国家与省、自治区、直辖市的有关规定享受税收优惠政策。实行税收优惠政策可以激励企业最大限度地节约资源，促进资源的高效利用。最后，在其他经济政策上，利用奖励、费用减免等激励措施，促进资源的节约和综合利用。资源节约与高效利用已经成为中国一项重要的资源政策和经济政策，它对节约型生产有着重要的意义。资源节约与高效利用奖励的内容包括对资源节约与高效利用项目实行奖励和优惠，对资源节约与高效利用产品实行奖励和优惠。资源节约与高效利用费用减免制度是在城市规划区范围内建设的资源节约与高效利用项目,由行政主管部门认定与核准后,可减免相关的开发费用和配套费用。

(三)自然资源有偿使用制度

中国实行社会主义公有制,在公有制基础上的自然资源产权难以界定,使得自然资源在相当范围内甚至成为一种公共物品。既然自然资源对一些生产单位来说在一定意义上是相对无价的,那么他们往往就会为了实现自己利润的最大化而忽视自然资源的节约与高效利用,这导致的直接恶果就是以自然资源高耗费来换取社会经济发展。在资源危机日益严峻的背景下,中国不得不推进社会转型,即由资源耗竭型社会转向资源节约型社会。在社会转型国家中普遍遵循这样一条定律:经济制度在产权明晰基础上的变迁总是循着社会效益大于成本的方向发展;而在原来产权模糊基础上的变迁将凸显社会公共资源的严重流失和损耗。由此可以看出:社会财产中的产权越明晰,经济主体浪费资源和逃脱成本的几率就越小。只有建立在产权明晰基础上的资源节约才是真正有效的;如果财产关系不明确,资源归属不清晰,资源节约就无从谈起。德姆塞茨认为:"产权的配置是使确定资产价值的分散化的、决定价格的市场能形成的前提条件,而该市场能反映真实的需求和供给状况,并促进经济当事人之间从事对社会有利的资源交换。如果没有产权界定清晰下的完全的市场信号,在经济条件变化时,资源也不能自然、顺畅地流向更有价值的用途。"①产权的明晰将在很大的程度上促进社会总资源的节约与高效利用。在产权明晰的基础上,我们应该按照"污染者付费、利用者补偿、开发者保护、破坏者恢复"的原则,建立完善的资源有偿使用制度,即任何对资源的全部或部分属性有需求的人,都可以向资源所有权人出价,要求其转让所有权或其他权能;而资源所有权人则可以根据已有需求者的出价高低来决定最终将权利转让给谁,从而通过市场实现资源的有效配置。资源有偿使用制度不仅为污染治理和自然资源的恢复更新开辟了一条重要的资金渠道,同时还有利于促使相关经济主体进行技术改造,提高资源节约和利用效率。资源有偿使用制度促使经济主体更加关注自己资源的节约和成本的效率,而且产权的"排他性"还能有效抵制由于他人推卸、逃

---

① [美]加里·D.利贝卡普著,陈宇东等译:《产权的缔约分析》,中国社会科学出版社2001年版,第15页。

脱成本而对自身收益带来的种种侵害。这样一种有效的自然资源运行机制，有助于把个体的原始动力引导到社会的意愿之中，从根本上抑制自然资源被滥用，极大地推进自然资源的节约和高效利用。

（四）自然资源价格制度或机制

自然资源产权制度为自然资源价格机制的研究与发展奠定了翔实的理论基础，明晰自然资源产权有利于促进自然资源价格机制的完善和实施。自然资源价格是引导和促进自然资源节约与高效利用、优化自然资源配置、加强自然资源管理的重要经济杠杆。以资源价值和供求关系为依据，合理制定和调整自然资源价格是建设资源节约型社会的重要前提。但是，长期以来形成的观念认为自然资源是自然之物而没有价值，因此导致中国实行"资源无价，资源产品低价"的供给制度。这种自然资源无价的观念直接促使中国的自然资源不能得到有利保护，也就无法通过自然资源价格机制约束自然资源浪费及破坏行为。在节约型生产及节约型社会建设中，必须通过自然资源价格体系调整即通过制定自然资源新价格或对已有自然资源价格进行修订，直接改变自然资源价格或者成本水平，促使按照自然资源节约与集约利用要求进行生产经营的企业获得更高收益，从而推进自然资源节约与高效利用。在这种背景下，即需要研究制定自然资源节约与高效利用的价格机制，以价格杠杆促进自然资源节约与高效利用。我们认为自然资源价格机制改革的基本指导思想是：完善自然资源价格形成机制研究，改革自然资源价格的形成机制和价格结构，使自然资源价格能够反映自然资源的稀缺程度和供求关系，积极调整资源性产品与最终产品的比价关系。《国务院关于做好建设节约型社会近期重点工作的通知》中明确了要加快资源性产品价格的市场化改革进程，逐步建立能够体现资源稀缺性程度的价格形成机制，运用自然资源价格机制调控自然资源节约与使用效率。构建自然资源节约与高效利用的价格机制，首先需要建立层次齐全的自然资源价格体系，形成政府对自然资源价格市场宏观管理的控制标准，逐步建立标定的自然资源价格；其次需要规范自然资源价格决策机制，对于市场形成的自然资源价格也需严格按照审批程序进行审批和监督；同时，要逐步推进自然资源价格的改革试点，依法全面整顿价格秩序，推进阶梯式价格制度和资源超额耗费性的收费方式，从价格机制上来促进自然资源节约与高效利用。

（五）资源节约与高效利用监管制度

　　资源节约与高效利用制度需要一系列具体的制度机制保障其运行，同时它也需要强力的监督管理制度来促进其落实。这就需要建立资源节约与高效利用的监督管理制度，以一系列资源节约标准、规范与指标体系等来监督和保障节约型生产的顺利推行。首先需要编制资源节约与高效利用相关的标准发展计划，对产品及各行业的资源节约设定强制性的标准与规范，促进节约型生产。其次，建立高耗能、高耗水落后工艺、技术和设备的强制淘汰制度；完善重点耗能产品的市场准入制度，达不到标准的则禁止生产；研究建立资源节约与高效利用的评价指标体系及相关统计制度。只有建立起一套完善的监督管理制度，才能有效保证自然资源的节约利用与高效利用，促进节约型生产的进一步推广，并与其他机制一起确保自然资源节约与高效利用制度成为中国节约型社会建设的强力法律制度保障。

第四章 节约型社会法律保障体系：
节约型流通

节约型流通是指在节约型社会建设中运用供应链管理思想，以包括现代信息技术在内的现代化流通技术和先进流通工具为外在载体，以供求、竞争、合作、创新和集约化机制等为内部机制的现代新型流通模式，其功能不再局限于传统流通的"纽带"地位，而具有引领生产、调整结构、配置资源和促进消费的强大作用。从社会流通发展逻辑演进来看，流通主体调整与改革、流通行为规制与优化、流通秩序调控与疏导、流通管理改革与重构等是构建节约型流通的基本内容，因而通过法律推进流通主体调整与改革、流通行为规制与优化、流通秩序调控与疏导、流通管理改革与重构是节约型流通法律保障的基本目标。因此，我们应围绕节约型流通的基本内容来构建节约型流通法律保障。

第一节 节约型流通法律体系概述

一、现行流通法律缺陷分析

随着改革开放不断深入和社会主义市场经济体制的完善，中国流通业在促进生产、引导消费、推动经济结构调整和经济增长方式转变等方面的作用日益突出。但与其他领域法制建设相比，中国流通法制建设相对滞后，不能适应深化流通体制改革、促进流通产业迅速发展以及推进节约型社会建设的需要。

（一）现行流通法律框架体系计划色彩浓

加入世贸组织，使中国外经贸法规在世贸原则的匡正下向市场化和惯例化方向迈出了实质性的步伐，但国内市场国际化后，流通领域对所有企业及其行为进行统一公共规制的法律法规仍存在浓重的计划色彩和国情特征，于是在个别新兴流通和市场问题方面立法真空问题开始凸显，现实地表现为在这些流通管理职能方面出现政府缺位,这对于流通秩序的稳定和流通产业的发展都是不利的。

(二)现行流通法律标的重城轻乡

毋庸置疑,城市是现代流通行为的主要衍生地。正因为如此,中国现有流通法律体系更多的是针对相对发达的城市流通的特点而订立的,法律标的存在明显的重城轻乡。然而,农村流通毕竟有着自身的特点;尤其是近年来,通过发展农村流通产业推进"三农"问题的解决已被提升到了治国方略的高度。要全面发展农村流通产业,一方面政府应完善农村流通基础设施建设,以此推动农村流通渠道的建立和农产品流通体系的深化;另一方面应以农村流通问题为标的,尽快出台农村流通促进法、农户流通合作社法等法律法规,以此实现对农村流通建设的必要政策倾斜和法律规范。

(三)流通主体法同质性差

在中国现行流通法律法规集合体系下,流通相关企业在所有制、出资者性质等方面的差别尚未在立法、司法层面完全消除,如"外商投资商业企业管理办法"等仍将外资区别对待;公司法对具有国有独资公司性质的中国外贸企业的规定也存在一定程度的空白和抵触。此外,值得一提的是中国关于自助合作组织和连锁、加盟企业的立法。近年来,随着各种自助型民间合作组织与民间商会的兴起,这一领域法律缺位的现象日益显著,已影响到中国商会体系的完善和市场运作效率的提高。至于连锁企业与特许加盟企业经常出现的门店关闭或注册变更现象,与整体破产存在本质性差别,破产法体系在此存在明显的法律真空,理应有所增补。

(四)流通行为法尚未成型

流通行为法一直是中国国家层次流通法律体系中的薄弱环节,法律法规陈旧且贫乏,商业特许经营管理条例、连锁经营法、团购管理法、无店铺销售法、批发市场法、零售商店法、代理商法等必要的商业法规都尚未正式出台;仅有的一些也多半停留在政府出台的发展指导意见层次,不少内容甚至有悖国际惯例。但在地方层次,尤其是市场经济发达的城市,流通行为法已呈自成体系之势,这将为中国自下而上逐步完善尚未成型的流通行为法,构建综合体现地域性和统一性原则的流通法律体系创造条件。

(五)流通秩序法体系不完整

首先，竞争法缺乏系统性。现有竞争法主要包括反不正当竞争法、反垄断法以及价格法、广告法、拍卖法、招投标法等内容，但是各单行法之间的系统性和法律规制的深度广度都远远不够。至于国外广泛订立并运用的购并法等在中国更是属于完全空白。其次，流通产业商号商誉保护法缺位。流通领域的商号商誉虽然不能像知识、专利那样直接凝结在流通客体当中，但可以通过移植和复制提升流通力、创造流通价值。所以如何通过立法在保护商号商誉所有者利益的同时，积极促进商号商誉的推广，值得深入研究。再次，消费法尚不完善。现行消费者保护法在消费者恶意行为甄别方面捉襟见肘；对消费者在零售店中人身和财产安全受损时零售店的责任等问题也并无明确规定。至于一直以来呼声甚高的消费信贷法迟迟无法出台，更是使方兴未艾的中国信贷消费难以明了发展方向。

（六）流通管理法控制力薄弱

经济法应该既是"授权法"，又是"控权法"，而中国在经济领域法律制度方面更多关注"政府如何调节经济"，而忽视了"怎样控制政府"，关于如何防止"政府失灵"的研究也较为薄弱。这一方面体现在对于流通管理机构的行为缺乏法律监督，地方政府市场垄断权力未受恰当约束，对流通的依法规制尚未真正形成；另一方面体现在立法中给予政府干预经济权力过多、过于简单化，为防止"市场失灵"采取的规制措施常常适得其反，因此必须加强对政府行为约束，防止政府执法不当。

鉴于此，我们必须认真研究中国现代流通立法理论以及国外现代流通立法实践，以便为国内节约型流通立法提供经验借鉴，进而推动节约型社会建设与最终生成。

二、现代流通立法理论分析

为进一步完善中国流通立法进而促进节约型现代流通模式最终建成，我们首先必须真正理解与弄清流通法律制度的内涵，因为这将为构建各项具体流通法律制度直接提供方法论与认识论依据。我们认为，流通法律制度是指调整商品在流通过程中发生的社会关系的法律规范所形成的法律制度的总称。对于流通法律制度的含义，可以从以下几个方面加以理解：

（一）流通法律制度，是区别于传统法律部门的划分，从新的视角所提出的一类法律制度以往中国法律部门和法律制度的划分,是在主要依据法律的调整对象的基础上,同时参考法律的调整原则和调整方法。个别情况下,甚至将调整原则和方法作为划分法律部门的主要依据。例如,刑法的调整对象涉及社会关系的各个主要方面,它的调整方法独具特色,它之所以成为中国独立的法律部门,就在于它是采用刑罚的方法来实现对社会关系的调整。流通法律制度的提出,是从社会经济运行的角度入手,以社会再生产的不同环节和领域中所发生的不同社会关系为调整对象来进行划分的。在这里,将调整社会经济运行中流通领域所发生的社会关系作为划分和确认流通法律制度的唯一的方法和依据。同时,流通法律制度从流通领域中商品流通的客观状态出发,尊重并顺应流通经济关系的客观运动规律,将反映和调整流通关系的法律规范重新整合,在此基础上,建立起与商品流通过程相匹配的流通法律制度的全新体系。

(二)流通法律制度的提出,是流通领域的社会关系发展到一定程度的必然结果

虽然中国法律部门和法律制度的划分,是以法律调整对象为主要标准,但是作为法律调整对象的社会关系不是一成不变的。在中国市场经济发展过程中,已经和正在产生出一些新的社会关系,当这些新的社会关系发展到一定程度时,就会产生出与之相适应的新的法律制度甚至新的法律部门,经济法的出现就是一例。具体而言,法律意义上的流通领域社会关系虽然在人类历史上出现很早,但是它经历了迅猛的发展和巨大的变化。在商品经济以前,这类关系的数量、重要性和复杂程度远远不能同今天相比。随着商品经济的发展,尤其是随着中国市场经济的迅速发展,流通领域的社会关系已今非昔比。近年来,中国已进入以买方市场为总格局的市场经济时代,"重生产、轻流通"的观念正在被彻底颠覆,流通不仅可以引导生产和消费,起桥梁纽带作用,而且对稳定经济全局和优化资源配置起到越来越重要的作用。中国流通的现代化建设已经开始,并且正在走上正轨。在这种情况下,流通领域必然出现新的更先进的流通生产力和生产关系,使法律意义上的流通领域社会关系无论是从广度上还是深度上都增加了新的内涵。与之相适应的新的法律制度——流通法律制度的提出,是一件十分必然的事情。另外,在中国流通领域社会关系飞速发展的同时,出现了一些极不协调的现象。例如,商流中货款拖欠严重,制售假冒伪劣商品猖獗,地区封锁、行业垄断、过度价格竞争愈演愈烈

等。这些现象使流通过程的社会关系发生扭曲,急需制定出适合中国流通领域社会关系发展现状、带有监管性质的流通法律规范,以维护有序、竞争的流通环境,打击流通领域的违法犯罪行为,保护先进的流通生产力和生产关系,保障中国流通领域社会关系的健康发展。

（三）流通法律制度是由多种不同层次、不同类别的法律规范和法律部门构成的统一体

流通法律制度的调整对象是发生在流通过程或者流通领域中的社会关系,亦即发生在流通过程或者流通领域中的经济关系,简言之,是流通关系。流通关系是社会经济运行过程中的关系之一,其本质属性必然是一种经济关系。而在中国,由于经济关系的复杂、多样,它是由多种不同层次、不同类别的法律规范和法律部门共同调整的。从层次上看,流通法律制度既包括全国人大及其常委会审议通过的法律,也包括国务院制定和发布的条例及其他行政法规,还包括国务院各部门制定的部门规章,以及地方性法规和规章等。从类别上看,由于民法、商法、经济法、行政法等多个法律部门,都是以一定的经济关系为调整对象的。因此,流通法律制度必然涉及上述多个法律部门。它既涉及调整流通领域平等主体之间民事关系的民事法律制度,也涉及调整流通领域以营利为目的的商事关系的商事法律制度,还涉及调整国家在协调与管理流通活动时发生的经济关系和行政关系的经济法律制度和行政法律制度。从现实情况看,流通法律制度并不是中国独立的法律部门,上文已经提到,这一法律制度是适应中国流通关系发展的需要,从社会经济运行的新视角提出来的。由于中国法律体系已经确立和流通关系的复杂、多样,流通法律制度必然是在原有法律体系的基础上形成的,跨越多层次、多类别的法律规范和法律部门,带有鲜明的综合性的法律制度。

（四）流通法律制度是商品交易规范与流通管理规范并存的法律制度

流通法律制度,可划分为调整商品交易关系的法律规范和调整流通管理关系的法律规范两大类。这两类法律规范虽然调整对象、调整原则和方法都有所不同,但是二者都发生在商品流通领域,是流通法律制度中不可缺少的组成部分。商品交易关系,包括平等流通主体之间的交易关系、服务关系,是两个或者两个以上流通主体,在从事流通活动的过程中所形成的社会关系,诸如买卖关系、采购关系、招投标关系、拍卖关系、储

运关系、加工配送关系等。这类关系可以通过主体相互协商来设立、变更、终止,是推动流通业不断发展的动力所在。没有商品交易关系的存在,也就不会有流通管理关系的存在。商品交易关系是中国流通法律制度的主要调整对象,调整这类关系的商品交易法律规范,属于私法范畴,受到商品流通市场客观经济规律的制约和调节,具有自愿、平等、有偿的特征,是流通法律制度中的基本内容,也是流通法律制度体系的主要构成部分。商品流通管理关系,是国家流通行政管理机关在管理商品流通过程中,与被管理的法人、组织、个人之间所形成的管理关系,诸如国家对行业垄断和不正当竞争的管理,对市场准入的管理,对商业网点建设的管理,对特许经营的管理,对直销等销售方式的管理,对烟酒等特殊商品的管理等。调整这类关系的流通管理法律规范属于公法的范畴,应当与商品交易法律规范相互联系,反映商品交易法律规范的要求,维护商品交易法律规范的正常运行。长期以来,中国流通管理方面的法律规范,存在着计划范式较强、主观色彩浓重、缺乏系统性和协调性等问题,应尽快加以改变。流通法律制度,涉及各式各样的流通行为,即使在商品交易和流通管理两种不同的法律规范中,各自所确认的主体、权利义务、法律责任也都存在很大区别。总之,流通法律制度呈现出广泛、复杂、多样的特性。

(五)流通法律制度是调整商品流通关系的法律制度

流通法律制度有广义和狭义之分。广义的流通法律制度,是指调整所有市场流通要素在流通过程中发生在市场经济主体之间的社会关系的法律制度。它所调整的流通关系,不仅包括商品流通关系,还包括劳动力流通关系、资本流通关系、房地产流通关系等。狭义的流通法律制度,仅指调整商品及其相关服务在流通过程中所引起的社会关系的法律制度。这里所指的"商品",是一般商品,以生产资料、生活资料等实物商品为主要构成部分,不包括有价证券、商品房等特殊商品;这里所指的"相关服务",是为实现一般商品的流通,有关的市场经济主体所提供的储运、保管、加工、配送等一系列相关服务。随着市场经济的深入发展,越来越多的经济要素参与到社会再生产的运行中来,导致流通关系呈现出广泛性、复杂性、多样性的状态。实质上,多种流通关系并存,相互联系,共同发挥调节、配置经济资源等作用,恰恰体现了市场经济不断走向成熟并向着更高级的水平发展的过程。但是,由于各类经济要素在流通中的运行机理、运行规律、流通形式、运作状态存在很大或根本差别,因此需要有不同的法律制度分别对其加以规范和调整。现实中,劳动力流通关系主要由劳动法加以调整,资本流通关系主要由金融法加以调整,房地产流通关系主要由土地管理法和房地产管理法加以调整等。而我们是在狭义的解释上使用流通法律制度这一概念的,即我们所述流通法律制度,是调整一般商品流通的法律制度,它仅调整一般商品自生产领域过渡到消费领域所发生的社会关系。

（六）流通法律制度是有着内在规律的统一有机整体

流通法律制度的系统性,是由其调整对象——流通关系的内在运动规律决定的。按照流通的不同环节来排列,流通法律制度有:商品买卖法律制度、招投标法律制度、反不正当竞争和反垄断法律制度、运输法律制度、仓储保管法律制度等。按照商务部提出的《建立健全市场流通法律体系框架》的初步方案,在流通基本法律的统领下,可分为市场主体法律制度、市场行为法律制度、市场秩序法律制度、市场监测调控与管理法律制度、信用法律制度。另外,流通是以货币为媒介的商品交换行为,具体来说,商品的流通要通过标的物所有权的转移、标的物实体的转移、资金的转移、流通中的信息活动来实现。按照这一理论,又可以将商品流通关系划分为商流关系、物流关系、信息流关系等。相应地,流通法律制度就由商流法律制度（如合同法、拍卖法、招投标法、烟草专卖法等）,物流法律制度（如运输、仓储保管、流通加工、配送等法律制度）以及流通信息与资金结算法律制度构成。我们认为,流通法律制度由流通主体法律制度、流通行为法律制度、流通秩序法律制度、流通管理法律制度等构成。总之,流通法律制度是由商品流通的客观运动状态决定的,它按照一定的规律和原则排列,自成体系,表现了商品流通过程的运动规律和客观要求。

三、域外现代流通立法借鉴

法国现代流通服务业法律法规体系比较健全,为行业规范有序发展提供了有力的制度保障。这些法律法规大体上可分为四类:一是制定于1810年的《商法典》。《商法典》是法国规范商业活动的根本大法,经过不断的修改完善,管辖范围涵盖了生产、流通和服务业的所有领域,既规范政府的流通服务业管理体制、组织机构、职能权限,也规范企业的具体商业经营活动。其他流通服务业的法律法规主要是从发展变化中的实际情况和需要出发,依据《商法典》的主要精神和原则而制定的。二是规范商业网点设施建设的法律法规。主要有《鲁瓦耶法》、《拉法兰法》、《城市团结与更新法》及一系列法令、政令等。三是反垄断与不正当竞争,维护公平竞争秩序的法律法规。如保护消费者权益的《消费法典》、禁止低价倾销行为的《加朗法》、《关于确定实施〈商法典〉第四部分有关价格自由化与竞争条件的政令》(2002年4月30日第2002—689号政令)等。四是规范特定领域的法律法规。主要是规范烟草、酒类、成品油等特殊商品流通的一系列以出台时间和编号来识别的法令、政令和部颁文件,内容庞杂,但成体系。日本流通法有商法、公路运输法、海上运输法、港湾法、仓库业法、航空法、石油储备法、百货店法、批发市场法、零售商业兼并法等。

四、节约型流通法律体系构建

依据国内现代流通立法理论,参酌国际市场流通立法经验,结合国内当前市场流通实际,我们认为,中国应以科学发展观为指导,从建立和完善中国统一、开放、竞争、有序的现代市场体系出发,适应依法行政和实现统一管理全社会流通的要求,大力推进节约型市场流通立法工作,逐步建立起包括规范节约型流通主体、节约型流通行为、节约型流通秩序、节约型流通管理等方面法律制度的节约型市场流通法律体系。

（一）节约型流通主体法律制度

节约型流通主体法律制度主要包括流通主体组织、流通主体资格、流通产业进入与退出规制等内容。公司法、破产法等对所有企业普遍适用的交易主体组织法对流通业者同样适用,无需单独立法;但在流通领域内,流通合作组织运营、连锁店门店撤店等问题具有相当的特殊性,还需采取必要的立法补充。现代市场经济要求非歧视原则贯彻于流通产业的进入和退出,即对流通企业进入、退出仅实行登记注销制管理;但流通法律对进入资格和退出条件进行适当的限制也是必要的,至少在地方层面应就流通主体的建设、设施、环境、交通等条件加以规范化。当然,保留并不断完善商品专卖法对于特别商品的流通主体资格认证仍至关重要。

（二）节约型流通行为法律制度

节约型流通行为法律制度主要指规制流通主体市场行为的法律法规,是各种交易行为惯例法律化的产物。在准广义层次上讲,民法体系中的合同法、财产法,旨在调整作为平行主体的流通业者之间的财产权利、契约关系;商法体系中的票据法、保险法等,则对各种外部交易行为进行普遍规范。在流通产业层次上，节约型流通法律体系构建主要是将市场运行中共识的商业惯例上升为法律以规范各种流通经营行为。由于流通经营行为会不断演化，各地方可根据本地特点对新出现问题作出规定，待时机成熟再上升为流通产业层次的法律。

（三）节约型流通秩序法律制度

节约型流通秩序法律制度主要就国家与流通业者间的关系、流通业者与生产者、消费者间的关系加以干预，防止任何单方面主体行为损害其他主体的利益。在准广义层次上，以竞争法、消费者保护法、知识产权保护法等为代表的维护市场秩序的法律工具，对流通产业也普遍适用。在国家流通产业层次上，从对大型流通业者的规制、对中小流通业者与供应商的扶持到对顾客安全和商誉商号的保护，节约型流通法律体系都应当作出系统规定。而在地方层次上，则可以因地制宜地制定流通产业发展规划，调整流通竞争关系和格局，并强化中央的法律督导力，防止地方政府随意规划和滥用权力。

（四）节约型流通管理法律制度

节约型流通管理法律制度主要对政府调控干预流通的管理行为进行约束。在准广义层次上，节约型流通管理法律制度主要是对国家各种宏观调控手段及社会保障体系、政府行政管制等方面加以规范。在国家流通产业层次上，对国家专控商品流通管制行为的约束、对流通产业进入规制行为的约束以及对其他流通干预行为的约束——如市场调节基金制度、信息公告制度以及流通听证制度等——也同样发挥着重要的规制作用。

最后值得说明的是，在借鉴国外现代流通法制建设经验构建中国节约型流通法律体系的过程中，在方法论上我们应注意以下三点：

一是理顺节约型流通法律体系逻辑脉络。构建节约型流通法律体系并不是要从基本法律体系中圈出独立的"节约型流通法"部门分支，而是要为持续性的立法和司法解释提供一个框架体系，理顺不同单行法间的层次结构与逻辑脉络，确立现代市场经济下节约型流通运行应共同遵循的基本原则，从而避免跨部门的流通法律体系内部出现重复和矛盾，也避免流通产业内部自律以及地方与中央在流通管理过程中产生分歧和冲突。

二是整饬节约型流通法律体系时空差异。多年来，中国涉及流通领

189

域的法律法规是不同时期、不同部门、不同地方针对不同问题制定的,呈现出杂乱无章的状态。因此,需要在既定的节约型流通法律体系框架下,疏通各单行法律规范之间的承接与递进关系,发现由于时空差异造成的法律空白点、交叉点以及适用范围有误、规制内容过时的法律法规,及时补充、勘正和废止。

三是适应节约型流通管理形势变化需要。知识经济社会的到来和世贸组织体制的导入,正在逐步扭转市场和流通产业运行的格局以及政府对流通的管理和干预方式。所有制和出资者差别的模糊化、内外贸管理体制的一体化等,为节约型流通法律体系一构架的构建提供了实践基础。国务院机构改革集中体现了政府的身份正在由行业主管部门向公共规制者演化。

第二节　节约型流通主体法律制度

一、流通主体发展及其评价

在社会主义市场经济背景下,流通的实质可以说就是社会资源在大市场范围内交换和配置的问题。隐藏在流通过程和流通客体形态背后的是流通主体。流通主体作为流通构成的第一要素,其性质、职能、素质与机能、结构与规模、相互之间的关系等许多问题,是流通效率、流通规模与效益的决定性因素。因而对流通主体的构建与重组、功能与发展趋势的研究,便成为流通理论与实践所要解决的首要问题。我们此处探讨与分析的流通主体在一定程度上突破了传统界定模式,不仅仅指商业部门从事商品交换和服务的商业企业和个人,而是指社会主义大市场中社会各行业直接从事广义商品交换和提供服务的法人、非法人组织和自然人,包括直接从事生产资料和生活资料的买卖、金融、保险、储运、服务等经营的全部的法人、非法人组织和自然人。

经过几十年的社会主义市场经济建设,中国产权界定下的流通主体或者说所有制性质不同的流通主体,在几次反复后,形成了目前的多元化状态,主要有国有(全民所有制)流通企业、集体(所有制)流通企业、私营流通企业、个体商户、联营与经济联合体流通企业、"三资"商业(流通)企业、股份制流通企业等。由于产权关系不同,或者说所有制性质不同,从而使流通主体在各方面均在一定程度上显示出不同特性。对此我们不拟详述。需要说明的是,目前的国有流通企业正处于产权关系调整阶段,纯国有流通企业的数量将逐渐减少,而民营流通企业和股份制流通企业的比重则将大大提高。这是由中国现有的经济基础、企业制度现代化趋势所决定的。综合分析中国产权界定下的流通主体后,我们发现,中国流通主体在社会主义市场经济条件下呈现出构成多元化、产权股份化、组织集团化、经营国际化等发展趋势。但与此同时,中国流通主体尚存在以下问题亟待解决。

(一)流通主体混乱

由于流通产业具有投资门槛低、投资周期短、回报率高且具有充分竞争性等特点,因而进入中国流通领域的投资经营主体呈现出混乱局面:一是所谓"合资合营"企业。该类企业一般假借外商名或外企招牌,通过签订假协议而享受"超国民待遇"。而事实上,外商并不注入一分钱资本,全部资产皆由内资企业投入;店还是那个店,管理模式还是那个模式,变化的只是商店的招牌;这类假合资不仅沿海地区有,内地也存在,经营资格极不规范。二是经营主体身份边缘化。经营主体身份边缘化是指一些个体私营经营户挂靠集体、国有贸易企业,即所谓"红帽子",并以集体、国有企业的名义从事贸易经营活动。但实际上资产和利润皆归个体与私营业主所有,形成"假集体"、"假国有"现象。三是一些跨国商业公司违规无序进入。据报道,进入中国的外国流通企业目前已有400多家,只有大约70余家外资零售商是经过国家有关贸易经济部门批准的,如 Carrefour 公司也是2003年才得以批准。这在一定程度上造成了中国贸易领域投资经营主体的混乱。

(二)流通主体弱小

就单体而言,2003年中国500强企业零售业排首位的华联集团公司营业收入为30亿美元、资产额为8亿美元、利润为0.3亿美元,只相当于2003年世界500强企业零售业排首位的沃尔玛公司营业收入(2465亿美元)的1.22%、资产额(947亿美元)的0.84%、利润(80.4亿美元)的3.73%。况且,华联集团在2003年中国500强中总排名第50位,而沃尔玛公司在2003年世界500强中总排名第1位。就整体而言,根据国家统计局的统计指标解释,规模以上流通企业是指年销售额500万元、职工人数在60人以上的零售企业,以及年销售额2000万元、职工人数在20人以上的批发企业,这些企业仅有11000多家,在全国1300多万个流通主体中,其比重仅占 0.08% 。以零售业为例,中国零售业的零散度高达 90% ,而欧美国家为 40% ,日本为 50% 。据统计,2000 年全国 273 家主要大型零售商场的商品销售额为 1 072.8 美元,仅占全社会消费品零售总额的 3.8% ;而美国前 50 家流通企业的零售额占其全国零售额的 20% 以上。

二、节约型流通主体法律制度构建

鉴于中国流通主体现状及所存缺陷,我们必须采取有效措施促进中国流通主体创新。具体而言,中国流通主体创新主要包括两个方面:第一,新的商品流通主体加入到流通中来。商品流通主体不再局限于各级批发商、零售商和代理商,供应链上的各个节点都部分承担了流通的功能,供应商、生产者、消费者都成为供应链的重要组成部分。第二,原有的流通主体改变其功能适应新的流通模式。在现代化的商品流通模式中,由于商流、物流、信息流的流转模式均发生了变化,对于原有的流通主体来说,他们以前承担的一部分功能消失了,一部分功能被弱化,一部分功能被强化,还可能发展出新的功能。要有效实现流通主体创新,建立节约型流通主体,我们必须构建节约型流通主体法律制度。

(一)流通中介组织法律制度

流通企业是商品流通的市场主体,它的成长与发展需要从政策、管理、技术、服务等方面获得扶持。政府直接管理流通企业不符合市场经济的要求,因此在政府与市场之间寻求另一种力量——流通中介组织,成为流通企业发展的客观需要。流通中介组织在流通产业组织结构优化的实现机制中处于核心地位,向上可以接受政府部门的宏观指导,向下可以组织市场运行,为流通企业提供各种服务和自律性管理。因此,健全流通中介组织法律制度对于节约型流通发展具有重要意义。健全流通中介组织法律制度并充分发挥流通中介组织作用,应采用并坚持政府扶持、市场化运作、以行业协会为龙头的基本思路。政府扶持可以从统一规划、制定法规、宏观指导和调控、培训人才、财政支持、分散风险、基础设施投资等方面进行。市场化运作就是遵循市场原则,把流通中介组织办成真正的民间组织,实行自主经营、自我管理、自我发展。以行业协会为龙头是构建以商业联合会为龙头、专业性流通中介组织(如连锁协会、物流协会等)为主体的流通中介组织体系。

在中国目前,健全流通中介组织法律制度主要从以下两个方面进行:首先,完善流通中介组织专门法律制度。国家应当根据流通中介活动内在规律,区分不同流通中介行为的市场准入及行业规则,明确各类不同流通中介组织的性质、职能、任务、组织形式、经营方式、活动范围、享有的权利、应尽的义务、法律责任、法律地位、资格确认及其法律程序等。与此同时,国家还应当规范流通中介组织收费法律制度。国家规范流通中介组织服务收费的基本原则应当是:冲破流通中介市场的部门分割界限,建立统一、开放、竞争、有序的流通中介市场体系,规范流通中介市场行为,逐步放开流通中介收费,由市场形成流通中介服务价格。其次,完善流通中介组织宏观调控法律制度。第一,国家应按照流通发展战略和流通中介组织发展现状,通过立法工作,确定统一的流通中介组织发展规划,引导流通中介组织的发展与市场规模、市场结构及产业结构相适应,并强化某些薄弱环节,如经纪人组织、期货交易市场等等,促进流通中介组织的规模、结构、布局上的合理性。第二,国家应当理顺流通中介组织的管理体制,尤其应当明确行业管理和政府监管的各自的权力范围和法律责任,建立科学规范的"两结合"的流通中介组织管理体制。

（二）大型流通企业促进法律制度

大型销售商与小商贩相比,更珍视自己的信誉,更能接受市场法规的约束,因此也有利于规范市场秩序,改善市场信用状况。调查也显示,消费者越来越愿意在大型零售场所购买大件消费品,流通产业的发展道路表明:流通渠道的整体发展趋势将会是日益集中,小而分散的布局将被淘汰。所以应该冲破部门、地区的限制,鼓励批发、零售、外贸等流通企业之间,甚至与上游制造企业之间进行跨地区的并购重组活动。依靠企业集中来整合流通渠道,提高流通效率。国外大的连锁集团都集批发商和零售商于一身,能够有效地减少流通环节,很好地沟通生产商和消费者,如给制造商提供市场信息、为消费者提供安装维修服务等。

推进流通企业集中并逐步向大型化及集团化发展的重要措施就是建立健全大型流通企业促进法律制度。目前,中国对流通企业集团主要以政策调整为主,这虽然对鼓励和引导流通企业集团的发展起了积极作用,但是仅靠政策调整是远远不够的。流通企业集团作为一种高级形态的企业联合组织形式,有着复杂的结构层次和内外关系。只有将这些置于法律的调整之内,才能建立流通企业集团稳固的内部组织管理关系,规范流通企业集团的经营活动。因此,我们认为中国《公司法》应作必要的修改,增加调整母子公司关系的法律条文。另外,为了满足发展流通企业集团的迫切需要,应首先制定《企业集团条例》,对企业集团的组合方式、组织结构、管理体制、经营方式、成员企业的权利义务、参加和退出集团的条件和程序以及企业集团的解散、登记和法律责任等内容作出明确的规定。

（三）中小流通企业扶持法律制度

在中国目前,中小商业仍然是商业的基础,在方便人民生活,安置就业稳定社会秩序,促进产业结构的合理化演进等方面具有重要作用。然而,多年来,政府对中小流通企业过问很少,关注的重心是发展重量级的商业集团。政府虽然致力于培育和组建跨地区、跨部门、跨行业、有国际竞争力的超大型跨国流通企业集团,试图提高它们的市场集中度、资产聚合度和规模经济效益,但是效果却不理想。实际上,我们在关注发展重量级的商业集团的同时,更需要给予中小流通企业以极大的重视,不应该因大而失小,尤其在中国就业压力严重的情况下,更应该重视保护中小商业企业。挤掉小店,会给老百姓生活带来不便,不利于就业。中小商业的存在也是保护商业多样性和活力的需要。我们应该扶持、促进中小企业连锁经营和规模化发展,充分发挥它们的经济和社会功能。

扶持与促进中小流通企业发展的重要措施就是建立健全中小流通企业扶持法律制度。首先,重视并实行长期扶持和保护中小流通企业的政策与立法。其次,根据具体情况,以《中小企业促进法》为核心,结合中小流通企业实际情况,借鉴日本等国的成功经验,逐步配套和完善中小流通企业政策法律法规,真正建立起中国特色的中小流通企业政策法律支持体系。再次,以《中小企业促进法》的施行为契机,改变注重所有制的中小流通企业政策与立法,根据中小流通企业在不同时期的经济环境的变化和任务的改变,适当调整中小流通企业政策与立法的侧重点。最后,应当借鉴国外经验,依法设立统一的中小流通企业政府管理机构,主管中小流通企业政策法律的制定和实施。通过有关立法和政策的引导和支持,吸引民间社团组织和社会服务组织积极参与支持中小流通企业的经营活动。

（四）流通人力资源法律制度

随着现代流通企业制度的逐步建立,中国流通领域劳动关系也发生了巨大变化。流通领域劳动关系的性质已经由原来的国家与职工的以共同利益为出发点的劳动关系,转变为企业与员工两个独立的利益主体所构成的互利互惠的劳动关系,劳动关系归属企业化,劳动关系运行市场化,劳动关系构成契约化。新旧体制转换所带来的利益割据的调整,势必在员工与用人单位之间引发各种劳动争议。在日益复杂、多元化的流通劳动关系中,人们的法制观念也在逐步增强,用人单位与员工作为平等双方,在发生劳动争议时依靠法律解决争议的自觉性越来越高。然而,目前中国流通人力资源立法仍处于滞后状态,并在某种程度上制约了流通企业改革深化。为此,建立健全中国流通人力资源法律就成为节约型流通主体建设中一个相当重要和迫切的课题。

针对中国流通人力资源实际,我们认为应当采取以下措施建立健全流通人力资源法律制度。首先,修改宪法中对人们自由流动就业的限制,实现人才全国范围内的自由流动。承认迁徙自由,是市场经济发展的一种不可阻碍的趋势。然而,从中国的实际情况看,迁徙自由没有得到宪法上的认可,是实现人口自由流动法律保障的最大障碍。唯有先在宪法中确认,旧有户籍制度的消极作用得以根本消除,人力资源的开发利用才能真正作为一项长期的系统工程开展下去。其次,适应 WTO 规定,加强公平就业机会的法律规定。中国目前对公平就业机会相当漠视,这既有观念的问题,但更是由于相关法律法规与政策的缺失。为改变这种状况,我们需要加强公平就业机会的法律规定。再次,公平晋升机会法律的规定。公平晋升机会是中国目前人事制度的重大挑战。公平晋升机会的相关法律的制定,不仅可以与国际接轨,而且主要的是能够发现、使用、培养、配置优秀的人才,从而使我们尽快实现自立于世界民族之林并成为世界强国的愿望。对公平晋升机会反映最强烈的弱势群体,如年龄歧视、性别歧视、甚至户籍歧视在晋升中时有出现。公平晋升不仅是使弱势群体感受公平,而且是人力资源管理原则中能级原理的运用。重要岗位公开、公平的竞聘、规范晋升的过程,使贤人、能人发挥其才华,必须制定使这种公平得以实现的法律。最后,加强"尊重他人隐私"的法律规定。西方国家在招聘人员、使用人员的过程中十分严格地遵守"尊重他人隐私"的法律规定。而中国的历史文化提倡"光明正大"、"知无不言"的君子风范。中国人认为"纸包不住火","若要人不知,除非己莫为",把"隐私"与"阴谋"等同起来。半个多世纪以来,更是沿袭了几千年的这一传统,提倡光明磊落,任何事情都要向组织坦白交代。然而,随着改革开放和加入 WTO,尊重他人隐私的行为规范变得十分重要。为了缩短中国与世界其他国家关于隐私权问题认识的距离,我们有必要制定一些相关的法律来保证。

第三节 节约型流通行为法律制度

一、流通行为现状及其评价

流通行为是市场主体之间建立和实现商品交易关系的行为。在当前社会转型时期,中国流通行为虽然基于多种原因不是很规范,但是已经显现出其未来发展趋势:自主选择流通行为继续发展,流通行为逐步呈现多样化,流通行为逐步走向规范化。从商品流通行为未来发展趋势分析,中国商品流通行为未来发展模式如下:完善直达供货制,积极推进代理制与连锁经营,规范完善经销制,大力扶持配送制,加速重塑批发体系,发展零售不同业态,稳步推进商品期货交易,开展商品信用消费。鉴于中国流通行为不规范现状及其未来发展趋势与发展模式,我们应该采取有效措施不断完善流通行为规则,构建节约型流通行为法律制度。

二、节约型流通行为法律制度构建

(一)直达供货法律制度

直达供货是指生产者与最终用户之间不经过中间环节的一种商品流通方式,是应当提倡与完善的。直达供货的生产资料一般是量大的专用产品;直达供货的生活资料一般是不经过批发环节直供配送中心或零售商。为推进市场经济条件下直达供货进一步发展与完善,我们应该采取以下措施建立健全直达供货法律制度:一是增强商品买卖所涉法律制度的可操作性;二是在 WTO 背景下,注意国际国内直达供货法律规则的统一与协调。

(二)商业代理法律制度

商业代理制是随着商品经济的发展而逐渐产生的,是商品经济的必然产物。在社会分工基础上产生的商业代理制,适应了商品经济发展的需要,有效地推动了商品流通方式的革新,提高了整个流通领域的效率。无论是对于生产企业和代理商,还是对于社会流通领域,商业代理制的存在和发展都具有重要的意义。但商业代理制在中国的发展中面临许多障碍,其中之一就是商业代理法制建设落后,相关商业代理法律法规不完善。鉴于此，必须采取措施健全相关法律法规体系，使商业代理制法制化和规范化。具体地说，应从中国商品流通的发展实际出发，在充分借鉴发达国家经验的基础上，尽快制订出中国的《商业代理法》，以规范委托方和代理商的行为，促进商业代理制健康发展。

（三）商品或服务直销法律制度

国际上公认的直销定义是由世界直销协会联盟在其制定的《世界直销商德约法》中做出的，即直销是指"直接于消费者家中、工作地点等商店以外的地方进行产品销售或服务的行为，通常是由直销人员在现场对产品或服务做出详细说明或示范"。为了兑现中国加入 WTO 协议中第310 条载明的"开放无固定地点分销领域"的承诺，中国政府自 2002 年即开始着手直销立法。目前相关立法虽已告一段落，但由于立法者对传销危害性的担忧及立法监管经验的缺乏，新近颁布的直销法规及配套规章显得相当谨慎，当中部分规定被认为过于严厉、限制太多，部分条文较为粗糙、未如理想，对个别制度的设置仍存在较大争议。鉴于此，我们有必要借鉴国外成熟直销立法经验，逐步完善与健全直销法律制度。首先，积极推进直销立法并提升立法层次；其次，合理配置直销中市场主体间的权利义务；最后，完善中国反金字塔式欺诈的法律体系。

（四）商品批发法律制度

计划经济时期，中国形成了以高度集中、计划调拨分配和设立一、二、三级批发站为显著特点的生活消费品和生产资料的商品批发体系。随着商品经济的发展，这个体系逐渐不符合社会主义初级阶段的国情，严重束缚了商品生产者和经营者的积极性，也极大地限制了商品流通的发展。在近 30 年的商业改革和发展中，中国积极探索建立新的商品批发体系，在建立多元化、多种方式、多层次结构的批发体系方面有所推进。但是也不容忽视商品批发业目前存在的诸多问题，如认识上存在误区、批发秩序比较混乱、大规模批发商缺乏、商品批发技术落后等。鉴于此，按照现代商品流通规律，积极探索加快批发业改革和发展，对于大力推进中国流通现代化、建立符合现代市场经济制度和世界贸易组织规则的经济秩序具有重要的现实意义。进一步改革与发展中国批发业的重要举措之一就是借鉴国外成熟经验，积极推进商品批发立法。日本早在 1923 年就制定公布了第一部《中央批发市场法》，为了适应经济发展的要求，于 1971 年 7月 1 日又进行修订而改为《批发市场法》，以后每隔 5 年修订一次。与此相配套,内阁制定了政令《批发市场法施行令》,农林水产省颁布了《批发市场业务规程条例》,各批发市场制定本市场《业务规程实施细则》。这些法律和条例对市场的开设、规划、规模、经营内容、交易方式、监督、审议等事项均做了具体规定。《批发市场法》对交易行为进行了明确规范:(1)拍卖或招标定价的原则;(2)禁止交易的差别;(3)批发对象的限制;(4)禁止根据自己的方法进行批发;(5)禁止在市场外进行货物批发;(6)禁止批发业者作为买方进行交易;(7)禁止收取委托手续费以外的费用。在以拍卖为原则的同时,在很大程度上认可了相对交易。中国应借鉴日本等国的经验,结合中国国情,尽快制订中国商品批发市场有关法规,以求通过立法确定商品批发市场的性质、方针、行为规范,对批发市场的建设、管理、资金来源、交易结算方式、收费、审查等内容,通过立法予以明确。

(五)商品零售法律制度

随着中国加入 WTO,中国零售业在内外的压力下有了长足的发展,但从整个零售业的角度看,仍存在许多急需解决的问题:一是地方政府提前开放零售业,而且在税收上、店铺选址上给予外资企业"超国民待遇";二是外资零售企业违规行为仍然普遍;三是商业零售网点混乱,业态结构不尽合理。之所以如此,关键性原因则是商业零售领域的立法严重滞后。鉴于此,中国有必要借鉴国外的立法经验,完善中国商业网点的法律规范。

近年来,一些法制比较健全的国家不断推出新法律,规范零售市场。特别是进入 20 世纪 90 年代,发达国家对零售业的网点规制日益严格。日本对店铺网点的立法规制对中国来讲,无疑是个很好的借鉴。在日本现代商业社会里,大店铺凭借其在商品种类、价格、服务项目等方面的优势,致使周边小商店日受冷落,直至倒闭。为此,日本政府相继制定和修改了百货店法,并在 1974 年开始实施《大规模零售店铺法》(简称为《大店法》)。《大店法》对大型零售商的店铺总面积、营业时间、休息日人数等都做出了限定。显然,日本政府对大型零售商的管制,旨在保护传统中小零售商,维持就业。但是,对中小零售业的过度保护,必然会削弱市场优胜劣汰的功能,最终阻碍了日本零售业的发展,《大店法》因此也遭到国内外舆论的强烈反对。2000 年 6 月 1 日,一部新的《大店立地法》(简称《立地法》)正式实施。从《大店法》到《立地法》,我们不难看出对商业网点进行立法规范的现代化趋势。

在管制标准上,《立地法》解除了对大型零售商的经营活动(如营业时间)的管制,而改为从交通阻塞、交通安全、噪音、废气排放等环境标准角度进行规范。《立地法》一改《大店法》旨在保护中小零售商的立法初衷,而将立法宗旨定位于促进大型零售商与地区的调和。在设立程序上,《立地法》简化了申请流程并要求召开公开说明会。在《大店法》实施期间,大型零售商向通产省提出选址申请之前,必须向当地中小零售业进行"事前说明",还要接受预定设立商店的地区的商工会议所的审议,如无结果,通产省就不受理。而《立地法》则无此要求,这就使得申请流程更加简洁省时。另外,"公开说明会"的召开,则增加了行政审批的透明度和公正性,并能充分考虑到消费者及周边居民的利益。在规划、审批权限上,《立地法》规定地方政府拥有决定设立的主导权。过去,《大店法》将大型零售企业的审批权都收归中央级和省级政府,而《立地法》则扩充了地方政府的权限,各地方政府可以自行制定条例,规范大型零售商。由于各地的经济水平和市场饱和度都有所不同,因此这种兼顾地方特点的做法是有进步意义的。

借鉴国外经验,考虑中国国情,在商业网点立法模式方面,中国应采用全国性立法与地方立法相结合的模式。由于中国地域辽阔,东西部发展不平衡,各个城市的人口密集度、市场容量以及发展规划等都不尽相同,因此在商业网点的规划上,可借鉴日本《立地法》的经验,赋予各地政府一定的立法权限,以利于地方政府依据本地状况进行调控。但地方立法权应予以限制。中国不必单行制定类似于国外的《大店法》,而应在全国性的《商业法》对商业网点的规划、选址、审批等问题作出原则性规定。如规定一些标准的下限,在程序上要求各地制定关于商业网点的条例应具相当立法层次,即必须是地方性法规,并报国家商务部备查。

借鉴国外经验,考虑中国国情,在商业网点具体立法内容方面,全国性《商业法》中应注意以下几点:第一,应明确立法旨意。从日本政府废《大店法》立《立地法》的过程,我们可以看到,以保护中小零售商为导向的监管标准会破坏公平竞争,削弱市场活力,最终为时代所抛弃。而从地区的可持续发展和环境维护的角度进行规划,则能站在更高的层面上统筹安排,顺应现代的立法趋势。因此,在商业网点规划上,不能以保护内资或鼓励外资为立法的旨意,应以促进地区的协调和可持续发展为立法的导向,优化业态结构,促进内外资的公平竞争。第二,应明确国家商务部是流通业的监管机构。第三,大型商业设施建设可借鉴日本立法,实行听证制度。可规定店铺面积 2000 平方米以上的卖场的设立,必须由商务部所属的各地商务部门举行听证会,听证会的参加方包括城市规划部门、交通部门、统计部门以及行业协会、周边同业单位、社区居民代表、消费者代表和专家。商务部门应将听证意见作为审批的依据。另外,为防止商家规避法律,对于店铺面积未达到 2000 平方米但可能对周边环境和市场秩序造成影响的卖场,由上述两方以上的代表提出申请,由当地的商务部门审核同意,也应举行听证会。地方政府越权审批或违规不举行听证会,应追究政府主要负责人的相关责任。第四,对于商业选址的审批应实行复议制度。《商业法》中应规定,项目选址的申请方和利益相关者(周边同业单位、社区居民组织等)有权向作出决定的商务部门申请复议,但对于同一项目在同一地点的选址只允许复议一次。同时,“对于网点已饱和的商圈,如外来投资者需加入,必须通过购并等资本手段进入,不能新建,以免重复建设;并应规定超过 20000 平方米以上大型购物中心需建在城郊结合部,以免产生交通堵塞、产生噪音等问题”。第五,在宏观规划方面,应规定各地商务部门负责编制本地商业网点的发展规划,对“区域商业中心,郊区中心镇商业,专业街”等商业形态作定性的归类,报同级人民政府批准,报同级人大常委会备案。

(六)连锁经营法律制度

连锁经营是指流通领域中若干经营同类商品的店铺,以共同进货或授予特许权等方式联结起来的使用统一商号、统一管理、分散经营、共享规模效益的一种现代商业经营形式。连锁经营作为一种新的现代商业运营组织方式,近几年在中国得到迅速发展,成绩斐然。它为商业企业制度创新、机制选择、市场定位、资产重组和战略改组等重要问题提供了新的经验和方向。但是,连锁经营在中国起步晚、经验少,制度建设尤其是法律制度建设还相对滞后。因此,借鉴域外连锁经营立法经验,建立健全连锁经营法律制度,对于促进和保障连锁业的健康发展,丰富和完善商事法律制度有着十分重要的意义。从国外的情况看,用专门的法律来规范连锁事业已越来越多。如美国于 1979 年 10 月 21 日颁布了《美国联邦贸易委员会 FTC 法规》,日本于 1976 年 6 月 4 日颁布了关于访问销售等法律。韩国在 1986 年 12 月 31 日颁布的《批发、零售业振兴法》的第五章中对连锁化事业作了专门规定。法国于 1997 年专门制定了一部有关特许连锁义务的法典。就连锁经营法律关系实质而言,商事代理的基本原理显然是其法律适用的基本依据。然目前中国并没有一部代理法,而有关代理的立法规范也十分欠缺,仅仅体现在《民法通则》第四章"民事法律行为和代理"、合同法中有关委托的条款、专利代理及外贸代理等法律、法规之中,这些规范远不能适应商事代理的需求。对于既强调契约基础关系又体现商事代理特征的连锁经营行为,与其他商事代理行为一样已开始要求立法的关注。因此,加强商事代理的立法已势在必行,它不仅是中国商业领域繁荣昌盛的法律保障,同时也是实现连锁经营方式法制化管理的唯一途径。

(七)商品期货法律制度

商品期货市场是商品市场发展到一定阶段的产物,对于发现价格、规避风险、引导生产具有别的市场无法替代的作用。中国商品期货市场经过多年发展,尽管取得一定成绩,但与国际成熟商品期货市场相比较还存在着较大差距。之所以如此,关键在于法律及监管体系不健全造成商品期货投机气氛过浓。鉴于此,我们必须采取措施尽快研究制定并出台《期货交易法》。具体来说,中国《期货交易法》制定应遵照以下原则:(1)市场主体平等性。从期货市场表象看,人们很容易得出期货市场构成要素之间的关系是管理关系,即客户受期货经纪公司管理,期货经纪公司和会员受期货交易所管理的结论。因为期货市场是一个高风险的市场,在运作过程中必须从管理角度从严控制风险。因此,我们的思维方式、运作手段都从管理角度入手。其实,期货交易法属于商法范畴,在期货市场纷繁复杂的表象背后,实际上是一个简单的合同结构在支撑,期货交易法应进一步明确期货交易所、经纪公司及一般会员、投资者之间的平等关系,明确保障各种市场主体,特别是投资者的正当权益是期货市场管理的前提和宗旨。(2)开放性。在 WTO 背景下,中国期货市场必将融入国际化的浪潮之中,《期货交易法》的各项条款应尽量与国际接轨,这既是适应与国外合作与竞争的需要,也是期货市场长期发展的需要。(3)全面适用性。《期货交易法》应涵盖有关商品期货交易与金融期货交易的规章和制度。《期货交易法》不能因期货新品种的增加而频繁调整。(4)发展规律性。《期货交易法》应符合期货市场发展的内在规律,扩大期货市场的参与主体,有利于市场功能的发挥,为期货市场的长远发展留有空间和余地。《期货交易法》作为一部法律出台不应规定得过细,应该还有与之相应的司法解释之类的细则和良好的法律环境,以保障法律的运行。

（八）绿色物流法律制度

中国国家标准《物流术语》对物流的定义为:"物品从供应地向接收地的实体流动过程。根据实际需要,将运输、储存、搬运、包装、流通加工、配送、信息处理等基本功能实施有机结合。"所谓绿色物流是指在物流的运输、存储、搬运、包装、流通加工、配送等环节中,各主体(供给主体和需求主体)不仅考虑运营活动所带来的经济效益,而且要考虑物流活动与环境的关系,即运营活动所带来的社会和生态效益的一种实现可持续发展的绿色经济活动。在节约型社会建设中,采取各种有效措施发展与推进绿色物流势在必行。在相关措施中,最关键的就是建立健全绿色物流法律制度,包括绿色运输法律制度、绿色存储法律制度、绿色搬运法律制度、绿色包装法律制度、绿色流通加工法律制度等。

1. 绿色运输法律制度

作为物流活动中最重要、最基本活动的运输,对环境的影响是不容小觑的。现在,大部分运输工具排放出的大量有害气体不仅对大气造成严重的污染,还损害了道路周边植物的健康生存。如大家都熟悉的酸雨,破坏大气臭氧层,影响生态平衡。另外,交通运输工具在使用过程中还会给人类带来噪音污染,尤其是居住在道路附近的居民更是深受其害,这些都不利于人们的身体健康。正是由于运输活动过程中存在着上述弊端,我们强调发展绿色运输。所谓绿色运输是以节约能源、减少废气排放为特征的运输。开展绿色运输包括开展共同配送和多式联运方式。共同配送是为提高物流效率,在对某一地区的用户进行配送时,由多个配送企业联合在一起进行的配送。它是在配送中心的统一计划、统一调度下展开的。这种配送有利于省省运力,提高运输车辆的货物满载率。因此,可以去除多余的交错运输,并取得缓解交通、保护环境等社会效益。多式联运是吸取铁路、汽车、船舶、飞机等基本运输方式的长处,把它们有机地结合起来,实行多环节、多区段、多运输工具相互衔接进行商品运输的一种方式。这种运输方式以集装箱作为联结各种工具的通用媒介,采用集装箱等包装形式,既可以减少包装支出,降低运输过程中的货损、货差,提高货运质量,还可以节省人力、物力和财力。为推动绿色运输发展,国家应制定科学的运输环境资源保护法律与政策,提高对资源合理使用的监督力度和对环境污染行为的惩罚力度。除了严格实施《环境保护法》、《固体废物污染环境防治法》以及《环境噪声污染防治法》等现有环保法律法规外，还应制定发生源规则、交通量规则和交通流规则。发生源规则主要是对产生环境问题的来源进行管理。交通量规则主要是发挥政府的指导作用，推动企业从自用车运输向商用车运输的转化，发展共同配送，减少车流总量，最终实现物流的绿色化、效率化。交通流规则制定的主要目的是通过建立都市中心地域环状道路、制定道路停车规则和交通管制，来减少交通阻塞，提高配送效率。

2. 绿色仓储法律制度

仓储本身对周围环境产生影响。如保管、操作不当引起货品损坏、变质、泄漏等都会影响环境。另外，仓库布局的合理性也决定着能源的消耗量。仓储布局不合理会导致运输次数的增加或运输迂回。仓储布局过于密集，会增加运输里程，增加能源消耗，增加污染物排放;过于松散，则会降低运输效率，增加空载率。可见，布局合理的绿色仓储是能源节约、环境保护的重要手段。为顺利推进绿色仓储发展，我们必须借鉴国外成功经验，进一步完善绿色仓储法律制度。在仓储制度立法方面，许多国家都走在了我们的前面，如日本不仅在其商法的第九章极其详细地规定了仓库寄托，还制定了专门的仓库业法、农业仓库法等相关更为细致的仓储立法;德国除在其商法典中以专章将商事仓储单列予以规定外，还于1931年12月制定颁布了《指示仓单规则》，如果仅仅适用这两个法律规定还不足以实现其法律调整的目的，则还可以适用诸如不来梅和汉堡的《仓库条例》、《德国大型货物运输中转一般仓库条例》等特别的约定或仓库规则;法国于1858年5月制定颁布了《关于仓库营业寄托物品交易之法律》，此外还有1898年和1906年的农人农产物出质仓单之法律、1932年的关于煤油进口业者储藏煤油出质仓单之法律等等，共同构成了法国仓储立法的基本构架。这些国家的仓储立法经验都值得我们参考和借鉴。通过这些年的努力，应该说中国仓储合同立法已经初具规模，对促进中国仓储业发展起到了不容忽视的作用，但是我们应当认识到:中国仓储立法并不等于仓储合同立法，除了仓储合同立法外，仓储法律制度还应该包括有关仓库营业人的内容;与此同时，现行仓储合同立法尚不能很好满足绿色物流发展对法律制度的需求。基于此，笔者建议应该顺应绿色物流发展趋势，尽快出台一部完整的绿色化《仓储业法》，进一步建立和完善中

203

国的绿色仓储法律规范体系,从而适应飞速发展的绿色仓储物流业对法律制度的需求,促进中国仓储物流业的绿色化、现代化和国际化。

3. 绿色装卸搬运法律制度

作为运输和储存活动附带产生的物流活动,装卸搬运贯穿物流的始终,当然会对环境产生影响。装卸不当,造成商品体的损坏,引起资源浪费和废弃物产生,这些废弃物无论是气体的还是液体的都有可能对环境造成污染,比如化学液体商品破漏,造成水体污染、土壤污染等;化学气体商品破漏,造成大气污染、动植物污染等,这些污染不仅带来经济上的亏损也不利于我们伟大的环保行动。而绿色装卸搬运正是从节约资源和降低污染方面考虑,这与我们可持续发展的总目标是紧密联系的。实行绿色装卸搬运就必须采用除尘装置,实行环境监测和监督,减少污染源,最大限度地减少污染物的排放量,适当地建立废水处理系统,禁止乱排乱放,以便控制污染的蔓延。为进一步推进绿色装卸搬运发展,我们必须进一步加强绿色装卸搬运标准化制度建设,包括绿色物流设施标准以及绿色装卸搬运程序标准。

4. 绿色包装法律制度

作为保证商品的价值和形态而从事的物流活动,包装与环境的关系也是不容忽视的。一方面是包装材料的污染。如人们熟知的白色塑料污染,这些白色物质不易降解,在自然界滞留时间还比较长,因而成为环境保护中重点处理的一个环节。另一方面是过度的包装或重复的包装,造成的资源浪费。我们认为无论是重复的建设还是重复的包装,只要是涉及"不利的"重复,都应该坚决杜绝,使这些无谓的"重复"最小化,这样才会提高自然界中有限资源的利用效率。绿色包装就是要求包装材料要尽量避免难降解物质的使用,增加对可收回、再循环利用物质的使用;同时也要减少重复包装对自然资源造成的浪费。简言之,绿色包装是指采用节约资源、保护环境的包装。绿色包装要求包装产品从原材料选择,产品制造、使用、回收和废弃处理的整个过程均应符合生态环境保护的要求,包括节省资源与能源,减量甚至避免废弃物产生,易回收复用,再循环利用,可焚烧或降解等生态环境保护要求的内容,更好地满足绿色包装所要求的"3R1D"(Reduce Reuse Recycle Degradable)原则。绿色包装实现途径主要有:促进生产部门采用尽量简化的以及由可降解材料制成的包装;在流通过程中,应采取措施实现包装的合理化与现代化。

　　为促进绿色包装发展,许多工业发达国家目前都制定和通过了相关法律和制度。1981 年,丹麦政府鉴于饮料容器空瓶的增多带来不良影响,首先推出《包装容器回收利用法》和"绿色税"制度。美国到 1994 年已有 37 个州制定了包装废弃物管理法规,并有 100 多项回收再生法律生效;同时还规定了废弃物处理的减量、重复利用、再生、焚化、填埋五项优先顺序指标;此外还通过立法严禁稻草类包装物进口。德国 1992 年 6 月公布了《德国包装废弃物处理的法令》。英国制定了《包装废弃物条例》,要求 2000 年前使包装废弃物的 50% ~75% 被重新利用。法国等欧盟许多国家于 20 世纪 90 年代初公布了《包装条例》,用法律形式要求包装材料的生产和经营者承担义务,回收并利用使用过的包装品。这项计划的基本原则是:谁生产垃圾谁就要为此付出代价。根据规定,法国商品或包装生产企业要到"绿色包装"集团注册,交纳"绿点标志使用费",并获得在其产品上标注"绿点"标志的权利。"绿色包装"集团则利用企业交纳的"绿点"费,负责与地方政府合作收集包装垃圾,然后由它负责进行清理、分拣和循环再利用。通过该集团,法国 2003 年 80% 的生活垃圾得到了可循环处理。其中 63% 的废弃包装类垃圾经再处理后被制成了纸板、金属、玻璃瓶和塑料等初级材料,17% 的垃圾被转化成了石油、热力等能源。

　　世界各国的实践表明,为保护环境,节约资源,促使包装绿色化,最有效的办法是实行立法,用强制性的手段对包装资源进行管理。从长远看,中国应制订有利于绿色包装、促进包装资源循环利用的一系列法律法规,如《循环经济法》、《包装法》、《资源节约法》、《绿色产业法》、《绿色消费法》、《再生资源回收管理条例》、《包装物回收管理办法》等。当前,中国应抓紧制定《包装法》,解决过度包装、包装安全、包装废弃物等问题,实现社会经济的可持续发展。首先,强化清洁生产,实行源头控制。基于循环经济理念的清洁生产的根本目的是进行无废、少废生产,实现生产过程污染的"零排放"和制造产品的绿色化。就包装领域而言,要求生产者在包装的整个生命周期过程中,遵循循环经济"减量化、再利用、资源化"的经济活动行为原则,使包装对环境的影响降到最低限度。在《包装法》中,应明确生产包装产品要使用清洁的能源和原料,以立法的形式规定禁止使用某些包装材料,如含有铅、汞和镉等成分的包装材料;不能再利用的包装容器和没有达到再循环比例的包装材料。明确禁止过度包装或一次性包装,尽快制定出过度包装的"度"量化标准,实行商品包装"减量化",在经济活动源头就注意节约资源和减少污染。其次,促进包装废弃物的避免、减少和再利用,实现包装废弃物生态化循环。在《包装法》中应明确包装废弃物的避免、减少和再利用原则,并贯彻"谁污染谁负责、谁开发利用废弃物谁将得到鼓励和支持"的原则。具体而言:第一,《包装法》要规定避免产生废弃物,特别是减少其数量和毒性;第二,企业必须回收利用包装废弃物,或作为可用能源;剩下的包装废弃物以环境相容的方式填埋。要规定包装生产企业所使用的包装物,其废弃时有正确的回收利用或合适处置的保证。当产品有毒成分过高,难以处理,不能保证与环境相容,就不许进入市场流通。再则,扩大生产者责任,生产者不仅对产品的性能负责,而且负有对包装物整个生命周期负责的责任和义务;产品的生产者和销售者还应承担回收的有关费用。

(九)战略资源储备法律制度

战略资源储备法律制度是实施资源储备战略的重要保障。美国、日本、韩国、法国、德国等国家都实施了资源战略储备制度,并制定了相应的储备立法。中国"十一五"计划纲要中规定"积极利用国外资源,建立海外石油、天然气供应基地,实行石油进口多元化。建立国家石油战略储备,维护国家能源安全"。中国建立战略资源储备制度的关键一环就是借鉴国际成熟经验,建立健全战略资源储备法律制度。战略资源储备法律制度包括两个部分,一部分是战略资源储备组织法,另一部分是战略资源储备行为法。战略资源储备组织法,主要规定实施战略资源储备的主体,明确实施战略资源储备的机构或组织,规定其职能和职责,决策程序和运行机制等。战略资源储备行为法主要规定的是战略资源储备的具体运作,如战略储备资源的购入、动用、储备资源的变更、储备基地或设施的建设与管理等。

1. 战略资源储备组织法

从各国的战略资源储备主体情况来看,战略储备主体的模式基本有两类,一类是单一主体,以美国为代表的政府为主的单一主体,由政府出资购买、管理和实施战略资源储备。战略资源储备一般有专门政府机构管理,如美国战略物资储备由国防部(国防后勤局的国家战略储备中心)负责,石油储备由能源部负责,石油资源基地储备则由内政部管理。矿产资源储备在英国为贸工部负责,在瑞士为经济部负责,在瑞典由国防部经济保卫局负责,在法国由国家矿产储备管理委员会负责。另一类是共同主体,以日本为代表的政府与协会、企业合作,按照不同的分工,共同实施战略资源储备。日本管理战略资源储备的政府部门是通商产业省,根据相关法律规定,通商产业省在矿产资源储备方面的主要职责是,制定战略资源储备政策,确保战略资源储备预算,协调有关部门的关系,决定战略资源储备投放。矿产资源储备管理的具体事务由其下设的具有准政府性质的机构——石油公团和金属矿业事业团分别承担。日本的民间石油储备精炼和进口企业进行管理或委托参股公司、共同储备公司代为管理。考虑到中国的国情,中国应该成立以政府为主的战略资源储备机构,作为战略资源储备的决策机构,其主要职能是制定战略资源储备政策,管理战略资源储备资金,决定战略资源储备的重大事项。其具体实施由企业或有关机构来承担。

2. 战略资源储备行为法

战略资源储备行为法主要包括战略资源储备购入制度和战略资源储备动用制度。纵览世界相关国家战略资源储备,我们发现,各国战略资源储备目标确定后,当储备的资源数量达不到法定储备目标时,就确定购入战略资源的种类和数量。如美国储备法规定,在储备量低于目标量时,购进物资有财政支出时,需提交国会通过。韩国规定储备的品种必须具备下列条件之一:主要依赖进口的物资;对国民生活安定具有重要影响的紧要物资;从稳定物价和调节供求方面认为有必要采取紧急对策的物资。各国法律对战略资源储备的购入都设立了一套程序,如美国根据战略物资储备法进行储备时,储备需要提交国会通过或总统批准。日本确立了储备审议会制度,来决定重大的矿产资源储备。韩国储备物资的品种必须按照法律规定的程序确定。通常要经过经济计划院和中央行政机关议长协商同意,并经过总统令确定下来的品种,方能纳入战略储备范畴。

战略资源储备的动用制度是战略资源储备发挥作用的体现,建立战略资源储备制度的目的就是当出现了法定的动用条件时,启动动用程序,释放储备资源,实现战略资源储备的保障功能。所以,战略资源储备的动用制度是战略资源储备的核心制度之一。主要包括战略资源储备动用的条件和程序。对于战略资源储备动用的条件,各国都设立了不同的条件,一般有:储备产品的市场条件、紧急状态、储备目标的变更、国内市场需要等。关于战略资源储备动用的市场条件各国都进行了规定。如美国规

207

定,当储备量超过储备目标,不抛售会造成损失;购进和抛售均需服从竞争原则;动用储备要符合竞争性销售原则。瑞典规定,抛售时第一步面向企业,第二步面向市场,进一步持续发生供应障碍时,则实行配给制。对于战略资源储备动用的程序,各国进行了一系列不完全相同的规定。在日本,储备的放出必须按照有关法律的程序进行。当国内出现供应紧急状态时,储备的放出方案必须要通过有关审议会审议,并经过通商产业省大臣批准后才能实施。储备放出的一般原则是,当放出数量在7%以下时,属于日本独自紧急状态的,逐步使用民间储备,如降低民间储备义务标准;属于国际性协调紧急状态的,以通商产业大臣批准,可逐步使用国家储备。当放出数量在7%以上时,则先逐步使用民间储备,再放出国家储备。当出现持续紧急状态时,首先放出国家储备,降低民间储备义务标准;再大量放出民间储备;最后,大量放出国家储备。韩国战略储备物资的放出不像日本那样严格。凡需要国家的物资,向调达厅申请的一般程序为:调达厅定期公告国家物资信息,企业需要时,可向调达厅提出书面申请,获得调达厅长批准后,由调达厅按照规定程序调拨。调拨时,销售价格要再次评估。美国总统从国防上认为需要抛售战略储备物资时,经国会批准。紧急情况下,由总统签署命令,方可动用战略石油储备。

根据中国已确定的战略资源储备政策和经济发展的实际情况,中国战略资源储备的目的应立足于保障经济的可持续发展,保障经济安全,满足经济发展对若干战略资源的需要。当前,中国应以可持续发展观和科学资源安全观为指导,基于立足本国实际、国际国内相协调、兼顾安全与效益原则,构建适合中国国情的战略资源(如石油、土地、水资源)储备法律体系。中国战略资源储备法律体系是一个复杂的系统工程,应当以战略资源一般法律制度为基础,通过边建构边完善的方式,逐步确立战略资源安全预警制度、战略资源供需调控制度、战略资源储备具体制度、战略资源节用制度、战略资源安全国际合作制度等战略资源储备相关法律制度。制度的建立,需要立法的推进。中国战略资源储备法律保障必须完善相关立法,而立法的思路应当是:以各战略资源基本法为核心,以相关战略资源储备法为重点,以相关战略资源节用管理办法等相关法规为配套,同时兼顾上述法律法规与关联法律法规的协调。

第四节　节约型流通秩序法律制度

一、流通秩序内涵与实质

流通秩序是商品流通过程中的经济秩序。流通秩序实质上反映的是商品流通过程中各种要素之间的耦合、配置关系。在流通领域中，一定量的劳动力、资金和流通资料组合在一起，共同推动商品由生产领域向消费领域转移。为此，商品要经过多道环节，越过时间和空间的限制，实现生产和消费的统一和结合。显然，要有效地实现商品流通，实现商品价值，一方面必须使各种流通要素合理、有序地组合，以实现一定的流通效率；另一方面，各道流通环节，即商品的每次转手，必须维持一定的秩序。无序的交易自然会破坏流通效率。因此，综合地讲，流通的实现来自于资源、要素的合理组合，流通实现的效率取决于资源配置的效率，取决于流通秩序。

二、流通秩序类型与维持

(一)流通秩序：从流通过程考察

从商品流通过程的内容和特点来看，流通秩序应包括三个部分，即商流秩序、物流秩序和信息流秩序。

1. 商流秩序

商流秩序是与商品价值运动有关的秩序。在市场经济条件下，商流的核心在于实现商品的价值。与此相对应，商流秩序包括以下两个方面的内容。

(1)结算秩序。商品交易必须有货币和商品体共同参与。商品价值运动或商流主要表现为货币运动。商品流通是否有序，首先表现在货款能否及时支付。违反合约、延迟付款，甚至拒绝付款都会造成流通秩序的混乱。中国现阶段经济生活中的"相互拖欠"问题，在某种程度上说，是结算秩序混乱的一种反映。结算秩序的维持必须借助于结算方法的科学化和结算监督的法制化。所谓结算方法的科学化，是指企业所选用的结算方式必须以双方的信用关系为基础。脱离资信状况的结算方法，往往会给结算、给流通带来不安定因素。当然，结算方式主要是由银行给定的，是银行提供服务的一种形式。结算方式的科学化必须由银行通过改革来解决。所谓结算监督的法制化是指要依法结算。这就要求法制健全。例如,首先必须有合同法,只有它才能为履行合同者提供保护,并给违约者以惩罚;其次,还要有相应的商业银行法、结算法等。当然这些法不一定是专门的法典,但可以包括在有关的法典之中。

(2)价格秩序。价格是交易的主要条件,价格不合理会使交易告吹;价格合理则能促成交易的实现。因此,价格是双方争议的主要焦点,价格秩序是流通秩序的重要组成部分。价格秩序主要指价格形成和变动过程中的秩序。价格是属于流通的范畴。在计划经济体制中,流通按国家计划进行,价格由国家制定,交易主体没有定价权,也没有变动价格的权利,双方都只能是价格的接受者。改革以后,中国的价格管理体制逐步发生了变化。除国家规定的特殊商品和特殊交易以外,企业、交易主体都可自由协商定价。这就是通常所说的价格形成过程的市场机制。市场定价使交易主体有了定价自主权,但同时也带来了公平问题。在传统体制中,公平价格由政府定价机制来解决。但在市场经济体制中,定价权交给市场,而市场并不能保证价格公平。这就有一个价格秩序问题。如果交易双方自由竞争、公平定价,那么这种价格形成就是有序的;相反,如果交易一方通过垄断、欺诈等手段和另一方协商定价,则这种价格形成过程就是缺乏秩序的。

2. 物流秩序

物流秩序是指商品体(使用价值)运动有关的秩序。物流秩序主要包括商品品质保证和运输储存秩序。

(1)商品品质保证。商品品质保证是物流的基本要求,也是商品流通的基础。商品是流通的对象,它必须具有充足的使用价值。事实上,也正是由于商品有使用价值才刺激了买方、消费者的需求和购买欲望。因此,卖方必须为商品品质提供保证。这种保证可以是书面的(如品质担保),也可以是口头的。通常,只要双方遵循诚信原则,则这个问题是可能解决的。但问题在于,交易双方对商品体有不同的要求和态度。卖方视之为盈利工具,买方则要求它有效用,因此诚信原则常常受到卖方利益的冲击。中国近年来市场上假冒伪劣商品泛滥正是诚信原则退化的一种表现,是品质保证这一环节秩序混乱的表现。因此要形成良好的物流秩序和流通秩序,必须强化品质保证。

(2)运输储存秩序。商品流通必须借助于运力和仓储,以解决商品生产和消费在时间和空间上的矛盾。就单个交易过程而言,由于运输和储存通常不直接牵涉到双方利益(运输和仓储也是交易条件之一,一方面零售交易一般由买卖双方自己解决,另一方面在批发交易中通常双方在洽谈中能解决这一问题。除了由卖方送货之外,一般不会直接发生矛盾。这里的矛盾已转移至买方和承运商之间),因而矛盾不大,秩序问题并不突出。问题在于从全社会的商品的总体来看,这就非同小可了。首先,运输、储存服务的短缺是中国长期存在的一大难题,是经济发展的"瓶颈"。其实,所谓"瓶颈"直接地是指流通瓶颈。这两个行业对经济发展的影响主要是通过商品流通间接地实现的。因此,在运力不足、仓储不够的条件下,其供给秩序就变得十分重要。其次,从经济学上看,运输、仓储都有合理和不合理之分。合理的运输和仓储是秩序的象征,而不合理的运输和仓储则表现为秩序混乱。例如,就运输而言,迂回运输、重复运输、空载运输等都不是合理运输。如果一个社会大量存在这些不合理运输,则表明运输秩序是混乱的。按照马克思主义政治经济学的观点,为这些不合理运输和仓储而付出的劳动是非生产劳动,是不创造价值的。这些劳动付出对社会而言没有任何价值,是一种浪费。因此,运输和仓储秩序自然也应该是流通秩序的一个组成部分。

3. 信息流秩序

信息流秩序是与信息搜集、传递和使用有关的秩序。在商品流通过程中,最重要的是信息使用秩序。在理论上,买卖双方都应处于信息充分且完全公开的状况。但事实上远非如此。由于买方和卖方掌握信息的渠道或途径不同,因而双方的信息规模和内容都是不对称的。不过,这一客观事实并不否认信息流秩序。只要实施信息公开、信息共享制度,双方的信息差异可以在很大程度上消除。那么,在什么情况下信息流秩序会受到破坏呢? 在买卖双方,特别是卖方故意隐瞒对己不利的有关信息时,信息流便处于一种无序状态。通常,生产者、卖方所获取的有关交易对象(商品或劳务)的信息往往超过买方和消费者,因而在交易中处于主动地位。只要他们故意守住一些秘密,买方便无从得知,容易上当。因此,在商品流通过程中,要保证公平、公正交易,必须有一个良好的信息流秩序。

流通秩序的这三个方面是密切联系、相互统一的。在市场经济条件下,对企业而言,商流秩序是最重要的内容,没有商流,没有商流秩序,商品不能自动地进入消费者手中,其价值便不能实现。对消费者而言,物流

211

则是主要的环节。事实上,对消费者而言,物流才是流通的真正意义所在,只有经过物流,居民、消费者才能享受使用价值。可见,物流秩序对消费者的重要性。对于生产、消费双方来讲,信息流则是必不可少的。如果一方隐瞒有关信息,破坏信息流的秩序,另一方则会蒙受损失。因此,对一个完整的商品流通过程而言,从生产和消费相统一的角度来看,这三个部分的秩序都是必不可少的。只有生产和消费以及流通当事人共同维持商流、物流和信息流秩序,才能有完整意义上的流通秩序。

（二）流通秩序:从市场交易考察

流通的基础是交换、交易。要维持流通秩序则必须把握住交易。从这一角度出发,我们可以把流通秩序分产权秩序、交易秩序和竞争秩序三个部分。商品产权明晰是交易的前提,没有产权秩序,流通秩序便会出问题。交易即买卖,是流通的核心和基础,因此交易秩序好坏决定流通秩序;同样,从流通总体来看,仅有交易秩序还不够,还必须解决多主体联合与交易,即流通竞争问题。竞争有序,才能有流通秩序。因此这三个部分构成流通秩序的主要内容。

1. 产权秩序

这里的产权指商品的产权,而不是企业资产的产权问题。产权是交易的基础。没有产权,缺乏物权,则谈不上交易和流通。明晰的商品产权是交易效率和交易秩序的前提,是商品交易和流通的基础,从逻辑上讲,既然商品交易是产权的转手,是交易一方把商品让渡给另一方,将商品的产权转移到对方名下,由其自主支配、处置。那么,在交易发生之前,这些商品的产权就必须是明确界定的。例如,（1）它是属于个人还是属于某一企业、社团或其他组织;（2）对出卖的一方而言,这些产权是否是完备的,是包括了商品的所有、占有、支配和使用等权利的全部,还是其中的一个或几个部分,参加交易的产权是全部还是部分。不明确、具体地界定产权,则在交易过程中及交易完成之后容易引起混乱,破坏交易秩序。商品产权的界定理应比较简单,但并不总是如此。这里有两种情况。一是赃物交易,如偷盗物品、走私物品、贪污受贿物品等,这些物品的产权是模糊和难以界定的;二是一些特殊物品,其所有权虽然明晰,但使用、支配等方面的权力难以分割和界定,如需售后服务的家用电器、摩托车、民用住宅等,需售中和售后鉴定价值的技术商品、劳务商品等。这些商品的交易具有特殊性。如果在售前不明晰产权,则会出现纠纷。例如,家用电器的买卖。家用电器商品的完全产权本身就应该包括售后服务的权利。但在交易过程中，由于双方未意识到这一问题，或者是卖方有意回避这一问题，因而售后纠纷不断出现。在理论上，如果双方在交易之前明确界定权利、明确规定参加交易的是完备的产权或残缺的产权（如前述要求维修的权利），并在计算价格时加以考虑，则交易效率和秩序会大大改善。在这方面，可以采取行业制订有关规范和标准的办法来实现。在每次交易中，由双方界定商品产权虽然可行，但交易成本会增加。制订统一的经营规则更为合理。

2. 交易秩序

流通秩序的基础在于交易行为。行为符合规范，并且取向一致，便会表现出一种秩序。在商品流通过程中，参与流通和交易的各个主体往往来自四面八方，各有文化氛围、风俗习惯和行为特点，因此，在交易中达成一致是比较困难的，但也不是不可能。这是因为：第一，虽然交易主体千差万别，但他们都有一个共同的目标，即达成交易，互惠互利。正是这一目标驱动着各个主体的交易行为，而要能顺利达成交易就必须互相尊重文化和行为差异。第二，虽然交易主体的习俗和文化氛围有别，但在国内商品流通中，他们都是统一的中国文化的产物，都经受了社会主义精神文明的教育，吸引了中国优秀的传统文化及习俗，这些都为交易各方达成行为一致奠定了基础。第三，即使交易各方来自不同的国家和文化体系，但由于诚信原则已成为国际交往和交易的基础标准和惯例，因而也能形成交易行为秩序。最后，交易都是在一定的制度框架下进行的，虽然文化、习俗等非正规制约有差异，但在一个国家内部，正规规则往往是一致的，至少取向是一致的。违反国家政策法规者将受到惩罚。这种正规规则所构成的压力也促使交易双方行为一致，形成秩序。可见，只要我们有合理的文化导向，有完善的法规体系，尊重各个交易主体的合理权益，遵循诚信原则，则交易行为应该能体现出一种秩序。

3. 竞争秩序

商品交易是竞争的结果。通过竞争，交易双方形成交易条件，并达成交易。可见，竞争是交易的关键，竞争秩序对流通秩序有直接影响。在市场经济体制中，判别竞争秩序的标准或原则主要是机会均等、公平竞争。它要求取缔经济的行政特权，反对垄断，反对歧视，反对市场分割封锁。这些要求具体体现在：(1)所有流通主体都能机会均等地进入流通领域，

213

并能按照市场状况自主确定销售对象,规定销售价格;(2)所有流通当事人能够机会均等地按照统一的市场价格取得商品或生产要素,反对垄断,反对歧视;(3)公平税负,所有流通当事人按照统一的税法或规定承担经济责任,没有不公平、不合理的摊派和负担;(4)市场是统一的,每个流通当事人可以在统一市场上自由经营。

综上所述,流通秩序类型可以归纳如图3所示:

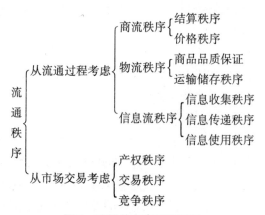

图3　流通秩序类型解析图

三、节约型流通秩序法律制度构建

（一）节约型商流秩序法律制度

节约型商流秩序法律制度包括节约型结算秩序法律制度与节约型价格秩序法律制度。

1. 节约型结算秩序法律制度

支付结算体系是实现货币债权转移的制度安排和技术安排的有机组合。在现代市场经济中,一个完整的支付过程主要由交易、清算和结算三个环节构成。支付结算体系主要包括支付工具、支付系统、支付服务组织和相关的法规制度等。支付工具也是传达收付款人支付指令、实现债权债务清偿和货币资金转移的载体;支付系统支撑各种支付工具应用,提供资金清算与资金最终转移通道;支付服务组织向客户提供支付账户、支付工具和支付清算、结算服务,如中央银行、金融机构和专门的支付清算组织等。支付结算法规制度是规范支付结算行为,保证支付结算市场有效性的法律基础设施。维护支付结算体系的安全、高效和稳健是中央银行公共管理政策的基本目标之一。

(1)中国支付结算体系缺陷分析。经过二十多年的改革探索,中国支付清算体系的发展取得了巨大成就。建立了以汇票、本票、支票和信用卡为主体的支付结算制度,发展了信用支付工具,并随着现代科技的发展推动网上支付等支付工具的电子化;不断改进了支付清算系统,组织规范了各地同城票据交换系统、各商业银行的行内资金汇划系统,建立了中国现代化支付系统(CNAPS),大额支付系统(HVPS)已经完成在全国的建设和推广工作,小额批量支付系统(HEPS)于 2006 年完成在全国的建设和推广工作。这些系统覆盖所有支付工具的应用,提供了社会资金快速运行的重要渠道。但是,中国的支付清算系统仍存在系统相对独立分散、功能分割等明显缺陷。具体表现在:

首先,账户管理分割。各商业银行分行都在当地人民银行分行开设储备金账户。这种高度分散的账户管理方式分割了国家银行体制,使得银行监管变得困难,也不利于商业银行有效管理行内的资金。

其次,支付清算系统分割。第一,商业银行分支机构在中央银行分支机构开设独立账户,分别代表一个独立的支付业务处理单位,导致跨行清算系统其实成为商业银行跨分行的系统,而四大国有商业银行之间的"联行"自成体系,股份制商业银行、城市商业银行以及信用社则没有独立的"联行"系统,结算渠道经常梗阻,汇兑系统要借助四大国有商业银行的跑道,不利于支付清算体系的完善和优化,也不利于监督管理。另一方面,随着商业银行行内结算系统日益完善,各行越来越重视各自的商业利益,对行内支付结算系统的投入力度很大,而中央银行对各商业银行电子汇兑系统的影响十分有限,加剧了中国支付结算体系分割的局面。另外,中国的支付清算体系与国际支付清算系统(SWIFT)尚未连接,这使得中国支付清算体系还未成为世界支付清算体系的组成部分。第二,中国证券登记结算公司的登记结算服务仍分散在深、沪两个不同的业务平台上运作,资源不能共享,系统设置重复,账户不能通用;资金代理结算银行与券商分别在两市开户,分散调拨资金,增加了运作环节,降低资金使用效率,影响市场的整体效率。而专门负责银行间债券登记结算的中央国债登记结算公司也与前者不属同一结算系统,形成两个分割的登记结算系统,造成债券市场分割的格局,加大了市场的运行成本。支付结算系统间的这种不相融、不相连的特点还加大了金融衍生产品创新的难度,不利于股票指数期货、债券期货、外汇期货、期权等金融衍生品种的发育,也不利于金融市场的全面发展。

最后,支付清算的监管体系分割。制订支付清算法规制度,维护支付清算系统的正常运行是中央银行的一项传统职责。中国银行业监督管理委员会的成立使得中央银行监督管理下的银行支付清算系统、证券登记结算系统中原本错综复杂的各种矛盾更加突出。新的《中国人民银行法》规定,中央银行负有"维护支付、清算系统的正常运行"、"会同国务院银行业监督管理机构制定支付结算规则"、"对执行有关清算管理规定的行为进行检查监督"等职责。因此,就支付结算管理职能分工来看,银监会主要负责对支付结算业务的日常管理和具体违法行为的处罚,有关结算纠纷的受理和处置由银监会进行,并且由银监会负责对银行卡业务和资金交易的监管。人民银行负责支付结算规则的制定、支付结算市场准入;而且它作为清算系统的组织者,只为金融机构提供支付清算服务和对金融机构之间的资金清算行为进行监管,不再负责支付结算日常行为的监管,不再履行以往的支付结算现场检查和涉及支付结算违规行为的行政处罚职权。这样,就割裂了支付结算体系的内在联系,加大了支付体系的系统性风险,并增加了协调成本,削弱了支付体系的监管效率。国际清算银行(BIS)的最新研究指出,为保持金融体系的安全和效率,一个国家的大额支付系统与证券结算系统应协调发展。其重要原因在于,大额支付系统与证券系统存在相互依存的关系。具体来说,证券系统中的资金结算借助于大额支付系统,可有效实现 DVP,以防范支付风险。

(2)中国支付结算体系改进构想。综合各国经验,中央银行在国家支付系统中的作用应该包括:制定支付系统政策,监督管理清算机构以及在支付系统中起关键作用的商业银行;运作支付系统,并为金融机构提供账户间的结算;操作大额转账体系;监督支付系统的运行,并制定公共政策,指导中央银行以外的支付系统的运行。在政策方面,还包括规划并运行中国现代化支付系统(CNAPS)的总体结构、制定必要的法律、法规和技术标准,特别是跟支付系统风险管理和保障系统安全相关的政策。在运行方面,中央银行应继续运行现有的 2500 家同城清算所和中国现代化支付系统,并应该拥有和运行大额跨行资金转账系统。在电子批量支付系统和银行卡联机零售支付系统方面,则应该起组织和协调各商业银行的作用。中央银行对小额支付系统的影响可以通过制定政策间接地实现,而不应过多地直接参与系统的运行。对支付系统的监督可以通过监督清算机构以及清算机构的参与者来进行。

从制度上确保中央银行在支付结算体系的领导地位,实现中央银行与其他相关监管机构和部委有效沟通。由于中央银行负有监管支付系统的职责,各国中央银行法对此均有不同程度的表述。需要特别强调的是,金融系统的稳定性体现在支付系统的稳定性上。如果金融机构不能履行支付的义务,则视为金融危机发生。所以,中央银行法一般提出"维护金融系统的稳定性、维护支付系统的稳定性"等。但是,随着金融体系监管职能从中央银行分离,中央银行落实这项职能似乎出现困难。因此,明确赋予中央银行对于支付系统的监管权力,是完善金融监管体制的重要环节。

监管支付系统意味着对于支付系统的所有参与者具有监管的权力。监管对象包括银行、非银行金融机构以及其他支付服务的提供者(例如储值卡的发行者)。就证券结算系统来说,证券结算系统的安排是金融系统的关键组成部分,证券结算体系的风险不会只局限于证券市场,并且会传递到整个金融体系。证券结算过程中担负着重要职能的任何机构或职能部门出现的金融问题或操作问题,对金融体系的其他参与者会造成严重的流动性压力或对其他的机构产生严重的信任危机。证券结算的任何中断所带来的危害将会传递到其他的支付系统。就证券市场本身而言,市场流动性也严重依赖于结算系统的安全性和可靠性。

作为金融机构的最后贷款人,中国人民银行承担着对有关金融机构流动性监控、救助有问题金融机构以防范系统性金融风险的职责。当金融机构出现支付困难,同时又难以从其他渠道获得流动性时,该金融机构只有向中央银行申请流动性支持。因此,如果一个具有系统性特征的金融机构出现了流动性风险,在没有存款保险制度的情况下,中央银行从维护金融稳定和保护存款人的角度出发,就必须提供流动性支持,否则就有可能导致系统性金融风险,甚至金融危机。中央银行要实现维护金融稳定的目标,必须了解金融机构特别是高风险金融机构的实时状况,与金融监管机构共享重要信息,因此,有必要在中国人民银行、其他相关部门及金融监管机构之间建立协调机制。鉴于中央银行在支付结算体系中的特殊地位,这些金融监管机构之间的协调机制中,中央银行应发挥主导作用。就中国金融监管中业已形成的分业监管体系来说,银监会、证监会、外管局等均从各自角度对其监管的金融机构和所辖的内部支付结算系统的风险实施监管,由于缺乏及时沟通协调机制,彼此之间形成风险敞口,产生协调上的问题,使得风险可能传递到其他部门,甚至造成支付危机。

从各国经验来看,中央银行通过各种力量联合其他相关部门可以实现支付结算体系的安全性和高效性。在澳大利亚,一方面,成立了银行业、保险业和证券业的综合监管机构,独立于中央银行;另一方面,在储备银行内部成立支付系统委员会,平行于货币政策委员会,通过支付系统委员会专司支付系统的监管职能。美国则是通过美联储在支付结算行业协会或通过中央银行的附属机构实现其对支付系统的主导地位。在美国,支付服务的组织和行业标准的制订是通过支付清算行业协会或者中央银行的附属机构来完成的。清算行业协会虽然独立于中央银行,但是央行在该协会中具有举足轻重的地位,一般担任该协会的主席。由于央行运营多个支付系统,因此主导着组织、标准的制订。

基于中国的现实状况,可考虑由中国人民银行、中国银行业监督管理委员会、中国证券监督管理委员会、中国保险业监督管理委员会、财政部、国家发改委、国家外汇管理局、国家审计署等部门共同设立支付结算委员会,由中国人民银行牵头负责;并以中央银行的现代化支付系统为基础,组建国家清算银行,使其成为支付结算体系的核心,与商业银行行内资金汇划系统及同城票据交换所、证券登记结算公司、期货交易所结算部门共同构成中国金融支付结算系统的架构。

2. 节约型价格秩序法律制度

经过30年的改革开放,中国已基本建立起国家宏观调控下主要由市场形成价格的机制。但同时也应看到,中国部分产品价格还没有理顺,特别是资源价格形成机制不够合理。《中共中央关于制定国民经济和社会发展第十一个五年规划的建议》指出,中国的土地、淡水、能源、矿产资源和环境状况对经济发展已构成严重制约,要把节约资源作为基本国策。目前,《关于深化价格改革促进资源节约和环境保护的意见》已获得国家发改委主任办公会议原则通过,在继续征求地方意见后,将上报国务院。如果获批,意味着中国的资源性产品价格将进行全面调整,很可能迎来一轮大提价。我们认为,任何一次大的价格变化,都是不同行业、不同市场主体和不同人群利益此长彼消的过程,都会影响到居民的生活水平,经济改革既要坚持科学发展观的要求,更要充分考虑各方面的承受能力,实现构建和谐社会的目标。

首先,水、电、气等行业实行价格严格管制下的国有垄断。中国的竞争法著述和教材一般都把供电、供水、供气等公用事业纳入反垄断法适用除外的范畴,理由就是它们具有自然垄断性、无法或不宜开展竞争。"自然垄断就是组织生产的最有效率的方式是通过单一厂商进行的行业",进入该自然垄断行业的企业越多或者越有竞争,该行业的效益就越低。过多企业的进入,可能导致传送网络和其他设施的高成本的重复投资。反垄断法适用除外制度是指对某些特定行业、领域或在特定条件下,允许一定的垄断组织、垄断状态或垄断行为可以合法存在的法律制度,因为在这些领域,垄断的存在比自由竞争对国民经济和公共利益更有利。将自然垄断列为反垄断法适用除外是各国反垄断法通例。反垄断法的适用除外制度,除了立足社会本位之外,价值链的中心环节同样是效率与公平。当然,反垄断法适用除外制度注重的公平是实质公平和社会公平,效率是社会整体效率。另外,随着经济的发展,自然垄断的弊端日益显露,其领域也尽量引进竞争机制,反垄断法适用除外制度从世界范围看有不断缩小的趋势。

现在一种流行的看法是,中国经济发展的"瓶颈"是因为有一些重要行业存在"垄断",不能自由进入,必须通过反垄断法"打破"这些行业垄断,实现所有行业的自由竞争。但是,水、电、气等价格改革,本质上是人们之间利益的重新调整。也就是政府、垄断企业和民众的利益调整,政府正在减少水电气的政策性补贴,并把高额的资源成本,在市场机制作用下,在许可和承受范围之内逐渐地转移到消费者身上。电力、燃气、自来水等是基本资源,具有不可替代性。不可替代性产品如果完全交由市场处理,难保不会出现道德风险。而由政府垄断经营的好处,就在于政府可以利用财政资金对资源价格进行平抑,以使水、电这样一些生活必需品的价格维持在适度水平。并非是所有的领域都应该完全市场化,特别是公共品提供与公共事务领域,政府反倒应通过承担更多的责任来满足人们的必要需求。事实上,国家在行使经济管理权时,有权对经济结构进行设计,包括针对具体的行业,选择管制还是通过市场化来发展,以便从整体上调配资源,实现经济效益最大化。换言之,国家决定某些行业采用不竞争或有限竞争的"垄断"格局,是国家依法行使经济管理权的表现和结果,是合法的垄断(至于合理还是不合理是另外一个问题),不属于反垄断法调整的范围。从国际经验看,世界上多半国家仍然保持公用事业国家投资、国家所有、国家控股,城市公用事业的发展也不是全部私营化或是市场化。中国应注意观察各国自然垄断发展趋势,结合中国实际情况,规定自然垄断在反垄断法适用除外的范围。我们认为,应采取反垄断法适用除外适度化的原则,即少数关系到国家政治经济安全利益的自然垄断行业(如水、电、气等行业)采取反垄断法适用除外的制度,对其他大多数传统的自然垄断行业可根据需要逐步引入竞争。

目前,中国对水、电、气等价格的监管主要是参照《价格法》,尚没有专门的法律法规。对供水、供电、燃气供应等公用事业进行价格监管是世界范围内的普遍做法,相对于垄断生产者而言,消费者具有明显的信息劣势。为确定合理的价格,政府就必须对垄断业务价格水平和价格体系进行规范与限制,主要应采取以下措施:

一是加强成本监审。在缺乏竞争和成本约束的情况下,提供公共产品的企业根本没有动力降低生产成本,相反会主动提高生产成本,因为高额的生产成本可以增加话语权和涨价幅度。根据中国的情况,应以平均成本定价法作为政府定价的基本方法,在采用这个方法时,前提是企业的成本支出必须经过严格审核并有科学的测算、判定依据,利润率可参考风险相近行业,考虑资本成本及社会承受能力等制定。只有剔除要素成本支出中的不合理部分并形成合理的正常利润,应用平均成本法制定的价格才是较为公平的。

二是完善定价机制。首先,采取最高限价模型定价方法。“价格上限制”是目前各国对垄断性行业中占垄断地位的企业的通用价格管制办法。“价格上限制”至少发挥了鼓励竞争、提高效率、降低价格、保持价格水平相对稳定四方面的作用。其次,实行差别化定价。对居民日常生活所用资源产品和工业生产用资源产品价格应区别对待。最后,规范垄断性产品定价听证程序。要制定相应的《价格听证规定》,其中应特别注意保障社会弱势群体的发言权,提高听证会的透明度和公信力。

三是强化绩效考核。中国垄断企业的管理和工资成本是比较模糊的,加上垄断企业的高福利,垄断企业的劳动力成本处于整个社会的中上端。应尽快完善绩效考核体系,特别是要严格考核垄断行业国有资产保值增值率、人工成本增长率、服务满意率等指标,并把考核结果与企业主要负责人的工资福利挂钩。在政府监管政策上,可以采取收入上限控制,促使企业降低成本提高利润。更应加强对自然垄断行业的社会管制,要求在这些行业实行信息披露制度,在不损害国家安全和社会公共利益的前提下强制其定期公布财务状况、人事状况、发展规划等。

其次,石油、煤炭等行业应当实行准入严格控制下的市场竞争。由于资源部门的特殊性和历史原因,资源部门大部分仍然是垄断经营。在没有破除行业垄断、形成充分竞争的情况下,贸然放开价格,垄断厂商将会毫无疑问地制定垄断高价,攫取高额的垄断利润。而政府希望通过价格改革使资源产品生产过程中的资源破坏和环境污染成本内部化的良好愿望也不可能实现。国务院《国民经济和社会发展第十一个五年规划纲要》中提出,深化垄断行业改革的重点是:"坚持政企分开、放宽准入、引入竞争、依法监管,推进垄断行业管理体制和产权改革。"2005 年 2 月 25 日,国务院发布了《关于鼓励支持和引导个体私营等非公有制经济发展的若干意见》,在这 36 条意见中,国家允许非公有资本进入垄断行业和领域,允许非公有资本进入公共事业和基础设施领域等。这表明中国在自然垄断、公共事业和基础设施领域的市场准入方面,对民营资本将逐步开放。

无论自然资源垄断行业如何改革,对之加以进入管制是完全必要的,但是管制必须科学。法律原则上允许不同性质的资本进入自然资源垄断行业,但是由于某些自然垄断行业涉及国家安全或者稀缺资源,为了兼顾效益与安全等因素,不同性质的资本进入要受到份额的限制。管制部门应依据合法合理的条件,通过法定的程序确定一定数量的市场主体(包括国有企业与一般企业)进入市场,形成一定规模的市场竞争。在传统自然资源垄断行业引进竞争,不由"反垄断法"作具体调整,而主要需由规制自然资源垄断行业并在这个领域中引进竞争机制的专门性法律法规,来解决这个领域的垄断和竞争问题。在相关专门法中,首要考虑的是某自然垄断行业放开竞争的程度和如何放开竞争,要精心设计一种实行特许经营、市场准入控制和恰当监管下的合理的市场结构。

石油行业是公认的可竞争性行业,中国加入 WTO 的承诺,也决定了石油市场结构的竞争性取向。目前,石油部门从勘探、采掘、炼油、进出口到零售由中石化、中石油和中海油三家垄断,属于典型的寡头垄断市场。当前的油价机制是根据 1998 年中国原油成品油流通体制改革和石油工业体制改革方案形成的。这个体制的最大特点,就是国家通过三大国有公司,把石油领域的上中下游都牢牢地控制在国家手里,民营石油企业的生存空间被压缩到了最低限度。为履行入世承诺,2006 年 12 月 11 日商务部公布了《成品油市场管理办法》和《原油市场管理办法》,降低了市场准入的门槛,不管内资外资还是官资民资,只要是具备《办法》所要求的入门条件的企业,都可以从事原油、成品油的批发和零售经营业务。但是,尽管政策放开了,但成品油市场在短期内不会有太大变动,主要是因为油源问题还没完全解决,外贸权暂时没有放开,包括民营企业在内的成品油经销企业只能通过几家大公司获取油源,真正的市场竞争局面还没有形成。事实上,应当适时取消法规中限制其他国有企业和民营企业进入除批发和零售业务以外的各个领域的条款、赋予石油消耗大省或具有符合条件的企业直接进口原油、成品油的权限、分批逐步放开炼油厂直接进口原油和自主在国内市场销售成品油的权限。此外,在三大石油企业还控制主要油源的情况下,对成品油的出厂价和批发价仍然要进行管制,直到有更多的竞争者进入开采和炼制领域,形成市场定价机制以后,可以解除这一管制。

煤炭行业不是缺乏足够的市场竞争,而是进入门槛太低、市场竞争过度。目前,在不少省区出现办矿失控问题,带来许多深层次的影响和损失:一是矿点过多;二是规模过小,由于生产水平低下,一些小煤矿的开采带有掠夺性和破坏性;三是资源国家所有权原则上得不到落实;四是影响煤炭开发规划和开发布局的实现;五是由此产生的腐败行为在一些地区愈演愈烈。这些现象与后果,很大程度上是由于在办矿管理上缺乏有力的、法律化的治本之策所造成的。根据《矿产资源法》,政府对探矿权人、采矿权人收取探矿权使用费、采矿权使用费和国家出资勘察形成的探矿权价款、采矿权价款,但实际转让费很少,导致煤炭产业进入壁垒过低。从《煤炭法》第 18 条规定的开办煤炭企业的六项条件来看,条件低,不细化,使许多生产技术条件比较差的小煤矿能够通过审批成立。应修订《煤炭法》,提高煤炭行业的市场准入门槛,对开采企业的规模、回采率、环保等指标进行严格要求,来淘汰一些资金不足、技术不过关的企业。应加快煤炭行业整合步伐,努力提高煤炭行业的集中程度,鼓励大型煤炭企业投资搞集团化运作,让小煤矿逐渐退出历史舞台,民间投资给予合理补偿。另外,因煤炭供需大体平衡,2006 年电煤价格彻底放开。但作为公用事业产品,终端电价不可能完全市场化,当煤价上涨时,电价不可能有

100%的联动,只能是各级政府把隐性财政补贴显性化,站出来承担责任。

(二)节约型物流秩序法律制度

节约型物流秩序法律制度包括节约型商品品质保证法律制度与节约型运输储存秩序法律制度。由于节约型运输储存秩序法律制度在一定程度上与节约型运输储存行为法律制度相重合,故我们在这里主要阐释节约型商品品质保证法律制度。

中国正处在社会主义市场经济的初级阶段,消费需求个性张扬。在市场经济的资源配置和利益调节下,大量品种繁多商品涌入流通领域,为人民群众提供了诸多选择,也为社会主义建设奠定了丰富的物质财富。流通领域商品质量直接关系到消费者的生命财产安全,对其进行强有力的监管,是提高商品质量水平,保护消费者合法权益,提高国家竞争力的重要内容,是保护最广大人民群众利益,实践"三个代表"重要思想,落实科学发展观和执政为民要求,服务改革发展和稳定大局的具体体现,意义重大,责任重大。中国的流通领域商品质量监管具有监管要素多、监管对象复杂、监管范围广等特点,给监管带来了很大的难度。因此,学习和借鉴国外先进监管经验,探索出一套符合中国国情、行之有效的流通领域商品质量监督管理制度是工商行政管理机关一项重要任务,也是提升执政能力的重要体现。

1. 建立健全商品质量监管法律法规体系

考察发达市场经济国家,其良好的市场秩序,很大程度上依赖相对健全的法律制度。同挪威、丹麦和瑞士相比,中国的产品质量法,其调整的主体之广泛、制度之全面、内容之丰富体现了中国特色:一方面强调了政府对市场主体的质量监督职责,另一方面规范了市场主体具体的产品质量权利义务和责任,并综合运用民事、行政、刑事的手段调整行政机关和经营者的相关行为。相比国外单纯规定缺陷产品侵权责任的产品责任法,中国的产品质量法集质量管理和质量责任于一体,更强调政府对产品质量的管理。

但是中国的产品质量法还存在一些不足,亟待改进。如关于产品质量民事责任的规定十分简陋,缺陷产品损害赔偿的范围和责任主体过于狭窄,规定过于原则,操作性差;过分依赖事后的行政处罚,对生产者、销售者事前的强制性要求不够;政府的监督措施和行政处罚不完善,适应性差;与其他法律之间存在交叉,难以协调。另外,工商行政管理机关负责流通领域商品质量的监督管理,但工商行政管理机关的这一重要执法职能的法律依据依然没有明确。这一问题如不尽快解决,势必影响商品质量监管职能到位。

借鉴挪威、丹麦和瑞士等国的先进经验,建议:首先,通过完善商品质量法律体系中的损害赔偿法律制度,设置便捷合理的救济途径,使消费者权益获得可靠而实在的保障,避免消费者投诉无门,失去对法律的信心和对政府的信任。其次,增强相关法律规定的操作性,尤其要强化生产者、销售者的商品质量责任和义务。再次,从立法上进一步明确流通领域商品质量监管行政执法主体及其职责、权限、手段,提高行政监管有效性。最后,平衡相关法律之间的关系,加大商品质量违法行为的成本。

2. 及时制定明确而有效的商品质量标准

制定和完善各类商品的质量标准,不仅能够使市场主体明确商品的质量底线,自觉遵守标准,而且还能使行政机关掌握监管的主动权,增强监管的操作性。挪威、丹麦和瑞士都有一套具体详细的商品质量标准,尤其是食品、药品等与消费者人身安全直接有关的商品,其标准更是严格。这几个发达国家商品质量标准修订工作期基本上是五年,五年之后标准就重新审定,如果不符合市场发展现况,就立即结合实际进行修订,以适应新的要求。近年来,这些国家制定的商品质量标准逐步向欧盟标准靠拢,以争取欧盟的免关税待遇。

中国自改革开放以来,逐步加强了各类标准的制定工作,形成了由国家标准、行业标准、地方标准和企业标准组成的标准体系,但目前中国的商品质量标准仍存在很多问题:一是有些标准空白,一些行业、一些产品没有标准;其次是标准滞后,个别产品标准还是 60 年代的,已经不符合市场实际,更无法与国际接轨;再次是标准交叉矛盾;同一商品的质量标准,由于制定部门不同,具体的项目和指标也不一致,往往造成同一商品按照同一效力层次的不同标准检验出现不同的检验结果,这一点在食品质量标准上表现较为突出。标准的混乱,人为造成了市场混乱,也给行政执法带来不便。工商行政管理部门在进行流通领域商品监管时,不法经营者往往利用标准的混乱而逃脱监管。

为解决这一弊端,建议:首先,参照国际标准,尽快清理陈旧标准,加快制定各类商品质量标准;其次,统一标准类别,增加商品质量检测的可操作性;再次,统一标准的制定部门,规范标准的制定行为,加强相关协调工作。

3. 加大流通领域商品质量行政监管力度

挪威、丹麦和瑞士主要依靠市场竞争来保证商品质量,通过市场竞争和消费者的自由选择促进企业提高商品质量,而不是主要依靠行政管理。这种理念的一个重要体现就是行政机关的商品质量监管工作的重点应放在事前监管上。行政机关通过制定商品标准和相关制度,并借助舆论监督手段和消费者的参与等方式来实现对商品质量的监管。如瑞士行政部门就利用专门的电视台公布商品质量,或对不同经营者的商品进行评点或排名。

同这些国家相比,中国的商品质量监管制度更多地体现了政府对市场的干预。这是因为商品质量问题在中国目前不单纯是一个保护消费者利益的问题,还制约着经济发展和与国际市场的接轨,所以商品质量监管还要借助强大而有效的行政手段,而不能仅靠市场作用。然而,随着中国市场经济体制的不断完善,事后监管的行政方式暴露出了一些问题。为此,承担流通领域商品质量监管任务的工商行政管理机关正在大力推进商品准入制度改革,在强化日常监管、严查违法行为的同时,以实施商品准入制度为重点,建立健全商品入市安全过滤机制,坚决把假冒伪劣商品堵在市场门外。这项监管方式的改革表明了中国的流通领域商品质量监管从打防结合到防打结合的转变,也就是从强化事后监管到事前监管的转变。在转变的过程中,迫切需要创新监管手段,完善监管机制。从标准、检测到教育、规范诸方面,不断探索有针对性的新举措,尤其是注重加强制度建设和法律支撑,逐步形成行政执法,企业自律、社会监督"三位一体"的商品质量监管机制。

4. 积极发挥行业协会、消费者组织和检测机构的作用

挪威、丹麦和瑞士三国的行业协会、消费者组织和检测机构在商品质量监管中发挥了积极的作用。行业协会扮演着商品质量标准制定协调人、行业示范性文件制定人、企业自律引导人以及经营者代言人的角色。消费者组织引导消费者理性消费、公布商品质量信息、调解消费纠纷。检测机构则承担了提供商品质量合格与否的重要证据的任务。这些社会机构,从不同角度为商品质量监管提供服务,促进了商品质量的提高。

中国商品质量监管体系中,行业协会等社会组织的作用发挥有限,因此建议:首先,加强同行业协会的合作,加强行业自我规范,自我管理,自

我监督,进而提高商品质量,从根本上保护消费者合法权益;其次,重视发挥消费者组织的作用,加强消费者组织的建设和管理,积极发挥其宣传教育、质量比较试验、监督企业经营行为和处理消费纠纷的职能作用;再次,加强与质量检验机构等中介组织的联系,积极开展公证检验测试、市场商品质量检验等工作,为企业参与市场竞争提供有效服务;最后,重视发挥咨询服务机构的作用,积极向社会提供质量政策、管理、评审、认证、法规以及标准、计量、信息等咨询服务。

(三)节约型信息流法律秩序制度

节约型信息流法律秩序制度包括相关信息法律制度与流通领域信用法律制度。

1. 相关信息法律制度

经过多年的努力,中国信息法律制度有了一定程度的发展,社会各界的信息保护意识日渐增强。但不可否认的是,中国信息法律制度目前尚存在以下缺陷与不足:①立法失衡。一方面,现有信息法律制度主要分布在信息产权、信息市场和信息安全保护等方面,而关于信息资源管理等方面的法律法规明显不足;甚至存在诸多空白,如隐私权的保护。另一方面,由于在某些方面缺少法律法规,许多信息机构、信息企业自立规则,自制章程,自定标准,造成了不必要的封闭自锁以及人力、物力、财力的浪费。②立法零乱。中国虽有些法律法规涉及信息业或与之相关,但至今尚未颁布信息基本法。规范信息行为的条款或内容散见于不同的部门法规中,信息法律规范体系显得支离破碎。信息基本法是信息法体系的统帅和灵魂。信息基本法的缺乏使信息立法表现出立法失衡与零乱,政出多门的分散性的行政法规比重大,而具有权威性和普遍约束力的法律制度相对缺乏。信息立法的零乱使得我们在依赖现有法律规范信息行为时,必须到不同的部门法规中寻找依据并根据与信息交流相关的条款行事。这显然不利于信息服务者理解和遵行。③法律法规内容粗泛、陈旧。现有法律法规基本上是针对传统的信息技术和信息工具制定的,不能满足日新月异的信息技术进步引发的全社会信息活动多样化、复杂化的时代需求。因此在整个法律体系中,与调整信息社会关系有关的法律法规在信息活动领域缺乏适用性,如《反不正当竞争法》、《产品质量法》等对于信息服务业发展中出现的许多新问题:如信息网络经营者的权利与义务、信息网络犯罪惩治以及网络条件下的知识产权保护等,现行的法律法规都没有明确和具体的规定,致使它们在许多具体的现实问题面前显得粗泛而陈旧。④各法之间缺乏必要的关联、映射和支持。诚如前述,中国现行信息法律法规大部分出自全国人大、国务院办公厅以及相关部委,各部门在制定部门法规时沟通不够,而且一定程度上忽略了"信息"这一重要概念,忽视了信息社会这一特定环境和信息行为、信息技术的相互关联。从而忽略了具体法律制度之间的相互映照和技术支持,使得现行信息法律法规之间及其与其他法律之间缺乏必要的关联、映射和相互支持。

鉴于此,中国建立健全节约型信息流法律秩序制度,必须加强信息立法,主要有:①信息基本法。这是整个信息法律体系的基准,它规定信息法的立法宗旨、基本原则、调整范围与对象、信息法律关系以及信息活动主体的资格、权利义务、法律地位等基本问题。②信息资源管理法。规定政府、公益、商用三方面信息资源的管理机构及其开发规则,包括信息资源配置法、信息资源保护法、信息资源协作共享条例、信息资源组织协调法等。③信息商业法。包括广告法、电信法、新闻法、信息技术转让法、技术合同法、信息市场管理办法、信息商品质量评估办法、信息商品价格管理条例、信息网络收费办法、信息业反不正当竞争法、信息网络开发综合性服务项目收费管理办法、信息贸易税收管理条例等。④信息产权法。包括著作权法、专利法、商标法、统计法、商业秘密保护法、数据库保护法、计算机软件保护条例、多媒体作品保护法、半导体芯片保护法等。⑤信息安全保密法。包括保守国家秘密法、国家信息安全法、隐私法、科学技术保密条例、科技档案管理条例、信息加密与解密法、计算机信息系统安全保护条例、信息网络安全保护条例等。

2. 流通领域信用法律制度

在社会物质与精神文明高度发展的今天,由于市场经济规则还不完善,加之商家在经营中片面追求收益最大化,导致市场秩序严重失灵,造成了今天的商业信用危机。在流通贸易领域,流通秩序的混乱与恶化的深层原因实质上是市场信用链条的断裂,是中国市场信用制度建设严重滞后于商品市场硬件建设与商品市场经营主体增多的必然结果。处于新旧体制转换特殊时期的中国商品市场,大量流通活动参与者缺乏市场经济条件下累积的市场道德与信誉建设基础,加之法制约束也不健全,经商牟利的行为容易演变为损人利己的掠夺经营,使金融信誉、合作信誉、商业信誉均受到冲击,欠账赖债、虚假广告、拖欠贷款、坑蒙拐骗等均出现于市场中。

所以,构建流通秩序法律制度就需要重建中国商业信用规制,加强商业诚信规制,健全现代市场经济的社会信用体系。我们认为,在规制商业信用基础上构筑中国的流通秩序法律制度需要做到如下几点:首先,发挥政府在诚信规制中的主导作用,以法律法规和政策引导与规范人们的社会行为与经营活动;同时,政府应力求营造良好的社会投资环境和市场秩序。其次,加强企业厂商诚信的建设与约束规制。在市场经济大潮中,经营者们应始终牢固树立诚信经营的理念,始终把诚实守信放在首位,做到守法、守信经营,积极承担其应尽的社会责任与义务,不断提高诚信度和知名度。最后,加强社会信用体系的法制建设,努力把人们的日常社会与经济行为,约束与规范到法制规范的诚信体系之中。建立批发企业、批发经营者经济档案制度和批发经营者个人信用体系,对违规违纪欺诈经营的行为及时予以登记,并分别与银行、工商、商检等有关部门的计算机管理系统联网。这样,强化社会信用体系对经营者的约束,也可以加快流通信用制度建设,真正做到不同流通环节之间互相守信、互相负责,流通环节对零售环节和消费者全面守信和负责。这样,可以从根本上保证政府规制的行为目标与社会商业最优方向的一致性,为节约型流通秩序提供完善的法律保障。

(四)节约型竞争秩序法律制度

在买方市场条件下,中国商品流通秩序混乱的一个重要原因是市场保护主义的盛行,难以形成公平的市场竞争机制。地方保护主义是中国商品市场发育中的深层障碍,在分灶吃饭的财政体制下,其早期主要表现是对市场的行政条块分割,即用行政办法垒起"土围子"、"篱笆墙"阻碍外地商品进入本地市场,保护本地落后产品。到了90年代中期以后,由于全国各地商品市场建设盲目攀比,迅速增多。为了以市招商、以商生财,各地又在市场招商方面盲目竞争,只管收费,不问违法,只图繁荣,不加管理。对凡能为本地市场增利的一切造假售假的违法经营活动或大开绿灯,或视而不见,或管而不严。这样,传统的地方保护主义演变为新的市场保护主义,使一批商品市场演变成造假、售假的基地与大本营,使得商品流通机制完全扭曲,甚至出现假货战胜真货、杂牌搞垮名牌的格局。

因此,反对地方保护主义与新市场保护主义,建议针对地方保护主义和新市场保护主义制定相应的更详细的具体法规,充实到有关市场管理的法律条文之中去,并加大对直接责任人的经济与行政处罚。同时,要彻底清查并废除各地区、各部门的带有地方封锁和行业垄断内容的市场管理规章,清理各种直接或间接纵容、包庇造假贩假及各种违规活动的有关具体做法,保证商品市场形成一种良好的竞争机制,充分发挥市场机制在流通中的优胜劣汰功能。

第五节 节约型流通管理法律制度

一、节约型流通管理法律制度基本原则

（一）商品流通法制工作要面向全社会,规范管理商品流通大行业

根据国务院机构改革要求,商品流通部门要认真履行政府部门管理商品流通的职责,就必须面向全社会,面向大流通。商品流通法制建设要从偏重于内贸系统自身中跳出来,面向全行业和全社会的商品流通。拟定的立法项目要从调整全社会流通行业出发,有利于规范全社会商品流通秩序,有利于建立稳定的工商关系,有利于市场的健康发展。

（二）围绕扩大内需,培育新经济增长点,规范市场秩序并加快立法

为扩大内需,培育新经济增长点,连锁、代理、物流配送、旧货、租赁等新型营销方式的推广和巩固,为使其更加规范、更加健康地发展,连锁、代理、物流配送、旧货、租赁等方面的立法要进一步加快。

（三）依法进行行业规划,制止和防止流通设施无序建设和商业业态不良竞争

制定行业规划是市场经济条件下,政府实行宏观调控的重要手段,也是管理全社会商品流通的主要措施。要使规划具有强制性、引导性,就必须立法。近几年流通行业,特别是商业发展缺乏科学、合理规划的弊端逐渐暴露出来,造成流通设施的无序建设和各种业态之间的不良竞争。这种粗放的发展趋势制约了整个行业的结构性调整和进步,影响了市场的稳定发展,诱发了低价倾销等恶性竞争行为。为此,今后我们必须通过立法加强行业规划工作。从国家全局出发,应该有与整个流通产业政策密切联系的全行业发展规划,从地区局部出发,也要有与地区经济发展相配套的地方商品流通行业发展规划。通过规划,实现商品流通合理有序的发展,引导市场健康成长。

（四）提高商品流通执法监督水平，维护商品流通市场秩序

商品市场低迷，销售不旺，有大环境影响等各种原因，但是消费者对假冒伪劣产品的痛恨，对市场缺乏信心也是一个因素。因此要继续加强执法监督，有效地规范市场行为，改善流通秩序，保证市场贸易法制化、规范化，为开拓市场特别是农村市场，恢复人民群众特别是农民群众对市场的信心和信任，促进流通经济增长创造良好的外部环境。1998年《生猪屠宰管理条例》出台后，市县商品流通部门被赋予行政执法权。随着商品流通市场的依法治理，商品流通行政主管部门可能还会取得其他行政处罚权，例如酒类专卖、化学危险品的管理（这些在部分省市的商品流通管理部门已经实现）。努力提高商品流通行政主管部门的执法水平，对建立市场秩序，树立市场信誉，开拓市场有着直接影响，已经成为商品流通领域法制建设的重要课题。

二、节约型流通管理法律制度执行举要

随着国务院机构改革的完成和直属企业与政府部门的脱钩，今后商务部和各级商品流通管理部门将不再直接管理商贸企业，我们的主要任务就是要通过依法行政，实行商品流通行业管理，搞好全社会的商品流通。为此，我们要注意以下四个方面的问题：

（一）通过机构改革，切实转变职能，把依法行政摆在行业管理的重要位置

流通领域政府监管机构改革在中国一直没有停止过。必须看到，政府机构改革，特别是政府经济管理部门的机构改革，决不仅仅是机构的变动，人员的裁减，更关键的是要通过机构改革，促使政府职能转变，按照依法治国、依法行政的要求，加强行政管理体系的法制建设。随着流通领域政府监管机构改革不断推进，今后的管理手段和管理方法也必须随之发生变化，要把依法行政，依法治理商品流通摆在行业管理的重要位置。

（二）要转变行业管理手段和管理方式，依法实现对全社会商品流通的统一管理

统一管理全社会商品流通是商品流通行政主管部门的职责。作为政府部门，只管系统，不管全社会，是计划体制产生的弊端。实践证明，不管大流通，流通不可能从根本上管好。当然，这个口号我们已经提了多年，但成效一直不明显。这里面有体制不顺的问题，也有我们自身观念及工

作方式、方法不适应的问题。过去,我们常常习惯于以行政命令的方式直接管理企业,习惯于用各种审批权实现对市场的管理。然而,随着市场经济的不断发展,流通领域的主体和利益日益多元化,企业独立法人地位也日益突出。面对越来越错综复杂的经济活动和利益关系,传统管理方式的弊端越来越明显,单纯的行政命令和直接管理企业的做法已无法实现对全社会商品流通的统一管理。要实现对全社会商品流通的统一管理,必须在管理手段和管理方法上进行根本转变,依法管理商品流通。这既是"依法治国"的基本方略对流通工作的根本要求,也是法律、法规本身的特点所决定的。法律是全体人民意志的体现,其平等性及广泛适用性决定了法制建设必须从全社会角度来考虑问题。同时,法律、法规一旦生效,又具有强制性和稳定性的特点。正因为法律手段的特殊性,无论是政府部门宏观调控政策的施行,还是平等竞争秩序的维护,都离不开法律手段的规范与保障。同样,商品流通领域的统一管理,必须也只能建立在商品流通领域法制建设的基础上。前些年生猪屠宰业比较混乱,我们花了很大气力去抓,效果并不明显。国务院《生猪屠宰管理条例》下发后,我们抓紧制定了一系列的配套规章,依法对生猪屠宰业进行管理,使生猪屠宰行业管理状况大有好转。拍卖业的情况也大致如此。这都证明了依法行政、进行全社会商品流通统一管理的实效。

(三)能否实现全社会商品流通的统一管理,主要取决于依法行政的质量

一是起草制定的各项法律法规乃至方针政策能否做到从实际出发,有效地规范调整商品流通行为,并具有很强的可操作性,而不是仅仅站在某个小行业的角度维护部门或行业利益。二是在进行行政执法时,一定要树立商品流通部门良好的行政执法形象。既要做到有法必依,执法必严,违法必究,又要做到不越权执法,不违法执法。例如,在进行《生猪屠宰管理条例》行政执法以及地方商品流通行政主管部门进行其他地方商品流通法规执法时,都要严格遵循这个原则。注意了这两个方面,才能做到对全社会商品流通实行公平、公正、统一、规范的管理,不断提高依法行政的质量,取得社会各方面对商品流通管理部门的认同、支持与理解。

(四)发挥行业协会作用,制定行业标准和规范,建立政府和企业之间的桥梁和纽带

政府机构改革后,不再直接管理企业,国家和政府对企业的管理除了

制定发布法律法规以外,更多地还要靠制定行业标准和行业规范,使企业在自我发展的同时能够有效地进行自我约束和自我完善。政府和企业的联系主要应通过行业协会构筑桥梁和纽带,甚至将来很大一部分原有的行政职能要交给行业协会来完成,比如,商品价格的协调,行业的规划与发展等等。应当说,这也是依法行政的一个有机组成部分。但是,要实现这个工作目标,就必须对行业协会的行为进行规范。中国的行业协会,很大一部分还不是真正意义上的行业组织,在各个行业中还不能发挥有效的组织协调作用。因此,加强行业协会的建设也是政府部门面临的一项重要任务。

第五章　节约型社会法律保障体系：
节约型消费

　　"良好的制度、利益共享的规则和原则，可以有效地引导人们最佳运用其智识从而有效地引导有益于社会目标的实现。"①作为一种符合人与自然关系本来法则的消费理念，作为一种对传统消费方式、生活方式扬弃和变革的全新消费模式，节约型消费的实施需要一个明确的导向系统和可靠的法律支撑。环境资源危机的摆脱最终得通过社会主体行使权利、履行义务及承担责任进而做出真正有利于保护环境资源的消费行为。这些消费行为只有在健全而完善的法律制度框架内做出，才能使节约型消费行为的意愿、存在形式及社会效应得到有效的确认和切实的保障。节约型消费所蕴涵的内在精神使得节约型消费法具有独特的社会功能和法律原则，节约型消费法本身也是一个以法律调整目的为标准所形成的综合性法律体系。从目前现状及未来发展趋势看，节约型消费法应主要调整因产品环境标志而产生的各种重要关系、因消费者社会义务而产生的各种重要关系、因政府绿色采购而产生的各种重要关系等。

第一节　节约型消费法律体系概述

一、现行消费法律缺陷分析

　　随着改革开放的不断深入和社会主义市场经济体制的逐渐完善，中国现行立法中已经有少量条款体现了对节约型消费的调整和保障。尽管如此，中国现行立法尚不足以真正推进节约型消费发展进而推进节约型社会建设。

---

　　①　[英]冯·哈耶克著，邓正来译：《自由秩序原理》，生活·读书·新知三联书店1997年版，第69页。

（一）传统消费主义文化制约节约型消费立法

传统消费主义文化使消费者对产品或服务的消费由消费功能转向符号消费，消费者看中的并不是产品或服务的功能，而是产品或服务所代表的文化、心理甚至社会地位。因此，多消费、高消费就成为个人生活水平的体现，甚至成为文化或个人社会身份的象征。在这种情况下，消费者对高消费、多消费乐此不疲，而对资源、环境问题的关注往往形式化，对转变个体消费者的消费方式与生活方式以适应节约型消费的要求持回避态度。这是人类推进节约型消费立法、迈向节约型社会的主要障碍。

（二）节约型消费尚缺乏完整的法律保障体系

倡导节约型消费的法律规定虽然在中国现行立法中已经有少量体现，但是必须指出的是，中国目前还没有形成完备的节约型消费法律保障体系。如：有关消费者社会义务、政府绿色采购方面的法律制度目前尚存在较大的不足和缺位；有关消费税收方面的法律制度目前尽管得到了一定改善，但是仍然存在诸多缺陷，不能切实起到引导节约型消费模式和规制奢侈浪费消费行为的作用；有关资源市场价格形成方面的法律制度目前尚未真正建立起来，致使节约型消费缺乏法律化的价格激励与约束机制。

（三）节约型消费尚缺乏法定的资源节约标准

国外的经验表明，法定的资源节约标准是市场经济条件下引导节约型消费的重要手段，因为法定的资源节约标准让人们可以清楚地判断自己或他人的行为是否已符合节约型消费模式。基于此，中国也在法定资源节约标准建设方面进行了努力。如在能效标准与标识领域，自1989年12月以来，中国已先后颁布了一批家用电器能效的国家标准。2005年年初，又颁布了空调和电冰箱的能效信息标识制度，指导消费者选择节能高效产品。2007年又组织制定16个高耗能产品能耗限额强制性国家标准，制（修）订16项节能设计规范、21项节能基础及方法标准及17种终端用能产品（设备）能效标准。但是与发达国家相比，中国法定资源节约标准目前仍处于较低水平。

（四）节约型消费立法水平有待今后逐步提高

首先，现行节约型消费立法在一定程度上存在相互矛盾之处，致使现行节约型消费立法在一定程度上缺乏内在和谐性；其次，部分现行节约型消费立法在性质上属于促进法，原则性条文多，缺乏可操作性，致使相关法律条文在一定程度上形同虚设;再次,现行节约型消费立法中关于法律责任的规定即惩罚措施都存在惩罚过轻的问题,不能真正促使广大消费者由传统奢侈浪费型消费向节约型消费转变;最后,现行节约型消费立法缺乏公众参与机制,在一定程度上不足以真正体现与表达民意。

鉴于此,我们必须认真研究节约型消费立法理论以及国外节约型消费立法实践,以便为节约型消费立法提供理论指导与经验借鉴,进而推动节约型消费逐渐形成并成为社会主流。

二、节约型消费立法理论分析

为进一步完善中国节约型消费立法进而促进节约型消费模式最终建成,我们首先必须对节约型消费立法理论进行剖析,以便为中国节约型消费立法直接提供认识论与方法论依据。

(一)节约型消费法的概念界定

在一般意义上,凡是涉及节约型消费的立法,都可以称之为节约型消费法。实际上,节约型消费法这一法律类别或法律体系的出现,并非由于它调整着其他法律未做调整的社会关系,而是因为作为其组成部分的各种法律规范都具有相同的法律目的和功能,即是为了使消费行为节约化,使消费行为有利于节约资源、减少污染和保护环境。正是由于具有这种相同的目的和功能,这些调整不同性质社会关系的法律规范才集合起来,构成法律体系中的一个类别。节约型消费法特定的法律目的是区别节约型消费法与其他法律体系的重要标志,忽视节约型消费法的法律目的我们将无法判断哪些法律规范属于或不属于节约型消费法的范围。

基于以上论述,我们认为,节约型消费法是国家基于资源节约和生态环境保护需要而规范人们按照生态规律与经济规律进行节约型消费的法律规范的总称。这个定义内在的包含着以下含义:首先,节约型消费法是具有共同目的的一类法律规范的总称。节约型消费法的目的在于引导人类的消费行为,使人类的消费行为符合生态规律与经济规律,既不因消费活动而造成对资源的过度耗费,也不因消费活动而造成对生态环境的污染,从而保证人们的消费活动控制在有利于生态环境改善的范围之内,实现人类与生态环境的协调发展。其次,节约型消费法是建立和塑造节约型消费模式的主要依据。节约型消费法具有法的一般特征,它以明确、肯定、普遍的形式规定了人们在消费活动中节约资源与保护生态环境的行为准则,使节约型消费行为制度化、规范化,规制和调整着人们的消费活动,塑造着人们的节约型消费价值观,使消费活动得以按照理性的价值目标运转和发展,从而使得人类消费活动在得以受制以法的环境之中良性运作。

(二)节约型消费法的基本原则

节约型消费法的原则应是最能体现节约型消费立法宗旨和实现节约型消费法价值,并贯穿于节约型消费法律体系之全部的一般原则。对节约型消费法原则的抽象和总结,有利于构造节约型消费法理论及其相应实在法体系,并将节约型消费规范和制度有机统一于环境资源法之下。因此,对节约型消费法原则的科学确立和阐释,无论对于节约型消费立法还是法学研究都是十分重要的。从法律原则的本意出发,结合节约型消费的内涵、价值属性以及现代法治的发展趋势,我们认为,节约型消费法应包括以下三项原则:

1. 消费正义原则。消费正义的实质是用人类整体理性来反思人类的消费行为,以人与自然、人与人、人与自身的协调与和谐发展为目标,主张合理消费、正当消费和适度消费,实现消费的代际代内公正,使消费不仅成为经济运行的基本环节,而且成为促进经济、社会、环境协调发展,促进人全面发展的基本环节。以消费正义作为节约型消费法的一个基本原则,节约型消费法及其所调整的社会关系就会因之获得走向光明的引导,绝大多数社会主体亦会因之从法律秩序中获得正当的以至高尚的利益。质言之,消费正义表达了人类对自己消费行为的合理性与合目的性的追问,深刻地表达了符合人性的消费价值理念。消费正义的旨趣在于形塑人类正当且合理的消费行为,使消费尺度与人的发展尺度有机地统一起来,不断成就人的自由发展和社会的全面进步。这是消费正义问题提出的根本,也是节约型消费法所追求的终极目的。正是基于此,我们说,消费正义原则作为价值判断与价值选择的基本准则集中体现着节约型消费法的追求目标与理想。

2. 环境义务原则。环境义务原则是指消费者在消费活动中应当承担起节约资源与保护生态环境的义务。环境资源问题是人类在自身发展的同时所造成的。环境资源被认为是公共物品,造成资源短缺、环境污染或生态破坏的组织和个人,只要对其他人的人身和财产没有造成直接的损害就不必承担任何责任。但随着环境资源危机愈演愈烈,环境资源问题的加剧,出现的环境资源问题绝大多数由国家进行治理。国家对环境资源保护的负担越来越重,并且形成越治理、破坏越严重、污染越严重、治不胜治的恶性循环。为此,多数国家开始明确环境资源责任主体,以使环境资源责任得到落实。但在过去很长一段时间内,环境资源责任原则在法律当中的体现是针对生产者或经营者因生产或资源开发而带来的环境污染,而对于消费者因生活消费所带来的资源破坏与环境污染没有涉及。20世纪90年代以来,全球性的资源耗竭和环境污染迫使着人类对自己的消费行为进行反思,人类的环境资源保护运动逐渐朝着消费方式的层面渗透。基于"谁污染谁付费,谁破坏谁治理"的环境资源责任原则,消费者在消费活动中如果对自然资源与生态环境造成了影响,也要承担相应的义务和责任,表现在节约型消费法中就是消费者通过对自己消费活动中产生的废弃物进行分类归整、定点交付、付费处理的方式来具体承担应有的环境资源义务。

3. 国家干预原则。环境资源问题的外部性,使市场对环境资源的合理配置和调控作用失灵,不可能依赖市场推动节约型消费的实现。其根源在于在经济资源有限的情况下,消费者作为抽象的经济人,不愿意为公共环境资源问题花自己的钱。即使收入较高、环境资源意识较强的消费者愿意购买价格相对较高的资源节约型产品,但毕竟不是消费的社会主流,难以推动节约型消费的加速发展。由此,推行节约型消费模式的重任不可避免地要由政府来承担。首先从政府的职能看,克服市场的外部性所导致的无效率是政府的主要职能之一,这一现代经济学的基本观点已被广泛认可;其次从促使消费方式转变的政策手段看,无论是各项法规和环境达标等命令措施、财政和税收等经济政策,还是教育、意识宣传等社会手段,都需要以政府为主体来推动和实施;再者,从法律本身来看,法律是社会的调整器,法律要有效地调整社会必须因应时代精神和社会要求。由于民法等传统法律部门仍未从保障传统生活与发展模式过渡到维护新型生活与发展模式上来,节约型消费法基于社会本位必须要求国家对社会主体不合理的消费行为进行干预或赋予绿色产品优越的市场地位,要求消费者对利用自己财产的行为进行自我约束和限制以保障公共利益和良好秩序。

(三)节约型消费法的体系构成

节约型消费法的体系是指节约型消费法律规范分类组合为不同的节

约型消费法律内容而形成的有机联系的统一整体,或可以说,是指节约型消费法律规范按照不同的节约型消费法律内容分类组合而成的一个呈体系化的有机联系的统一整体。按照系统学的观点,任何系统的建立都必须遵循整体性原则、互相联系原则、有序原则和动态原则。由此,按照整体性原则建立的节约型消费法体系不是被分割的体系,而是由各部分所组成的、其总体功能大于部分简单相加的功能总和的有机整体;按照互相联系原则建立的节约型消费法体系,不是各种现象孤立存在的,而是互相联系互相依存的整体;按照有序原则建立的节约型消费法体系,不是一个现象之间无规律的杂乱无章的联系,而是一个本质的、普遍的必然联系结构;按照动态原则建立的节约型消费法体系,不是一个凝固不变的机械式体系,而是一个体系内部各个要素之间通过对立统一的运动而不断优化并适应客观需要的、高级活动的动态体系。

我们对节约型消费法体系进行研究,就是在考察其内外关系的过程中对节约型消费法作为整体与其外部体系的关系及节约型消费法内部各组成部分之间的关系进行分析。我们既要搞清楚节约型消费法在其上位体系中的地位,又要查明节约型消费法体系的内部构成;不仅将其作为一个整体考察与外部体系的关系,还要更深入了解其内部体系的构成部分与外部体系的关系。节约型消费法体系研究的意义首先在于它可以使我们对于节约型消费法的认识条理化、清晰化;其次,它可以让我们发现节约型消费法体系内部各要素间的应然关系,从而为解决实然层面的矛盾冲突提出理论上的指导方案;再次,它可以让我们在思考具体问题时,将其放于整个节约型消费法体系中予以考虑以避免"头痛医头、脚痛医脚"的弊端,并为我们预测节约型消费法未来发展趋势奠定理论基础。

节约型消费法内部体系就是将实质意义的节约型消费法律规范按照一定的标准进行分类和理论提炼,从而构筑节约型消费法内部科学合理的体系,防止节约型消费法内部体系的繁杂混乱。构成节约型消费法内部体系的法律制度,都是与引导和调整消费行为相关的法律制度,具体包括产品环境标志法律制度、消费者社会义务法律制度、政府绿色采购法律制度、节约型消费税收法律制度等。节约型消费法外部体系就是将节约型消费法作为一个整体,来考察它与法律体系中其他不同层次的法之间的关系,从而确定节约型消费法在法律体系中的地位,了解其总体特征、功能、价值取向;同时又基于节约型消费法内部体系理论,考察内部体系与外部体系的关系,从而更加深刻地认识节约型消费法的外部关系及其发展趋势。就节约型消费法的外部体系而言,我们认为,应当着重处理好在消费领域发挥作用的节约型消费法与在生产领域发挥作用的清洁生产法之间相互联系又相互区别的关系。

三、域外节约型消费立法借鉴

(一)产品环境标志制度

鉴于具有环境标志的产品在很多国家的市场上越来越受到广大消费者的青睐,于是产品环境标志制度就应运而生。所谓产品环境标志制度是指依据有关环境标准和规定,由国家指定的认证机构确认并通过颁发标志和证书,以表明某一产品的生产、使用及处置等过程均符合特定环境保护要求,对生态环境无害或危害性极小的法律制度。这一制度的实施可以对产品的资源配置、生产工艺、处理技术、产品循环再利用及废弃处理的各个领域所涉及的环境行为进行有效监管。

世界上第一个推行环境标志制度的国家是联邦德国。1978 年,联邦德国实施了世界上最早的环境标志"蓝色天使"计划。"蓝色天使"为热衷于环境资源保护的消费者和生产者提供或传播信息,引导他们选购和生产有益于环境资源的产品,实际上它影响了产品需求和产业结构的变化。在环境标志产品种类的选择上,德国侧重于对环境资源危害大的产品,而实施环境标志后,又扩大到明显降低对环境资源影响的产品。其所有产品被划分为七类:可回收利用型、低毒型、低害型、低噪音型、节水型、节能型、可生物降解型。环境标志制度在德国诞生后,许多发达国家纷纷颁布了环境标志制度。如加拿大的"环境选择方案"、日本的"生态标志制度"、北欧四国的"白天鹅制度"、奥地利的"生态标志"、法国的"NF 环境"、欧洲联盟的"EU 制度"、新西兰的"环境选择制度"等。一些公众团体也制定了一些环境标志制度,其中比较有名的有美国的"科学证书制度"和"绿色签章",瑞典的"良好环境选择"等环境标志制度。发展中国家和地区也开始重视环境标志制度的制定与实施,如印度的"生态标志制度"、葡萄牙的"生态产品",中国台湾也制定了"环保标志制度"。自1978 年至今,世界上已经有 40 多个国家和地区先后实施了环境标志计划。国际标准组织于 1993 年建立了环境管理技术委员会,主要任务是促使环境手段和制度、环境审计、环境标志、环境评价、生命周期评估及概念和定义的国际标准化。目前,该委员会正在研究制定国际统一的环境标志制度。

(二)消费者社会义务法律制度

消费者社会义务是消费者在满足消费需要的同时,为保护环境和节约资源,达成节约型消费模式,实现良好消费秩序所应履行的社会责任。在现代社会生活中,每个公民都是消费者,消费者角色的普遍性决定了任何一个公民都是当今社会生活中爱护自然、尊重自然的义务主体。在传统法律体系当中,消费者的社会义务主要依靠道德规范来确定。随着环境资源问题的日益严峻和资源安全状况的凸显,依靠道德规范或原则性的法律规范来调整消费者义务愈来愈不能适应社会发展的需要。以法律手段保护消费者权利的同时,确立消费者社会义务方面的法律规范成为日益迫切的社会需求。

以日本为例,日本十分注重消费者的社会义务,并积极从法律上规制消费者的消费行为,以促进全社会形成节约型消费的消费理念和消费模式,从而达到减少污染、保护环境、充分利用资源的目的。2000 年 4 月,日本内阁会议通过并经国会批准了《推进建立循环型社会基本法》,该法第 12 条专门详尽规定了消费者的义务,具体内容包括:(1)国民有责任遵循基本原则,通过延长产品的使用时间、使用再生产品、协助循环资源的分类回收等,抑制废弃物等的产生,促进产品等作为循环资源的合理循环利用,同时协助国家和地方公共团体开展合理处理的相关对策措施。(2)除上一项的规定以外,就第 11 条第 3 项规定的产品和容器,国民有责任遵循基本原则,将能够成为循环资源的相关产品和容器正确的交付给同一项中规定的事业者,协助该事业者实施措施。(3)除上述两项规定以外,国民有责任遵循基本原则,自觉促进循环型社会的形成,同时协助国家和地方公共团体实施循环型社会形成的相关对策。

作为世界头号消费大国,美国同样通过立法确立消费者应有的社会义务。为了使消费者负责任地减少生活消费对自然资源与生态环境的破坏,美国目前已有半数以上的州专门制定了有关生活消费废弃物的分类处置法案。以纽约州为例,纽约州政府要求每一个住户,凡属应该回收的垃圾如废纸、旧报纸和纸箱等,应当折好后用绳子捆绑;玻璃瓶、塑料瓶、饮料和牛奶纸盒、金属罐头等,用透明塑料垃圾袋或专用回收垃圾桶盛载,放在指定的地方,等待卫生局人员收取。如果住户没有分类而弄混生活消费废弃物就会受到一定的罚款,环卫部门将视情节轻重处以25美元至500美元的罚款。在旧金山,法律要求居民住家垃圾桶须分为三类,蓝、绿、黑三种颜色。蓝色垃圾桶放置玻璃瓶、塑料瓶、金属罐头盒、废纸等;绿色垃圾桶放置有营养的废料如各类剩余食物、饭菜、动物骨头等;黑色垃圾桶放置其他无法再回收的生活垃圾。

而欧盟国家则通过立法延伸消费者的义务。比如,在德国有关塑造节约型消费模式的立法条文中,对金属易拉罐和一次性饮料瓶等回收率较低的容器实行押金制度显得比较突出。2003年德国开始实行这项制度,消费者在购买所有用塑料瓶和易拉罐包装的矿泉水、啤酒、可乐和汽水时,均要支付相应的押金(1.5升以下需支付0.25欧元),在退还空罐时领回押金。表面上,押金制度是为了促进顾客退还空饮料罐以提高回收率,实际上其用意是让德国人改掉使用一次性饮料包装的消费习惯,转向更有利于环保和资源节约的消费模式。欧盟其他各国纷纷仿效,通过消费者义务的延伸培养公众良好消费习惯已成为欧盟各国普遍接受的共识。法律防止了消费活动对环境资源的负面影响,鼓励了人们的节约型消费行为。

(三)政府绿色采购法律制度

作为一个庞大的消费群体,政府的消费强度在国家财政支出乃至国民生产总值中都占有很大的比重。政府采购的规模显著地影响消费市场,政府绿色采购对普通消费者有强烈的引导和示范作用,是节约型消费的重要环节。节约型消费模式的塑造在一定程度上有赖于政府绿色采购活动的推行和开展,因此发达国家目前基本上都建立了比较完备的政府绿色采购法律制度。

美国政府主要以联邦法令与总统行政命令作为推动政府绿色采购的法律基础。如美国《政府采购法》第23章专门就采购环保产品和服务做出了详细规定,美国总统第13101号行政命令要求通过废弃物减量、资源回收及联邦绿色采购来使政府采购行为生态化,要求行政机关通过加大利用再生物质来增加和扩展这些消费品的市场,引导国民节约型消费。

日本2001年颁布施行的《国家等采购环境物品等促进法》,即《政府绿色采购法》,主要规定了政府作为特殊消费者的采购行为。该法规定国家、独立行政法人以及地方公共团体等,在采购物品以及劳务时,为促进需求向环境物品等转换,必须注意预算的合理使用,选择环境物品等。企业与国民在采购或租用物品或者接受劳务提供时,尽可能选择环境物品等。日本《政府绿色采购法》通过干预各级政府的采购行为,促使环境友好型和资源节约型产品在政府采购中占据优先地位,并对公众的节约型消费起到良好的示范和导向作用。

欧盟也特别重视政府作为特殊消费角色的绿色采购问题。为推行政府绿色采购,2004年欧盟通过了两项新法案《政府工程、产品、服务采购程序指令》及《经营水、能源、运输、邮政服务部门采购程序指令》,正式将欧盟推动的政府绿色采购政策与已有的政府采购法规进行整合。为促进会员国实施政府绿色采购,欧盟于同年还公布了《政府绿色采购指南》用以指导会员国如何运用各阶段采购程序,将环境资源因素纳入考虑,实施绿色采购。该指南详细地介绍了像学校、医院、国家及地方政府这样的公众消费者在采购产品、著作和接受服务时,如何考虑环境因素、资源的充分利用和节约。

(四)节约型消费税收法律制度

针对消费问题所带来的资源浪费、生态破坏和环境污染,国家就有必要通过税收手段对公民所涉及的消费本身进行调整,以鼓励或限制对某些物品的消费,从而改变或引导公民的消费行为朝着有利于资源节约与生态环境保护的方向发展。特别是近年来在为了节约资源与保护生态环境而进行的税收法律制度改革的浪潮中,各国纷纷开征或调整消费税以便建立一个既有利于资源节约与生态环境保护又有利于经济发展的节约型消费税收法律制度。

以欧盟为例,欧盟各国在引导节约型消费行为,促进节约型消费模式方面,主要通过立法制定有利于节约型消费的税收制度来实施。欧盟各国十分重视燃油税对资源节约与生态环境保护的促进作用,从20世纪90年代初以来,不断提高燃油税以改变人们的消费观念和行为。2003年10月,欧盟在克服不少内部分歧后,立法为各国规定了最低燃油税征收标准,并从2004年1月1日起开始参照执行。新的燃油税最低标准比以前提高近25%。欧盟各国政府力图通过高燃油税改变人们的消费观念,同时大力发展低能耗清洁车。从燃油税制实施的效果来看,欧盟各国确实从中尝到了甜头,如今在欧盟各国,小排量的微型汽车随处可见,这不但在某种程度上缓解了欧盟的能源需求,改善了大气环境,也帮助百姓树立了节约型消费观念。

欧盟各国还十分注重运用税收制度抑制消费者的过度消费和奢侈消费行为。如法国、意大利、葡萄牙等国家均通过立法对一些高档奢侈消费品及酒吧、夜总会、高尔夫等奢侈消费行为进行征税。比利时、丹麦、芬兰等国家还对一次性饮料包装物征税,爱尔兰则对塑料购物袋使用征税,英国、荷兰等国家对生活消费后的垃圾进行征税。根据法律规定,这些税款一般都用来进行对生态环境的治理。这些税收法律制度的实施,不仅提高了人们的节约意识与环保意识,更重要的还在于调整和规制了消费者的消费行为,有利于全社会节约型消费模式的形成。

美国也十分注重运用消费税收制度调节和促进有利于生态保护的消费行为。1989 年,美国联邦政府开始对含有氟利昂(CFCS)的商品征收消费税,该税种对化学品的消费起到了约束作用,有不可替代的优越性。美国也是比较早开始征收燃油税的国家,美国的燃油税充分体现了对资源节约与环境保护的积极影响,它能鼓励广大消费者使用更节能的汽车,这种行为的变化会减少消费活动中汽车废弃物的排放,对空气质量具有明显的改善作用。

四、节约型消费法律体系构建

依据节约型消费立法理论,参酌域外节约型消费立法经验,结合国内当前节约型消费实际,我们认为,中国应以科学发展观为指导,遵循节约型消费立法基本原则,全面构建节约型消费法律体系。

（一）产品环境标志法律制度

产品环境标志是表明产品符合资源节约与环境保护要求的一种特定标志,它向消费者表明该产品或服务从研制、开发、生产、使用、回收利用、处置的整个过程符合资源节约与环境保护要求。产品环境标志制度是调动公众参与资源节约、环境保护、塑造节约型消费行为的一种理想制度。环境标志制度不同于传统的环境资源管理制度,它不是依靠强制的行政命令,迫使企业承担环境资源义务,而是使环境资源管理由单纯的强制性行政管理逐步转化为强制性和指导性相结合的管理模式。在环境标志法律保护中,除了将环境标志登记为注册商标,另一个措施是国家与环境标志使用者签订环境标志使用合同。环境标志使用合同从其法律性质上而言是行政合同,是一种环境行政合同。

（二）消费者社会义务法律制度

消费者社会义务的主要内容在于符合生态规律与经济规律下的理性消费,即消费者在满足自身消费需要的同时,在消费活动中为节约资源、保护环境与改善生态,达成节约型消费模式,实现良好消费秩序所应履行的社会责任。消费者社会义务的思想渊源是个人本位向社会本位法理念的转变、所有权社会观念的形成。消费者社会义务首先体现为环境道德,表现为一种道德义务。消费者社会义务的法律化实质是一个道德的法律化问题,是道德义务升华为法律义务的问题。消费者社会义务的法律化有利于节约型消费模式的建构、有利于提高消费者素质、有利于实现节约型消费法的价值取向。消费者社会义务的法律构建主要表现为:第一,消费者在消费活动中应当坚持资源节约的原则,采取适度消费的消费方式;第二,消费者在消费活动中应当优先选购环境标志产品,使消费活动有利于环境资源保护;第三,消费者应当在消费活动中减少使用或拒绝使用一次性制品,采取减少垃圾产生量的消费方式;第四,消费者应当将在消费活动中将所产生的垃圾按照所在地环境卫生主管部门规定的时间、地点和方式进行堆放,并积极配合有关单位进行分类收集。

（三）政府绿色采购法律制度

政府作为国家的象征和代表,其行为对全社会具有极大的影响力。政府绿色采购对普通消费者有强烈的引导和示范作用,是节约型消费的重要环节。因此,在促进资源节约和环境保护,塑造节约型消费模式方面,政府应当通过政府绿色采购率先垂范。政府绿色采购的逻辑起点是满足社会公共需要,维护和提倡公共利益。政府绿色采购必须一切从社会公众的利益出发,为社会公众拥有一个良好的生态环境提供服务。政府绿色采购制度的微观效应是示范效应和扶持效应。中国应借鉴国外经验,以节约型消费理念为指导,制定政府绿色采购的相关法律制度,从根本上保障中国政府绿色采购活动的顺利开展。我们认为,中国政府绿色采购制度的建构应主要着眼于政府绿色采购主体职责;政府绿色采购清单制度;政府绿色采购标准制度;政府绿色采购优惠制度;政府绿色采购监督制度等方面。

（四）节约型消费税收法律制度

节约型消费税收乃是指为了节约资源、保护生态环境和引导理性消费,国家对特定消费物品和消费行为所进行的税收征纳。节约型消费税具有导向特别明确、环境保护作用特别明显、平衡社会收入与财富特别有效的特性。节约型消费税的经济理论基础是消费外部性,法学理论基础是国家基于财政权对公民环境资源权的保护。节约型消费税的课征原则是限制性、节约性和受益性原则。中国现行消费税收抑制超前消费、节约资源和保护环境的调节机制没有很好地体现,具体分析如下:第一,现行消费税未能体现节约性课征原则;第二,现行消费税未能体现限制性课征原则;第三,现行消费税未能体现受益性课征原则。根据节约型消费税的立法原则与运行模式,建议从以下几方面来建构和优化中国节约型消费税制:第一,拓展奢侈品和奢侈行为消费税;第二,开征环境有害和资源再生较慢商品的限制消费税;第三,开征消费副产物税;第四,开征燃油税。

第二节　产品环境标志法律制度

随着人们生活水平的提高和对自身健康的关心及环境资源意识的增强,越来越多的消费者逐渐认识到保护环境资源不仅仅是政府部门、社会团体、科研机构的事情,他们希望能通过选购和使用对环境资源有益的产品来参与环境资源保护工作,塑造符合环境资源生态规律的生活方式和消费模式。但是,消费者自身难以判断一些厂家所宣传的环境资源信息是否真实,从而影响其购买决定。产品环境标志制度正好给公众提供了产品符合环境资源要求的可见证据。产品环境标志制度的一项重要功能就是借助媒体对环保和环保产品进行讲解和宣传,潜移默化地熏陶公众生态保护意识,帮助消费者树立起良好环境道德观与消费观,促使消费者不仅把环境资源保护看作是自己的义务更是自己的一项权利;并通过购买、使用、处置商品等日常活动,直接参与环境保护和资源节约活动,影响厂商产品生产的环境资源决策,并最终促成全社会节约型消费模式的形成。

一、产品环境标志制度基本认识

(一)产品环境标志的概念和类型

产品环境标志,简称环境标志,也称绿色标志、生态标志,是指由政府管理部门,或由公共或民间团体依据一定的环境标准,向有关申请者颁发其产品符合环保要求的一种特定标志。产品环境标志获得者可把标志印在产品和包装上。产品环境标志向消费者表明该产品或服务从研制、开发、生产、使用、回收利用、处置的整个过程符合环境保护要求,这是调动公众参与环境保护、塑造节约型消费行为的一种很好的方式,最终有利于保护环境和节约资源。由于对生态环境的保护有着独特的作用,产品环境标志被褒称为拯救地球的绿色天使。①

一般来说,环境标志用于表明某一产品不仅质量合格,而且从产品原材料的采掘到产品的生产、使用以及最终废弃物的处置,整个生命周期都符合特定的环境要求,对人类的身体健康和生态环境无害,它是商品流通中的"绿色通行证"。环境标志产品具有三个共性:资源的再利用和环保问题,并将其与产品性能、质量和成本要求同等列为设计指标;在产品的生产阶段,必须考虑少用能源并且不污染环境;在产品的使用和处置阶段,不仅对环境无害而且易于拆解、回收与利用。总之,具有环境标志的产品强调从产品的整个设计生产过程到消费过程都进行了有效的环境防治与监控。环境标志产品依赖于生产者和消费者对环境保护和资源节约所承担的义务,使产品从环境资源方面来看可以一目了然地表现出它在环境质量上的差异,并从中可以找到符合环境保护要求的更好的解决方式。

众所周知,产品的生产与消费不仅消耗资源,而且影响环境。在一定程度上,产品是资源和环境负性的载体,体现出社会与自然的对抗关系。随着人们对环境资源问题感受的加深和认识的提高,公众对环境资源的关注早已不再局限于产品的生产过程,而正逐步扩大到产品的整个生命周期。也就是说,为保护环境资源,需要改变的不仅是产品的生产模式,还要包括产品进入消费后的消费模式。事实上,随着环境问题和资源短缺的日益严重,消费者在环境资源保护中的角色越来越突出,消费者也逐渐开始将自己的购买行为和消费行为作为一种保护环境资源的手段,在消费中购买对环境资源无害或友好的商品。因此,产品的"环保性能"已经成为市场竞争的重要因素。这种形势促进厂商开发和生产适合消费者环保愿望、有利于市场竞争的较为清洁的产品,除了采取生态设计的方法将污染预防的原则落实到产品生命周期的各个阶段以外,在产品销售时也开始注意突出产品的环保性能,为消费者进行选择提供必要的环保信息,而提供这类信息的一个主要途径就是明示于产品上的环境标志。

---

① 夏友富:《论环境标志制度与国际贸易发展》,载《世界经济》1995 年第 10 期。

环境标志一般可以分为三类:第Ⅰ类环境标志,批准印记型标志。这是我们通常所说的环境标志,也是目前大多数国家采用的类型,其主要特点是:自愿参加;以有关准则、标准为基础;包含生命周期的考虑;需经第三方认证。这种环境标志往往是一种在产品上或其包装上的图形,由政府管理部门或独立的民间环境团体按严格的程序和环境标准颁发给厂商的"绿色通行证",以向消费者表明某一产品不仅质量符合标准,而且从研制到开发,到生产使用、消费、处置直至回收利用的整个过程中均符合特定的生态、环保要求,对生态环境和人类健康均无损害,与同类商品相比具有低毒、少害、节约资源等综合环保优势。第Ⅱ类环境标志,自我声明型标志。这种标志的特点在于:可由制造商、进口商、批发商、零售商或任何从中获益的人对产品的环境性能作出自我声明;这种自我声明可在产品上或者在产品的包装上以文字声明、图案、图表等形式表示,也可表示在产品的广告上或者产品的名册上;无需第三方认证。事实上,这种环境标志是未经独立的第三方认证,由制造商、进口商、批发商、零售商等任何从中获益的人自行设计、贴在产品上的一种环境声明标签。第Ⅲ类环境标志,单项性能认证型标志。这些单项性能主要包括:可再循环性,可再循环的成分,可再循环的比例,节能、节水、减少挥发性有机化合物的排放、有利于森林的可持续生长等。这类环境标志基于第三方的检验和确认,只向消费者提供某一方面的参数和信息,不对产品进行价值判断。

使用环境标志的目的是向消费者提供准确的信息。环境标志与消费者消费活动结合起来,使消费者对环境友好型和资源节约型产品引起注意,引导消费者购买这些产品。环境标志只使用在销售产品上,不在市场上销售的产品无需使用环境标志,所以它是一种商标。但它不同于普通的商标,普通商标区别的是相同或类似产品的不同厂家;而环境标志不同,不管是政府颁发的环境标志还是厂商的自我声明,不管是图形式的标志还是文字式的声明,它表明的都是厂商的产品或服务对环境的影响程度,是对产品环境质量的全面评价。因而,从功能上讲,环境标志表明的是产品或服务对环境资源的影响程度;从形式上讲,环境标志是一种证明性商标。

(二)产品环境标志制度产生和发展

鉴于在很多国家的市场上具有环境标志的产品越来越受到广大消费者的青睐,于是有关环境标志的法律制度就应运而生。环境标志制度是指依据有关的环境标准和规定,由国家指定的认证机构确认并通过颁发标志和证书,以表明某一产品的生产、使用及处置等过程均符合特定环境保护要求,对生态环境无害或危害性极小的法律制度。这一制度的实施可以对产品的资源配置、生产工艺、处理技术、产品循环再利用及废弃处理的各个领域所涉及的环境行为进行有效监管。环境标志制度的产生有着深刻的时代背景,具体表现在:

1. 公众环保意识的增强。环境资源保护问题关系到地球的安危、人类的生存与幸福。20 世纪 70 年代末尤其是 80 年代中期以来,越来越多的发达国家的人民日益关心环境资源保护问题,他们的环境资源意识有了很大的提高。西方国家的制造商敏锐地抓住了人们的这一心理,纷纷在自己的产品上设计图形、标签等形式,向消费者来表明他们的产品不危害环境,为消费者提供产品的环境信息,使公众的环保意识在对消费品的选择中得到深化和提高。消费者通过购买环境标志产品不仅增强了环境资源意识,而且通过选购、消费、处置商品等日常活动,直接或间接地参与了环保活动,因而环境标志产品深入人心,备受消费者青睐。

2. 绿色消费活动的勃兴。随着公民环保意识的提高,消费者意识到自己不但享有在清洁、安全、舒适的环境中生活的权利,还负有在消费中合理利用资源和保护环境的义务,在这种环保意识的激发下,绿色消费运动蓬勃而起。早在 1990 年欧共体的一份调查就表明,67% 的荷兰人和80% 的德国人购物时考虑环境资源因素。同年在加拿大所作的盖洛普民意测验表明,46% 的消费者最近至少已购买过一种他们相信不会损害环境资源的产品,1991 年该比例上升到 76%。另据加拿大消费者协会在1992 年所作的"90 年代市场问题调查",94% 的消费者表示选购商品时要考虑环境资源问题,许多消费者宁愿多付 10% 的钱,购买对环境资源危害较小的产品。奥地利和瑞典的民意测验也表明了相同的公众意见。他们迫切希望权威机构依据有关的环境标准对产品的环境影响进行确认,然后以标志图形的方式告知。于是,环境标志制度应运而生。

3. 环境资源管理手段市场取向的强化。环境标志制度不同于传统的环境资源管理制度,它不是依靠强制的行政命令,迫使企业承担环境资源义务,而是根据市场营销导向,向企业反馈资源合理配置、清洁生产工艺、最佳处理技术及资源利用等方面的技术信息,使企业在调整产品结构、产业结构、开发新产品、实施技术改造时综合考虑"从摇篮到坟墓"的全过程环境资源行为。在这一过程中,市场因素为企业从环境污染者与资源破坏者转为环境资源保护者搭建了桥梁。这一制度解决了环境资源保护和经济发展之间的冲突,使环境资源管理由单纯的强制性行政管理逐步转化为强制性和指导性相结合的管理模式,迎合了环境资源管理市场化的趋势和平等、互利、自由的市场交易规则,将市场经济和环境资源保护融为一体,使环境标志制度获得了市场驱动力。

二、产品环境标志法律保障模式

（一）证明商标：环境标志的商标保护

1. 证明商标的内涵与类型。证明商标是商标的重要组成部分。证明商标是指由对某种商品或者服务具有检测和监督能力的组织所控制,而由其以外的人使用在商品或者服务上,用以证明该商品或者服务的原产地、原料、制造方法、质量、精确度或者其他特定品质的商品商标或者服务商标。证明商标的主要功能是证明商品或服务具有某种特定品质,它在于告知购买人,使用该商标的商品或服务通过了注册人的监测或测试,达到了注册人制定的质量标准或具备了某种特征。

根据证明重点不同,证明商标可以分为两类。一类是原产地证明商标,即重点证明商品或服务来源于某地,其质量或者特征完全或者主要取决于该地地理环境,包括自然因素和人为因素;一类是特定品质证明商标,即证明商品或者服务具有某种特定品质,如产品具有某种质量,采用了什么制造方法等。尽管原产地证明商标和特定品质证明商标都涉及商品或者服务的特定品质,但两者证明重点是不同的,原产地证明商标重点是证明商品或者服务的特定品质与当地地理因素有直接因果关系,特定品质证明商标重点是证明商品或者服务具有某种特定品质,至于特定品质所产生的原因,则不是证明的重点。

2. 环境标志的证明商标登记。虽然各国法律及其实施状况不同,但在环境标志制度上确有很多相似的规定。大多数国家实施环境标志都将环境标志登记注册为商标,并建立后续法律制度进行保障。在德国,商标所有权归联邦环境自然保护和核安全部;在日本,商标所有权归环境协会,所有权人可以依法对侵犯其商标权的厂商反映。将环境标志登记为证明商标,有利于对环境标志的法律保护,证明商标是保护环境标志的最有力手段。

（1）环境标志注册为证明商标,有利于打击假冒环境标志的侵权行为和监督环境标志商品的质量。环境标志被注册为证明商标后,就取得了与普通商标同等的效力,不仅受《商标法》保护,也受《产品质量法》及《反不正当竞争法》乃至《刑法》等法律法规的全面保护。同时,上述法律法规也对证明商标注册人提出了必须依法使用其商标的要求,否则发生了商品粗制滥造、以次充好、欺骗消费者等情况时,就可能被责令限期改正、予以通报、处以罚款、赔偿损失直至被撤销注册商标。这无疑会有力地打击各种侵犯环境标志的行为和监督使用环境标志证明商标的商品质量发生积极的作用。

（2）环境标志注册为证明商标,有利于厂商的品牌宣传和消费者基于环保信息认牌购货。现代企业的广告宣传,很大程度上就是商标的宣传,使用环境标志证明商标的企业,通过宣传,能够向社会公众表明该产品所拥有的与环境保护、资源节约等相关的特殊品质,这是普通商标宣传所不具有的特点。从日益讲究生活质量和环保意识不断提高的消费者的角度来讲,环境标志注册为证明商标后,可以有效地监督使用这些商标的商品质量,使他们更加信赖这些商品,进而购买和使用这些商品。

（3）环境标志注册为证明商标,有利于维护环境标志使用企业的合法权益,提高环境标志使用企业的竞争能力。如前所述,环境标志注册为证明商标,有利于防范和打击假冒原产地名称的行为,这就在客观上维护了环境标志使用企业合法权益。证明商标是创立知名品牌,提高产品市场竞争力的需要。相对于未使用证明商标的商品或者服务,使用证明商标者传递了产品当中的环境保护和资源节约信息,提供了环境安全保障,竞争时就必然处于优势。证明商标对于保证产品质量,创立知名品牌,提高商品或者服务的市场竞争力,促进环保产业发展具有重要意义。从宏观上看,环境标志证明商标就是国家为推广和鼓励环境友好型产品的法律保障。实践证明,充分发展环境标志证明商标所指示的产品,对于推动环境保护的发展具有不可估量的作用。

（二）环境标志使用合同:环境标志的合同保障

1. 环境标志使用合同的制定。除了将环境标志登记为注册商标,许多国家还与环境标志使用者签订环境标志使用合同,防止他们错误使用环境标志,确保环境标志计划顺利实施。所谓环境标志使用合同,就是环境标志的所有者与标志的资格申请者就使用环境标志相关事宜而达成的合同。这种合同一经签订，即明确了使用环境标志的权利和义务，具有法律效力，双方当事人必须遵守履行。这些环境标志使用合同是格式合同，通常从一种产品到另一种产品，只有微小的差别。这种合同使用也有其固定使用期限。如德国、加拿大为 3 年，日本则是 2 年，在合同期满时可以续签。固定合同期是根据环境标志标准和环境标志产品的普及情况需要而不断修订和确定的。

为了环境标志的实施更具合理性、更具法规性，中国借鉴国外环境标志计划经验，也制订出了中国的环境标志使用合同书，该合同属格式合同，该合同在甲方(中国环境标志产品认证委员会秘书处)和乙方(认证合同单位)之间建立了一个共同的具有法律和债务责任的合同，其中主要对乙方如何使用环境标志、合同期限及甲方对乙方的认证监督方面作了规定。自愿申请使用环境标志的企业，按照《环境标志产品认证管理办法》中的程序提出申请，经中国环境标志产品认证合格后，须与中国环境标志产品认证委员会秘书处签订环境标志使用合同。合同一经签署，即具有法律效益，因此合同是双方的一个有效的法律约束武器。尤其是对企业，在履行合同期间，必须明确合同规定的权利和义务，以保证依法履行合同，正确使用环境标志，其中最值得强调的是生产经营者只能在经认证合格的产品上粘贴标志，而不能使用在自己生产的其他未经许可的产品上，否则必须承担法律责任。还有可能出现的是，生产经营者在广告宣传中不仅对标志产品，而且还强调该厂的其余产品及生产线，这种夸大其词的做法也要承担违约责任。

2. 环境标志使用合同的法律性质。传统的行政管理手段依靠行政机关单方面的意思表示产生行政法律关系，而环境行政合同则是建立在行政机关同行政相对人意思表示一致基础上的行政法律关系，它不同于统治色彩浓厚的行政命令的管理模式，更易于为行政相对人所接受。有鉴于此，环境行政合同作为国家行政机关实现环境管理职能的一种重要手段，正得到日益广泛的运用。环境标志使用合同从其法律性质上而言是行政合同，是一种环境行政合同。环境标志使用合同的诸多特点都符合行政合同的特征要求，具体表现在：

(1)环境标志使用许可是一种行政行为，它是基于行政法律关系而订立的。在行政合同的主体中，至少有一方是行使国家行政权的机关或被国家授权行使行政权的机构，这与民事合同都是基于民事法律关系订立的情形不同。民事合同只要求其主体为具有行为能力和权利能力的自然人或法人即可。环境标志产品的认证主要依以下程序：由申请认证的企业向认证主管部门提出申请，再由主管部门依据相关规定对申请的产品进行检查，检验合格后，颁发给合格证书。然后，由国家环境主管部门和国家标准化行政主管部门予以对外发布。显然，以上程序与许可制度的申请批准程序极为相似，其实质就是一种行政许可行为。

（2）环境标志使用合同的内容是建立在双方当事人自由意志被约束基础上的。因为规范行政法律关系的法律法规，在原则上属于强行规定，而环境标志使用合同是依据有关行政法律法规签订的，所以它是不以当事人的自由意思任意决定的，而必须是遵循有关环境标志使用管理当中的法律法规所做出的一致意思表示后，方为有效。这一点与在自愿协商下签订的环境民事合同和其他民事合同有较大的区别。

（3）环境标志使用合同中双方当事人的地位是不平等的。众所周知，在一般民事合同中，双方当事人的地位是平等的，享有的权利也是平等的。而行政合同由于其是基于行政法律关系订立的，这就决定了双方当事人地位上的不平等。在环境标志使用合同中，一方为行使国家行政权的机关或被授权的机构，另一方则为申请使用的企业，双方之间存在着领导与服从的关系。自愿申请使用环境标志的企业，必须依法签订环境标志使用合同，保证依法履行合同，保证在合同规定期限内正确使用标志，不得在自己生产的其他未经许可的产品上使用标志，否则作为行使国家行政权的一方，可以单方面的意思表示撤销该合同，而其相对人则不具有这种权利。同时，作为行使国家行政权的一方，还享有单方面解除合同的权利，而其相对人却只能在向行政机关提出请求解除合同的申请，并经行政机关同意之后才能解除。

总之，环境标志使用合同是双方当事人为实现彼此间相对应的目的而达成的协议。在环境标志使用合同中，作为行使国家认证行政权的一方当事人，其订立环境标志合同的目的，是为了更好地实现国家环境管理职能，防治环境污染和生态破坏。而作为申请企业的另一方当事人，其订立环境标志使用合同的目的，则是要达到在保证实现防治环境污染和资源节约目标的前提下，依照有关法律和合同的规定获得自己的经济目的。

第三节　消费者社会义务法律制度

人类自其诞生以来就一直在消费,但在相当长的时间里,并没有在自然人上标注消费者的特殊身份特征。消费者的出现与市场结构及经济势力联系在一起,消费者首先是一个市场问题,"早期的消费者问题与其说是消费者保护问题,不如说是探讨契约自由之绝对性及社会性的相对性问题。"①事实上,消费者这个概念,从其提出之日起,就是与权利相联系的概念。现代以来,同属权利主体的自然人和法人之间行为能力事实上的差距正在不断扩大,消费者已经越来越被想象成社会中一个弱势人群。消费者在市场与垄断、形式正义与实质正义的冲突中,为达致社会弱者与强者的平衡出场了。因此,在自由交易的基础上,由国家通过立法对消费者进行特别保护,对其不利地位进行补救,通过法律的形式明确生产经营者的义务和消费者的权利,其目的在于为生命个体提供一套法律装置,使自然人面对法人的巨大威胁和压力时,能得到相应的权利支撑,以期达到平衡生产经营者与消费者之间的利益,实现维护健康有序的市场经济秩序的目的。从这个意义上,我们可以认为"消费者"是法律承认经营者与消费者的差异与不平等的产物,是法律的"抽象人格向具体人格"转变的结果。② 但是面对传统消费方式所带来的问题,面对消费主义价值观所带来的挑战,我们也不能不感叹传统法律对消费者的保护让人们在一定程度上忽视了消费者在民事活动中应当负有的社会义务。消费者社会义务的简单化和不明确不但影响了法律对消费者利益与社会利益之间的平衡效果,同时对于消费者自身的存在和发展也产生了不良影响。

一、消费者社会义务的思想渊源

就消费行为本身而言,这是与每个人密切相关的事情,它叙述的是人们怎样消费的问题,并以个体的感受为核心。但随着生产力的不断发展和人们需求的不断增长,我们发现在消费欲望不断得以满足的过程中,人

---

① 范建得著:《消费者,向前行:谈消费者保护的内涵》,(中国台湾)汉兴书局有限公司 1994 年版,第 2 页。

② 谢晓尧:《消费者:人的法律形塑与制度价值》,载《中国法学》2003 年第 3 期。

们对自身的关爱越来越广,对舒适的渴望越来越高,对自然的索取越来越多,就连废弃物也使得地球越来越难以消化了。传统消费模式所引起的资源枯竭、环境污染等生态灾难问题,以及人们不合理消费对社会风气的毒害已经引起了人们的深刻反思,致使人们不得不对消费者的社会责任进行一番严肃的思考。人们认识到古典经济学家所推崇的绝对自由放任主义的个人本位在社会日益整体化、各经济主体之间联系日益紧密的现代社会中不再是经济生活里的唯一准则,与之相反,受到一定约束的社会本位才是社会得以维持和持续发展的主题。因此,在消费问题日显突出的今天,法律基于生产者与消费者实力失衡而对消费者予以倾斜保护的同时,必须注意到消费者应当负有的民事义务仍然是客观存在的,消费者在个人消费活动中的社会义务不能因为其相对于生产者而言得到特殊保护而消灭。消费者的消费活动不应再是纯粹的个人私事,还应最大限度地将社会利益、其他利益相关者的权益纳入考虑之中。在以法律手段保护消费者权利的同时,确立消费者的社会义务成为日益迫切的社会需求。

(一)个人本位向社会本位法理念的转变

这以功利主义法学和社会学法学观点为代表。功利主义是一个十分古老的哲学命题。它的产生可以追溯到古希腊、罗马时期,当时的思想家伊壁鸠鲁、卢克莱等人的思想中可以见到功利主义的雏形。资产阶级革命时期的一些自然法学家如培根、霍布斯、洛克等对功利主义思想都进行过较详尽的阐述。而功利主义的最后得名应归功于英国哲学家哈契逊提出的一项伦理学说。"这个理论主张善即快乐、恶即痛苦,因此所企求的最佳状态就是快乐超过痛苦达到最大限度。边沁采纳了这个观点并将其称为功利主义。"①

在边沁看来,功利原则意味着对任何一种行为表示赞成或反对是根据它能否增加或减少当事人幸福的趋向决定的。当某种行为增加社会幸福的趋势大于减少社会幸福的趋势时,它便符合了功利原则。边沁主张用"最大多数人的最大幸福"一词代替功利,并将"最大多数人的最大幸福"的原则当作功利主义的最基本原理。他试图用最大幸福的原则解决一切社会、政治及法律问题,并认为每一个产生幸福的行为在道德上都应

---

① [英]伯特兰·罗素著,马家驹、贺霖译:《西方的智慧》,世界知识出版社 1992 年版,第 351 页。

该是有价值的,带给个人幸福的东西也应该给公众带来幸福。理解功利主义的关键在于把握个人与社会共同体之间的关系。社会共同体由无数被认为是其成员的个人构成。社会共同体的最大利益就是社会成员中最大多数人的幸福。功利原则既关注个人幸福也关注社会的幸福,这由当事人是个人还是社会来决定。① 但边沁强调,社会利益不能独立于或对抗于个人利益,社会利益只意味着组成社会的各个成员的利益的总和。个人利益是唯一真实的利益,以是否有利于个人利益来决定事物或行为的正当与否。"个人,即构成共同体的个人之幸福——他们的快乐与安全,就是立法者应该考虑的唯一目的。"②事实上,功利主义承袭了西方近代以来权利本位的法哲学传统,但其进步之处在于消除了已有的利己的快乐主义中的主观性和个人性,它不再只考虑个人的满足与幸福,而是社会的普遍利益。③

德国著名法学家耶林深受功利主义哲学的影响,这体现在他对法哲学利益观的重视程度上。但耶林把社会利益视为与个人利益相对立的利益。由于他强调社会利益而被庞德称为"社会功利主义者",为此,耶林也被视为社会功利主义法学的创始人。他认为,法律的目的,是在利己主义和利他主义、个人利益和社会利益之间形成一种平衡。在他的"目的"法学中,还提出"目的"利益乃法律的创建者和归宿,认为一定的社会目的是法律的唯一根源,"法律是国家权力通过外部强制手段所保证实现的最广义的社会生活条件的总和。"④这些主张无疑成为消费者社会义务思想及其立法的深厚理论根基。

社会学法学由于形成于资本主义世界社会矛盾与公害日益严重的20世纪,更是以建立在承认社会利益客观存在的基础之上的法学思潮流派。以社会学观点和方法研究法律的实行、功能和效果,注重法律与其他因素的相互作用,关心法律的社会目的和效果,强调法律对社会不同利益的整合作用。⑤ 社会学法学的杰出代表人物庞德认为,作为社会工程、社

① 沈仲衡:《西方法哲学利益观述评》,载《当代法学》2003 年第 5 期。
② 张乃根著:《西方法哲学史纲》,中国政法大学出版社 1993 年版,第 169 页。
③ 何怀宏著:《契约伦理和社会正义》,中国人民大学出版社 1993 年版,第 139 页。
④ ［德］冯·耶林:《法律作为达到目的的手段》,载沈宗灵著:《现代西方法律哲学》,法律出版社 1983 年版,第 29 页。
⑤ 沈宗灵著:《现代西方法理学》,北京大学出版社 1997 年版,第 285 页。

会控制的手段,法律的任务在于满足人们的各种要求和愿望,即为最大多数人做最多的事情。他在《法律哲学导论》中简洁而精彩地指出:"为了满足当下的法律,我满足于这样一幅图景,即在付出最小代价的条件下尽可能地满足于人们的各种要求。我愿意把法律看成这样一种社会制度,即在通过政治组织的社会对人们的行为进行安排而满足人们的需要或实现人们的需要的情形下,它能以付出最小代价为条件而尽可能地满足社会需求——即产生于文明社会生活中的要求、需要和期望——的社会制度。就理解法律这个目的而言,我很高兴能从法律的历史中发现了这样的记载:它通过社会控制的方式而不断扩大对人的需求、需要和欲望进行承认和满足;对社会利益进行日益广泛和有效的保护;更彻底和更有效地杜绝浪费并防止人们在享受生活时发生冲突——总而言之,一项日益有效的社会工程。"①在庞德看来,法律只不过是一项目的在于满足人的要求的具有手段性的社会工程而已,法的意义应以其实现的效果(满足人的要求)为评价标准,"所谓的公平正义,则在于适当调整人类的各种需要,使其达成最大之利益,则为众人所分享。"这些观点深深地打上了功利主义的烙印,因此,"庞德的社会学法学实质上是一种社会功利主义"。② 也只有在功利主义之下,法才具有社会利益之善的目标,法才可能成为实现此目标的手段——一种通过法律的社会控制。庞德将法律所保护的利益,分为社会利益、国家利益及个人利益,但在利益冲突及调整的准据上,其中特别被关注的是社会利益。至于国家利益及个人利益,则在促进或维护社会利益的原则下受保障,性质上是一种补助的存在。③

相应地,个人主义的私益性在 18 世纪自然权利观的基础上发生了重大变化,出现了权利相对化和权利社会化。权利相对化,要求权利人对权利的占有与行使,必须符合社会共同生活的需求,不容个人恣意妄为。权利社会化主张权利作用在于调和社会成员之间的利益冲突,从而发挥法律的社会工程的功能。权利观的变化体现在法律制度上,即充分关注到如前所述的所有权滥用对社会生活的不利,契约自由对契约正义的损害,

---

① [美]E.博登海默著,邓正来译:《法理学—法律哲学与法律方法》,中国政法大学出版社 1997 年版,第 147 页。

② 张乃根著:《西方法哲学史纲》,中国政法大学出版社 1993 年版,第 278 页。

③ 邱聪智著:《民法研究》,中国人民大学出版社 2002 年版,第 68 页。

过错责任使危险极其不合理的分担,从而改革私法制度。① 社会法学在此基础上确立了社会本位的法学价值观。但这并不表示其对个人利益的忽视,恰恰相反,他们强调的是个人利益与社会利益的良性互动。个人利益本位与社会利益本位都是权利本位,个人利益本位将社会作为权利的"组合体",而社会利益本位将社会作为权利的"有机体",社会利益本位不过是权利本位的现代形式和第二阶段,正是从这一意义,个人利益本位与社会利益本位得以统一。

社会学法学的这些主张对于消费者的社会义务的形成和发展有着十分重要的意义。它坚持社会利益与个人利益相对对立性的观点,倡导社会本位,强调社会责任或社会合作;同时又不忽视个人利益的存在,而是更注重将个人利益与社会利益的平衡、协调发展作为法律的终极关怀。私权主体享有权利的同时应承担社会义务,但社会义务设定的最终目的不是为了限制个体权利,而是为了个体权利更有效、充分的行使。个人利益与社会利益根植于人性的共有成分之中,它是个体人与社会化的人在社会中对立与统一的表现,而法只不过是对此予以确认与调整而已。这些法学思潮对消费者社会义务在当代的最终确立起着直接的推动作用。

(二)所有权社会化观念的形成

消费者社会义务的确立与所有权社会化观念的形成也有着紧密的联系。西方近代的个人主义所有权,乃是罗马法所有权观念与制度在近代法上的复兴与再现。伴随近代资本主义生产关系的萌芽与发展,特别是经历了14—16世纪新兴资产阶级以及他们的代表——人文主义者所进行的文艺复兴运动和宗教改革运动的洗礼,新兴资产阶级思想家冲破了宗教神学思想的牢笼,提出了以人为本,以人权代替神权,以国家代替教会,以民主与法制代替封建主义与宗教专制统治的新思想,认为所有权是与生俱来的、上天赋予所有人对财产予以绝对支配的权利。在这种历史背景下,古罗马法所有权观念与制度遂重新崛起,并一跃而成为自由资本主义时期的主要法律思潮,即近代法上的"个人主义所有权"观念,表现于民法上即个人主义的所有权制度。② 1789年的法国《人权宣言》第17

---

① 丁南:《从"自由意志"到"社会利益"》,载《法制与社会发展》2004年第2期。
② 马俊驹、江海波:《论私人所有权自由与所有权社会化》,载《法学》2004年第5期。

条宣称："所有权为不可侵犯的神圣权利,非经合法证明确为公共需要并履行正当补偿,不得加以剥夺。"这便是关于个人主义所有权的典范性规定。这就意味着其所有权人享有所有物上的各种权利及这些权利的神圣不可侵犯性,同时还意味着个人行使权利的绝对自由。这种绝对自由的所有制使得个人可以对自己的财产为任意处分,即使损害他人的合法利益也不为非法。这在一方面促进了个体的积极性和创造性的充分发挥,刺激了最大限度自由竞争从而促成资本主义市场经济的发达,但同时也带来了严重的不良后果。①

表现得尤为突出的是,由于坚持实行所有权绝对原则,赋予所有权以绝对效力,结果造成社会财富日益集中于少数人手中,贫富悬殊、劳资对立、财富浪费等社会问题纷至沓来,并有愈演愈烈之势。这些社会矛盾的存在促使了人们对所有权的观念的改变,并开始对个人主义的所有权制度进行检讨和修正,以能缓解上述社会问题日趋剧烈之程度。在这种背景下,在所有权法律制度上出现了一些相应的调整。如为了保障交易安全而牺牲个人所有权,确立了善意取得与时效取得制度;为了保护弱者而限制个人所有权的行使,创造了权利滥用法理,禁止滥用权利,权利的行使不得损害他人等等。19世纪德国民法典第226条规定:"权利之行使,不得专以损害他人为目的。"即权利不得滥用原则。20世纪初叶瑞士民法典第2条规定:"权利之显然滥用,不得受法律之保护。"所有权的行使由绝对自由时期,进入了相对自由时期。然仅此所有权之外部的限制,仍不足以补救所有权无限制之流弊。于是,德国1919年魏玛宪法第153条第3款规定:"所有权包含义务,于其行使,应同时顾及公共之利益。"②虽然这难免有将权利和义务混为一谈之嫌,但却开了所有权社会制约之先河。

随着社会本位的权利思想的确立以及经济的发展,人们更加注重物的社会效用而非其绝对的支配。也就是说,所有权的观念经历了从注重所有到更加在乎其利用、从关注其个体目的到所有权的社会目的的观念的更新。这使人们认识到作为一个消费者占有了属于社会的有限的资源,它所拥有的财产不仅是经济的存在也是社会的存在,应当发挥相应的

---

① 梁慧星著:《民法总论》,法律出版社1996年版,第36页。
② 胡长清著:《中国民法总论》,中国政法大学出版社1997年版,第3页。

经济和社会作用。这也促进了法律从个人本位向社会本位的现代转变。如果说在消费者社会义务得以确立的主要思想渊源中,功利主义法学思想和社会学法学思想是其远因的话,那么,所有权社会化的观念就是推动消费者社会义务最终确立的、直接的、也是最重要的思想渊源。

二、消费者社会义务的定义和特征

（一）消费者社会义务的定义

传统经济学认为,消费与国民收入之间有着直接的相关关系,国民收入的增长有赖于国民消费的增长。为此,在考察一国宏观经济运行状况时人们十分关注国民消费的总体状况。如果国民消费增长缓慢或者停滞,要达到国民经济预期的增长目标,就必须增加政府采购与扩大对外贸易,而政府采购和对外贸易的实质还是在于刺激消费,政府采购就是增加政府消费,对外贸易就是扩大国外居民消费。消费的增长就是国民经济增长最有力的拉动力量。消费与经济增长之间的相关关系还间接地与就业相联系。因为一个简单的道理,如果人们不买东西,工厂就开工不了,工厂一旦停产工人就要失业。所以,消费的空前威力不仅推动着"消费至上"的理念,还维持着"益于发展"的信条,更进一步巩固着"消费就是贡献"的神话。也正是在这个意义上,裹挟着消费至上理念的消费主义价值观渗透到社会生活的一切领域,即政治的、经济的、文化的乃至风尚习俗的领域,并成为人们评价一切的尺度,成为评价社会进步与否的尺度,成为评价个人成功与否的尺度,成为评价生活质量和水平高低的尺度,成为评价幸福与否的尺度,以至成为道德选择和评价的尺度。

基于对消费及其巨大功效的自负与迷信,当代人以为刺激消费能包揽无疑地解决经济发展中遇到的难题与障碍,消费者的消费被看成是为经济增长尽义务,甚至被推崇为爱国主义的义务与责任。诚然,经济的持续增长依赖于消费的持续增长是有一定道理的。在西方"不消费就衰退"不仅已经成为传统经济学家的主流观点,而且也是许多国家摆脱危机与衰退的良方。这是因为经济目标的实现依赖于生产与消费的平衡,因而经济学不仅要解决各种资源的有效配置,而且必须解决生产和消费之间的平衡。在市场经济中,生产者为了获得更大的利润,为了追求资本增值,他必须超越消费者的基本需要并刺激消费者的欲求进行大量生产。再加上由于科学技术的发展而引起的生产率的提高,就使生产成为过剩性生产。而过剩性生产必须获得大量消费的支撑。生产超过需要的部分,就只能靠挥霍性浪费才能消耗掉。如果没有挥霍性消费的支持,过剩性的生产就无法持续进行。因此,消费者不积极消费,就意味着生产的停滞和经济的衰退,消费者就没有尽到自己为促进经济增长而应履行的责任和义务。

但是在这里需要注意的是,问题不在于经济的持续增长是否依赖于消费的持续增长,而在于既然经济的增长超越了人们的需要,为什么还要维持经济的持续增长呢?传统经济学的这个观点充分暴露出传统发展观的实质,即对目的和手段的颠倒。按照正常的思维,需要和满足需要的消费是目的,经济增长只是满足需要和消费目的的手段。如果是这样,那么,经济的增长已经超越了需要,为什么还要坚持经济必须增长呢?传统发展观正是在这里出了问题,经济增长成为目的,经济是必须要增长的。为了实现这个目的,就必须要以持续的消费增长作为手段。这就是传统发展观颠倒了的逻辑。在这种发展观的导引下,消费者的消费乃是在履行一种爱国的责任和促进经济发展的义务就不难理解了。

在这种传统观念的支配下,消费者的大量消费固然拉动了经济增长,客观上尽到了一种爱国的责任和义务。然而不幸的是,这种责任和义务观是建立在消费目的与发展手段倒置基础上的。由于它看重物的价值而漠视人的价值,关注物质经济资源增值而忽视人与社会的全面进步,结果出现了见物不见人、重经济轻社会的畸形发展。这种责任观的最大误区在于忽视了发展的人性需要及其价值,忽视了人的本质所在。"为发展而消费"的所谓社会义务观引发的生存家园方面的悲剧已经成为全球性公害,当代资源短缺与生态环境危机就是铁证。这种遗忘了生存家园的消费者义务使人沦为实现发展的工具,使发展变成自身的目的,成为人类生存的异己力量。立足于辩证的立场来看,消费与发展是对立统一的矛盾与合体。消费既是发展的前提与限度,又是发展的依归和目的;发展作为手段是对消费的改善和提升,决不能逾越特定时代人类生存家园所必需的合理限度。任何时代任何情景下都不能颠倒两者的定位与关系。一旦错置两者的关系,就自然地生成、鼓舞了"消费满足增长"的发展理念,并势必导致生态环境的崩溃与资源能源的枯竭。因此,克服这种根深蒂固的消费至上主义,修正和完善消费者在经济活动中的社会责任和义务,无疑是回归人类生存家园的健全常识与辩证理性。

节约型消费的提出可以说是人类消费价值观、人类消费方式的一次深刻革命。在更大程度上,可以说是对消费者传统社会责任观的一种修正和完善。经济增长与生态保护的不平衡性在一定时期总是伴随着人类的生活,如何用正确的社会责任和义务来调整消费者的消费活动,用生态主义伦理观来涵化人性,约束消费者的非理性消费行为既是人类社会健康发展的需要也是社会文明程度的标志。因此,我们认为对消费者社会义务的理解和定义必须摆正消费活动在人类生存与发展中的位置,科学审视消费者社会义务应有的合理边界,坚持用生态主义伦理观引导消费者的消费活动,确认消费者对社会所尽义务的新方向和新内涵。

这个新方向和新内涵就是对消费者社会义务的重新定义。虽然就定义本身而言,其在理论研究中只具有微小的价值,但对法学研究来说,对概念给出相应的定义,以确定其合理的内涵与外延还是必要的。况且对概念进行定性,是人类的习惯性行为和偏好。因此,对消费者社会义务的概念以定义的方式给予说明仍然是有价值的。基于生态主义价值观对消费者消费活动的影响和指导,我们认为消费者社会义务所要涵盖的内容已经不再是对经济增长的贡献和推动,消费者社会义务的主要内容在于符合生态规律下的理性消费。我们认为,消费者社会义务的恰当定义应当是消费者在满足自身消费需要的同时,从促进国民经济和社会全面发展的目标出发,在消费活动中为保护和改善生态环境,达成节约型消费模式,实现良好消费秩序所应履行的社会责任,即消费者所负有的促进整个社会全面进步的义务。

(二)消费者社会义务的特点

1. 消费者社会义务既是一种积极义务也是一种消极义务

从法理上讲,义务可以分为积极义务和消极义务。积极义务指必须为一定行为的义务,也称作为义务;消极义务指抑制一定行为的义务,也称不作为义务。从消费者社会义务的定义来看,消费者在消费活动中具有节约资源、保护环境、维护生态平衡的义务,其所涵盖的义务内容中有一些是主动的作为义务,如节约用水、购买绿色产品、生活垃圾分类投放等等都是一些需要消费者积极履行而为的行为,这些都是消费者的积极义务。同时,消费者在消费活动中还有一些抑制自己消费行为的义务,如消费者不使用一次性制品、不购买过度包装的商品、不吃野生动物、不使用野生动物制品等等都是一些需要消费者禁止和排斥履行的消费行为。因此,消费者社会义务比较充分地体现了消极义务与积极义务并蓄的特点。

2. 消费者社会义务包含了有国家强制力保证的法律上的义务和非以国家强制力为后盾的自愿履行的道德上的义务,是强制性的和非强制性的社会义务的结合体

消费者社会义务包含了法律层面的和道德层面的社会义务。区分这些义务的标志是强制力的强度和实施者的不同。前者如消费者垃圾分类投放义务、交纳废弃物处置费义务、不食用野生动物义务等方面,后者如消费者不购买过度包装物品、在消费中减少浪费、不使用一次性制品等等。

3. 消费者社会义务是一种对世义务

依效力范围不同而分,义务可以分为对世义务与对人义务。前者是一般人都承担的作为或不作为的义务,如法律规定不得侵犯他人的自由。后者是特定人对其他特定人作为或不作为的义务,如合同缔约人相互履行各自的合同义务。在法学上,对世义务也称绝对义务,对人义务也称相对义务。消费者社会义务是一种对世义务,消费者在消费活动中所承担的义务没有特定的义务对象,在消费中注意节约资源、保护环境是为了促进社会全面进步,是为了维护社会整体利益,其本身没有特定的义务对象。如果说有义务对象的话,那也是整个社会全部,受益主体也是社会大众,而不是某个具体的人或组织。

4. 消费者社会义务是一种社会法上的义务

消费者社会义务具有单方履行和不对等性的特点,是消费者在消费活动中单方面对社会应尽的义务,义务人既不能要求社会作相应履行,也不能要求他人做相应履行。履行社会义务之后,也不能向社会主张对等权利。这与民事权利与义务的对等性是不同的。消费者社会义务的依据就是基于社会本位,其价值取向就是为了追求与维护社会公共利益,因此,消费者社会义务是一种社会法意义上的义务。当然,这种单方履行和不对等性是相对而言的,只存在于消费者的消费活动之中,就整个法律关系而言,这种单方履行和不对等性是不存在的。

三、消费者社会义务法律化及意义

(一)环境道德:消费者社会义务的道德基础

道德是人们关于善和恶、荣誉和耻辱、正义和非正义等问题上的观

念、原则以及根据这些观念、原则而形成的人们相互行为的某种准则、规范。或者,我们可以简言之,即道德是一种调节人与人、人与社会之间关系的伦理规范。作为一种社会意识形态的道德,以规范人的行为来协调人与社会之间的交往和协作,道德是由各种各样的规则所构成的规范体系。在康德看来,道德是规范人们实际行为的意志法则。道德又是人存在的一种方式,它告知人们应当怎样生活、怎样为人处世,引导人们达到某一特定境界,形成某种秩序。个人或群体的道德是行为方式和生活方式。总之,道德既是人的一种思想方式,又是一种实践方式。环境道德是环境伦理学的一个基本概念。它的提出,旨在以道德的态度重新规约人对环境的态度和行为,其核心是有关人类尊重、爱护、保护自然和环境的道德。生态破坏日益严重的今天,克服消费问题的危机,要求树立消费者的社会义务。而消费者社会义务是消费者基于维护社会整体利益、使消费活动符合生态规律下对个体自由的约束与规范,其首先表现为环境道德,并以环境道德为道德伦理基础。

道德的存在方式是历史的,一定的生产力和生产方式形成了一定的道德。环境道德是人类文明不断进步的必然结果,它建构的不仅仅是一个新的道德体系,而至少是一个全新文明的开端。纵观人类历史,人类文明的发展经历了三个大的跨度阶段,即原始文明时期、农业文明时期和近代文明时期。在人类社会的早期,图腾、风俗、礼仪、禁忌、巫术起到了原始道德的作用。在长期与自然打交道的过程中,人类出于生存的需要,逐渐摸索出一些保护自然的经验,形成了某种习俗,直接或间接地保护了自然环境。当时人口数量很少,生产力水平低下,消费完全是为了满足基本的需要。当时的人类消费活动对自然的破坏力极小,人们的消费活动不可能与生态规律相悖,也没有能力去消费过多的资源,而且原始文明时期也不存在现代意义上的消费者。因此,在原始文明时期,尚不存在环境道德更谈不上消费者的环境道德问题。进入农业文明时期,随着生产力的发展和人口的繁衍增殖,人类对大自然的影响开始显露出来。这一时期人类对自然的开放大增,开发和破坏成了同一过程,主要表现在对地表植被的破坏,导致水土流失、洪水泛滥,如中国黄河流域的历史变迁。虽然唐代人们已认识到森林可"兴云致雨,有利于人者,皆禁其樵采",然而对黄土高原无节制的采伐森林,导致土瘠民贫、后患无穷。某些古代文明的衰落据说也与人类对当地的生态环境的破坏有关,如玛雅文明和美索不达米亚文明可能是日积月累的环境压力的牺牲品,这些环境压力最终减少了粮食供应并破坏了整个经济。总之,在前工业社会并未形成普遍的环境道德,如果说已出现了某些保护环境的观点,也只能算是一种朴素的、建立在感性认识上的观点,其影响范围也是小规模的。换句话说,从前工业社会到工业社会的早期,自然对于人类来说还不是那样稀缺。因此,当时的道德并未危害人类对自然的规范,或者说并未将破坏环境提升到道德的高度。

历史发展到了近代,工业文明有力地促进了生产力的发展。伴随着社会生产力的高速发展,人类主体力量的增强,自然也开始了它的"祛魅"过程。征服自然和占有自然已经成为人类的基本价值取向。人类掠夺性的开发使自然不堪重负。这时,为维持经济增长所要求的大众消费,使得消费欲望无度上升,挥霍性消费带来的滥用资源和污染环境造成了严重的生态危机。严酷的事实表明,工业文明在推动人类社会高速发展、消费欲望不断得以满足的同时,也通过环境污染、能源耗竭等形式,以后现代的方式将人类生存和发展的种种危机展现在人们面前,并把人们批判的目光直接引向隐藏在工业文明背后、作为其灵魂的消费价值理念。生态环境问题由此必然地成为一个道德问题,要求以道德的态度规约人对环境的态度和行为,世界已发展到需要构建一种环境道德的时候了。"假使没有一个环境伦理来保护社会的生物基础及农业基础,那么,文明就会崩溃。"①可见,环境道德的提出和形成,反映了人类对人与自然关系的重新认识,对人类自身行为的反思。因此,以此为基础倡导消费者在消费活动中的社会义务,不仅是环境道德在消费活动中的体现,而且意味着人类正从片面的理性走向一种健全的理性。

作为一种后现代话语,环境道德正是以其追求和谐、关注未来和强调整体的内在特质,弥补了工业文明自由理念的缺陷,成为我们在消费活动中担负社会责任塑造社会义务的道德基础。当然,消费者社会义务虽然首先表现为环境道德,表现为一种道德规范与意志要求,但是并非以环境道德完全代替作为社会义务的行为规范,在消费问题日益严重的今天,在生态环境问题没有根本扭转的现在,消费者社会义务的法律化已经成为

---

① [美]莱斯特·布朗著,祝友三等译:《建设一个持续发展的社会》,科学技术文献出版社 1984 年版,第 281 页。

摆在我们面前必须应对的问题。

（二）消费者社会义务的法律化及意义

1. 消费者社会义务的法律化

既然消费者社会义务首先体现为环境道德，表现为一种道德义务，消费者社会义务的法律化就有了充分的内在性基础。消费者社会义务的法律化实质是一个道德的法律化问题，是道德义务升华为法律义务的问题。所谓道德的法律化，主要侧重于立法过程，指的是立法者将一定的道德理念和道德规范或道德规则借助于立法程序以法律的、国家意志的形式表现出来并使之规范化、制度化。一般来讲，道德的法律化主要通过三种方式来实现：一是立法将一定的道德规范直接上升为法律规范，即通过禁止性、义务性的法律规范直接反映特定的道德规范，如婚姻家庭法中的子女赡养父母、父母抚养子女并不得遗弃等规定，这是道德法律化的直接模式。二是立法规定法律主体必须遵守一般的道德规范（主要是社会公德）的原则，使一般的道德规范具有某种法律属性或法律效力的法律原则。如现代民商法中关于进行民事活动应遵守诚实信用、尊重社会公德、遵守职业道德的原则规定。三是立法规定准用性道德规范，使其成为国家立法的有效补充。如中国民事司法实践中不乏依习惯或道德规范认定特定行为合法与否的做法。① 按照法社会学的分类，道德规范属于类法律规范之一，一方面道德规范是法律规范的价值基础，是法统的重要部分；另一方面，法律规范又反过来强化和维护道德规范。② 在现实生活中，道德规范可以因实在法的确认而上升为法律规范，而法律规范也可通过社会化成为新的道德律。就消费者社会义务而言，作为一种应对人类环境危机的道德要求，要想充分地实现其价值目标，实现从纯粹道德领域向制度领域、尤其是法律制度的推进就成为必然。

（1）消费者社会义务本身是一种义务规范。义务是道德法律化的中介和桥梁。义务是道德领域中的根本性概念。义务是根本性的道德概念表明了在道德中义务性规则是基础性规则，道德只有通过尽了义务之后方能实现。富勒在其《法律的道德性》中曾把道德区分为"愿望的道德"和"义务的道德"，其中"义务的道德主要是指体现社会生存的最基本的

---

① 范进学：《论道德法律化与法律道德化》，载《法学评论》1998 年第 2 期。

② 赵震江主编：《法律社会学》，北京大学出版社 1998 年版，第 175 页。

要求,是社会生活本身要求人们必须履行义务"。① "义务的道德"是禁止性的,"愿望的道德"则是肯定性的。在法律中义务同样是一个关键性的概念,没有无义务的权利,也没有无权利的义务,权利和义务构成了法的一对基本范畴,二者统一于法的内容之中。从个人不履行法律义务即不得享有相应的法律权利的角度来看,权利宣言实指义务宣言。因此,义务构成了立法者将道德义务上升为法律义务即道德法律化的内在性基础。② 消费者社会义务是消费者在消费活动中负有的对于社会的义务,是在消费活动同时应当尽到的保护环境、节约资源的义务,这种义务显然首先体现为一种道德义务,体现为一个理性人在消费过程中对自己的道德要求。这为消费者社会义务的法律化奠定了基础和可能。

(2)消费者社会义务具有普适性。西塞罗在《论义务》里对义务的研究所包括的方面进行了界定,认为:"任何关于义务的研究都包括两个方面:其一是涉及善的界限,其二包括可用于生活各个方面的实践规则。"③消费者社会义务的普适性使其上升为法律规范并以明确、普遍、稳定的法律去推行其道德标准及伦理观念成为可能。消费者社会义务的普适性首先表现为普遍地存在于人类社会的一切消费领域。因为只要一个人的消费活动对社会或他人产生影响,就有是否道德的问题。当然这种道德的存在是历史的,在人类社会的发展过程中道德也以不同的规范体系指引和驱使着人们不同的消费行为。及至近代,当生态危机问题日益暴露出人类消费行为与消费模式的非理性化、非生态化,消费者所应有的环境道德义务遂成为人类消费方式的根本依据和终极标准。只要有消费活动,只要有消费权利和自由的行使,就应该相应有节约资源、保护环境的社会义务。第二,消费者社会义务的普适性表现为对所有消费者的普遍有效性。康德认为道德法则与自然法则不同,是对一切有理性者的意志普遍有效的"应该"做什么的纯粹形式规定。他说"要只按照你同时认为也能成为普遍规律的准则去行动",也就是说"你的行动,要使你的准则通过

---

① 张宏生、谷春德主编:《西方法律思想史》,北京大学出版社1990年版,第467~468页。

② 范进学:《论道德法律化与法律道德化》,载《法学评论》1998年第2期。

③ [古罗马]西塞罗著,王焕生译:《论义务》,中国政法大学出版社1999年版,第23页。

你的意志上升为普遍的准则"。① 消费者社会义务在主体上具有普遍性,是对每个消费者而言的。每个消费者在消费活动中遵从环境道德准则、履行促进社会全面进步的义务不仅在逻辑上是可能的,在实践中也是可行的。第三,消费者社会义务的普适性还表现为环境道德规范是被普遍认同的。在全球性环境问题日甚的今天,如善待自然、勤俭节约、坚持生态主义等在人类所有已知道德价值观中都有某种应合。消费者社会义务所具有的普适性内在地要求把人人能够做得到的道德义务法律化,以法律的普遍有效性引导、规范、推动、保障和约束道德义务的文明化,并反过来通过消费者消费行为透视其道德状态是否文明。从该意义上讲,消费者社会义务与法律义务具有内在的统一性。

(3)环境道德已有的法律化为消费者社会义务的法律化提供了典范。环境道德已有的法律化突出地表现在对环境资源法的影响上,这种影响使得环境资源法有了环境道德的支持,并使环境资源法呈现出一种借助环境道德解决环境保护认识问题,将一些环境道德规范法定化的现实情形。在现有的环境资源法中,陈述基本理由的言辞常常是维护环境道德。例如,《美国国家环境政策法》(1969 年)第一条规定:"创造和保持人类与自然得以在一种建设性和谐中生存的各种条件,实现当代美国人及其后代对于社会、经济和其他方面的要求,这乃是联邦政府一如既往的政策。"《韩国环境政策基本法》(1993 年)在第 2 条(基本理念)中指出:"使现在的国民能够享受环境的恩泽,同时让后代能够继承。"日本《环境基本法》(1993 年)第 3 条强调:"现代以及未来的人类享受健全而又富饶的环境恩泽的同时,必须妥善地维护人类生存发展基础的环境,直至将来。"在环境基本法中使用"人与自然和谐"、"环境恩泽"这种拟人化的、道德式的语言和理念,将环境视为能够对人类施加"恩泽"的母亲和"和谐相处"的朋友,在一定程度上说明了环境资源法对环境道德的承认。瑞典《自然保护法》(1991 年修改本)第 1 条明确规定"必须正确地对待自然",第 23 条规定"人人均应保证不在户外,包括乡村或集中建筑区内乱扔杂物、金属、玻璃、塑料、纸张、垃圾和其他材料。"上述关于"正确对待自然"、"不得乱扔杂物"等规定,一般视为属于环境道德方面的规

---

① ［德］伊曼努尔·康德著,苗力田译:《道德形而上学原理》,上海人民出版社 1982 年版,第 72 页。

定。日本《自然环境保护基本方针》(1973 年)指出:"为了使自然资源能得到有效的保护,使每个公民养成珍惜自然资源和自觉地保护与保全自然的习惯,应当积极地在学校和社会上进行环境教育,以使公民对人与自然的关系有更深刻的认识,对自然有更深的爱和养成良好的道德风尚。"这是环境资源法规对环境道德的明确肯定。环境道德在中国的环境资源政策和法律文件中也得到了一定程度的反映。中国《环境保护法》(1989 年)关于"一切单位和个人都有保护环境的义务"的规定,就是社会流行的"保护环境,人人有责"这一道德格言的法定化。① 在国际环境法方面,反映和提倡环境道德的法律性文件更多。国际环境法的基本原则几乎完全是人类道德理念的条文化。国际环境法的实施至今依然主要仰赖于人类的道德机制。环境道德的法律化客观上为消费者社会义务的法律提供了榜样和典范。

  2. 消费者社会义务法律化的意义

  (1)消费者社会义务的法律化有利于节约型消费模式的建构。节约型消费无疑是一个具备环境道德理想特性的消费伦理概念和消费模式,它所表达的不仅仅是人们对美好的安宁的生活理想的伦理期待,而且还有社会对公平正义秩序的制度期待。一个和谐的社会应当是消费秩序与消费价值观健全的社会,一个充满道义关切、生活方式理性适度的社会,它不仅需要每一个人具有良好的个体美德和消费心理,更需要的是公平正义的制度安排,以确保社会全体成员能够分享平等的基本权利和共同的社会责任。当前,中国存在着比较严重的消费问题。其中多数问题归结为公德文明建设的问题。之所以会存在这些问题,其中主要的原因之一就是我们在引导公民生活方式和消费行为的过程当中,过分地强调了道德的自律性而忽视了道德的他律性,过分地强调了道德的伦理性而忽视了道德的法理性,从而造成了消费道德水平在社会中的大幅度滑坡。因此,我们只有强化道德的他律性和法理性,以消费者社会义务的法律化解决国民公德中存在的消费问题,以构建起适度、理性、公正的节约型消费模式,从根本上转变我们传统的消费观念和不良的消费模式。

  (2)消费者社会义务的法律化有助于消费者素质的普遍提高。现代社会是一个价值理性日益式微、工具理性日益繁荣的社会。正是在这个

① 蔡守秋:《论环境道德与环境法的关系》,载《重庆环境科学》1999 年第 2 期。

背景之下,人们呼吁终极关切,寻求精神家园。终极关切、寻求精神家园的核心就是对道德的关切,并通过道德关切进一步发现人的存在意义。在西塞罗看来,义务就是人至善的行为。消费者社会义务关乎消费者消费活动中是否呈现出一种善美的行为方式,是道德关切作用于消费领域的理性要求。而保证和实施这种道德关切的最好方式就是将消费者社会义务法律化,以一种强制力的手段,保证消费者社会义务的实效性。申言之,消费者在日常消费过程中,由于社会义务的法律化,使得消费者在行为层面必然表现出一种合理、和谐的理性消费秩序,在这种理性消费环境中,消费者逐渐养成了一种合理的消费习性,并在此基础上逐渐培养一种对人生意义和社会理想的善美心性。实际上,消费者这种心性的养成,是在洞察事理的基础上,经过利弊权衡而对自己的消费行为和生活方式做出的理智选择。这是因为消费者一旦认识到由于社会义务法律化后所带来的制度稳定性,以及由此所决定的消费行为方式在这种义务履行中能够使他们最终获得最大限度的利益和满足,那么,消费者便会自觉地按照制度所决定的消费模式而生活,其自身素质就会发生很大的跃迁,消费者社会义务也才会内化为其自觉崇尚的心理愿望和行为品质。"一旦魅力的能力成为一种业务的品格,这种品格通过某种手段转让授予,则让魅力的能力从一种对其占有只能由试验和验证的、但是不能告诉和学会的恩赐,变为某些原则上可以得到的东西。"①

(3)消费者社会义务的法律化有利于实现节约型消费法的价值取向。节约型消费法的价值取向在于实现人与自然的和谐,而天人合一正是人与自然和谐的体现,是人生的意义和价值所在,因而也是节约型消费法的最高理想和最高价值目标。消费者社会义务的法律化使消费者在消费活动中的道德观、价值观得以明确具体的形式表达出来,从而使赋予情境化的道德义务具有了一种超越特定情境的可操作性,这种明确了并法律化的道德义务是节约型消费法价值取向对法的内容的要求,消费者社会义务内在地与节约型消费法所追求的价值取向是一致的。我们说,消费者社会义务最初确实是源于人的内在精神、信仰的合理性,是人类进入现代社会后在消费活动中最起码的、最基本的道德要求。这种道德追求

① [德]马克斯·韦伯著,林荣远译:《经济与社会》,商务印书馆1998年版,第459页。

朴素的人与自然和谐的思想,关注的是人类消费行为的合理性。因此,在对节约型消费法价值取向如何得以法律规范具体体现的这样一个非常重要问题的思考中,消费者社会义务的法律化就不可避免地跃于眼前。在一定意义上讲,消费者社会义务的法律化既是节约型消费法最明显、最突出的价值取向表现,也是节约型消费法价值取向最真实的依据。

四、消费者社会义务法律制度构建

(一)消费者社会义务在立法中的体现

基于以上论述,我们认为,在生态恶化日益严重的今天,法律不能仅仅强调消费者的自由与权利,它还应当注重消费者的责任和义务。面对环境严重污染与资源行将枯竭,面对甚嚣奢靡和我行我素的消费生活,现行的法律制度常常感到无可奈何,力不从心。因此,必须倡导和构建节约型消费模式,改变消费者只是社会弱者的陈旧观念,改变现行法律只为消费者赋予权利而不为其设定义务的模式,通过消费者社会义务的法律化促使消费者抛弃不良消费习惯,选择与节约型消费模式相适应的消费方式,最终使人类社会得以全面进步。事实上,中国的现行法律当中已经存在一些关乎公民社会义务的法律规定。如中国的《民法通则》第7条规定:"民事活动应当尊重社会公德,不得损害社会公共利益,破坏国家经济计划,扰乱社会经济秩序。"中国的《环境保护法》第6条规定:"一切单位和个人都有保护环境的义务。"在人人都是消费者的当今社会,这也算是消费者社会义务在法律当中的某种体现。但是,这些规定还不能充分体现消费活动这一特定民事活动中社会主体所应当尽有的社会义务,还不能使消费者社会义务具体化、特定化。一方面,消费者的消费行为仅仅使用民事活动的一般原则限制是远远不够的,由于法律几乎未对消费者社会义务作出具体的规定,消费者社会义务没有得到具体化,因此无法满足法律适用的要求。另一方面,消费者社会义务使用《环境保护法》当中的基本义务规定也是基于一般法的规定来推知。这种从一般法中得出的结论往往过于简单,通常只能解决口号型倡导环境保护的义务要求问题,消费者的社会义务并没有得到特定化。消费活动有着与一般民事活动不同的自身特征,其存在的广泛性、活动的私属单方性以及与社会公共利益的紧密联系都需要法律在生态主义价值观基础上对消费者社会义务加以具体规定。

尽管消费者社会义务法是节约型消费法体系中的重要组成部分,但是消费者社会义务以何种法律方式加以确定仍然是值得探讨的问题。从当今世界各国对于节约型消费的立法体系来看,还没有单独的消费者责任法或消费者义务法,有关消费者社会义务的法律规范基本上都散见在一些单行的环境资源法规当中。如日本将消费者社会义务规定在《建立循环型社会基本法》、《资源有效利用促进法》、《特种家用电器循环法》等法律当中。我们认为,消费者社会义务的履行是形成节约型消费模式的根本所在,节约型消费不仅是循环型社会和资源节约型社会的关键组成因素,也是循环型社会和资源节约型社会得以建立的前提和基础,因此从立法技术和法律体系的完整来看,消费者社会义务应当在与循环经济相关的其他法律法规,诸如《再生资源回收利用管理条例》、《资源综合利用条例》、《废旧家电回收管理办法》中,作出相应的规定。

(二)消费者社会义务的法律构建

消费者在消费行为中负有一些与消费活动特定相关的义务,这些义务的确立是社会公共利益的需要,也是环境保护、社会全面进步必不可少的条件。具体而言,这些义务在法律当中表现为以下几个方面的内容。

1. 消费者在消费活动中应当坚持资源节约的原则,采取适度消费的消费方式

地球生态系统对人类活动支持的有限性与人类无止境需求的矛盾,要求消费者应当承担起资源节约和适度消费的义务。即一方面要保证消费和生产活动不超出生态环境的支撑能力,另一方面要以最少的资源消耗和废物排放满足人们日益增长的物质、文化和环境享受的需求。节约资源和适度消费并不意味着过度节俭,抑制人们对美好生活的追求,相反消费适度和资源节约应建立在人们生活质量稳步提高,实际生活水平没有经常性下降的基础上。

作为当代衡量社会文明程度的重要指标,生活质量不同于生活水平,它不仅指人们物质生活的满足程度,还包括精神生活的享受程度、快乐程度;不仅能衡量人们生活中消费的"量"的多少,还能衡量"质"的优劣。消费适度和资源节约更强调人们消费的"质"而非"量",即要求一定程度上对物质资料消费数量的限制,不鼓励奢侈性的、贪得无厌的物质消费,而努力追求消费行为的理性化。消费者在消费活动中的节约行为不仅仅是根据自己的意思自治而可有可无的单方选择,更重要的是他对于社会

271

所赋予义务的客观体现。只有这样,才能充分体现出节约型消费的内核与实质,才能充分体现出消费者社会义务的存在。所以,消费者在消费活动中的资源节约行为和适度消费行为不能仅仅是道德感召下的偶尔行为,而应当是法律所明确的一种义务。

2. 消费者在消费活动中应当优先选购环境标志产品,使消费活动有利于环境资源的保护

环境标志产品就是我们通常所说的绿色产品,是指由政府管理部门,或由公共或民间团体依据一定环境标准,加盖特定标志的产品。这种产品至少包含三层含义:一是这种产品的生产工艺、生产过程不会污染环境、破坏环境;二是这种产品在使用中或使用后不会污染、破坏环境;三是这种产品没有被污染。传统的环境资源管理强调的是政府的力量,环境资源保护目标的实现主要是通过环境资源行政权对企业的行政管理而实现。传统的环境资源立法也是以环境资源行政法的丰富和完善为主要内容。实践证明使用这些强制性的行政命令手段,在改善环境质量,保护自然资源方面产生了显著的效果。

但企业存在的目的终究是为了牟利,它们不可能放弃自己的利润而去保护环境资源。在环境资源法律政策的约束下,企业所采取的措施是消极被动的举措。在这种目的背景制约下,企业采取的环保行为在整体上产生的实际效果与环保法预期目的存在一定的距离,环保法的实施效果始终达不到理想的状态。这也是中国环保法并不落后,而实施效果却始终不能如愿的根本原因。而产品环境标志制度在传统的环境保护方法之上可以借助消费者的力量,通过消费者对环境标志产品的选择,扩大了那些环保行为得到消费者认同的经营者的产品的市场份额,从而以市场为手段逆向引导经营者进入法律调整预期的行为模式。购买环境标志产品是消费者应尽的社会义务,这一义务的法律化可以使消费者明确自己在环境资源保护上并非无能为力,不是一个局外人、旁观者,应当并且也能够扮演十分重要的角色。通过立法规定消费者选择购买环境标志产品,为消费者广泛参与环境资源保护提供了一个具体可行的途径。

3. 消费者应当在消费活动中减少使用或拒绝使用一次性制品,采取减少垃圾产生量的消费方式

传统消费观追求的消费方式是一种资源耗竭型的消费方式。这种消费方式的挥霍性的主要表现就是它鼓励一次性消费,追求的是一种一次

性的消费方式。这不仅仅表现在像一次性筷子、一次性塑料包装袋等这样典型的一次性用品的生产和消费上,而是几乎所有的消费在现代社会中都具有类似的性质,即现今的消费品几乎都无一例外地具有了一次性,频繁地更新换代。商品的使用寿命不再决定于其物理功能,而是决定于主观因素,看它是否方便、是否合乎潮流、是否为消费者所喜欢。同时,还有一个重要原因就是生产经营者有意地去更新消费理念而造成的与提高消费者生活水平几乎无关的更新消费,其目的在于可以使生产无限扩大下去,而不必受产品使用寿命的限制。"用过即扔"的物品越来越多,名目繁多的一次性用品使资源的耗费成倍地增长,浪费了大量资源。而这些在更新换代过程中被淘汰的一次性用品又会造成大量的生活垃圾,给环境资源造成过重的负担,使环境质量下降。

由于一次性用品浪费资源、破坏环境,欧美的四、五星级高档宾馆已经放弃了房间中的一次性用品,以持续使用的固定皂液、洗浴液容器来替代。韩国更是出台了一系列措施,严格限制一次性用品。韩国政府早在1994年就开始限制一次性用品。在2003年修订后的《关于节约资源和促进回收利用的法律施行规则》中,韩国扩大了施行对一次性用品的使用限制,主要的法律规定包括严禁食品生产厂家、百货店和集体供餐场所使用一次性容器;限制所有餐厅使用一次性餐具,特别是禁止营业面积150平方米以上的餐厅使用任何一次性用品;严禁任何单位免费向运动会或文艺演出现场提供气球、塑料小旗杆等一次性"造势"用品。对有令不依者将严惩不贷,违规部门将被罚款甚至停业。在韩国,客人住店自备洗漱用品,所有酒店都不提供一次性用品,客人如果没有自备,向酒店购买则须支付2倍市价。各地大小餐馆也都没有一次性木筷、饭盒、纸杯,而是无一例外地使用钢筷、钢碗和钢杯。在商场购物,没有随赠购物袋,顾客如果没有自备袋子,就要花100元韩元购买。[①]　中国在一次性用品的限制方面也应当借鉴这些国家的立法经验,制定限制更多一次性用品使用的相关法律。同时,在《循环经济法》有关调整消费者消费行为的法律条文当中,对消费者拒绝使用或减少使用一次性消费用品作出法律规定,从而使消费者切实负起节约资源保护环境的社会义务。

---

① 方成:《饭馆全是钢筷子　宾馆不提供牙刷——韩国禁用一次性用品》,载《环球时报》2003年8月22日。

4. 消费者应当将在消费活动中将所产生的垃圾按照所在地环境卫生主管部门规定的时间、地点和方式进行堆放,并积极配合有关单位进行分类收集

垃圾分类就是在源头将垃圾分类投放,并通过分类清运和回收使之重新变成资源。垃圾分类的好处是显而易见的。垃圾分类后被送到工厂而不是填埋场,既省下了土地,又避免了填埋或焚烧所产生的污染,还可以变废为宝。最粗略的垃圾分类收集,应是分成可回收利用的、不可回收利用的和有害的三部分。可回收利用的可以直接作为资源进行合理利用,有利于对不可回收利用和有害的需要采取有效措施处理。例如玻璃,它属于可回收利用的东西,如果不分类,它在垃圾处理过程中就很难以处理。通过分类收集,可以减少垃圾处理量,避免危险废物对环境和人体健康造成严重危害,还将为资源再生利用创造有利条件,是一项利国利民的事业。

由于垃圾分类回收和收集具有不经济性,消费者一般不会主动承担垃圾分类收集和集中处理义务。目前世界上许多国家都对社会公众垃圾定点排放和分类投放等问题进行了立法规定,在要求社会公众承担垃圾分类义务的同时,并主要采取了"收费法"、"罚款法"、"奖励法"等措施对消费者消费后合理处置垃圾进行刺激和鼓励。所谓"收费法"就是指企业、商家和居民按照倾倒垃圾数量交纳费用。"罚款法"则是对违规丢弃垃圾的单位和个人处以高额罚款。瑞典则主要采取"奖励法",即采取各种鼓励措施鼓励居民自觉参与垃圾回收。例如,瑞典的许多超市都设有易拉罐和玻璃瓶自动回收机,顾客喝完饮料将易拉罐和玻璃瓶投入其中,机器就会吐出收据,顾客可以凭收据领取一笔不小的费用。[①] 美国没有统一的消费者承担垃圾处置义务的相关法律,但是多数州或市的立法对该项义务都有明确的法律规定。如纽约州早在 1987 年就率先通过了《垃圾管理计划》,这个计划要求在 10 年之内将垃圾产出量减少到当年水平的 50%。要求各地方行政部门制定相应的法律、法令来保证这一目标的实现。1989 年,纽约州通过《垃圾分类回收法》,规定所有纽约市民有义务将生活垃圾中的可回收垃圾分离出来。1990 年,纽约州对《垃圾分类

---

① 白志刚、邱莉莉主编:《外国城市环境保护与研究》,世界知识出版社 2005 年版,第 243 页。

回收法》再次进行补充,要求市民们将可回收的物品放入蓝色的塑料袋,或是放入市环卫局统一设置的有"回收"标志的蓝色塑料桶内;将报纸、杂志仔细打捆,摆放整齐,到了规定的回收日,放在公寓外的人行道上,市环卫系统就会派专人来收集;任何人投掷垃圾必须按分类标准或方法将垃圾投入垃圾分类收集设施。凡违反规定者,比如在生活垃圾中混入可回收垃圾,环卫部门将视情节轻重处以25美元至500美元的罚款。

垃圾分类对于一向勤俭持家的中国人并不陌生。相信经历过五六十年代的人还记得那个年代回收废品的情景:牙膏皮攒起来回收,橘子皮用来制药,生物垃圾用来做堆肥,废布头,墨水瓶等等都能得到再利用。分类后的垃圾,既避免了垃圾公害,又为工农业提供了原料。因此,在环境问题日益严重的今天,消费者更应当承担起消费活动善后、有效处置生活垃圾的社会责任和义务。

第四节　政府绿色采购法律制度

作为一个庞大的消费群体,政府的消费强度在国家财政支出乃至国民生产总值中都占有很大的比重。现阶段的政府采购,内涵已经非常丰富,几乎涉及了政府办公的所有环节,小到室内的电话、电脑、打印机、传真机、复印机、碎纸机、吸尘器、照明设备和各种小型工具,大到室外的各种车辆、小型船舶、除草机、车用起重机以及工程服务等。政府作为国家的象征和代表,其行为对全社会具有极大的影响力。因此,促进资源节约和环境保护,塑造节约型消费模式,政府应当率先垂范。

一、政府采购基本理论概述

（一）政府采购起源及发展

政府采购是随着国家的出现而产生的。随着国家的产生和发展,当时的政权机构的采购就是现在政府采购的雏形。政府有意识的采购行为是从封建国家开始的。一方面,社会剩余产品已较丰富;另一方面,农民或手工业者有了较多的人身自由,对他们个人所有的产品,政府须通过交换的形式获得。加之税收手段的建立,政府财力的雄厚,封建社会的政府采购行为开始普及。封建社会政府采购的数量少、范围窄,采购的产品多用于战争和统治者的消费。但其在一定程度上促进了商品的流通,有利于商品经济的萌芽与发展。中国历代封建王朝统治者都采用过政府采购这种方式来满足消费需要,有的王朝甚至以政府采购来调控市场物价和商品流通量,如西汉时期的《盐铁论》中就记载了"均输平准"这种政府采购措施。封建社会虽然存在政府采购行为,由于没有统一的规范,并未形成政府采购制度。

政府采购制度形成于自由资本主义时代,其最早起源于 18 世纪末的西方国家,发达于 20 世纪政府干预经济生活的需要之时。1782 年,英国政府首先设立文具公用局,作为负责政府部门所需办公用品的特别采购机构,该局后来扩展为物资供应部,专门负责采购政府各部门所需物资。① 美国在独立战争时期,为了采购战争所需的物资,就由某些军事机构从事类似于今天政府采购部门的工作。当时,由于战时的需要和物资、劳动力的匮乏,这种采购大都采用直接采购的方式,也由于政府采购数目巨大,在政府采购领域一直丑闻不断。1861 年,美国通过了一项联邦法案,明确规定凡超出一定金额的采购,联邦政府都必须使用公开招标的方式。该法案还对招标的形式、程序等进行了详细的规定。在第一次世界大战前,世界各主要的市场经济国家奉行的是自由市场经济制度,政府担任着"守夜人"的角色,很少干预经济。因此,政府采购基本集中在中央政府和地方政府机关,政府采购的范围和规模都比较小,并没有受到重视。一战后的经济危机使得不少国家认识到,政府干预可以促进国民经济的发展,变革旧的自由市场经济体制成为当务之急。当时,美国首开先河,实行罗斯福新政,政府加大对经济的干预力度。1933 年联邦政府颁布的《购买美国产品法》成为美国政府干预经济生活的有效手段。根据这部法案,美国政府应基于公共使用的目的,只能采购在美国采掘或生产的未制成的物品、材料或供应品;所采购的已制成的物品、材料或供应品,只能是实质上全部由在美国国内采掘、生产或制造的物品、材料或供应品制成,并且应在美国国内制造。除非有关部门或独立机关的负责人断定购买美国产品在成本上不合理或者不符合美国的利益。② 由于政府为激活经济而有目的地增加政府采购,加之公共组织的大量增加,政府采购开

---

① 曹富国、何景成编:《政府采购管理国际规范与实务》,企业管理出版社 1998 年版,第 15 页。

② 参见 1933 年《购买美国产品法》第 2 部分。

始在国民经济中扮演起比较重要的角色,促进了美国经济的发展。1949年美国国会通过联邦财产与服务法。该法为联邦服务总署提供了统一的政府采购政策和方式,并确立了其为联邦政府绝大多数民用部门组织集中采购的权利。

第二次世界大战以后,为了早日推进贸易自由化,纠正20世纪30年代以来遗留下来的大量的保护主义措施,1946年联合国成立了联合国经济社会委员会。在第一次经济社会委员会会议上美国提出《国际贸易组织的宪章》草案,第一次把政府采购提上国际贸易的议事日程,要求把最惠国待遇和国民待遇作为世界各国政府采购市场的原则。但是,由于政府采购没有包括在关贸总协定多边贸易规则内,政府采购市场便带有很大的歧视性和封闭性,在国际贸易自由化的多边体制中形成一个贸易开放的盲区。为了限制政府歧视性采购,促进政府采购国际化,从70年代开始,在多边协议的框架下,开始了对政府采购的谈判。在1978年关贸总协定的东京回合谈判中,经过反复讨论最终于1979年签订了第一个《政府采购协议》,1981年开始实施。《政府采购协议》的实施,标志着政府采购向国际化迈出实质性的步伐。

纵观政府采购的起源与发展,我们可以得出这样的结论:完整意义上的政府采购法律制度的形成是现代市场经济发展的产物,同时又与市场经济国家中政府干预经济政策的产生与发展密切相关。在近代自由商品经济时期,市场是资源配置的绝对支配力量和方法,无论在理论上还是实践中,政府奉行自由放任的经济政策,基本上不参与、不干预经济生活。当时的信条是"追求最大多数人最大幸福的唯一途径是让企业家和企业享有尽可能的自由,在最大范围内实现个人主义"。[1]　到了现代商品经济时期,同样也是为了追求最大多数人的最大幸福,实现实质上的公平与正义,政府广泛运用经济手段和法律手段干预国民经济生活。其中重要管理手段之一就是政府通过财政收入和支出兴办公共事业。[2]　随着政府采购制度在市场经济发展中发挥越来越重要的作用,政府采购也就具备了长足、迅速发展的良好环境与契机。

---

①　[英]赫伯特·斯宾塞著,张雄武译:《社会静力学》(节略修订本),商务印书馆1996年版,第30页。

②　王小能:《政府采购法律制度初探》,载《法学研究》2000年第1期。

（二）政府采购概念与特性

所谓政府采购，就是指政府部门、政府机构或其他直接或间接受政府控制的任何单位、企业，为了实现政府职能和社会公共利益，以消费者身份使用公款获得货物、服务、工程等的行为。① 在国际法律文件和国家或地区的有关立法中也都对政府采购进行了定义。1979 年世界贸易组织制定的《政府采购协议》将政府采购定义为成员国的中央政府，次中央政府采购、租赁，有无期权购买货物、服务、工程，以及公共设施的购买营造。② 中国台湾地区《政府采购法》则将政府采购定义为：工程的定作，财物的买受、定制、承租及劳务的委任或雇佣等，其适用主体则为政府机关、公立学校，公营事业办理采购时依照其规定，同时法人或团体接受政府机关补助办理采购，其补助金额占采购金额半数以上，且补助金额在公告金额以上者。③ 中国《政府采购法》则将政府采购定义为：各级国家机关、事业单位和社会团体，使用财政性资金采购依法制定的集中采购目录以内的或者采购限额标准以上的货物，工程和服务的行为。综合观之，尽管对政府采购的定义在表述上有一定差异，但在本质上却大同小异，即主要是从政府采购的主体、政府采购的客体、政府采购的权利义务关系三个方面对政府采购进行界定。

政府在采购中扮演的最为主要的角色无疑是消费者，按照西方契约政府理论，政府为了实现政府职能，向公众提供公共服务而向纳税人征税，由此公共资金得以形成。政府使用公共资金的行为，在纳税人看来，政府应是受纳税人的委托在管理公共事务中从事公共开支的一个特殊消费者。政府作为消费者的特殊性表现在消费主体的整体性、消费数量的巨大性和消费对象的广泛性上。尽管政府采购与私人采购在根本目标上是一致的，采购之根本目标在于识别所需材料的来源，并在需要的时候以尽可能经济的方式按可接受的质量标准获得这些商品。采购部门必须能够快速有效地满足需求，并且采购政策和程序必须同商业惯例相吻合。采购部门利用专业技术和现代方法，聘用专业采购员和管理人员，以保证

---

① 曹富国、何景成著：《政府采购管理·国际规范与实务》，企业管理出版社 1998 年版，第 8 页；张月姣：《中国应尽快制定政府采购法》，载《法制日报》1993 年 10 月 3 日。

② 《政府采购协议》马拉喀什文本载。

③ 中国台湾地区《政府采购法》，载（中国台湾）《法令月刊》第 49 卷第 7 期。

采购项目能完全符合使用部门的需要。但作为特殊的消费行为，政府采购与私人采购又有相当大的区别，主要表现在：

1. 资金来源的公共性

政府采购资金主要来源于财政拨款和需要由财政偿还的公共借款，最终来源于税收和政府及政府控制的企事业单位通过公共服务收费积累的财政性资金。这是政府采购与私人采购最大的区别。但随着政府采购与公共采购的合一，政府采购主体的扩大，政府采购的资金除了税款外，也有其他公共投入资金，比如社会保障基金、公益事业捐款等。

2. 政府采购的公益性

政府采购的目的不是为了赢利，而是为了实现政府职能和公共利益。有些政府采购行为，如采购公共工程或公益设施等，可直接表现为满足公众的需要；而有些政府采购，如采购办公用房、公用汽车等虽表面上并不是直接为了满足公共利益的需要，但从其终极目的来看，是为了提高公共职能行为的效率，从而迅速、高效地为公众谋取福利。

3. 政府采购的公开性

政府采购的有关法律和程序都是公开的，采购过程也是完全公开的，有关采购活动都要作出公开记录，所有的采购信息都要公开。正如美国学者道布勒所说，"通常情况下，非赢利机构和政府采购的记录可以进行公开审议，任何人都可以提出问题并期望得到解答。尤其是在政府采购中，受到不公正待遇的任何一方都可以在采购过程中的任何阶段提出投诉。州政府和地方政府常常进行联合或合作采购。因此，在州政府和地方政府采购中，共享信息更是成为一条原则。"

4. 政府采购对象的广泛性

政府采购对象范围十分广泛，为了便于管理和统计，国际上通行的做法是按其性质将采购内容分为三大类：货物、工程和服务。货物是指各种各样的物品，包括原料、产品、设备、器具等；工程是指在地面上下新建、扩建、改建构造物与其所属设备及改造自然环境的行为；服务是指除货物和工程以外的任何采购，包括专业服务、技术服务、资讯服务等。

5. 政府采购数量的巨额性

政府始终是各国国内市场最大的用户，在西方国家，政府采购支出一般相当于 GDP 的 10% ~20% 和整个预算支出的 30% ~40%。据统计，2003 年欧盟政府采购支出占 GDP 的比重达 16%。美国政府在 1989 ~

1992年间每年仅用于货物和服务的采购就占其GDP的26%～27%,每年有2000多亿美元政府预算用于政府采购。

6. 政府采购的政策性

由于政府采购规模大,因此其总量和结构的变化直接影响着社会需求和需求结构的变动。由于其范围广泛,而且直接参与各基层经济单位的活动,因此通过采购政策的倾斜和采购标准的制定,可以将宏观调控的意图和目标更直接地传递给微观经济主体,引导微观经济活动,实现政府某一时期的工作目标。

(三)政府采购主体界说

政府采购的适用主体不仅仅是政府,这在世界范围内都已经达成共识。但是政府主体以外的其他主体的确定,是一个在西方发达国家也是具有相当难度的问题。即使法律本身和法学界都未对政府采购主体作出精确定义。按欧盟《公共工程采购指令》和《公共部门货物采购指令》的规定,采购主体分为五大类:(1)传统公共采购人,即国家中央和地方政府;(2)公法机构;(3)公营企业;(4)公用事业私营企业;(5)政府补贴的企业。WTO《政府采购协议》在附录一的三个附件中规定了其主体范围,即中央实体、次中央实体和根据本协议规定进行采购的所有其他实体。联合国《货物、工程和服务采购示范法》(1994年)为颁布国提供了两种选择:一是采购的实体范围包括颁布国的所有政府部门机构、机关和其他单位,涉及颁布国或地区中央政府以及省、地方政府或其他政府下属单位,这种选择适用于非联邦国家以及可对下属单位制定立法的某些联邦国家;二是实体范围适用于国家政府机关、其他实体或企业,对于这种选择,如颁布国要将某些实体纳入进来,需要考虑政府是否向该实体提供财政资金或担保,该实体是否由政府管理或控制等相关因素。由此可见,颁布国拥有采购主体范围的决定权。政府采购的根本目的是提升公共资金的使用效率,因此,判定政府采购主体的传统标准为采购主体的资金来源,如果资金来源于公共资金,那么就是采购主体,否则就不是。但这是一个总括性的标准,在实践中很可能造成不适当的扩大。同时,中国所特有的一些国情也加剧了政府采购主体界定的复杂性。中国2003年起实施的《政府采购法》规定了政府采购的主体是国家机关、事业单位和团体组织。对于国家机关而言,不仅作为行政机关的政府,而且立法机关、司法机关和军事机关都当然地成为中国政府采购法主体。这部分主体具有相对确定性,为国内外现有政府采购法所确认。对于社会团体和政党组织而言,由于它们是中国预算管理单位,且不具有营利性,因此至少在目前的体制下,应将它们纳入,这也为中国各地政府采购立法所确认。对于事业单位而言,中国各地政府采购立法实际上笼统地将它们都纳入主体范围。实际上对这部分主体应作出具体的分析。这是因为中国有一些传统上以国家预算支持的事业单位正在进行企业化或民营化改革,而且出现了许多自收自支的国家预算管理事业单位,尽管其发展和运行仍离不开国家财政的支持,如果简单地以资金来源标准确定它们的主体地位也是不适当的。对于那些已经走向市场化的事业单位显然法律不应该施加不必要的管理要求,它们不应该成为政府采购的适用主体。

关于国有企业的主体地位问题,在当前理论和实践中存在较大的分歧。其中认为应该全部包括的观点认为,凡是使用财政性资金的,都必须纳入政府采购范畴。另一种观点则持完全的否定态度,认为为了贯彻政企分开的原则,充分发挥国有企业的生产经营自主权,国有企业即使使用财政拨款采购货物、工程和服务,也以不纳入为宜。但国有企业采购应当参照政府采购法的有关规定。还有一种观点持区别对待的看法,认为应针对国有企业的现状和性质作区别对待。与主要市场国家相比,中国国有企业规模庞大,而且就其性质而言,既有营利性的非公共性企业,也有以非营利为目的的公用企业。而且更为复杂的是,即使传统上属于非营利性的公用企业,也在从事着一些营利性的活动,或者其部分业务具有完全的竞争性。企业经营目的和机制的不同,决定了政府对其施加管理要求的不同。因此应该根据竞争性标准来确定它们的主体地位。将竞争性行为的国有企业排除在适用主体之外,而将具有垄断意义的国有企业纳入采购法的管理范围。这种观点较有代表性。

从实践上看,新加坡的政府采购主体为政府部门和法定机构,国有企业并非政府采购的主体。中国现有的《政府采购法》也将国有企业排除在适用主体之外,未将国有企业纳入政府采购适用主体范围,我们认为是可取的。首先,中国实行市场经济不久,政企分开、政资分开是一条处理政府与企业关系的基本准则。如果动辄以实行政府采购为由对企业的日常生产经营活动实行干预,确实会限制、妨碍企业的自主经营权。其次,随着中国国有企业改革的深入,企业产权必然走向多元化,今后再区分国有企业与私有企业便有很大的不确定性,而且国有企业的资金来源主要是银行贷款和社会募集资金,不是财政性资金。再者,还应看到政府采购制度从建立到完善有一个渐进的过程,在初期限定一个可操作性强的适用范围并在这个范围内将制度牢固地建立起来,然后逐步将所有使用财政性资金采购纳入政府采购的范围,这符合中国渐进的改革模式。因此,从中国进行政府采购改革之始的主要任务以及中国政府采购研究和立法的现状来看,中国政府采购的主体不包括国有企业是比较切合实际的。

二、政府绿色采购制度逻辑起点与微观效应

(一)政府采购生态化:政府绿色采购

绿色采购,是指人们购买和使用环保产品、绿色产品的活动。它是人类面临着生存危机、针对传统采购观进行反思而提出来的有别于以前采购模式的崭新的采购观。[①] 传统上,人们在从事采购活动时,只关注采购物品的价格及性能,忽视了所购物品在生产和使用环节上对人类、环境产生的各种危害。这种采购观有其产生的时代背景,它在反映生产力发展状况的制约、强调人类在自然界的核心作用方面,有其进步的一面。但随着生产力的发展,人类改造世界方面能力的提高,人与自然之间的矛盾逐步体现出来。尤其是在人类进入工业社会之后,这种对大自然的"只图索取,不顾后果"的思想观念,过度地消耗了资源、能源和原材料,并由此造成大量生产与生活的剩余物及废弃物,极大地破坏了人类生存的环境,降低了人类生存的环境质量。在受到大自然种种无情的惩罚之后,人类在承认自身劳动价值的同时,开始承认自然过程产物的价值。绿色采购正是在这种观念指导下的采购活动,它既是保护环境的一种措施,又是与节约型消费观念相应的一个概念。

现代社会经济生活中,节约利用自然资源、保护人们赖以生存和发展的生态环境,已成为人类面临的最为紧迫的问题,也是世界各国政府都十分关注的重大问题。政府采购作为一种以政府为主体、为满足社会公共需要而进行的采购行为,其特定的公共本质、法律与行政的制约性以及经济和利益的杠杆作用,不仅可以大大提高采购质量、节省采购资金,而且还能在实现包括节约资源、保护环境在内的一系列社会经济政策目标中

---

① 张得让、陈金贤:《试论基于环境保护理念的政府绿色采购》,载《财政研究》2003年第4期。

发挥极为重要的作用。正因为如此,政府采购被许多国家赋予神圣的生态化使命,成为一种政府促进资源节约和环境保护最直接、最有效的手段。自从20世纪90年代初期德国、日本等国开始实施政府绿色采购以来,政府绿色采购发展非常快,越来越多的国家认识到,利用政府采购调节环境保护、促进环境友好型社会形成是一个非常有效的途径和手段,目前已有多个国家积极推行绿色采购,以联合国、世界银行等为代表的一些国际组织组成了绿色采购联合会,很多国际知名大公司以及一些著名的非政府组织自愿实施绿色采购,绿色采购已经成为世界性趋势。

　　政府绿色采购就是通过政府庞大的采购力量,在政府采购中选择那些符合国家生态标准的产品和服务的行为,其目的是将节约型消费理念贯穿于整个采购过程中达到保护环境和节约资源的目的。由于绿色意味着环保、安全和有利于健康,因此政府绿色采购也可以说成是政府购买环保、安全和有利于人类健康的产品和服务的行为。政府绿色采购是政府在购买和消费过程中重视生态平衡和环境保护的体现。根据政府采购类别的分类,政府绿色采购主要包括绿色办公用品采购、绿色服务采购以及绿色工程采购。绿色办公用品包括各种办公自动化设备、交通运输工具等。办公自动化设备如室内的电话、电脑、复印机、碎纸机、照明设备、空调等。这些产品都应该符合国家的绿色认证标准要求。交通工具和各种小型工具如室外的各种车辆、卫生清扫车、剪草机等,要求达到环保、节能、低排放和低噪声标准。绿色服务采购包括餐饮、会议、卫生等,要求做到清洁、保质、周到。绿色公共工程主要包括政府投资修建交通设施(如公路、铁路)、公益性设施(如医院、公园)以及供国家机关、各党派使用的办公场所等,要求在修建过程中最大限度地减少对自然环境的污染和破坏,尽可能保护自然景观和矿产资源。

　　从世界范围来看,政府绿色采购的立法经历了一个从国内规制到国际规制的发展过程。这个过程不是简单的政府采购立法的国际化过程,更为重要的是,它还意味着政府采购法基本属性的变革。基于生态主义立场来考察各国在政府采购中实施的绿色清单、资源安全和环境保护等标准,我们可以发现绿色政府采购制度的构建已是大势所趋。它不仅可以有效地引导国民的绿色购买、使国民的消费行为朝着节约型消费模式的方向转化,还可以在相当大的程度上刺激环保产业的发展、促进清洁生产的推行,并最终达到改善环境质量、实现资源安全的目的。

(二)政府绿色采购制度逻辑起点

政府绿色采购的基本目的是什么? 或者更抽象地说,这种政府行为的目的是什么? 我们认为,这样的问题实际上就是政府政策行为或政府行为的价值取向问题。个人行为离不开一定的价值准则,这个价值准则决定着个人行为的目的及行为本身的正当性。人们判断个人行为是否正当,就是根据一定的价值准则进行的。每个特定的个人行为都有基本的价值取向。同样,政府行为也有判断其正当性的价值准则,因而也有其特定的价值取向。政府行为的价值取向问题,一直是政治学家们争论不休的一个问题。早在古希腊时代,亚里士多德等学者就开始谈论这个重要的问题。在亚氏看来,凡是"正宗政体",其行为的价值取向自然是公共利益;只有"变态政体"行为的价值取向才是统治者个人的利益或部分人的利益。① 亚氏的这一思想对后世的政治学家产生了很大影响。例如英国政治学家大卫·休谟认为,自由政府的目的就是为公众谋利益。法国政治学家卢梭认为,建立于社会契约基础上的国家及其政府是一种"公共人格",其活动的意志是一种"公意",这种"公意"反映了全体人民的"共同利益"。②

现代公共行政理论将政府看成一个管理社会公共事务的组织,特别强调政府管理的公共性质,认为政府是社会公共利益的代表,政府行为的价值取向理所当然的是公共利益。美国公共行政学家 E. 彭德尔顿·赫林曾专门写过一本著作论述这一问题,书名就叫《公共行政与公共利益》。在书中他明确指出:"我们必须把联邦行政机构看成是一个整体:它必须发展成为执行公共利益政策和促进总的社会福利事业的机构。"并且他认为"'公共利益'就是指导行政管理者执行法律时的标准。"在这里,公共利益作为政府政策行为的价值取向,被提到特别突出的地位。当代美国政策科学家詹姆斯·安德森也认为"政府的任务是服务和增进公共利益。"③由此看来,维护和提倡公共利益,可以说是现代政府的积极任

---

① [古希腊]亚里士多德著,吴寿彭译:《政治学》,商务印书馆1965年版,第133~134页。

② [法]卢梭著,何兆武译:《社会契约论》,商务印书馆1965年版,第135页。

③ [美]詹姆斯·安德森著,唐亮译:《公共决策》,华夏出版社1990年版,第222页。

务,也是政府政策行为的价值取向。质言之,政府行为广泛以公益作为其行为合法性的理由和行为动机。

站在公众的立场上,公共利益是现实的。它表现为公众对公共物品的多层次、多样化、整体性的利益需求。这些需求与公众个人对私人物品的需求相区别。后者可以通过在市场中进行自由选择、自主决定而得到实现,而前者则需要集体行动、有组织的供给方式才能得到满足。毫无疑问,政府是最大的、有组织的供给主体,这是由政府政策行为的价值取向所决定。政府绿色采购制度正是政府采购制度公益性的突出体现。政府采购的公益性主要是指政府采购不以赢利为目的,而是为了实现政府职能和社会公众的需要。公共物品和公共服务是公共利益主要的物质表现形式。优美的生态环境是一种公共利益,它是通过环境保护等公共物品来满足和实现的。由于市场机制的作用范围主要是在私人产品领域,对公共物品的供给显得无能为力或作用甚微,由此造成公共物品的需求与供给之间的联系中断,使社会公共利益不能得到满足和实现。因此,作为一个国家乃至全世界的社会公器,环境保护是不能市场化的,这样的公共物品保护必须得到政府政策行为的关照。

政府采购是以政府为主体、为满足社会公共需要而进行的采购活动,是一种典型的公共采购。政府采购的这种特征也决定了政府采购必须一切从社会公众的利益出发,为社会公众拥有一个良好的生态环境提供服务。虽然个人、家庭、企业各种社会主体都在资源节约和环境保护方面负有责任,但是这些社会主体的采购通常会在更大的程度上追求内部经济利益目标,忽视关系到社会整体利益的外部经济目标。只有政府采购会在节约资源、保护环境方面更多从全局出发,追求外部经济目标。因此,政府公共采购的特殊身份,决定了其必须而且也可能在环境保护方面,发挥其他任何采购主体不可替代的特殊功能。事实上,政府对于产品或者服务的采购过程,不仅是一个经济过程,也是一个生态过程。因为政府采购对象从被加工生产到被消费使用的全过程始终置于复杂生态的巨大系统之中,是生态系统中运行的一个环节。可以说政府采购活动实质上也是一种生态经济活动。为了实现环境保护,政府在这一经济活动中必须用生态意识来调整和规制政府采购行为,使政府采购行为符合环境保护和生态安全的需要,即实施政府绿色采购。政府绿色采购,就是在政府采购中着意选择那些资源节约型和环境友好型的产品或服务。对这些产品

285

或服务的基本要求就是应尽量少地使用自然资源和尽可能地避免对环境的人为改变,其生产和消费中对环境的影响应降低到自然循环能够容纳的水平,使政府采购真正体现对环境的保护和资源的节约,从而达成对社会公共利益的维护和实现。

(三)政府绿色采购制度微观效应

政府作用是贯穿经济学发展的重大问题之一。在研究和论述政府影响经济的行为的时候,通常会涉及这样几个概念:政府管制(规制)、政府干预、宏观调控。政府管制主要研究的是政府对行业或部门进行约束和规范的行为。常见的管制途径是制定行业政策,由专门的行政机构实施行业监督和管理的行政行为。① 因此,有的领域也把政府的这种行为称为"监管",如金融监管。另外,由于日文中以规制的汉字表示政府管制的意思,一些与日本经济学界有渊源的学者也用政府规制行文著书。所以,政府管制、政府监管和政府规制基本上可以通用。政府干预主要是用来概括政府有目的地影响经济的所有行为,既包括宏观和中观的政府经济政策、法规,也包括微观的政府行为。从这个角度,政府管制可以看作是政府干预经济的一种方式,即从中观的行业层面和微观的主体行为层面干预经济。宏观调控则非常明确地指的是政府从宏观层面影响经济运行的行为,主要包括政府通过财政政策和货币政策等宏观经济政策来调节经济总量和结构。根据以上所述,在政府管制、政府干预和宏观调控的内涵中,政府总是被当作与市场相对立的、独立或超然于经济运行之外的"看得见的手",是对市场手段的替代或补充。

而事实上,政府还有一部分行为是直接参与微观经济活动的,一般把这一类政府行为称为政府参与,最为典型的政府参与就是政府绿色采购行为。所谓政府参与,是指政府作为独立的市场主体参与微观经济活动,与其他经济主体平等地在"看不见的手"的作用下,互相联系,共同地构成各种市场关系和经济关系的微观经济行为。可见,政府参与不同于政府的政策命令,也不包括政府基于其强制力量而行使的行政行为,而是通过平等的经济关系对其他经济主体产生影响的。注意到这个重要的区别,我们不难发现,作为政府参与的政府绿色采购制度对微观经济主体的

---

① [美]丹尼尔·史普博著,余晖等译:《管制与市场》,上海人民出版社1999年版,第44页。

影响主要有以下两个方面。

首先是示范效应。传统的生产、消费模式，以大量消耗资源、能源和原材料，并大量向环境排放废弃物，造成严重污染为主要特征。尤其是在工业化过程中，生产是"粗放型"的，消费是"资源浪费型"的。在生产方面，注重产品的生产，忽视产品进入流通和消费领域后的回收利用，在产品设计、生产制造时较少考虑采用有利于综合利用的原材料等。生活消费方面，不合理的消费方式比比皆是，讲究排场、铺张浪费，甚至穷奢极欲，造成生活废弃物大量丢失、随处乱扔垃圾、回收利用观念淡漠等。政府绿色采购，能够给消费者带来购买的示范效应，并有助于从消费环节上塑造节约型消费模式。政府购买的示范效应是指政府的购买行为对个人消费行为的导向性影响。这是由于政府具有权威性，政府的购买往往是大量的和被认为是理性地掌握更多的信息，具有不可被欺骗的尊严。具体讲，政府购买在普通消费者眼中往往是理性的象征，因此其他社会主体常常会效仿政府的购买行为，在消费中跟随政府进行消费品或消费服务选择。政府正是通过绿色采购活动，示范地引导人们改变不合理的消费行为和习惯，减少因不合理消费对环境资源造成的压力，从而在全社会塑造起节约型消费的消费模式。

其次是扶持效应。政府绿色采购的扶持效应，是指政府的绿色采购活动能够帮助和促进环保型企业的发展，能够促进清洁生产的推行。一般来说，政府参与行为的扶持效应总是服从于政府的相关政策和规划的。政府若决定要扶持某一类企业的发展，或鼓励某一种经济行为时，通常会从政策法令、行政手段和参与行为三个方面着手。政府通过出台优惠政策和行政指令扶持某些企业，与政府通过经济参与行为对企业进行扶持形成了互补关系。其中，政策和行政行为具有强制性，产生的影响更深远，而政府参与行为则更具有灵活性和隐蔽性特征。政府可以通过绿色购买和订货行为，扶持环境保护产业和绿色产品的销售。政府为了实施绿色采购行为，在做出采购决定前，必须考虑产品、服务或工程生命周期的各个阶段的环境影响，比较不同产品、服务或工程在环保性能上的不同，评估产品、服务或工程的环境成本等环境因素。为此，政府有关部门将建立权威的资料信息系统，对产品和服务的环境信息进行归纳、整理和公布，并对环保产品、生态产品、可再生利用的产品或再生产品进行规范认证。这将引导企业调整生产和技术结构，大力推行清洁生产技术，减少

287

生产中自然资源消耗和污染排放量,有利于扶持轻污染产业的发展。此外,鉴于绿色产品经常因为价格因素在政府采购程序中难与传统产品竞争,许多国家的政府绿色采购制度就会对绿色产品有扶持和倾斜。比如,美国联邦政府规定若有同样功能的指定项目产品时(例如再生复印纸),必须优先采购指定的再生绿色产品。在缺乏此类法令的欧盟则允许采用最低价以外的最具经济价值准则作为政府采购的决标准则,该准则允许将绿色产品生命周期内的总成本列入评估依据。政府绿色采购制度所造成的扶持效应,将为节约型消费在全社会的推行提供更为稳健的物质基础条件。

总之,政府绿色采购首先体现为一种环境管理资源意识,将之融入政府采购制度中,就产生了利益结构调整及行为模式化的预期,倘使政策再强化为法律,绿色采购意图具细到微观权责,节约型消费理念就会随微观效应在全社会扩散开来。因此,建立政府绿色采购制度对促进节约型消费模式的构建具有重要的意义。

三、政府绿色采购法律制度设计

中国 2003 年实施的《政府采购法》第 9 条规定:政府采购应当有助于实现国家经济和社会政策目标,包括保护环境,扶持不发达地区和少数民族地区,促进中小企业发展等。从《政府采购法》全文所做的规定看,只是笼统地提到了"保护环境"四个字,对于在政府采购中如何体现保护环境理念,没有相应条文的支持和法律规范的约束。2004 年年底中国财政部与国家发改委颁布《节能环保政府采购实施意见》,成为中国第一个政府采购促进节能与环保的具体政策规定。但这还仅是一个指导政府绿色采购的政策性文件,不具有强制执行力,因而缺乏法律的应有效力和规范性。这种状况的存在显然与政府绿色采购所承担的责任和在社会法律体系中的地位不相符合,带来的结果是政府绿色采购制度不成体系,严重缺乏权威性和稳定性。因此,中国应借鉴国外经验,以节约型消费理念为指导,制定政府绿色采购的相关法律制度,从根本上保障中国政府绿色采购活动的顺利开展。我们认为,中国政府绿色采购制度的建构应着眼于以下几个方面。

(一)政府绿色采购主体职责

我们在前面的研究中已经对政府采购主体的内容进行了界定,不再赘述。政府绿色采购中的主体职责就是政府采购主体绿色采购过程中所应当承担的义务和责任。政府在采购物品以及劳务(以下称"物品等")时,为促进消费需求向环保物品等的转换,必须注意预算合理使用,选择购买环保物品等。各级政府必须通过开展教育和宣传活动,使企业以及国民理解促进需求向环境物品等转换的意义。同时,必须采取措施,促进国家、地方公共团体、企业以及国民间为实现需求向环境物品等转换,相互协作开展的活动。国家为综合且有计划地促进国家以及独立行政法人等实施的环境物品等采购,必须制定关于促进采购环境物品等的基本方针,包括发布政府绿色采购清单和政府绿色采购标准。政府采购主体在编制年度采购方案的时候,应考虑促进采购环保产品的方针和措施,在每个财政年度或每个事业年度结束后,应迅速总结政府绿色采购的实际情况概要,并予以公布。即使采购对象是环境物品等,政府采购主体也应从恰当且合理使用的观点出发,注意不能以国家鼓励采购环境物品等为理由,增加物品等的采购量。

(二)政府绿色采购清单制度

绿色采购清单是指政府有关部门以认证的环境友好与节能产品为依据所编制的政府采购产品清单。政府采购人或采购机构在采购相关产品时,需要参考或遵行这个清单的规定,优先或者按照该清单列举的产品进行采购。绿色采购清单制度是国际上实施政府绿色采购的通行制度,许多国家在政府绿色采购中都实行了该制度。绿色清单制度在具体制定和执行时,可以分为两种情况:一种是指导性清单,清单主要起指导性而不是强制性作用,它要求政府采购人在采购物品以及服务时,为促进需求向环境物品等转换,必须注意预算的合理使用,应该优先考虑采购节能与环保清单的产品;另一种是强制性清单,即政府采购相关产品时,必须遵行绿色清单的要求,按照清单指定的产品采购。

需要说明的是,绿色清单中的产品是基于认证后的节能和环保产品。但由于中国当前认证标志多,且这些认证标志既各自独立有所侧重,又多有重叠互不相属,因此在政府采购实施过程中,不仅采购人表现得无所适从,就连有关部门在制定绿色清单时也感到难以决策。现有的《节能产品政府采购实施意见》只能是个节能清单,仅运用节能标准节选了部分节能标志产品,缺乏环保要求,而环保与节能同等重要,不可偏废。因此,现有的绿色清单既不科学也不完善。我们认为,遵循国际通行经验,中国应当将环境标志认证产品作为政府绿色采购的指定产品,并编入中国政府绿色采购产品清单。政府绿色采购需要的是绿色产品,而中国现有环境标志产品认证,恰恰能提供这种具有权威性的标准和符合环境要求的产品,因此直接适用可避免当前标志认证之间的冲突与矛盾。

从国际经验看,环境标志产品是各国制定绿色采购产品标准和指南的重要基础。为了核查和审计的方便,许多国家都将环境标志产品与政府绿色采购产品挂钩,政府绿色采购产品指南的制定都以环境标志产品为依据和基础。因此,环境标志产品认证成为推动政府绿色采购的重要配套制度。另一方面,尽管中国尚未签署《政府采购协议》,但作为成员,从长远考虑,中国在处理各种问题上应尽量遵守规则,这也是一种必然趋势。《政府采购协议》规定政府采购应体现国民待遇原则和非歧视待遇原则。即各缔约方不得通过拟订、采取或实施政府采购的法律、规则、程序和做法来保护国内产品或供应商而歧视外国产品或供应商。这就是说,中国政府采购不应排斥国外产品,这样就会带来激烈的产品竞争问题。实践表明,在国际贸易中环境标志产品普遍具有较强的竞争力,中国环境标志产品应当在政府采购中发挥其竞争优势,保护国家利益。目前中国环境标志认证即Ⅰ型环境标志认证与ISO14024国际标准实现了对接,实现了向国际标准认证的转化,这对提高中国环境标志产品竞争力有积极意义。因此,我们建议在编制与完善中国政府绿色采购产品清单时,应以环境标志认证产品为基础,将环境标志认证产品作为中国政府绿色采购清单中的采购产品。

(三)政府绿色采购标准制度

绿色采购标准制度是与绿色采购清单制度相辅互补的一种制度。绿色采购标准制度是指政府并不直接列出节能环保产品清单,而是由国家相关标准管理部门从节能、环保等多个方面对机械、电子、IT产品、建筑、装饰、装修材料等制订明确的采购标准。政府绿色采购标准规定政府必须遵循相关采购中的技术标准,政府在采购中不得采购环保技术标准以下的产品或服务。绿色标准制度注重的是技术标准,给政府采购者提供的是一种标准而不是某种特定的产品。绿色标准制度具有针对性与实用性,具有非常强的可操作性,采购人员可以根据标准简便地判别所采购的物品和服务项目是否符合政府绿色采购的要求。根据国内外的经验,绿色采购标准可分成三类:强制性标准,即必须执行的标准,在任何情况下都必须采购满足此类标准的产品和服务;硬性标准,在技术水平和市场供应都可行的情况下,要求尽可能地遵守这类标准;弹性标准,这类标准不要求马上满足或执行,它表明的是未来发展方向,涉及的主要是那些目前虽然具备生态性,但尚不能满足技术或经济标准的产品与服务。

政府绿色采购标准的制定,应当是从以下几个方面来设计技术标准:产品本身和所组成的物质的可循环性;循环材料含量,如纸张、塑料、金属制品、建筑材料等,可以规定产品中再生材料的比例;有毒有害物质的含量,针对家具、油漆、颜料和涂料、其他装修材料、清洁剂、消毒剂等可提出标准要求;节能、节材率,各种电器、照明、机械设备都适用;对包装材料的规定,无有毒成分、生产和使用中无污染、用量少、可回收、可再生性等;设备使用过程中的废物产生强度;物品使用寿命、可升级性、兼容性等;物品使用后可回收再利用性质,明确回收责任。

政府采购绿色标准除了考虑以上因素外,还应当把握各个项目和物品的生态性质和特征,对采购项目和物品逐一制定。比如对有毒有害物质含量的规定,像食品应主要考虑农药、化肥、除草剂、重金属等的含量;对于印刷纸则主要考虑漂白剂、添加剂等的含量。因此,制定政府采购绿色标准应以上述指标为基础,结合各类采购项目的特点,考虑一定时期技术水平和市场供应情况等,按采购项目逐一制定具体的标准,而不能制定笼统模糊的标准。绿色采购标准制度无论在政策导向上还是具体操作方面,都能更好地起到标准规范的作用,能在更大程度上促进政府采购人员在产业发展导向上的作用。

(四)政府绿色采购优惠制度

由于采购活动在本质上是一种经济行为,因此采用经济手段推行绿色采购是经济活动规律的客观要求。绿色采购优惠制度是指在政府采购中,对节能和环保有优势的产品和服务,可以给予优先采购或者更加优惠价格的方法。优惠可以通过政府的政策规定直接实现,这种优惠可以体现在优先签约和价格优惠上。事实上,由于多数绿色产品在生产过程中的费用要高于非绿色产品,因此政府在采购时可为绿色产品支付额外的费用,或者对生产绿色产品的企业实施价格补贴。实施价格补贴是西方发达国家推行绿色采购的一条成功经验。为此,要允许政府以高于市场平均价来购买绿色产品。这要求财政部门在搞政府采购预算时,对进入绿色清单的产品的购买要给予一定的价格补贴,以此来保证采购人购买绿色产品有资金来源。例如,德国政府对生产绿色食品的农场每公顷补贴 300~500 马克;中国台湾地区《政府采购法》第 96 条规定,当局在招标文件中,需要规定优先采购取得政府认可的环境保护标准的产品或服务,在其效能相同或者相似的条件下,符合环保标准的产品或服务允许获得 10% 以下的差价优惠,并规定"产品或其原料之制造、使用过程及废弃物处理,符合再生材质、可回收、低污染或节省能源者,亦同。"①

绿色采购优惠制度实际上就是一种政策扶持手段,供应商提供了绿色产品或服务,可能会发生相应的成本,因而也应该得到相应的回报。同时,因为对于节能环保产品有价格优惠,又能在很大的程度上鼓励供应商更新、改造生产设备和工艺手段,引导和鼓励更多的企业从事清洁生产,生产和提供更多的节能与环保产品,并最终形成一个有利于节约型消费的良好氛围。

(五)政府绿色采购监督制度

环境信息是制定政府绿色采购指南,发布产品清单的重要依据。日本的绿色采购产品非常重视环境信息的规范和发布。其绿色采购的基本原则之一是注重环境信息的获取、利用和发布,积极获取有关产品生产和出售企业的环境信息,并按照一定的规范发布,成为绿色采购实施和监督的重要依据。因此,中国也需要制定公开产品相关环境信息的规范,并公布政府绿色采购的实际执行情况,建立人大和公众等对政府绿色采购的监督机制。

一方面,从事物品制造、进口、销售或提供劳务的企业,应通过恰当手段,向该物品的购买方提供了解该物品产生的环境负荷方面的信息;另一方面,还可通过相关环境机构认定企业生产、进口或销售的物品、或者提供的劳务有助于减轻环境负荷,或者标注这些物品或劳务产生的环境负荷。通过这种方式,提供环境物品等相关信息的环境机构,应根据科学见解,并注意与国际约定的协调性,向社会提供有助于采购需求向环境物品等转换的、有效且准确的环境信息。政府为促进需求向环境物品等转换,对已公布的物品环境信息等状况进行整理与分析,并以之作为绿色采购实施和监督的依据。

---

① 徐焕东:《政府采购在环保与节能中的功能及方式选择》,载《环境保护》2005 年第 8 期。

第六章 节约型社会法律保障体系
实施路径与对策

第一节 节约型社会法律保障体系实施主体及职能

节约型社会法律保障体系实施首先是创制健全节约型社会法律保障;其次是妥善实施节约型社会法律保障,包括遵守、执行与适用节约型社会法律保障;最后是监督节约型社会法律保障运行。因此,从宏观上来说,节约型社会法律保障体系的实施主体应该包括立法主体、执法主体、司法主体、守法主体、法律监督主体等。

一、立法主体及职能

立法是一种由特定机关依法行使的创制、修改和废止法律规范的活动。不同的国家基于其政治理念和法制传统的差异,可以设置不同的立法体制并进行相应的立法权限配置。众所周知,立法权就是"为主权者所拥有的,由特定的国家机关所行使的,在国家权力结构中占据特殊地位的,用来制定、认可和变动规范性法文件,以调整一定社会关系的综合性权力体系"。① 因此,相关具有立法权限、行使立法权的立法机关就是立法主体。根据中国《立法法》规定,立法主体概要如下:全国人民代表大会及其常务委员会行使国家立法权;国务院根据宪法和法律制定行政法规;省、自治区、直辖市以及较大的市的人民代表大会及其常务委员会根据本行政区域的具体情况和实际需要,在不同宪法、法律和行政法规抵触的前提下可以制定地方性法规;国务院各部、委员会以及具有行政管理职能的直属机构可以制定部门规章;省、自治区、直辖市和较大的市的人民政府可以制定地方政府规章。立法是法治社会确保有法可依的前提,故

---

① 周旺生著:《立法学教程》,法律出版社 1995 年版,第 64 页。

立法主体应当依照法定权限和程序,从国家整体利益出发,维护社会主义法制的统一和尊严。

根据前面研究,我们已经知道,静态的节约型社会法律保障体系主要包含节约型生产法律保障体系、节约型流通法律保障体系、节约型消费法律保障体系等子系统,具体表现为调整资源保护保育、资源开发利用、资源流通流转等关系的相关法律规范。根据中国《立法法》规定,基于法律规范效力层级,节约型社会法律保障体系应该涵盖了法律、行政法规、地方性法规及规章等,因此节约型社会法律保障体系的立法主体相应包括全国人民代表大会及其常务委员会,国务院,省、自治区、直辖市以及较大的市的人民代表大会及其常务委员会,国务院各部、委员会以及具有行政管理职能的直属机构与省、自治区、直辖市和较大的市的人民政府。上述各立法主体将根据节约型社会建设的现实需要,在其立法权限范围之内制定资源节约与循环利用的法律、行政法规、地方性法规、国务院部门或地方政府规章,形成一套完整的节约型社会法律保障体系,从而使节约型社会建设真正有法可依并得以顺利推行。

二、执法主体及职能

法的执行简称执法,有广义和狭义之分:广义的执法是指国家行政机关、司法机关和法律授权、委托的组织及其公职人员,依照法定职权和程序,贯彻实施法律的活动,它包括一切执行法律、适用法律的活动;狭义的执法是指国家行政机关通过对国家社会生活的组织和管理,行使管理职权、履行职责、执行法律的活动。[①] 在节约型社会法律保障体系的执行中,我们取狭义的执法概念,仅指行政执法。执法在法制建设中占有十分重要的地位,通过行政执法,大多数法律在社会生活的各个领域发挥作用,保障国家经济、政治、文化、社会事务依法进行与有序运作。执法是广泛的、普遍的实施法律的活动,是法律实现的主要途径。[②]

执法主体主要是行政机关,具体而言有两类:一是中央和地方各级政府,即国务院和地方各级人民政府;二是各级政府中的行政职能部门。国务院和地方各级人民政府依法从事全国或本地方行政管理的同时,就是

---

① 张正德、付子堂主编:《法理学》,重庆大学出版社 2003 年版,第 158 页。
② 张文显主编:《法理学》,高等教育出版社 1999 年版,第 295 页。

在全国或本地方执法的过程；行政职能部门依法在某一方面进行管理的同时，就是在本部门执行相应法律的过程。① 执法是国家行政机关享有的依法管理社会的权力，更是依法必须履行的法定职责和义务，这就意味着行政机关必须主动执行法律，不能回避和推诿，更加不能放弃，否则就是不作为。这种特殊性使得执法主体更应具备主动性，这不仅是执法的一个鲜明特征，更是对执法主体的特殊要求。

节约型社会法律保障体系执行包括执法主体依法执行节约型社会监督管理法律制度、监督落实各项法定节约型社会建设对策与措施、查处节约型社会资源违法行为、调处节约型社会资源破坏损害纠纷等。在节约型社会法律保障体系执行中，国务院和省、自治区、直辖市人民政府应当加强资源节约与循环经济监管，合理调整产业结构、产品结构和消费结构，推进科学技术进步，提高资源开发、加工转换、消费与再利用效率，降低单位产值和单位产品物耗能耗，完善政策措施，发挥市场机制作用，促进资源节约及循环利用；国务院资源节约和循环利用主管部门主管全国的资源节约和循环利用监督管理工作，国务院有关部门在各自的职责范围内负责本部门资源节约和循环利用监督管理工作；县级以上地方人民政府资源节约和循环利用主管部门主管本行政区域内的资源节约和循环利用监督管理工作，县级以上地方人民政府有关部门在各自的职责范围内负责本部门的资源节约和循环利用监督管理工作。

三、司法主体及职能

法的适用又称司法，是指国家司法机关依照法定职权和程序，应用法律处理案件的专门活动。司法有其自身独有的特点②：（1）职权的法定性。司法是享有司法权的国家司法机关及其司法人员依照法定职权和法定程序运用法律处理案件的专门活动，也就是以国家名义行使司法权的活动。这项权力只能由享有司法权的国家司法机关及其司法人员行使，其他任何国家机关、社会组织和个人都不能行使此项权力。（2）程序的法定性。司法是司法机关严格按照法定职权和法定程序所进行的专门活动，因此，程序性是司法的最重要、最显著的特点之一。程序在司法活动

---

①　张正德、付子堂主编：《法理学》，重庆大学出版社 2003 年版，第 158 页。
②　张文显主编：《法理学》，高等教育出版社 1999 年版，第 306 页。

中具有独立的价值和意义,没有程序的公正就没有实体的公正,只有依照法定程序进行工作,司法机关的神圣性、公正性和权威性才能得以最大体现。(3)裁决的权威性。司法是享有司法权的国家司法机关依靠国家强制力为后盾,以国家名义运用法律于案件的专门活动,因此它所作出的裁决具有极大的权威性,任何组织和个人都必须执行,不得擅自修改和违抗。司法是法的实施的重要方式,是以国家强制力保障法的实施的有力手段。

由于司法的权威性和强制性,司法主体也具有特定性。司法主体即行使司法权的司法机关,在不同的社会和不同的法律体制下有所不同。在实行三权分立的西方国家里,司法权由法院来行使,法院便成为司法机关,也即法的适用的主体。在中国,根据中国宪法和法律的规定,人民法院是国家的审判机关,人民检察院是国家的法律监督机关,人民法院和人民检察院分别独立行使审判权和检察权,不受行政机关、社会团体和个人的干涉。可见,中国的司法机关是人民法院和人民检察院,即中国的司法主体是人民法院和人民检察院。人民法院是国家的审判机关,依照法律规定独立行使审判权。其主要职能任务是:审理刑事、民事、行政案件和做好执行工作,并通过审判活动,惩办一切犯罪分子,解决民事纠纷,维护和监督行政机关依法行政,保护公民、法人和其他组织的合法权益,保护社会主义的全民所有制财产,劳动群众集体所有的财产,保护公民私人所有的合法财产,维护社会主义法制和社会秩序,保护国家的社会主义建设事业顺利进行。人民检察院是国家的法律监督机关,通过行使检察权,镇压一切叛国的、分裂国家的和其他危害国家安全的活动,维护国家的统一,维护人民民主专政制度;通过行使检察权,保护国有财产和劳动群众集体所有财产,公民私人所有的合法财产,积极同破坏社会主义经济秩序和侵犯财产的犯罪进行斗争,维护社会主义经济秩序,保障社会主义现代化建设的顺利进行;通过行使检察权,保障公民的人身权利、民主权利和其他合法财产;通过行使检察权,教育公民忠于社会主义祖国,自觉地遵守宪法和法律,积极同违法行为作斗争。

节约型社会法律保障体系适用,是指国家司法机关根据当事人或者公诉人的起诉,依据节约型社会法律保障体系,对有关浪费资源乃至破坏节约型社会建设的违法案件进行受理、审理、判决与执行,以确保节约型社会法律得以顺利实施的司法行为。由于司法主体的特定性,中国节约型社会法律保障体系的适用主体仍为人民法院和人民检察院。人民法院通过审判活动,惩办一切浪费资源乃至破坏节约型社会建设的社会组织和个人,确保节约型社会法律保障顺利实施;人民检察院通过行使检察权确保资源节约使用和高效利用,保障和促进节约型社会建设。换言之,即:各级人民法院和各级人民检察院通过行使审判权和检察权,适用节约型社会法律法规,以保证节约型社会法律保障体系顺利实施,进而促进节约型社会有序建设与最终生成。

四、守法主体及职能

法的遵守也称为守法,是指组织和个人,依法行使法定权利和履行法定义务,为法所要求或允许为的事,不为法所禁止的事。法的遵守是法的实施中最重要、最普遍的形式,是实现法治的基本要求和内容。在不同类型的国家,守法的主体是不同的。在专制制度下,例如在中国封建社会,统治者奉行的信条是:"夫生法者君也,守法者臣也,法于法者民也。"就是说,君主立法,官吏执法,百姓守法。在这样的社会,守法的主体主要是甚至只是黎民百姓。在资本主义社会,情况有很大改变,追求法律面前人人平等,包括国家机关在内的一切社会组织和个人都是守法的主体。只是由于这是一个资本万能的社会,经济上的不平等决定了事实上不能真正做到守法的平等,难以实现真正普遍的守法。在社会主义社会,守法的主体应当是一切社会组织和个人。这里讲的组织,包括一切国家机关、武装力量,也包括一切政党和社会团体、企业事业单位。这里讲的个人,包括一切人,从普通公民到党和国家的最高领导人。中国宪法第 5 条规定:"一切国家机关和武装力量,各政党和各社会团体,各企业事业组织都必须遵守宪法和法律。一切违反宪法和法律的行为,必须予以追究"。中国宪法第 33 条规定:"任何公民享有宪法和法律规定的权利,同时必须履行宪法和法律规定的义务"。

中国节约型社会法律保障体系属于中国整个法律体系的一部分,其守法主体与其他法律的守法主体是一致的,即:在中国,节约型社会法律保障体系的守法主体应当是一切社会组织和个人,包括一切国家机关、武装力量、一切政党和社会团体、企业事业单位,包括一切人,从普通公民到党和国家的最高领导人。

在节约型社会相关法律的遵守方面,各守法主体都有节约和循环利用资源的义务,有了解资源节约和循环利用信息的权利,有参与资源节约和循环利用相关活动的权利,有对滥用和破坏资源、造成资源流失和浪费的违法行为进行检举与控告的权利,并有享受资源节约与循环利用带来的良善结果的权利。此外,我们更应当注意企业在节约型社会相关法律的遵守中的特殊性,这是因为企业的生产活动较其他守法主体的活动而言更具有活跃性,其守法与否、守法程度与效果是衡量节约型社会法律保障体系是否被普遍遵守的重要指标。因此,企业在节约型社会相关法律的遵守中的特殊性要求企业应当依法建立产品设计、原材料使用及整个生产、销售和回收利用过程的资源循环利用责任制度,提高资源循环利用管理水平和技术水平;应当开发或采用经济合理的资源循环利用新技术、新工艺、新设备,实现企业内部物质循环,提高资源循环利用率和副产物及废物综合利用率,降低单位产品物料消耗量,减少生产过程中废弃物产生量和排放量;在生产和服务过程中,应当优先采用可利用的二级原材料或废物,积极寻求有毒有害和污染环境材料的替代物品,开展能源、水资源的梯级利用。

目前,促进节约型社会形成的法律体系是社会上绝大多数人民群众意志的反映,在如此背景下,守法就是实现最广大人民的共同意志和利益。一切社会组织和个人能够自觉、认真地遵守节约型社会法律保障体系,节约型社会法律保障体系实施就有了最广泛的群众基础,这将从本质上有力地推动节约型社会法律保障体系实施,促进节约型社会有序建设与最终形成。

五、法律监督主体及职能

法律监督是指一切国家机关、社会组织和公民对各种法律活动的合法性依法所进行的监察和督促。法律监督是现代国家法的实施的一种重要机制,完善而又完备的法制运行体制离不开法律监督这一环节。法律监督的主体主要包括国家机关、社会组织和公民。节约型社会法律保障体系是中国法律体系的一部分,因此其法律监督主体也应该与一般的法律具有一致性。我们认为,在节约型社会法律保障体系运行中,应当主要关注以下几类法律监督主体:

(一)权力机关

权力机关的法律监督权限和范围由宪法和法律作出规定,具有法律效力和法律强制力。被监督者在监督者作出一定的法律监督结论和决定后,必须接受法律监督,并根据法律监督作出相应的行为。权力机关的法律监督在整个法律监督体系中居于重要地位,是一种刚性监督。在中国,权力机关是由人民选举的对人民负责的各级人民代表大会及其常务委员会,这与西方国家"三权分立"的分权制衡体制不同。人民代表大会制是中国权力制约的基石,是整个法律监督体系中最有权威性的监督主体。各级人民代表大会及其常务委员会通过审议政府工作报告及有关职能主管部门的工作情况汇报、审议提案、视察基层工作、检查执法工作、处理群众来信来访、查处重大违法破坏资源案件及违法资源行政行为等形式来监督节约型社会法律保障及其有关法定对策措施的贯彻落实。

（二）行政机关

节约型社会法律保障体系的监督主体还应该包括以政府为主导监督、以各级资源行政主管部门为归口管理监督、以各有关行政管理部门为配合管理监督而构成的行政监督主体。地方各级人民政府应当通过依法建立节约型社会法律保障体系执法责任制及开展综合调查、评价、规划、调节、配置等工作,依法监督节约型社会法律保障体系的实施与推行;各级资源行政主管部门及各级相关行政管理部门等应当依照各有关法律法规的规定,在各自的职责范围内进行节约型社会法律保障体系实施与推行的监督检查工作。

（三）社会公众

现代法治社会奉行人民主权的宪政法治原则,因此,每一个公民都是政治权力的主体和国家的主人,都有资格成为法律监督主体。社会公众的监督具有广泛的社会群众性,是法律监督体系中重要的普遍性力量。因此,应该鼓励和支持广大人民群众和社会新闻宣传媒介积极参与节约型社会法律保障体系运行情况的社会舆论监督。社会公众参与主要可以通过检举、揭发、控告等方式,而社会新闻宣传媒介可以充分发挥舆论的巨大威力引导和监督节约型社会法律保障体系的贯彻和实施。社会公众与社会舆论监督相结合的节约型社会法律保障监督机制,能够监督和保证节约型社会法律保障体系的有效施行。

第二节　节约型社会法律保障体系实施的科技支撑

"科学技术是第一生产力。"科学技术为节约型社会建设提供了理论基础以及方法手段。节约型社会法律保障体系由应然转变为实然,理所当然地需要相关科学技术提供强力支撑。基于此,为确保节约型社会法律保障体系真正得以有效实施,我们还有必要对节约型社会法律保障体系实施科技支撑进行分析。

一、节约型社会法律保障体系实施科技支撑的基本内涵

所谓支撑,在汉语直接意思上,是指顶住物体使其不倒塌。所谓科技支撑,我们认为,是指利用科技支持某一事物发展或某一活动开展。随着科学技术的迅速发展和广泛应用,现代经济和社会生活中的任何一个事物的发展或者任何一项活动的开展,都离不开科技的支撑。在节约型社会建设中,节约型社会法律保障体系实施也必须依靠科技发展提供强力支撑。所谓节约型社会法律保障体系实施科技支撑,就是指科学技术的各个要素按照一定的原则和结构组织起来推动或促进节约型社会法律保障体系真正得以有效实施。节约型社会法律保障体系实施科技支撑实质上就是节约型社会有序建设与最终生成的科技支撑,即节约型科技。

科技支撑对节约型社会法律保障体系实施的作用机制大体如下:各种组织或机构运用一定科技资源生产出相应科技产品(即科学知识、技术、信息),相应科技产品通过一定渠道和方式作用于节约型社会法律保障体系实施,最终促使节约型社会法律保障体系实施在质和量上发生积极变化。根据作用机制,节约型社会法律保障体系实施科技支撑主要包括以下几个因素:(一)科技资源。科技资源是节约型社会法律保障体系实施科技支撑的物质基础,主要包括人力、财力、物力。(二)科技组织。科技组织是节约型社会法律保障体系实施科技支撑的实体或主体,包括政府科研机构、企业研发机构、高等院校及其研究机构、非营利研究机构、民营研究机构及进行信息采集加工和科技中介服务的机构等。(三)科技产品。科技产品是节约型社会法律保障体系实施科技支撑的产出成果,包括以各种形式存在的科学理论和技术,如论文、专著、专利技术、生产设备、新产品样品、数据库、信息库等。(四)科技政策和法律。科技政

策和法律是节约型社会法律保障体系实施科技支撑有效发挥作用的保障。

二、节约型社会法律保障体系实施科技支撑的指导思想

（一）科学技术是第一生产力

在构建节约型社会法律保障体系实施科技支撑时,应坚持"科学技术是第一生产力"。"科学技术是第一生产力"是邓小平坚持和发展马克思主义关于生产力的理论,于 1988 年提出的精辟论断,这个论断提示了科学技术在现代社会里的重要作用,为节约型社会中科技发展指明了前进方向。在构建节约型社会法律保障体系实施科技支撑中坚持以"科学技术是第一生产力"为指导思想,就要重视科技创新,重视科技人才培养,重视科技事业发展。科技创新与科技人才培养以及整个科技事业发展有着密切联系。科技创新需要以科技人才培养为基础;而整个科技事业发展则依托于科技人才培养并通过相关科技创新成果来加以体现。

（二）科学发展观

在构建节约型社会法律保障体系实施科技支撑时,应坚持科学发展观。科学发展观是可持续发展观的继续和发展,于 2003 年 10 月召开的中国共产党十六届三中全会上提出。科学发展观,第一要义是发展,核心是以人为本,基本要求是全面协调可持续,根本方法是统筹兼顾。在构建节约型社会法律保障体系实施科技支撑中坚持以科学发展观为指导思想,必须做到以下几点:一是科技创新必须坚持以人为本;二是科技创新必须坚持重点跨越与持续发展;三是科技创新必须引领未来发展并与经济社会发展相协调。在构建节约型社会法律保障体系实施科技支撑中,务必把突破资源和环境的瓶颈性约束放在优先位置。

三、节约型社会法律保障体系实施科技支撑的基本内容

（一）创新体系

节约型社会法律保障体系实施科技支撑的创新体系是以科研院所及高校为研发主体,以企业为创新主体,以科技中介机构为服务主体,以市场为导向,产、学、研相结合的技术创新体系。在这一体系中,关键是政府、企业、高校、研究单位和市场的结合与互动。

首先,由高校、科研院所联合开展技术研究、中间实验、成果转化、产品试制、人才培养、技术标准制定、市场信息调研、科技发展战略和规划研究等,积极探索节约型科技创新共建的组织与合作形式。充分发挥高校、科研院所的优势,实施资源节约关键技术攻关以及资源节约示范项目建设,从而为节约型社会法律保障体系实施提供科技支撑。

其次,把建立以企业为主体的节约型技术创新体系作为加强节约型技术创新的突破口。政府应为企业节约型技术创新提供体制、机制和政策保障,大力扶持科技型企业节约型技术创新活动,增强企业节约型技术集成与产业化能力。政府应加强领导,完善政策,突出重点,加大投入,促进以企业为主体的节约型科技创新体系和创新服务体系建设,推进节约型科技成果转化与应用。加快企业节约型科技创新体系建设,首先应强化企业在节约型科技创新中的主体地位。在推动企业节约型科技进步方面,应把重点放在提高企业节约型科技自我研发能力上,以保证企业持续发展。对尚未建立技术中心但具有一定规模的企业以及有能力的企业,帮助其创造条件,尽快建立相应研发机构。通过与高等院校、科研机构、行业技术中心、生产力促进中心、工程研究中心等横向联合,借助外部力量推动企业尽快成为节约型科技创新主体,加快企业产品结构优化升级和更新换代。其次,应大力推进产、学、研的有机组合。以市场机制为基础,通过政府政策、投入诱导和法律保证,进一步推进企业加强同科研院所及高校的联系与合作。企业应继续以企校、企院挂钩的方式,大力引进和合作开发节约型高新技术成果,通过节约型社会建设示范区这一载体,实施一批节约型技术支撑项目,进而全面推广节约型社会支撑技术,确保节约型社会法律保障体系真正得以有效实施。

最后,应发展和完善科技中介服务机构,为节约型技术成果转化创造有利条件。目前,中国已经形成了初具规模和组织网络的中介服务体系,从事科技咨询活动的各类学会、协会、研究会和科研机构、高等学校、企业有400多家,市场在科技资源配置中的基础性作用初步显现。为适应不断变化的市场需求,应按照"组织网络化、功能社会化、服务产业化"的方向,积极探索科技中介的服务形式和组织形式。尤其要鼓励科研院所、企业、社会团体以多种形式建立科技中介服务机构,为社会提供全方位节约型科技服务。

(二)保障体系

节约型社会法律保障体系实施科技支撑的保障体系包括法律保障体

系与政策保障体系。节约型社会法律保障体系实施科技支撑的构建必须在相关法律法规以及政策措施允许和支持的范围内。因此,为提高节约型社会法律保障体系实施科技支撑能力,推进节约型社会有序建设与最终生成,必须加快相关法律法规与政策措施创新。

首先,在政策方面,要注意以下几点:第一,复核和修订不利于资源节约利用、不利于保护环境的产业政策,也不利于节约能源的行业规范和技术标准;第二,制定鼓励可再生能源开发利用的配套政策,以回收资源制造产品的环境标准和质量标准,鼓励消费者选择资源节约型和环境友好型产品与服务的消费政策;最后,完善现行国民经济核算制度,改进党政领导干部政绩考核制度,为节约型社会建设创造有利环境。

其次,在法律方面,目前许多国家均制定了系列节约资源的政策法规,如德国的《物质循环和废弃物管理法》、《垃圾法》、《再生能源法》、《持续推动生态税改革法》等;日本的《促进循环社会建设基本法》、《资源有效利用促进法》、《废弃物处理法》、《容器包装物循环法》、《食品循环法》、《家电循环法》、《建筑材料循环法》、《绿色采购法》等。中国可以充分借鉴日本和德国的经验,同时建立各类资源再生行业(如家用电器、建筑材料、容器、食品等)法规。

总之,节约型社会法律保障体系实施科技支撑的实施需要法律保障与政策措施支持。因此应建立和完善法律法规,加快节约型社会法律创新研究,依法管理并规范节约型科技应用;建立节约型社会政策支持体系,为节约型社会科技发展和创新提供有利的条件和环境,进而实现经济、社会和环境相结合的战略目标。

(三)支撑技术

节约型社会法律保障体系实施科技支撑应遵循循环经济 3R 原则,重点内容应是节约型科技,通过对整个社会进行物流和能流分析与控制,最大限度地降低生产、流通、消费中的资源与能源消耗以及污染物产生和排放。所谓节约型科技是指以减量化、再利用、资源化为原则,以节能、节水、节材、节地、新能源与可再生能源开发利用、矿产资源综合利用、废旧产品及废弃物回收利用、清洁生产等为目的的先进科技。

节约型社会法律保障体系实施科技支撑在技术层面上主要由以下五类技术构成:替代技术、减量技术、再利用技术、资源化技术、系统化技术。替代技术是通过开发和使用新资源、新材料、新产品、新工艺,替代原来所用资源、材料、产品和工艺,以提高资源利用效率,减轻生产、流通与消费过程对环境资源的压力的技术。减量技术是用较少物质和能源消耗来达到既定生产目的,在源头节约资源和减少污染的技术。再利用技术是延长原料和产品使用周期,通过多次反复使用,来减少资源消耗的技术。资源化技术是将生产、流通或消费过程所产生的废弃物再次变成有用资源或产品的技术。系统化技术是从系统工程的角度考虑,通过构建合理产品组合、产业组合与技术组合,实现物质、能量、资金、技术优化使用的技术。

四、节约型社会法律保障体系实施科技支撑的构建对策

节约型社会法律保障体系实施科技支撑的构建,是一项系统工程,需要政府、企业、社会公众共同参与。政府作为节约型科技的"供给者",通过研发投入、政策激励、法律强制等手段,直接或间接为节约型社会建设提供节约型科技支撑。企业既是节约型科技的需求者,也是节约型科技的供给者,对于节约型科技发展起到核心作用。社会公众树立节约消费观念,能够推动节约型科技发展,而且居民也在节约型科技发展过程中受益。

(一)政府积极推动节约型科技发展

1. 完善节约型科技激励约束政策

中央政府需要从宏观上完善激励约束政策,为增加节约型科技供给提供条件,改变现有政策中一方面大力发展煤炭、石油、化工等重污染行业,强调经济高速增长;另一方面又要求减少资源消耗、减少污染排放的矛盾格局。

(1)激励政策。首先,政府应研究制定有利于企业推行清洁生产、延长产业链、提高资源效率、减少废弃物的节约型科技激励政策,包括政府奖励、政府优先购买、直接投资、贷款贴息、税收优惠等。其次,政府应大力促进静脉产业发展。一是要制定各项经济政策,鼓励发展能把各种技术性废弃物还原为再生性资源的技术,例如废旧物质回收利用、中水回用、废热回用等;二是要拨出一定比例的财政支出,通过再自然化的生态手段修复各种被人类活动大大干扰了的城市自然空间,例如对水系、湿地、林地以及各类城市废弃地的生态修复等。

(2)约束政策。首先,严格限制高耗能、高耗水、高污染和浪费资源

的产业以及开发区的盲目发展,限制和淘汰能耗高、物耗高、污染重的落后工艺、技术和设备,并要加快低耗能、低排放产业的发展,抓紧制定《产业结构调整暂行规定》、《产业结构调整指导目录》以及重点行业产业政策和准入标准。其次,制定生态工业园评价标准。通过科学监督评价机制,选择合适企业进入园区,避免企业在短期利益促动下,维持以环境为代价的传统生产方式,也避免盲目地将不适合进入生态工业园的企业纳入生态工业园规划。最后,通过收取原生材料税、建立押金返还制度、制定再生含量标准等方式,促进再生资源回收利用,同时改革现有垃圾收费制度,制定有利于城市生活垃圾减量化的垃圾收费制度。另外,通过制定生产者责任延伸制度,使企业对所生产产品的整个生命周期负责,即不仅负责产品生产,而且负责产品废弃后的回收利用。

2. 建立节约型科技服务体系

各级地方政府应努力完善各地节约型科技咨询服务体系。完善节约型科技咨询服务体系包括健全节约型科研服务体系、建立节约型技术咨询信息系统、发挥社会中介组织作用等三方面的内容。首先,将节约型科技纳入科技攻关计划。鼓励和引导大专院校开展节约型社会基础理论和节约型科技研究,依托高校建立有关节约型科技的重点实验室。建立各级节约型科技研发中心,充分发挥其在节约型科技研发方面的核心骨干作用。建立产学研基地,与高校、科研单位广泛开展产学研联合攻关,推动节约型科技产业化。加强国际合作,追踪先进节约理论和节约型科技。加强与国际组织和外国政府、金融、科研机构等在节约型社会建设领域的交流与合作,引进国外先进技术、设备和资金。其次,建立节约型社会建设方面的专家咨询库,对节约型社会建设的核心技术进行咨询论证和技术指导。通过建立节约型社会建设信息平台,向社会公布企业间、产业间、部门间、地区间的再生资源和社会废旧物资供求信息以及资源节约型与环境友好型技术目录和投资指南。再次,鼓励科技中介机构参与节约型社会经济政策研究、法规制定和技术推广,协助政府开展节约型技术咨询与社会宣传,组织社区群众和志愿者参与垃圾分类以及废旧物资回收等社会公益活动。

3. 加强节约型科技行政管理

各级地方政府要加强节约型科技发展的组织领导,确定专门机构和专人负责,做到层层有责任,逐级抓落实。各级发改委和科技部门应把节约型科技发展纳入经济社会发展总体规划,加快研究制定节约型科技推进计划和实施方案;应与有关部门加强节约型科技工作合作,建立节约型科技工作有效协调机制。在节约型科技管理中,政府尤其要重视对节约型科技市场的培育。当一个企业因为可以将浪费与污染转嫁到企业外部而不需要进行相应补偿并获得额外收益时,它是不愿增加投资、改进技术工艺和设备水平的。针对这种"市场的失效",为加大企业节约型科技内在需求,保证节约型科技需求与供给平衡,政府应致力于培育节约型科技市场,使实施节约型科技的企业与单位能够在市场上取得由于其行为带来社会效益所应得到的承认和经济刺激,并愿意将这一行为刺激下去。而且只有节约型科技市场不断扩张,企业资源节约行为才能不断得到社会的、经济的刺激,使企业对节约型新技术开发的投入能够一直维持下去。为此,政府应提高对企业资源节约设施引进的投入力度,并积极探索设立节约型技术改造与发展基金,用于支持企业节约型技术改造。政府应创造公平竞争的市场秩序,引导社会尤其是民间私人资本进入环境资源市场。政府应建立股票债券融资、金融信贷、招商引资等多元化筹融资体系,为企业节约型科技发展提供良好的投资和融资环境。与此同时,政府应积极探索在全国范围内建立一些较大的、有序的节约型科技交易市场,积极寻求通过市场交易达到促进企业发展的节约型科技。

(二)企业全面发展节约型科技

1. 加强资源节约型科技意识

企业领导自身应转变传统观念,深入研究节约型社会理论,明确认识到企业是节约型科技创新的核心主体,推行节约型科技不仅是为了应对严峻的环境资源挑战,也是企业新的发展机遇。企业应制定开发资源节约型产品的企业发展战略,同时向企业员工宣传节约型科技知识,鼓励员工进行小革新与小改造活动,从设计制造方面节约原材料并减少或消除污染。

2. 增加节约型科技研发投入

首先,在生产的源头,企业要充分利用对环境资源压力小的原材料、产品和服务,如尽量不制造和销售一次性产品、推广绿色包装、减少购物袋使用、生产长寿命产品和开展资源再生利用等。为了在资源采集、制造、流通、消耗、废弃等各阶段减轻环境资源负荷,企业要在产品开发中将产品的整个生命周期对环境资源的压力考虑进去,普及绿色产品和绿色服务,研究开发成本低、高质量且受消费者欢迎的产品。其次,在生产的过程中,企业应自觉发展产业链延伸及耦合技术,通过企业间或产业间循环,把不同工厂连接起来,形成共享资源和互换副产品的产业共生组合,使本企业产生的废弃、废热、废水、废渣在自身循环利用的同时,成为另一企业的能源和原料,大力发展系统化技术、信息集成技术、水集成技术、能量集成技术、物质集成技术等循环经济技术。最后,在生产的末端,企业应主动实现生产废弃物排放达到国家污染排放标准,并积极探索废弃物综合利用技术,在实现经济效益的同时,有效利用资源及能源,减少生产活动对环境资源造成的冲击。

3. 引进节约型科技专业人才

节约型科技专业人才是企业节约型科技创新的动力所在。企业应完善薪酬体系,制定系统培训计划,在加大节约型科技专业人才引进力度的同时,对在职员工进行培训,使员工有意识、有能力在产品设计、生产、物流、销售等环节进行生态设计、清洁生产工艺改进、绿色物流管理、清洁服务提供。

(三)社会公众自觉促进节约型科技发展

1. 树立参与意识

社会公众节约型社会建设参与意识的形成以及自觉性与主动性的建立,对于节约型科技的发展、对于提高政府和企业发展节约型科技的积极性至关重要。首先,社会公众应提高节能、节水、节材、节地、节矿意识和循环利用废旧产品、不使用一次性消费品的绿色消费观念。其次,社会公众应积极了解资源、环保、生态、清洁生产、再生资源回收利用等相关方面的准确信息,积极参与到节约型社会建设中来。再次,社会公众应发挥主人翁意识,提高参与并监督节约型社会建设的积极性,真正参与到节约型社会建设实践中。

2. 进行节约消费

社会公众是资源利用节约、环境质量改善的最直接的受益者。在政府的宣传教育、经济引导、法律强制下,社会公众将成为社会消费领域发展节约型科技的驱动力和建设节约型社会的关键力量。首先,在产品实用阶段,社会公众应自觉消费资源节约型产品,进行多次性、耐用性消费,如尽量减少一次性产品使用和避免过度包装、优先购买再生用品或可重复使用产品、利用租赁制等环境资源负荷较小的方法。社会公众应提倡一种与自然生态相平衡的、节约型的低消耗物质资料、产品、劳务和注重保健、环保的消费模式，一种对环境不构成破坏或威胁的持续消费方式和消费习惯。其次，在废弃物产生阶段，社会公众应该对无需改变原始质地的产品，改变用途以便继续使用。例如用易拉罐改装成烟灰缸，用矿泉水瓶来装洗衣粉等。再次，在废弃物回收阶段，社会公众应对生活垃圾分类收集给予合作，减少日常生活给环境资源造成的压力，并且自觉承担生活垃圾处理成本。

第三节　节约型社会法律保障体系实施路径与对策

节约型社会法律保障体系实施要充分考虑社会环境障碍与节约型社会建设所遇阻力，并须在复杂的社会化大环境中找准实施对策以破除实施障碍，进而推进节约型社会有序建设与最终生成。这就要求我们尽可能从节约型社会法律保障体系动态运行着手，充分调动节约型社会法律保障体系实施主体积极性，健全节约型社会立法、严格节约型社会执法、公正节约型社会司法、严格节约型社会守法、完善节约型社会法律监督并推进节约型社会法制教育。

一、健全节约型社会立法

法治社会的首要要求是要做到"有法可依"。"有法可依"是改善节约型社会法律保障实施环境，保证严格公正执法与司法的前提和条件。改革开放以来，中国各种有关资源利用的法律、法规、规章陆续出台，极大地加快了中国资源法制化进程。另外，近年来有关节约型社会建设的相关法律法规，如《再生资源回收利用管理办法》等，也纷纷亮相。这些都在一定程度上为节约型社会法律保障体系实施奠定了坚实基础。但是，现行许多保障节约型社会建设的法律规范都还很不完备。鉴于此，我们应当尽快从立法内容与立法程序上妥善采取有效措施，以真正构建并有效实施节约型社会保障体系。

（一）完备节约型社会立法内容

针对节约型社会立法内容不完备的情形，我们要加快节约型社会立法步伐，改变节约型社会法律保障不完善的状况。第一，尽快把国家有关资源节约与循环利用乃至节约型社会建设的政策上升为法律、法规，使政策法律化,避免因无法可依而造成节约型社会法律保障体系实施上的混乱。第二,尽快出台与节约型社会建设相关的配套立法,尤其是有关行政执法程序、行政执法监督和行政强制执行等方面的法律、法规,以解决当前中国节约型社会法律保障体系实施中的"执行难"问题,使完善后的节约型社会法律法规能真正落到实处。第三,及时出台节约型社会相关法律的立法解释、司法解释以及实施细则或实施办法,以保证节约型社会法律保障体系更加切合实际情况,发挥节约型社会法律保障体系之应有功效。第四,及时清理和修改不合时宜的资源节约与综合利用或循环利用方面的法律规范,真正增强节约型社会法律保障体系的可操作性与科学性。

(二)规范节约型社会立法程序

在健全节约型社会立法的过程中,除了完备节约型社会立法内容外,我们还需要规范节约型社会立法程序,以确保节约型社会立法程序的正当性与合理性,确保节约型社会立法内容的正当性与科学性,进而确保节约型社会立法内容的可接受性与可操作性。

1. 妥善配置立法权限

立法权限是一个国家中现行全部有关需要由立法加以调整和控制的事项的权力范围。立法权限划分是一项浩大的系统工程,对整个国家与社会具有重大影响。若立法权限划分不当,很可能会造成重复立法或法律体系混乱,权力运作不平衡或难于制约权力等情形;甚至会造成政治体制结构实质上不合理,以至于成为社会进步障碍的情形。中国目前的立法权限划分基本上采取"集权分级模式",立法权主要由中央立法机关行使,地方立法机关只能在与中央立法(包括法律与法规)不相抵触的前提下行使地方立法权。不可否认,中国现行立法权限划分仍存在一定缺陷,即立法权限划分总体来说还比较原则与抽象,导致法律创制与法律监督缺乏可操作性。基于此,在健全节约型社会立法的过程中,必须实事求是地妥善配置并细化节约型社会法律保障的立法权限,以促进节约型社会法律保障体系有序运行。

第一,合理划分中央与地方的立法权限。在节约型社会建设与推进中,属于中央统一立法的事项应当通过立法加以列举与细化,不属于中央统一立法的事项应当纳入地方立法权限。中央专有立法权限,地方立法一般不得涉足,或者只能在不违背中央立法宗旨与精神的前提下出台实施性规定。节约型社会建设基本法需要由中央统一立法,即由全国人大及其常委会以及国务院制定全国性的法律与法规,从而保证节约型社会法律保障体系的统一性和一致性。有关节约型社会建设基本法的配套实施规定最好由地方立法因地制宜地完成,因为中国节约型社会建设的地域基础差别比较大,地方性配套实施规定更契合各地实际并易于实施。

第二,真正明确各立法机关的立法权限。在节约型社会建设中,全国人民代表大会及其常务委员会制定和修改节约型社会建设基本法律;国务院有权在全国范围内制定统一的节约型社会建设行政法规;地方权力机关应该因地制宜地制定和修改适合各地实际的节约型社会地方性法规;国务院各部委以及各级地方人民政府可以根据本部委或本地建设节约型社会的需要,制定相应的规章和实施细则,从而以更具体的行为规范约束和鼓励人们积极推进节约型社会建设。值得强调的是,在节约型社会建设立法过程中,应该充分发挥地方人大及其常委会与地方政府的立法积极性,以保障节约型社会法律保障更宜于被社会所接受并顺利实施。

第三,合理划分地方人大及其常委会的立法权限。有立法权的地方人大及其常委会是指省级(指省、自治区、直辖市)人大及其常委会以及较大市(指省、自治区的人民政府所在地的市、经济特区所在地的市和经国务院批准的较大的市)的人大及其常委会。地方组织法未像宪法划分全国人大及其常委会的立法权限那样对地方人大及其常委会的立法权限作出概括划分。除了现行法律的明文授权外,在更为广泛的自主立法范围内,地方人大及其常委会的立法权限还模糊不清,而地方人大制定的法律文件在地方立法中所占的比重极低。因此,在完善节约型社会法律保障时应该发挥地方人大在立法中的积极作用,对于能够由地方人大立法的,不宜让地方人大常委会代行职权,并要加强对地方人大常委会立法工作的监督。

第四,合理划分地方权力机关与同级人民政府的立法权限。地方人大及其常委会应充分运用法律所赋职权,从地区实际出发,对容易产生部门倾向的法规,能由人大及其常委会起草制定的,尽量避免交给各部门起草,而且在立法中做好部门间利益协调工作。在这样的立法权限划分之下制定出来的节约型社会法规可以避免部门间利益冲突而得以顺利贯彻执行。

当然,对于节约型社会立法工作而言,立法权限划分不是目的,保障立法顺利进行并确保立法顺利实施始终是划分立法权限的出发点和最终归宿。立法权限划分是为了解决立法中存在的许多矛盾问题,保证节约型社会立法沿着规范、有序的方向发展。而且,节约型社会立法权限划分必须与社会发展需求相适应。只有这样,才能真正发挥立法权限配置的作用,充分体现立法权限配置的价值,保证节约型社会立法活动顺利进行。

2. 合理制定立法规划

立法规划就是有立法权的主体,在自己的职权范围内,为达到一定的目的,按照一定的原则和程序所编制的准备用以实施的关于立法工作的设想和部署。立法规划对立法机关的立法工作、国家的法律体系建设、社会主义法治目标的实现等都有着重要的作用和意义。节约型社会立法也需要制定合理的立法规划,以保证节约型社会立法和法律体系建设的顺利推行。

第一,确立节约型社会立法的指导思想和基本原则。在节约型社会立法中,应以《宪法》、《立法法》等高位阶法律所确立的立法原则和指导思想为准则,贯彻立法为民与执法为民的依法治国理念,将节约型社会建设需要与国家重大改革与发展决策以及地方社会经济建设实际结合起来。通过节约型社会立法规划设计、部署、选项等,将节约型社会立法的指导思想和基本原则彻底贯穿到节约型社会法律法规草案起草、审议、实施等一切立法与执法活动中。

第二,拓宽节约型社会立法项目的初始来源。节约型社会建设是一个宏大的目标,如果立法过于单一就不能很好地促进节约型社会的建设发展。因此,我们可以从如下几个方面着手:首先,积极倡导各级人大代表和各级国家机关、社会团体等提出节约型社会立法建议,可以尝试通过新闻媒介或计算机网络向社会公众广泛征集节约型社会立法项目,避免"法出一门";其次,采取节约型社会立法项目公示与听政制度,广泛征求社会各界对节约型社会立法规划的意见和建议,提高公民参与节约型社会立法的广度和深度;再次,建立节约型社会立法监督机构,对提出的节约型社会立法项目的必要性、可行性进行论证,并对立法起草进行适时监督;最后,尝试建立节约型社会立法起草的回避制度与招标制度,采取提出项目与起草法规相分离的方式,削弱部门利益与"部门立法"的衔接。

第三,重视节约型社会立法规划的调研论证。在节约型社会立法过程中,为形成合理的节约型社会立法规划,我们应当明确节约型社会立法规划的科学预测、调查研究与科学论证程序。首先,通过具体调查与认真研究节约型社会建设相关信息与资料,明确节约型社会建设客观需要及其可能对社会产生的作用,科学地预测节约型社会立法的未来状况和发展趋势。其次,在认真研究分析、充分调查论证的前提下,各个享有立法权的机关应当汇集多种立法建议并提出科学立法项目,做到有的放矢。我们相信,在充分调研论证的基础上制定的节约型社会立法规划及相关立法将得到更好贯彻实施,也必将更有效推进节约型社会建设。

3. 严格执行立法程序

立法程序是指按照宪法和法律享有立法权的国家机关创制、认可、修改和废除法律法规的程序和步骤。立法程序存在的根本价值,就在于对立法权的行使进行监督。因此,在立法程序的设计过程中,一般都充分考虑了立法程序的公正性、民主性、科学性以及有效性。为了保证节约型社会立法的公正与合理,在节约型社会立法过程中就必须严格执行立法程序。

第一,严格执行节约型社会立法的起草程序。在节约型社会立法起草过程中,着重关注以下几点:首先,明确立法意图,拓宽起草渠道,建立起草回避制度,因为这样有利于消除节约型社会立法案的部门化倾向,提高节约型社会立法的科学性,保证节约型社会立法的质量,提高节约型社会立法的效率。其次,建立节约型社会立法案的协调制度,以便在节约型社会立法过程中,合理协调各部门利益进而促使各部门能够达成一致意见。再次,充分发挥人大常委会和政府法制机构在立法工作中的主导和核心作用,同时改革和完善节约型社会立法案的调研与论证制度。

第二,严格执行节约型社会立法的审议程序。审议程序是保证立法质量的重要环节。在节约型社会立法过程中,首先需要采取统一与分散相结合的立法工作体制,即在审议前和初审阶段由专门委员会或工作机构承担,而初审之后直至通过阶段的具体工作任务由法制委员会或专门立法工作机构承担,其他专门委员会和工作机构予以配合与协助。其次,需要落实节约型社会立法程序的民主化,实行节约型社会立法审议公开制度。除法律规定外,审议节约型社会法律草案的会议应当体现公开性,应当允许社会公众和新闻媒体参与,以便于社会公众参与立法和进行监督。此外,节约型社会立法也可以举行听证,从而了解各方面对有关节约型社会立法案的意见与建议。

第三,严格执行节约型社会立法的表决程序。表决程序决定着节约型社会立法草案的命运,其法律意义在于使草案成为法律或者遭到否定。在节约型社会立法过程中,需要贯彻审议过程中的辩论制度,然后再进行整体表决,这样可以体现大多数人的意志,促进立法的民主化。同时,在节约型社会立法过程中,还要认真遵守表决规则,从而使节约型社会法律法规在充分尊重民主的基础上得以通过,更符合国家的利益和社会发展的需要。

第四,严格执行节约型社会立法的批准程序。《立法法》第63条第2款已明确规定:"省、自治区的人民代表大会常务委员会对报请批准的地方性法规,应当对其合法性进行审查,同宪法、法律、行政法规和本省、自治区的地方性法规不抵触的,应当在四个月内予以批准。"严格执行节约型社会立法的批准程序,首先需要明确执行节约型社会立法审批的标准。一般来说,只要同宪法、法律、行政法规和上位地方性法规不相抵触,就应予以批准。其次,要认真遵守节约型社会立法审批的程序。对于报请批准的节约型社会立法,原则上经过一次常委会会议审议即应交付表决,在法律规定的期限内予以批准。

最后,还要遵循节约型社会法律的公布程序。节约型社会立法表决通过后,要经过一定的法定程序予以正式公布,并宣布施行日期才能正式生效。

二、严格节约型社会执法

（一）明确执法主体,提高执法水平

节约型社会法律保障的行政执法主体多种多样,具体情况如下:各级人民政府资源节约行政主管部门,是统一负责管辖区域内各有关资源节约行政执法和监督管理工作的行政机关,因而也是各有关节约型社会法律保障执行的主要机关。各级人民政府土地、水利、地质矿产、林业、农业、海洋、环境保护、建设等行政主管部门分别负责土地、水、矿产、森林、草原、渔业、野生动植物、海洋和自然保护区等自然资源的监督管理工作。地方各级人民政府有权处理自然资源权属争议。各级发改委和物资商业行政主管部门分别主管废弃物综合利用和废旧物资回收再生利用工作。此外如工商行政管理部门、公安部门等在有关资源法律法规规定的范围内,也具有某些资源节约管理的执法职能。

在节约型社会法律保障执法中,各级各类行政执法主体的行政执法人员应努力做到以下几点:

一是要敢于执法。各级各类行政执法主体的行政执法人员应当排除社会环境的干扰,认真行使法律赋予的执法权力,自觉遵守促进节约型社会相关法律的有关规定,严格依照节约型社会法律保障规定办事,不徇私枉法,恪尽职守。

二是要精于执法。各级各类行政执法主体的行政执法人员应当熟悉精通各有关资源节约与循环利用方面的法律法规及各有关执法程序,熟悉各种有关资源节约与循环利用的执法业务,有过硬的思想政治素质、较强的执法能力,能够正确进行调查取证,准确认定案情事实和划清责任界限,正确运用法律,做到不枉不纵,保证办案质量。

三是要善于执法。在执法中,各级各类行政执法主体的行政执法人员应当既能坚持法律原则,做到是非清楚,责任分明,处理公正严明;又能较好运用处罚裁量权,根据不同案情事实及主客观原因,灵活掌握应承担的法律后果,尽量做到课处责任的适量适度,做到合情合理与合法相结合,纠正有害资源节约与循环利用的违法行为,切实推进节约型社会建设。

四是要文明执法。净化执法队伍,提高执法素质,让执法者既懂法又守法,这是"文明执法"的一个基本要求。文明执法,需要强有力的制度作保障:首先,要根据相关的法律法规规定,明确法定的正当程序,让文明执法有章可循;其次,要建立文明执法的奖惩制度,将"红花"和"高压线"都明文规定,并且加以严格地执行;再次,应当把文明执法情况作为对执法人员考核的一部分,将工作成绩与百姓评议结合起来。此外,文明执法,还必须通过法律法规宣传教育让群众明确文明执法概念,让群众清楚什么样的执法行为才是文明执法,将执法中肯定会有的依法强制行为、文明执法行为与暴力执法行为、关系执法行为准确地界定开来。这样,才能获得百姓的理解和支持,才能减少不必要的抵触情绪和误解。

(二)强化节约型执法部门机制改革

首先,要严格规范资源专业干部录用、培训、考核、任用程序,以程序的法制化推动体制的法治化。其次,应理顺人员编制及经费收缴拨付渠道,将政府序列机构所属人员全部列入行政编制,经费来源列入财政统一核算,真正实现收支两条线,彻底消除执法人员后顾之忧,让执法人员安心履行本职工作,实现管理到位、执法到位。再次,应在人事管理方面建立自上而下的、独立的监督机制,以确保客观、公正地体现考核结果。在引进专业人才方面,应以各资源节约管理相关专业的人才为主要来源,消除执法部门的"近亲繁殖"现象。最后,将资源纪检监察纳入行政法制规范。在节约型社会法律保障实施中,我们应当明确资源纪检监察在资源机关相对独立的法律地位和职能权责,强化资源纪检监察在资源系统内部监督与制衡中的作用。各地资源纪检监察机构在机构设置上应完全独立,实行垂直管理,确保其严格适用法律,独立行使纪检监察职权。

(三)协调好节约型社会执法关系

首先,协调好执法部门与其他国家机关的关系。理顺节约型社会法律保障执法部门和其他国家机关的关系是营造良好节约型社会法律保障实施环境的重要内容之一。对于财政部门来说,需要及时、足额地发放节约型社会法律保障执法经费。对于司法部门来说,如果执法部门请求协助强制执行,应当竭尽所能地协助搞好节约型社会法律保障执法工作。

其次,协调好执法部门相互间的关系。结合行政管理体制和机构改革,按照政府职能转变要求,大幅度裁减非常设机构,撤销职能交叉重复或业务相近的部门和机构。与此同时,重新明确节约型社会法律保障执法部门的职责与权限,尤其是要具体明确管理权、处罚权、收费权、审批权、发证权等,尽可能减少和避免法律执行过程中扯皮、争议、推诿等现象。

再次,协调好执法机关与行政相对人的关系。节约型社会法律保障执法机关作为行政机关的一部分,代表国家行使资源节约管理权,与行政相对人之间形成行政管理法律关系。行政相对人作为执法机关行政行为的直接感受者,其与执法机关的关系势必直接影响节约型社会法律保障执法环境的改善。在当前积极规范政府行政执法行为的大背景下,进一步增强节约型社会法律保障执法透明度、建立健全资源行政执法公众参与机制、积极探索促进与行政相对人良性互动途径,这些方面无疑都是执法顺应时代潮流、完善自身环境的重点所在。

(四)建立和完善执法程序保障制度

现代行政程序法的原理,不仅要求对行政立法程序予以规范,而且意味着在行政机关行使行政权的整个过程中,确保行政相对人尤其是利害

315

关系人的知情权和参与权。

1. 在节约型社会执法中引入听证制度

《行政处罚法》第 42 条规定了听证制度。所谓听证制度在广义上是指行政机关听取当事人意见的程序之总称,包括与行政机关听取利害关系人意见相关的所有程序。狭义的听证是指行政机关以正式听证会形式听取当事人意见的程序或制度。在节约型社会执法过程中引入听证制度,不仅能有效地监督执法主体依法办事、执法严谨,而且通过听证还能起到教育的作用,提高行政执法主体和行政相对人的资源节约与循环利用意识。

2. 在节约型社会执法中引入申辩质证制度

在节约型社会法律保障执法过程中,资源节约管理行政行为影响到行政相对人的权益时,应该确保其有进行陈述和申辩的机会。行政机关必须充分听取当事人的意见,对当事人提出的事实、理由和证据,应当进行复核,采纳其正确者,摒弃其不正确者,并说明理由。申辩和质证制度有利于澄清事实,促使行政机关注意以事实为根据,以法律为准绳,依法合理地行使行政权,减少和避免失误。

3. 在节约型社会执法中引入执法职能分离制度

政府的基本职能在于组织公共产品的生产和供给。因此对于属于公共产品这一属性的资源而言,各个资源行政主管机关除应严格依照资源法律规定办事外,要做好资源纠纷仲裁人,站在利益冲突之外来调解利益冲突。否则,资源行政主管机关一旦在资源管理活动中成为利益当事人,也就失去了作为公共权力实施者的资格。这不仅不能推进节约型社会建设,还会导致"政治创租"或"政治抽租"现象,以致最后导致"政府失灵"和资源配置失效。

4. 在节约型社会执法中引入行政执法责任制

行政执法责任制是一种把执法质量和执法者个人责任联系起来的制度,其目的在于提高执法人员的责任心和业务水平,保证执法质量。党的十五大报告明确指出,一切政府机关都必须"实行执法责任制和评议考核制",既要明确每个执法部门和执法人员的责任,同时也要把执法依据、执法程序向相对人公开,避免暗箱操作。我们可以借鉴法院的"错案追究制"的做法,在节约型社会行政执法中,执法人员由于自身过错给相对人或国家造成损失的,要追究其法律责任。节约型社会法律保障的执法工作要经常化、制度化,比如资源税征收不能搞突击式、运动式的行政征收,这会使一些纳税对象千方百计躲避纳税,既不利于公平纳税,也不利于提高公民纳税意识。行政检查也是如此,由于没有经常化、制度化,每到行政部门突击检查时,一些有问题的检查对象就会关门大吉,致使大量违法行为逃脱法律制裁。

三、公正节约型社会司法

司法是有效适用节约型社会相关法律,打击违法浪费与破坏资源行为,宣传节约型社会合理行为模式和道德理念的最后环节。节约型社会法律保障适用要达到打击资源违法行为,宣传相关法治理念、塑造合理行为模式的目的,必须公正节约型社会司法,目前具有普适意义的司法改革也势在必行。

（一）改革司法体制以确保司法独立

在任何一个追求司法公正和现代化以实现社会治理方式合理化的社会中,司法独立都是一个不容回避的话题。司法独立是现代法治国家普遍承认和确立的基本法律准则,是实现司法公正、民主政治的关键因素。由于中国现行的地方各级人民法院、人民检察院是按行政区域设置的,司法机构的人、财、物等有形资源均由各级行政机关支配和管理,这种体制上的弊端最终导致司法机关在适用法律解决案件时受地方政府的干涉或者潜在的威胁,其后果是使地方各级人民法院丧失了作为国家司法机关应有的中立性而沦为保护地方利益和部门利益的司法工具。要解决这一问题,必须进行司法体制改革,确保司法独立。首先,司法机关可以不受行政区划的影响而根据诉讼法的需要设立一套单独的机制,这样司法机关行使司法权才能不受地方行政机关的干扰。其次,要保证司法机关经费独立。司法机关经费不独立,在某种程度上说,是导致司法不能独立的根源。解决这一问题的途径便是各级司法机关的经费由国库统一开支,而地方不再负担司法机关的经费。总之,节约型社会法律保障适用过程中,司法机关会遇到许多既违法却又与当地经济发展紧密相关的案件,这就要求司法机关必须切实保持独立,才能不受地方行政机关的潜在威胁,才能在司法中保证公平正义。

（二）提高司法人员资源节约意识

由于节约型社会法律保障体系的特殊性以及资源节约对各个行业与

领域的要求,使得国家司法机关在依照法定职权和程序适用法律处理案件的活动中,应当掌握与资源节约、循环利用相关的专业知识。司法人员应当坚持科学发展观,以发展循环经济、建设节约型社会为理念,与时俱进,不断学习有关资源节约与循环利用方面的知识,以提高自身司法职业素质。

(三)建立和完善司法程序制度

严格司法程序,是维护司法公正的内在要求。司法公正包括实体公正和程序公正两方面内容,实体公正与程序公正相互依存,缺一不可。程序公正能有效促进和保障实体公正,实实在在地履行司法程序,是树立司法权威、维护司法裁判效力的必要手段。树立司法程序意识,就是要尊重司法程序主体,遵守司法程序规定,不以个人好恶、不凭主观感觉判断是非,而以诚实正直的态度,以公开、公平、公正的方式,恪守以事实为依据、以法律为准绳的原则,不减少司法程序,不颠倒司法程序,不应付司法程序,不事后补司法程序,不法外造司法程序,从而实现有法必依,执法必严,违法必究。长期以来,在中国司法实践中,无论是司法机关、司法人员,还是诉讼当事人,司法程序观念都比较淡漠,司法程序违法现象也比较普遍,因此,建立和完善节约型社会法律保障适用中的司法程序制度迫在眉睫。

(四)强化司法监督机制以惩治司法腐败

目前,由于司法监督体制的不完善和社会大环境的影响,司法腐败现象严重。我们应当认识到,腐败的根源是滥用权力。要解决这个问题,就要有效制约权力,要从根本上完善和强化司法监督机制,并发挥媒体等的监督作用,建立广泛的司法监督体系。首先,要加强人大对司法的监督。中国的审判机关、检察机关都由同级人民代表大会产生,对其负责并报告工作,同时接受其监督。虽然人大目前在一定程度上确实履行了司法监督职责,但力度远远不够,存在许多问题,主要体现在:监督机构不健全,监督保障没有制度化,监督队伍素质不够理想。因此,人大要尽快完善司法监督制度,建立专门司法监督机构,确立明确司法监督责任。其次,要建立有效的内部监督机制。权力的约束和制衡是防止腐败的重要手段,随着审判组织的独立和法官职权的扩大,必须大力强化对审判主体的制约和监督,保障实体正确。再次,要加强和规范新闻舆论的司法监督。司法腐败产生的直接原因就是某些审判人员利用手中的权力进行着各种庭前、幕后的非法交易和操作，使原本应该公开的审判活动变成了一种"暗箱操作"，新闻舆论监督可体现为客观、公正、全面地报道案情，使广大民众和社会各界都能了解法院的审理经过和判决结果，这对司法就是一种约束，可以防范司法人员暗中弄虚作假，任意枉判，从而形成有效的司法监督机制，杜绝司法腐败现象的发生。当然，我们必须通过立法对新闻监督予以规范，遏制和减少其监督过程中的非规范行为，以避免其产生错误导向，干扰司法独立。

四、严格节约型社会守法

法的实现，需要尽可能依靠公民自觉遵守，把守法变为自觉行为，从而使法的遵守获得可靠的群众基础和社会基础。在节约型社会建设中，也就是在节约型社会法律保障体系实施中，为保证公民自觉守法，应当注意解决以下几个问题：

（一）要在理论上使公民确实理解、在实践上使公民确实能感到遵守节约型社会法律保障体系就是实现自己的意志和利益

英国分析法学代表人物奥斯丁认为惧怕制裁是人民之所以遵守法律的首要因素。法一旦公布实施，公民就有服从它的法律义务，否则就要承担相应的法律责任，并受到相应的法律制裁。这种畏惧的心理迫使人们产生服从法律的动机。然而，这种状态下的守法是被动性质的，并不是守法的最佳状态。守法的完美状态应当是公民自觉地遵守法律，把守法变为自觉的行为。这就要求公民无论从观念上还是实践中都意识到守法是实现自己的意志和利益，而不是为了守法而守法。在中国，社会主义国家的法是代表整个国家大多数人民的根本利益的，节约型社会建设更是中国绝大多数人民意志的体现。人们已经意识到节约型社会建设是实现环境、经济、社会可持续发展与协调发展、惠及子孙后代的最佳方式，用法律规制保障节约型社会是必要手段。因此，人们就不难认识到，遵守节约型社会法律保障就是从法律上根本确立了自己的意志和利益，有助于节约型社会的尽快建立，以最终实现自身的意志和利益。

（二）要使公民确实理解和感觉到遵守节约型社会法律保障的确与实现自己的民主、自由和其他各方面的权益是统一的

守法既包括消极被动地守法，即去做法律要求做的或者不去做法律禁止做的事情，也包括积极主动地守法，即在法律规定的范围内行使自己

的权利。我们在守法上强调履行法律义务和行使法律权利的有机统一，使人民意识到守法并不是"不得已而为之"的事，而是直接关系到自己合法权利的实现。守法是与公民的民主、自由和其他方面的权益相统一的，法与民主、自由和其他权益的关系具体体现为：(1)民主是法的理想和追求；法是民主存在的主要载体，是民主活动的基本程序和原则，是民主过程的重要保障。这是因为：民主制度只有经过法律化，才能拥有名正言顺的社会地位并在社会中得以确立；民主需要法来规制和引导人们，协调利益、调控行为，尽量避免民主失误的产生；一些具体民主事项有其相应的过程，用法律来保证民主的过程，就是保证民主的起点与归宿，保证民主自始至终不被异化。① (2)自由是法的基本目的，法是自由的制度保证和衡量尺度。无论法的制定，还是法的实施，都必须以自由为核心和宗旨。然而，自由并不是无限制和任意性的，必须受到法的一定限制，这正如马克思所说"法典是人民自由的圣经"。对自由的限制最终目的在于实现自由和保障自由。② 从法与民主、自由以及其他权益间的关系可以看出，法的实施并不是与实现民主、自由等权益背道而驰的，反而殊途同归。这足以说明，公民守法——包括对节约型社会法律保障的遵守——与实现自己的民主、自由和其他各方面的权益都是统一的。

(三)要使公民确实感觉到遵守节约型社会法律保障的确是自己当家作主的具体体现

中国奉行人民主权、主权在民的宪法原则，社会主义法从本质上讲是人民利益和意志的体现和反映，是人民自己的法。因此，守法对于公民来讲，实际上就是按照他们自己的意志和要求办事，这也就决定了公民应当也能够以主人翁的态度和责任感自觉地遵守法律。为要做到这些，就要增强公民的法的意识，就要在全社会培养和形成遵纪守法的社会风尚。

此外，在节约型社会法律保障实施过程中，干部更应该注意遵守相关法律。目前政府机关干部与工作人员公款吃喝、铺张浪费严重。这些现象不仅损害了政府的形象，而且造成浪费并衍生腐败，不利于节约型社会建设。要治理公款吃喝问题，归根结底是要建立一套完善的监督体系，同时辅之以经济手段。国家务必规范党政机关公务接待，国务院所属部门

---

① 张正德、付子堂主编：《法理学》，重庆大学出版社 2003 年版，第 241～242 页。
② 张正德、付子堂主编：《法理学》，重庆大学出版社 2003 年版，第 236～237 页。

以后须将公务接待费用纳入财政预算管理,公开透明,接受监督。各级各类领导干部应当从思想上重视勤俭节约,以实际行动从细处着手杜绝浪费,推进节约型社会法律保障实施。

五、完善节约型社会法律监督

法律监督是法的实施的一种重要机制,完善的法律运行体制离不开法律监督这一环节。因此,节约型社会法律保障体系的实施也离不开法律监督这一重要工具。

(一)提高权力机关监督效能

在节约型社会法律监督体系中,权力机关监督具有重要的地位,提高其监督效能可以从根本上保障节约型社会法律保障体系的有效实施。具体而言,主要可从如下几方面着手:第一,变被动监督为主动监督。各级人大及其常委会要通过审议政府工作报告及有关职能主管部门的工作情况汇报、审议提案、视察基层工作、检查执法工作、处理群众来信来访、查处重大资源违法破坏案件及资源违法行政行为等形式,监督节约型社会法律保障及其有关法定对策措施的贯彻落实。与此同时,各级人大及其常委会还要积极主动地组织视察和专题调研,大量了解和掌握实际情况,为进一步开展法律监督提供事实依据;第二,变一般监督为重点监督。各级人大及其常委会应对节约型社会法律保障体系运行中的热点或焦点问题进行监督,并有责任围绕这些问题对有关职能机关应尽的责任进行监督;第三,变抽象监督为具体监督。各级人大及其常委会的监督工作不能大而化之,流于形式,必须进行具体监督,只有这样才能加强人大及常委会的监督力度。另外,还要大力加强人大及其常委会的自身建设,即要根据独立、协调、精干、高效的原则建立人大监督机构,并要加强立法监督,完善监督程序;在人民代表选举中引入竞争机制,搞好人大代表和委员的培训工作,增强其公仆意识和监督意识,不断提高他们知识化、专业化的整体素质和议政与管理的综合能力。

(二)健全政府及其部门监督

为保证节约型社会法律保障体系的有效施行,需要逐步健全完善以人民政府为领导监督,以资源行政主管部门为归口管理监督、以各有关行政管理部门为配合管理监督的行政监督体系。地方各级人民政府要依法建立节约型社会法律保障执法责任制;积极采取措施做好自然资源的综合调查、评价、规划、调节、配置、征用、拨用及权属转移等工作;依法监督检查自然资源的开发利用和保护情况;依法查处资源破坏、损害及被非法侵占和转移等事件;依法查处和纠正资源非法行政行为及资源违法失职行为,等等。各级资源行政主管部门应当严格执行资源监督管理法律制度,依法办理资源征用、划拨及其权属转移手续,执行资源综合利用建设项目"三同时"制度及资源综合利用统计制度和考核制度,查处资源节约执法违法案件,调处资源破坏及损害纠纷案件,监督检查资源经济法执行情况,查处并纠正资源非法行政行为,从而确保资源法律制度的有效施行。各级资源行政主管管理部门应当依照各有关法律的规定,在各自的职责范围内,做好节约型社会法律保障的监督检查工作。只有建立健全和强化这种监督体系,才能有效监督和保证节约型社会法律保障体系的贯彻执行。

(三)提高公众参与监督积极性

节约型社会的建立不仅是关系到整个国家的战略问题,更是一种关乎社会长期稳定和持续发展、关乎每个人日常生产与生活的基础问题。因此,节约型社会法律保障体系实施不仅需要国家政权层面积极推进,更需要社会公众广泛参与监督。要大力宣传节约型社会建设的全民公益性,提高公众的环境资源意识与资源节约意识,促使他们更加主动地参与到节约型社会法律保障体系运行监督之中,鼓励公众检举、揭发、控告破坏与损害资源的违法犯罪行为和违法行政失职行为。这样才能更好地监督节约型社会执法和节约型社会司法的合理性和公正性,及时发现和纠正不良的节约型社会执法与节约型社会司法方式和手段,促进节约型社会法律保障体系的最终有效实施。公众参与监督能加强节约型社会法律保障实施的群众基础,增加节约型社会法律体系实施的公众合意,使节约型社会法律保障实施更加容易为人们所接受和认同,提高节约型社会法律保障体系实施的效率。

(四)加强新闻媒体舆论监督

新闻媒体舆论监督具有广泛性和公开性。在西方国家,新闻舆论被认为是一种能够有效监督政府,防止权力腐败的"第四权力"或"无冕之王"。他们一手握威力无边的传播利剑,一手执公众享有知情权的坚厚盾牌,可以对节约型社会法律保障体系的实施进行有效监督。新闻舆论监督虽然本身不具有制裁力,但却具有号召动员公众监督的实际能力。它通过社会的、公开的、道义的和心理的监督,造成对政府官员和公职人员一种无形的约束。当前,为促进节约型社会法律保障体系有效实施,必须让新闻传媒充当节约型社会建设的耳目喉舌。

六、推进节约型社会法制教育

法是一个动态的运作系统,人的观念、素质、能力和知识水平,直接决定着这个系统的运作状态。而教育既是对知识的创造和再创造,又是对人才的生产和再生产,因而教育之于法律,便有了关键性影响和意义。在节约型社会建设中,教育对于节约型社会法律保障体系实施更具有理论与实践意义。这是因为节约型社会法律保障这一事物还未被人们所普遍接受,"违背公正的浪费是违法的"这种观念对大多数人们来说还很陌生。

鉴于此,我们有必要积极推进节约型社会法制教育。首先,节约型社会法律保障体系实施机关要做好资源节约与循环利用法律法规宣传教育工作。在宣传上要注重实效,充分发挥电视、报刊等媒体的宣传作用。要让资源使用者了解自身应尽的义务,明白自身拥有的权利,使其在管理、使用资源时依法办事并维护自身合法权益,同时对相应行政管理行为进行监督。其次,要做好在校大、中、小学以及相关职业技术学校学生的资源教育工作,让学生认识到资源节约与循环利用的必要性和重要性,在资源保护领域彻底摒弃"地大物博"的观念,代之以"人均资源拥有量世界排名靠后"的观念。有条件的学校可以组织学生参加相关资源实践课程,亲身体验能源资源危机感,用直观教育方式加深学生资源认识,进而推动学生在日常学习和工作中自觉参与到资源节约活动中来,同一切破坏、浪费、滥用资源的行为作斗争。

参 考 文 献

著 作 类

[1] 中国社会科学院语言研究所词典编辑室编:《现代汉语词典》,商务印书馆 1978 年版。

[2] 王汉桢著:《节水型社会建设概论》,中国水利水电出版社 2007 年版。

[3] 沈仲衡编著:《科技法学》,暨南大学出版社 2007 年版。

[4] 董险峰著:《持续生态与环境》,中国环境科学出版社 2006 年版。

[5] 齐树洁、林建文主编:《环境纠纷解决机制研究》,厦门大学出版社 2005 年版。

[6] 钟水映、简新华主编:《人口、资源与环境经济学》,科学出版社 2005 年版。

[7] 周何著:《礼记快读》,海南出版社 2005 年版。

[8] 白志刚、邱莉莉主编:《外国城市环境保护与研究》,世界知识出版社 2005 年版。

[9] 卢风、刘湘溶主编:《现代发展观与环境伦理》,河北大学出版社 2004 年版。

[10] 王诺著:《欧美生态文学》,北京大学出版社 2003 年版。

[11] 张正德、付子堂主编:《法理学》,重庆大学出版社 2003 年版。

[12] 张文显主编:《法理学》,高等教育出版社 2003 年版。

[13] 徐中民等著:《生态经济学理论方法与应用》,黄河水利出版社 2003 年版。

[14] 周训芳著:《环境权论》,法律出版社 2003 年版。

[15] 邱聪智著:《民法研究》,中国人民大学出版社 2002 年版。

[16] 黄铁苗著:《综观经济效益》,人民出版社 2001 年版。

[17] 许慎著:《说文解字》,江苏古籍出版社 2001 年版。

[18]汪劲著:《环境法律的理念与价值追求——环境立法目的论》,法律出版社2000年版。

[19]卓泽渊著:《法理学》,法律出版社2000年版。

[20]张文显主编:《法理学》,高等教育出版社1999年版。

[21]付子堂著:《法律功能论》,中国政法大学出版社1999年版。

[22]赵震江著:《法律社会学》,北京大学出版社1998年版。

[23]陈剑编著:《流失的中国》,中国城市出版社1998年版。

[24]曹富国、何景成编著:《政府采购管理·国际规范与实务》,企业管理出版社1998年版。

[25]胡长清著:《中国民法总论》,中国政法大学出版社1997年版。

[26]沈宗灵著:《现代西方法理学》,北京大学出版社1997年版。

[27]梁慧星著:《民法总论》,法律出版社1996年版。

[28]周永坤、范忠信著:《法理学》,南京大学出版社1994年版。

[29]沈宗灵著:《法理学》,北京大学出版社1994年版。

[30]张乃根著:《西方法哲学史纲》,中国政法大学出版社1993年版。

[31]何怀宏著:《契约伦理和社会正义》,中国人民大学出版社1993年版。

[32]范建得著:《消费者,向前行:谈消费者保护的内涵》,(中国台湾)汉兴书局有限公司1994年版。

[33]刘俊田著:《四书全译》,贵州人民出版社1992年版。

[34]刘作翔著:《法律文化论》,陕西人民出版社1992年版。

[35]张宏生、谷春德主编:《西方法律思想史》,北京大学出版社1990年版。

[36]沈宗灵著:《现代西方法律哲学》,法律出版社1983年版。

[37]王淄尘著:《四书读本》上《中庸》,中国书店1986年版。

[38]杨伯峻著:《孟子译注》,中华书局1984年版。

[39]杨伯峻著:《论语译注》,中华书局1980年版。

[40]傅崇兰主编:《建设节约型社会战略研究》,社会科学文献出版社2007年版。

[41]王云五著:《老子今注今译》,商务印书馆1978年版。

[42]董仲舒著:《春秋繁露》,中华书局1975年版。

[43]《孙中山选集》,人民出版社1956年版。

[44]《荀子》,延边大学出版社 2001 年版。

译 著 类

[1] [美]罗斯科·庞德著,陈林林译:《法律与道德》,中国政法大学出版社 2003 年版。

[2] [美]罗斯科·庞德著,雷宾南等译:《庞德法学文述》,中国政法大学出版社 2005 年版。

[3] [英]A. J. M. 米尔恩著,夏勇等译:《人的权利与人的多样性》,中国大百科全书出版社 1995 年版。

[4] [美]布莱克著,唐越等译:《法律的运作行为》,中国政法大学出版社 1994 年版。

[5] [古希腊]亚里士多德著,吴寿彭译:《政治学》,商务印书馆 1965 年版。

[6] [法]卢梭著,何兆武译:《社会契约论》,商务印书馆 1965 年版。

[7] [美]詹姆斯·安德森著,唐亮译:《公共决策》,华夏出版社 1990 年版。

[8] [美]丹尼尔·史普博著,余晖等译:《管制与市场》,上海人民出版社 1999 年版。

[9] [英]赫伯特·斯宾塞著,张雄武译:《社会静力学》(节略修订本),商务印书馆 1996 年版。

[10] [古罗马]西塞罗著,王焕生译:《论义务》,中国政法大学出版社 1999 年版。

[11] [德]伊曼努尔·康德著,苗力田译:《道德形而上学原理》,上海人民出版社 1982 年版。

[12] [德]马克斯·韦伯著,林荣远译:《经济与社会》,商务印书馆 1998 年版。

[13] [美]莱斯特·布朗著,祝友三等译:《建设一个持续发展的社会》,科学技术文献出版社 1984 年版。

[14] [英]冯·哈耶克著,冯克利等译:《致命的自负》,中国社会科学出版社 2000 年版。

[15] [美]加里·D. 利贝卡普著,陈宇东等译:《产权的缔约分析》,中国

社会科学出版社 2001 年版。

[16][英]冯·哈耶克著,邓正来译:《自由秩序原理》,生活·读书·新知三联书店 1997 年版。

[17][美]E. 博登海默著,邓正来译:《法理学—法律哲学与法律方法》,中国政法大学出版社 1997 年版。

[18][英]马尔萨斯著,朱泱等译:《人口原理》,商务印书馆 1992 年版。

[19][美]吉利斯等著,黄卫平等译:《发展经济学》,中国人民大学出版社 1998 年版。

[20][法]弗朗索瓦·佩鲁著,张宁等译:《新发展观》,华夏出版社 1987 年版。

[21][美]罗尔斯著,何怀宏等译:《正义论》,中国社会科学出版社 1988 年版。

[22][美]莱斯特·R. 布朗著,林自新等译:《生态经济》,东方出版社 2002 年版。

[23][日]岩佐茂著,韩立新等译:《环境的思想》,中央编译出版社 1997 年版。

[24][英]休谟著,张若衡译:《休谟政治论文选》,商务印书馆 1993 年版。

[25][古希腊]柏拉图著,郭斌和等译:《理想国》,商务印书馆 1997 年版。

[26]《列宁选集》,人民出版社 1995 年版。

[27]《马克思恩格斯全集》,人民出版社 1971、1974、1995 年版。

[28]世界环境与发展委员会著,王之佳等译:《我们共同的未来》,(中国台湾)地球日出版社 1992 年版。

论 文 类

[1] 于晓青:《法律至上与和谐社会》,载《法学论坛》2007 年第 3 期。

[2] 李向阳:《世界经济形势分析与展望》,载《求是》2007 年第 2 期。

[3] 黄运成、陈志斌:《高油价时代的国际石油地缘政治与中国石油贸易格局》,载《资源科学》2007 年第 1 期。

[4] 李英姿:《生态经济与循环经济》,载《求索》2007 年第 5 期。

[5] 王勇:《论建构节约型政府——公共管理语境之检视》,载《四川大学学报》(哲学社会科学版) 2007 年第 3 期。

［6］陈德敏、董正爱：《资源节约型社会建设的法律功能优势》，载《重庆大学学报》(社会科学版) 2007 年第 5 期。

［7］范恒山：《关于社会主义和谐社会科学内涵、阶段特征和主要实现途径的探讨》，载《经济参考》2007 年第 4 期。

［8］方红远：《区域水资源安全概念浅析》，载《人民长江》2007 年第 6 期。

［9］陈凤英：《对世界经济形势的四个判断》，载《现代国际关系》2007 年第 1 期。

［10］秦宣：《论社会主义和谐社会的科学内涵和基本特征》，载《北京社会科学》2006 年第 1 期。

［11］黄铁苗、徐廷波：《走出认识误区，建设节约型社会》，载《经济学家》2006 年第 5 期。

［12］许崴：《循环经济与节约型社会》，载《中央财经大学学报》2006 年第 12 期。

［13］吴元梁：《唯物史观：科学发展观的理论基础》，载《哲学研究》2005 年第 7 期。

［14］陈德敏：《节约型社会基本内涵的初步研究》，载《中国人口·资源与环境》2005 年第 2 期。

［15］马凯：《发展循环经济，建设资源节约型和环境友好型社会》，载《求是》2005 年第 16 期。

［16］黄铁苗：《一切节约归根到底是资源的节约——兼论马克思的劳动时间节约理论》，载《当代经济研究》2005 年第 8 期。

［17］梁冬等：《理出同源必有因——浅谈马尔萨斯人口理论与其经济学理论之间的逻辑一致性》，载《经济问题探索》2005 年第 4 期。

［18］韩晖、韩菲：《从传统经济到生态经济——可持续发展的必然选择》，载《兰州学刊》2005 年第 3 期。

［19］贝清华、朱向东：《建设节约型社会需要法治和体制保障》，载《行政与法》2005 年第 12 期。

［20］徐焕东：《政府采购在环保与节能中的功能及方式选择》，载《环境保护》2005 年第 8 期。

［21］陈九龙：《全球化背景下中国技术创新体系的建构》，载《自然辩证法研究》2005 年第 11 期。

［22］杨庆龙、任海平：《世界能源地缘政治格局》，载《中国军转民》2004

年第 4 期。

[23]刘景辉:《传统文化与科学发展观》,载《湖北社会科学》2004 年第 8 期。

[24]陈德敏:《循环经济的核心内涵是资源循环利用——兼论循环经济概念的科学运用》,载《中国人口·资源与环境》2004 年第 2 期。

[25]马智胜、马勇:《试论正式制度和非正式制度的关系》,载《江西社会科学》2004 年第 7 期。

[26]丁南:《从"自由意志"到"社会利益"》,载《法制与社会发展》2004 年第 2 期。

[27]马俊驹、江海波:《论私人所有权自由与所有权社会化》,载《法学》2004 年第 5 期。

[28]齐振宏:《循环经济与生态园区建设》,载《中国人口·资源与环境》2003 年第 5 期。

[29]谢晓尧:《消费者:人的法律形塑与制度价值》,载《中国法学》2003 年第 3 期。

[30]沈仲衡:《西方法哲学利益观述评》,载《当代法学》2003 年第 5 期。

[31]张得让、陈金贤:《试论基于环境保护理念的政府绿色采购》,载《财政研究》2003 年第 4 期。

[32]王小能:《政府采购法律制度初探》,载《法学研究》2000 年第 1 期。

[33]蔡守秋:《论环境道德与环境法的关系》,载《重庆环境科学》1999 年第 2 期。

[34]范进学:《论道德法律化与法律道德化》,载《法学评论》1998 年第 2 期。

[35]董建新:《论制度功能》,载《现代哲学》1996 年第 4 期。

[36]夏友富:《论环境标志制度与国际贸易发展》,载《世界经济》1995 年第 10 期。

[37]兰久富:《价值观念的社会生活根据》,载《北京师范大学学报》(社会科学版) 1993 年第 5 期。

[38] Streeten：Human Development：Means and Ends. American Economic Review,1994.

其 他 类

[1] 杨斌:《发展循环经济,促进节约型社会构建》,载《光明日报》2007 年 6 月 23 日第 7 版。

[2] 雷小毓:《节约型社会内涵的再认识》,载《光明日报》2006 年 9 月 11 日第 10 版。

[3] 马浩亮:《专家呼吁立法严控官员膨胀》,载《法制日报》2005 年 6 月 13 日第 6 版。

[4] 肖枫:《"发展学"与"可持续发展"》,载《光明日报》1996 年 6 月 13 日第 5 版。

策划编辑:李春林

责任编辑:张　立

封面设计:肖　辉

责任校对:吕　飞

图书在版编目(CIP)数据

节约型社会法律保障论/陈德敏　著.

-北京:人民出版社,2008.12

ISBN 978-7-01-007510-5

Ⅰ.节…　Ⅱ.陈…　Ⅲ.社会主义法制-研究-中国　Ⅳ.D920.0

中国版本图书馆 CIP 数据核字(2008)第 178779 号

节约型社会法律保障论

JIEYUEXING SHEHUI FALÜ BAOZHANG LUN

陈德敏　著

人民出版社 出版发行

(100706　北京朝阳门内大街 166 号)

北京新魏印刷厂印刷　　新华书店经销

2008 年 12 月第 1 版　2008 年 12 月北京第 1 次印刷

开本:710 毫米×1000 毫米 1/16　印张:21.75

字数:337 千字　印数:0,001-3,000 册

ISBN 978-7-01-007510-5　定价:45.00 元

邮购地址 100706　北京朝阳门内大街 166 号

人民东方图书销售中心　电话(010)65250042　65289539